CICATRIZ

CICATRIZ

Juan Gómez-Jurado

GRUPO ZETA

Barcelona • Madrid • Bogotá • Buenos Aires • Caracas • México D.F. • Miami • Montevideo • Santiago de Chile

1.ª edición: noviembre 2015
1.ª reimpresión: diciembre 2015
2.ª reimpresión: enero 2016
3.ª reimpresión: febrero 2016

© Juan Gómez-Jurado, 2015
© Ediciones B, S. A., 2015
   Consell de Cent, 425-427 - 08009 Barcelona (España)
   www.edicionesb.com

Printed in Spain
ISBN: 978-84-666-5799-0
DL B 22051-2015

Impreso por EGEDSA

Para Babs

Ten tus ojos bien abiertos antes del matrimonio; y medio cerrados después de él.

BENJAMIN FRANKLIN

¿Cómo pretendes que alguien que está abrigado comprenda a alguien que tiene frío?

ALEXANDER SOLZHENITSYN

Dime, chico... ¿Has bailado con el demonio a la pálida luz de la luna?

JACK NAPIER

IRINA

La niña no sintió dolor cuando el clavo le rasgó la cara, debajo del ojo izquierdo.

SIMON

Mi primer error fue enamorarme de ella.

El segundo error fue no preguntarle por aquella cicatriz.

La mala noticia es que estoy a punto de cometer el tercero, y que va a ser mucho peor que los dos anteriores.

De mi hombro derecho cuelga una mochila que contiene mi futuro y el de todos mis empleados, en apretados fajos de cien. Si cruzo la puerta que tengo frente a mí, arruinaré aún más la existencia de todos los que conozco y de sus familias. Como si no me odiasen suficiente ya.

De mi hombro izquierdo brota un reguero caliente que resbala por el brazo y gotea por el cañón de la pistola. Noto la empuñadura pegajosa por la sangre que se seca entre los dedos. La aprieto con más fuerza para infundirme confianza. No funciona.

El charco carmesí que hay junto a mi zapato se va haciendo más grande a medida que las dudas me invaden y la fuerza vital se me escapa por la herida. El neón blanquecino que ilumina el pasillo parpadea, y mis ojos se desenfocan durante un instante. Me tiemblan las rodillas, y el miedo es una gélida bola de acero en mis tripas.

Estoy a punto de cometer el mayor error de mi vida.

¿La buena noticia?

La buena noticia es que no viviré para lamentarlo.

ANTES

PRIMER ERROR

1

Una reunión

Me inclino hacia delante y vomito en la enorme papelera cromada. Mi estómago se contrae como un limón exprimido hasta dejarlo seco. La oleada de sangre en mi cabeza hace que el tiempo se detenga a mi alrededor, y que solo exista este borde frío metálico en el que me apoyo hasta que logro respirar con normalidad.

—¿Estás bien, Simon? —dice Tom.

El contacto de la mano de mi amigo en el hombro es tranquilizador, reconfortante. Al menos hasta que asiento. Entonces me agarra de la camisa y tira de mí hacia atrás, intentando enderezarme. Tengo que apoyarme en la pared para conseguirlo, porque Tom es un palmo más bajo que yo y pesa veinte kilos menos.

—Pues recompónte, por lo que más quieras. Hoy

nos los jugamos todo, grandullón —dice, haciendo un gesto a la recepcionista a su espalda.

Trato de meter más aire en los pulmones, absorbiéndolo a bocanadas largas y descompasadas.

—Quizás habría que aplazar la reunión unos días. Depurar unas cuantas variables, darle a LISA un nuevo...

—Dios, te huele el aliento a baño de discoteca —dice Tom, arrugando la nariz—. No, no vamos a retrasar nada, porque este tío no volverá a Chicago hasta el año que viene, y para entonces estaremos en la calle, pidiendo debajo de un puente o algo peor. ¿Sabes lo que me ha costado conseguir esta cita? Vas a entrar ahí, vas a enseñarle esa puñetera maravilla que has diseñado, y vamos a ser ricos.

Tom tiene razón, por supuesto, aunque no quiero reconocerlo.

No reacciono demasiado bien a la presión ni a las interacciones sociales, ni siquiera a estar cerca de otras personas. Me gusta la soledad. Una vez fui a una psicóloga para hablarle de la ansiedad, los sudores fríos, las náuseas y los mareos que sufría en presencia de otros, y ella me dijo que yo solo creía que prefería estar solo porque nunca había dejado de estarlo. Que mi pretendida preferencia por el aislamiento era una racionalización.

Tenía un cuenco repleto de caramelos de mora encima de la mesa, y yo no podía quitar la vista de ellos mientras ella decía aquellas palabras que revolvieron mis esquemas mentales más de lo que me hubiese gustado. En cuanto sacó el tema de mi hermano, me alegré de tener una excusa para levantarme y dejar el tratamiento. Como quedaban diez minutos para que se cumpliese la hora, me llevé un puñado de aquellos caramelos de mora. Tengo la mano enorme, y aún recuerdo la cara de consternación de la psicóloga cuando su nuevo cliente y tres cuartas partes del cuenco de caramelos desaparecieron por la puerta.

No permito que nadie me hable de mi hermano Arthur. Nunca.

Consigo rehacerme, con un último empujón de Tom. Esquivo un rebaño de pufs de colores chillones que invitan a permanecer en pie y me acerco a la recepcionista. Asiática, sonriente, excesivamente maquillada, con el pelo recogido en una coleta tan tensa que duele a la vista, comanda un escritorio fabricado en resina y cristal que avergonzaría al puente de mando de la *Enterprise*.

—Siento que haya tenido que ver eso.

La chica suelta una risa cómplice.

—No se preocupe. Es el cuarto al que veo vomitar en la papelera, y solo llevo dos semanas en este trabajo.

Me alarga una caja de pañuelos de papel y yo tomo un puñado, agradecido.

—Seguro que nadie le avisó de que tendría espectáculo gratis cuando le dieron el empleo. ¡El desfile de los pedigüeños!

—Sé lo que supone ver al gran jefe para ustedes, cerebritos. Hay algunos que llegan incluso con una camiseta con el logo de nuestra compañía, queriendo congraciarse con él. Esos ya sé que no van a pasar de los tres minutos.

—¿Así que la famosa historia del reloj de arena es cierta?

Ella se encoge de hombros, como si hubiese hablado demasiado.

—Escuche, parece usted un buen tío. Firmen sus ADC y les acompañaré a una sala de reuniones, así podrá refrescarse un poco.

Me muestra una pantalla táctil con un texto larguísimo lleno de puntos y de cláusulas legales, anexos y parafernalia de abogados. Ni me molesto en fingir que lo leo y estampo mi firma con el dedo índice al final del documento. No sé si he firmado un acuerdo de confidencialidad o he vendido mi alma a Infinity. Para el caso es lo mismo. Con todo lo que saben estos tipos de mí —de cualquiera de nosotros, en realidad— es como si fueran ya mis dueños.

Tom se acerca trayendo su maletín de cuero y mi

bolsa de mensajero, firma también en la pantalla y un par de paneles de vidrio se abren para darnos paso al paraíso. Hace una década, cuando terminé mis estudios de Ingeniería Informática, hubiese dado cualquier cosa por entrar en la sede de Infinity, por formar parte de aquel equipo, por conocer algunos de sus múltiples secretos. Aquella era la más pequeña de las sedes de la compañía, y aun así gozaba de todas las comodidades que la habían convertido en la empresa más codiciada por los jóvenes graduados de América: aperitivos y refrescos gratis a cualquier hora, un comedor dirigido por un chef digno de un restaurante de cinco tenedores, salas de descanso, gimnasio... Todo ello lo vemos al pasar, sin que la recepcionista haga el más mínimo esfuerzo por explicarnos nada. Nosotros venimos a pedir dinero, por lo que no nos merecemos la habitual visita guiada que seguro que estará harta de repetir.

Yo agradezco su desidia. El Simon que hubiese matado por entrar allí ya no existe. Años de llamar a una puerta tras otra para conseguir una oportunidad han acabado con él, aumentando su fobia social hasta convertirle en el ermitaño de metro noventa y cien kilos de peso que ahora camina por los pasillos de un paraíso deslucido.

Tom Wilson, mi abogado y mejor amigo —un recuento objetivo diría que el *único*—, es todo lo contrario a mí. Es menudo, pelirrojo, de ojos vivaces, inagotable. Siempre tiene una sonrisa y una palabra amable para cualquiera con el que se tropiece. Si buscas «encanto superficial» en Wikipedia, aparece una foto suya. Mientras pasamos junto al comedor, nos cruzamos con una chica atractiva, de grandes gafas de pasta, camiseta desgastada de la Rana Gustavo y vaqueros ajustados, que lleva una bandeja con ensalada, una botella de agua y una manzana verde. Tom le arrebata la manzana al pasar, le pega un mordisco y le guiña un ojo a la chica. Si yo hubiese hecho eso habría logrado una llamada a la policía y una orden de alejamiento, pero Tom consigue una carcajada de sorpresa y una enorme sonrisa que se prolonga tanto como tarda Tom en perderse de vista por la primera esquina por la que nos conduce la recepcionista.

Cuando se da la vuelta, se encuentra con mi mirada de envidia mal disimulada. Le odio.

—Te odio —le digo, solo para dejárselo claro.

—Vamos, Simon. Alegra esa cara. Tienes que estar de buen humor para nuestro anfitrión.

Me arroja la manzana a la que le ha arrancado un único, redondo y enorme bocado, una parodia del famoso logo de Apple. Yo manoteo desesperado para agarrarla sin dejar caer mi bolsa, pero no lo consigo, y manzana y bolsa terminan en el suelo.

La recepcionista se da la vuelta y me sacude con una mirada de reprobación mientras intento recoger los pedazos de manzana de la moqueta. Da la impresión de que se arrepiente de haberme tratado amablemente antes, y nos señala una sala de reuniones con gesto gélido.

—Esperen aquí, e intenten no ensuciar demasiado.

Como siempre, Tom se divierte y yo termino pagando el pato. Le aparto a un lado y entro en la habitación, buscando una papelera donde arrojar los restos del desaguisado.

—No te enfades, hombre —dice Tom—. Todo va a ir bien, ya lo verás. A esta gente le gusta la espontaneidad.

Yo suelto un bufido exasperado. Tengo los dedos pegajosos por el zumo, que me gotea entre los dedos, y la respiración se me va acelerando. Zachary Myers, el dueño y fundador de Infinity, la persona a la que he admirado y querido conocer desde que yo era un crío que instalaba su primer y revolucionario sistema operativo, está a punto de llegar y yo de estrechar su mano con mi enorme manaza pringosa. Doy vueltas a mi alrededor, sin encontrar ningún sitio donde deshacerme de la fruta destrozada.

La sala está pintada completamente de blanco, la mesa está fabricada en una sola pieza de algún material sintético y con cada una de las dieciséis sillas que la rodean yo habría podido pagarme un año de universidad. Pero no aparece una papelera por ningún sitio. Termino desistiendo y meto los restos en el lateral de mi bolsa de mensajero, en la redecilla donde debería de colgar la botella de agua. Odio el olor a manzana y odio a Tom por arruinar mi bolsa favorita, que tiene el tamaño justo para que quepa mi portátil, y es una de las pocas con la bandolera lo bastante larga como para rodear mi enorme corpachón, sin parecer una bufanda, como las otras.

—Oye, tío, ¿por qué no lo has echado en esta papelera? —dice mi amigo, señalándome una rendija en la pared. Al presionarla, una sección se desliza hacia fuera, tarde para salvar mi bolsa, pero a tiempo de que mi cabreo con Tom alcance el punto de ebullición.

—Se acabó. Nos vamos de aquí. No pienso presentarme ante Myers así —digo, recogiendo la bolsa y dirigiéndome a la salida.

Tom me sujeta del antebrazo.

—Calla y siéntate. ¿A que ahora estás mejor? ¿Han desaparecido las náuseas?

Me paro cerca de la puerta, de cristal grueso como un puño, y me doy la vuelta hacia él. No puedo evitar sonreír. El muy cabrón ha montado todo este numerito para que me olvidase de mi ataque de ansiedad y me centrase en sus tonterías, algo que parece haber funcionado.

—No la cagues en la prueba, ¿vale? No quiero que te pase como...

Le hago un gesto para que se calle y señalo con los

ojos a la diminuta semiesfera de cristal en un extremo de la habitación, seguramente la cámara que utilizan para videoconferencias, que sin duda Myers usará para grabar nuestra reunión, si es que no está en marcha ya. En Infinity no se han caracterizado nunca por respetar la intimidad de los clientes que emplean su motor de búsqueda, sus aplicaciones de correo electrónico o sus dispositivos electrónicos. Celebridades de todo el mundo han sido víctimas de su falta de escrúpulos en el pasado, la última vez unas semanas antes con una enorme filtración de fotografías eróticas de gran número de famosas que guardaban en la nube de Infinity recuerdos de sus acrobacias en la cama.

Infinity ofreció unas pobres excusas acerca de un poderoso ataque de un grupo de piratas informáticos, pero aquello apestaba a que alguien se había dejado abierta una puerta de atrás, una entrada secreta que daba acceso a los datos de todos los clientes que almacenaban sus datos personales en los descomunales servidores de Infinity. A partir de ahí, solo había que teclear el nombre de la persona en cuestión y ver si había sido travieso con su pareja o con alguien más.

Todo sistema tiene una puerta de atrás, y si no respetas la intimidad de tus clientes lo bastante como para protegerla, dudo mucho de que no vayas a transgredir la privacidad de los humildes dueños de una *start-up* que vienen a pedir dinero a tus propias oficinas.

Tom me comprende de inmediato, me guiña un ojo y arranca una perorata sobre un ligue, una farmacéutica que trabaja en la calle Main, y de la increíble cena que tomaron ayer en un restaurante griego cerca de su casa. Estoy convencido de que se inventa la mitad de los detalles, de que es una actuación de cara a nuestros anfitriones, pero aun así siento envidia de él y de su capacidad para entablar contacto con otros seres humanos. Estoy perdido en mis pensamientos, escuchando a medias a Tom, cuando un carraspeo junto a la puerta nos pone a los dos en pie.

Detrás de nosotros, aparecido casi de la nada, está el único hombre que puede salvar nuestra empresa de la ruina.

2

Un desplante

Con el paso de los años he dejado de creer en Zachary Myers, de dejar de sentir la adoración reverencial que sentía por personajes como él, Bill Gates o Steve Jobs. Cuando era poco más que un adolescente que daba sus primeros pasos frente a un entorno de desarrollo, conocía cada detalle de sus vidas, estaba pendiente de cada palabra que decían en las entrevistas, quería descubrir cómo habían evolucionado desde la nada más absoluta hasta convertirse en revolucionarios que habían cambiado el mundo.

De pronto un día tuve mi propia idea, el plan con el que yo mismo quería aportar mi granito de arena y, como diría Tom, «ganar tanta pasta que pudiese tumbarme encima». De pronto mis héroes se convirtieron en tipos más mundanos, menos fulgurantes. A cada hora de las miles que pasé picando códigos frente a la pantalla, inventando a LISA, el brillo de las estrellas se fue apagando cada vez más, y los eslóganes vaciándose de sentido. Ya no quería pensar diferente, ni permanecer hambriento y loco. Solo quería acabar este maldito invento que me ha obsesionado durante años. En una época especialmente dura, arranqué de las paredes las fotos de mis ídolos y las arrojé al contenedor dentro de una caja de pizza repleta de bordes.

Odio los bordes de la pizza.

El trabajo duro y el fracaso constante me habían vuelto cínico ante mis ídolos de la adolescencia, qué sorpresa. Bueno, he de decir que conocer en persona a Zachary Myers no ayudó en absoluto a cambiar esa actitud.

—Buenas tardes, señor Wilson, señor Sax —saluda. Ha venido solo, vestido con su icónico atuendo de vaqueros y camiseta blanca, más pálido y envejecido que en las fotos. Se aproxima a los sesenta, y ni siquiera los miles de millones que posee podrán hacerle cambiar eso.

Tom se adelanta para estrecharle la mano, pero el fundador de Infinity deja las suyas a la espalda.

—Lo siento, no estrecho manos cuando conozco a alguien —dice, muy cortante—. Siéntense, por favor.

—¿Se reserva para la segunda cita, señor Myers?

—¿Disculpe?

—Para estrechar la mano.

Myers sonríe de forma glacial, mientras nos evalúa de arriba abajo con la mirada. Mi camisa arrugada y los pantalones cargo de anchos bolsillos, el traje barato de Tom. Siento el peso de su mirada y vuelvo a sentir la ansiedad y las náuseas. Incluso Tom, que tiene la piel de titanio y menos vergüenza que un vendedor de coches usados libanés, se revuelve incómodo.

—Es fácil ver quién se encarga del trabajo duro y quién de las relaciones públicas. —Coloca un diminuto objeto de plástico frente a él, el reloj de arena mítico que le ha hecho ganarse su fama de intransigente y de jefe imposible incluso en este mundo de egos tan grandes que hacen falta sherpas, cuerdas de escalada y oxígeno para superarlos. Dicen que lo emplea para todo, desde una presentación de un jefe de división hasta para tomarse un café. «Cualquier actividad que lleve más de tres minutos completar es una pérdida de tiempo», declaró a la revista *Time* cuando le hicieron hombre del año. Mientras preparábamos la reunión, Tom insistió mucho en la pena que le daba la señora Myers.

—Humillarse llamada tras llamada para conseguir inversores es un trabajo muy duro —se defiende Tom, a quien no le gusta nada que se le considere un segundón.

Myers le ignora y se dirige a mí.

—Señor Sax, si su socio sigue haciendo chascarrillos, si vuelve a abrir la boca en esta reunión, ni siquiera necesitaremos esto —dice, dando la vuelta al reloj de arena—. Comience, por favor. Hábleme de LISA.

Lanzo a Tom una mirada desesperada. No es así como lo habíamos planeado. Se suponía que Tom haría una presentación de unos cuarenta segundos, después yo haría una demostración durante un minuto, y Tom cerraría la intervención hablando de las posibilidades de LISA, de todas sus aplicaciones y de la oportunidad que representaba. Sin el apoyo de la intervención, me encuentro perdido, y las náuseas reaparecen. Tom se encoge de hombros y hace un gesto con la cabeza para que empiece.

Myers comienza a impacientarse y tamborilea sobre la mesa.

—Dos minutos y cuarenta segundos.

Yo intento hacer las respiraciones largas que teóricamente me ayudan a controlar las náuseas, y saco de mi bolsa un teléfono móvil. No es uno de los suyos, y Myers no oculta una expresión de disgusto, pero yo sé muy bien lo que hago. No quiero correr riesgos, y he cargado el prototipo de la aplicación en un móvil fabricado por otra compañía, al que he bloqueado cualquier contacto con nada que no sea mi portátil. Ni siquiera nos conectamos a la tentadora red wifi de

Infinity. Ahora mismo, el ordenador que acabo de dejar encima de la mesa y mi teléfono forman un sistema cerrado, protegido por una clave de seguridad de 4.096 bits. Si todos los servidores de Infinity, situados en una nave industrial del tamaño de seis campos de fútbol en Colorado, trabajasen a la vez en descifrarla tardarían unos seis mil años, siglo arriba, siglo abajo. Claro que para eso tendrían que dejar sin correo electrónico al veinte por ciento de la población mundial, y a ver cómo pasa la gente seis mil años sin mandarse vídeos de gatos.

—Supongo que ya le habrán explicado lo que...

—No suponga nada, señor Sax. No sé nada de LISA. Véndamela.

Sus colaboradores debían de haberle hecho un resumen de lo que habíamos preparado, estaba seguro. Habíamos aparecido en blogs aquí y allá, nada demasiado espectacular. Jumping Crab —así llamamos a nuestra empresa, un nombre que de pronto me suena ridículo e infantil—, una joven empresa de Chicago, está trabajando en un nuevo sistema de reconocimiento de imágenes. Un par de líneas en publicaciones de segunda fila, mencionando de pasada que teníamos problemas para conseguir financiación, un eufemismo para decir que habíamos llamado a la puerta de todos los inversores posibles y que estábamos totalmente arruinados.

La culpa de que nadie soltase un centavo no era de Tom, sino mía. LISA es complicada, es una genialidad pero no siempre funciona, en buena parte por las restricciones que le impone mi obsesión por la seguridad. He fracasado estrepitosamente en todas las presentaciones. En los últimos meses, ante la inminencia de la quiebra, Tom llamó a Infinity —uno de los pocos frente a los que aún no habíamos fracasado— más de un centenar de veces, sin éxito. Y, sin embargo, hace un par de semanas Tom recibió una llamada citándole hoy, aquí, no para una reunión con un jefe de departamento ni nada por el estilo, sino con el propio Zachary Myers. Si le hubiese llamado san Pedro para una reunión con el Todopoderoso, Tom se habría extrañado menos.

—LISA es un acrónimo, en inglés, de Algoritmo de Búsqueda de Interpolación Lineal. A diferencia de los algoritmos tradicionales, como el programa de búsqueda inversa de imágenes que ofrece su compañía, no emplea los bordes del objeto para determinar qué es. LISA busca un fragmento en la imagen que pueda reconocer, y predice qué es más probable que se encuentre después.

—Por aprendizaje estadístico. Eso ya se ha intentado.

—Pero se ha acometido a través de imágenes, buscando similitudes entre los bordes de la imagen, lo cual requiere comparaciones casi infinitas. Mi algoritmo emplea palabras.

Myers alza una ceja. No sé si finge sorpresa o es genuina. Hasta aquí no hay nada que sus empleados no le hayan dicho ya, supongo que riéndose muy fuerte de nosotros.

—Eso es imposible, señor Sax. Está usted hablando de intuición. Intuición artificial.

Si tuviese un centavo por cada vez que me han dicho eso, podría comprarme un sofá que sustituya al que tuve que vender en eBay la semana pasada para pagar el recibo de la luz, así no tendría que sentarme en dos cajas de madera.

—En lugar de buscar una silueta y compararla con su base de datos, lo cual tardaría mucho más y sería imprecisa, LISA identifica un parámetro y establece una probabilidad basándose en variables de contexto. No se centra en la imagen en sí, sino que intenta comprender dónde encaja, como un niño pequeño cuando mira algo nuevo.

Fue Arthur quien me dio la idea de programar así a LISA. Arthur y su manera especial de mirar el mundo, tan tierna, tan inocente. Pero no voy a hablarle de eso. No hablo nunca de Arthur con nadie.

—Señor Sax, lo que usted propone es brillante, pero es solo ciencia ficción.

Tom se incorpora en el asiento y va a protestar, pero Myers le congela en el sitio levantando un dedo nudoso, con forma de palillo de tambor. De dentro de una carpeta saca tres objetos, que coloca frente a él en la mesa: una caja de fósforos, un dispensador de caramelos Pez con forma de princesa Disney y un bolígrafo corriente.

—Identifique estos tres objetos con su aplicación antes de que se acabe el tiempo, señor Sax, y podremos seguir hablando.

Miro de reojo al reloj de arena y calculo que no quedarán ni cuarenta segundos. Comienzo por el bolígrafo, es el más sencillo. Hago una captura con la aplicación, asegurándome de enfocar bien la marca del boli. Después el dispensador de caramelos. La princesa de la tapa es un problema, pues puede llevar el algoritmo por cientos de otros caminos. No tengo ni idea de cómo va a reaccionar, así que hago dos capturas, una de frente y otra de costado y le doy al botón de enviar.

Finalmente el reto, la caja de cerillas. Es de esas con forma de libro, mucho texto y poco volumen. Voy a colocarla para buscar un mejor ángulo, pero Myers me lo impide.

—Sin tocar, señor Sax.

El sol se está poniendo, y la luz mortecina que entra por los amplios ventanales del piso 27 no es nada favorable para LISA. Hacerle una foto de frente no servirá de gran cosa, así que coloco el móvil de costado a corta distancia y hago la foto de manera que se vean las cabezas de las cerillas. Cuando retiro el teléfono, ha caído el último grano de arena del reloj.

—Me temo que su tiempo se acabó, señores —dice Myers, levantándose.

—¿No quiere ver los resultados? —digo, intentando ganar tiempo. LISA aún no ha emitido la vibración que indica que la búsqueda ha terminado.

Myers me mira, y mira al teléfono. Noto cómo sus propias normas luchan contra la curiosidad. Finalmente gana esta última y tiende la mano. Se lo paso, y él aprieta el botón verde que acaba de aparecer en la pantalla.

—Primer. Objeto —dice una voz de mujer, nítida y clara. Es la más sensual de las que pude encontrar en los bancos de sonido, pero hace tantas pausas que aún cuesta un poco que te caiga bien—: Un. Bolígrafo. Uniball. Eye Micro. De. Color. Negro. Disponible en. Infinity Shopping. Por. 2,38 dólares. ¿Quieres que encargue uno, Simon?

—No, gracias, LISA. Pasa al siguiente.

La aplicación hace una pausa mientras procesa mi orden, y por un instante temo que se ha colgado.

—Segundo. Objeto —dice por fin—. Dispensador. De. Caramelos. Pez. Varios modelos. Disponibles en. Infinity Shopping. Desde. 3,01 dólares. ¿Quieres ir a la tienda, Simon?

—No, LISA. Pasa al siguiente.

Aprieto las uñas contra las palmas de las manos. Esto va a doler.

—Tercer. Objeto. Resultados. Inconcluyentes.

No ha podido reconocer la caja de cerillas. Siento la oleada de fracaso y me dejo caer en la silla, sin atreverme a mirar a Myers a la cara. Se produce un silencio eterno, que Tom se atreve a romper.

—¿Puedo intervenir ya, señor Myers?

El fundador de Infinity hace un gesto imperceptible de asentimiento, sin quitarme la vista de encima.

—Si me lo permite, señor, LISA tiene aplicaciones infinitas. Inicialmente Simon lo ideó como un sistema para facilitar las compras de la gente. Basta con ver un objeto, capturarlo en la aplicación y listo, ya puedes comprarlo. No necesitas un código de barras, ni siquiera saber cómo se llama. Vas en el autobús, ves unas zapatillas de deporte que lleva alguien y diez segundos después puedes encargarlas a través de cualquier tienda *online*.

No hace falta que Tom le diga que la tienda por defecto del buscador sería Infinity Shopping, el gran quebradero de cabeza de Zachary Myers, siempre dos pasos por detrás de Amazon. Tampoco es necesario que le explique lo que esa aplicación haría por su negocio.

LISA supone un cambio de juego, la mayor revolución en las nuevas tecnologías desde que Steve Jobs presentó el iPhone en 2007.

—Pero LISA puede hacer mucho más que ayudarte a comprar. El algoritmo de Simon es escalable, señor, cuanto más sabe más aprende y antes ofrece resultados. Y dentro de un par de años podríamos estar vendiendo licencias para aplicaciones educativas, artísticas, industriales y de investigación.

—Si funciona —rezonga Myers, levantando la caja de cerillas.

—Necesitaremos dinero para perfeccionar el algoritmo, para bases de datos...

El hombre del otro lado de la mesa se pone rígido, se oye crujir sus vértebras mientras su cuerpo se tensa, aprestándose a la batalla. Ahora está en su terreno.

—¿Cuánto?

No me falles ahora, Tom, pienso. *Que no te tiemble la voz.*

—Diez millones de dólares para despegar, a cambio del diez por ciento de las acciones —dice Tom, con el mismo desparpajo con el que leería el menú del día. Cualquiera diría que le ha pedido prestado dinero a mi vecina de al lado para poder echar gasolina al coche hace un par de horas—. Cien millones en segunda ronda a cambio de otro diez por ciento. Quinientos millones en tercera ronda, abierta a cualquier postor, por el veinte por ciento restante.

Myers contiene una carcajada, haciendo un ruido desagradable, como un fuelle que no se ha llenado del todo.

—Ha dicho que LISA tiene muchas aplicaciones, señor Wilson. ¿Quién decidirá cuáles son?

—Simon y yo controlaremos el cincuenta y uno por ciento de las acciones.

—No creo que estén ustedes en posición de negociar un trato tan bueno, señor Wilson. Su aplicación funciona a ratos, su interactividad es pobre y la interfaz de usuario deja mucho que desear. Eso por no hablar de su situación económica. En la cuenta del banco de su socio hay un descubierto de setecientos dólares —dice, señalándome con el dedo—, y no creo que pueda hacer frente a las dos hipotecas que ha pedido sobre la casa de sus padres. Y usted no está mucho mejor. Ni sus tres empleados, que llevan meses sin cobrar su paupérrimo sueldo.

Tom me mira, fingiéndose escandalizado, pero los dos sabíamos que eso iba a pasar. Ningún multimillonario se reúne con tipos que vienen a pedirle dinero sin encargar un informe financiero.

—Estoy seguro de que podremos llegar a un acuerdo, siempre y cuando sea Infinity la dueña de la tecnología —continúa Myers.

—Eso no va a pasar —dice Tom—. Si no quiere participar, está bien. Encontraremos quién lo haga.

—Ya han llamado a todas las puertas. ¿Cómo van a pagar las facturas hasta entonces?

Entonces recuerdo un episodio de los Looney Tunes que vi una vez con Arthur. Bugs Bunny se arrastra sediento por el desierto, buscando un oasis, y el Pato Lucas sale de detrás de una roca vendiendo vasos de limonada a precio de oro. Es el truco más sucio y viejo del mundo. Me pregunto si es por eso por lo que Infinity no nos ha recibido antes. Myers quiere esa tecnología, la quiere desesperadamente, y ha sobrevolado dando vueltas en círculo sobre nosotros, esperando a que estemos en una situación crítica para que no podamos negociar.

—LISA está casi lista —dice Tom—. Se la mostraremos a otro inversor.

—No, no lo está. Ha tenido un acierto pleno con un producto que lleva el modelo escrito encima, un acierto parcial con los caramelos y un fallo con las cerillas. Necesitarán mucho más de diez millones de dólares para lograr una base de datos de imágenes y muchísimos teraflops de potencia para lograr que LISA aprenda. Yo puedo ofrecerles todo eso. Estoy dispuesto a comprar su tecnología y a incorporarles a la plantilla con un sueldo de seis cifras, seguro médico para ustedes y su familia directa —dice, mirándome de reojo.

Esa mención, aunque sea velada, a Arthur, es más de lo que puedo soportar, y me pongo en pie.

—Señor Myers —digo, intentando sonar decidido—. Llevo seis años tecleando los cinco millones de líneas de código de LISA. ¿Cree que sus ingenieros pueden llegar a descubrir cómo lo he hecho? Pues le deseo suerte, porque yo antes trabajaría en un McDonald's que venderle mis ideas por un sueldo y un seguro dental.

Cuando termino, la voz me tiembla tanto que apenas se me entiende una de cada tres sílabas, pero intuyo que Myers ha captado el mensaje, porque se levanta y sale de la sala de reuniones hecho una furia.

Tom me da una palmada en el hombro.

—Enhorabuena, Simon —dice—. Acabas de arruinarnos.

3

Un palo de hockey

Tom y yo hacemos el trayecto de vuelta en incómodo silencio. Noto su resentimiento y su frustración, emanando de él en ráfagas intermitentes. Agradezco que lo pague con la palanca de cambios del viejo Ford Fiesta en lugar de retorcerme el pescuezo.

—Escucha, Tom...

Como siempre, espera a que yo empiece a disculparme para atacar. Ha sido así desde que nos conocimos, hace ocho años, cuando ambos estábamos en el último curso de la universidad. Acababan de morir mis padres, y yo intentaba ganarme un dinero extra para poder sacar adelante a Arthur reparando ordenadores. Él trataba su portátil exactamente igual que al Ford Fiesta —el mismo que tenía entonces—, así que necesitaba toda la ayuda que yo podía proporcionarle.

Cuando terminé de arreglarlo, me dijo que no tenía dinero para pagarme, pero que me invitaba a una cerveza. Seis rondas después ya éramos amigos. A Tom le gustaba hablar sin cesar, y a mí que alguien llenase el silencio que me acompañaba a todos lados como una parte más de mi cuerpo. Aunque ahora lo veo distinto, quizá. Tom es todo lo que yo no soy: un torrente de energía sin destino, un anuncio sin producto. Al encontrarme a mí había encontrado dónde ir y qué vender y yo le había arrebatado eso.

—No, escúchame tú a mí —dice, tomando una curva a la derecha con un volantazo tan fuerte que me hace tambalearme—. Podría haber ido a un bufete importante, en lugar de aceptar trabajos de mierda aquí y allá, sin poder comprometerme realmente con nadie porque tenía que organizar esta empresa, llevar tus cuentas, hablar con los inversores. Vale, quizá no a uno de los grandes de verdad, pero podría estar en uno de segunda fila. Ahora tendría un buen sueldo y un coche con menos de veinte años. Sería socio antes de los cuarenta. Pero lo dejé todo aparcado por tu culpa, cabronazo. Me juraste que seríamos ricos.

Cambia de carril, sin poner el intermitente y deja el dedo pegado al claxon mientras adelanta a un coche que no va todo lo deprisa que él querría, que en el caso de Tom supone al menos diez kilómetros por encima del límite legal.

—¡Conduce por tu lado, imbécil! —grita al retrovisor—. Tampoco es que estuviese pidiendo demasiado. Me hubiese bastado con sacar rendimiento al tiempo que hemos estado trabajando en esto, y Myers era nuestra última oportunidad. Ahora no tenemos nada, estamos de deudas hasta las cejas. ¿Has pensado qué va a ser de Arthur dentro de unas semanas, cuando los de la residencia dejen de creerse que el cheque está en el correo?

No me enfado con Tom por hablar de Arthur, porque Tom es de la familia, porque tiene razón y porque tengo miedo de que acabemos estrellándonos contra el quitamiedos al salir de la circunvalación si le pongo mala cara.

—Infinity nos ofrecía una salida, Simon. No era perfecta, claro que no, pero era una buena salida. Y tú lo has echado a perder.

El guardabarros trasero del Fiesta pasa a menos de tres centímetros de otro coche. El motor protesta como si estuviese a punto de estallar, y yo me agarro al asiento preguntándome si llegaremos vivos.

Cuando finalmente frena a dos manzanas de mi casa, yo suelto un suspiro de alivio mientras bajo del coche, pero Tom enseguida vuelve a ponerme un nudo en la garganta, esta vez de otra clase.

—¿Sabes lo que realmente me jode, Simon? —dice, inclinándose hacia la ventanilla del lado del copiloto—. Que tú nunca hablas. Siempre estás callado, en tu mundo, esperando a que los demás te saquemos las castañas del fuego, que averigüemos qué pasa dentro de tu cabeza. Llevo mucho tiempo animándote a que saques de dentro todo lo que tienes, a que te atrevas a gritarle al mundo a la cara lo mucho que vales. Y el día en que lo haces por primera vez es para estropearlo todo.

Se marcha con un chirrido de neumáticos, dejando una marca negra en el asfalto y otra en mi conciencia. Lo que yo había hecho no era justo con Tom, pero lo contrario no hubiese sido justo con LISA. Me gustaría explicarlo, tratar de arreglar las cosas con él, pero su Ford Fiesta ya es solo un punto al final de la calle.

El cielo se ha vuelto de un sucio gris pizarra a juego con mis pensamientos, y las farolas cobran vida cuando doblo hacia mi casa, una calle sin salida en el extremo del barrio. Llevo viviendo aquí toda la vida, aunque ahora ya no es la urbanización de clase media alta que era cuando mi madre, embarazada de mí, se fijó en ella. La crisis llevó a muchos a vender y marcharse de Chicago rumbo a Indiana o a Missouri, donde las propiedades son más baratas. El precio del metro cuadrado ha descendido drásticamente, y muchas de las casas están vacías, con las ventanas clavadas en un vano intento de que los adolescentes no se cuelen a beber, colocarse y meterse mano.

Veo a lo lejos unos cuantos jugando al hockey en el ensanche entre mi calle y la transversal. De ordinario no les prestaría atención, si no fuese porque una figura que camina muy derecha, con pasos cortos y apresurados, se mete en mitad del grupo. Uno de los adolescentes, un idiota más alto y más grande que los demás, vestido con una camiseta negra con una calavera estampada, levanta el palo para tirar a la portería improvisada con dos mochilas justo en ese instante. Tropieza con el recién llegado y está a punto de caer al suelo.

—¿Tú eres retrasado o qué? —pregunta Calavera, dándole un empujón.

—Pues sí, tío, ¿es que no lo ves? —dice otro, riéndose.

Forman un corro alrededor de él. Le tocan, le zarandean, se ríen de sus ojos oscuros y achinados, de su cara de luna, de sus dedos cortos. Él mira a su alrededor, asustado. Quiere que paren.

Es Arthur.

—¿Qué te pasa, retrasado? —dice Calavera, cogiéndole del brazo—. Flipas al ver a tanta gente lista, ¿no?

—Se ha cagado en los pantalones, fijo —dice otro.

—¿Es verdad eso, retrasado?

Arthur no contesta, solo mira hacia el suelo, sin entender nada.

—Vamos a comprobarlo —dice Calavera, echándole mano al cinturón—. A ver de qué color tiene los gayumbos el retrasado.

Arthur emite un gemido de protesta, inaudible para mí, que estoy recorriendo a grandes zancadas la calle, corriendo a socorrerle, maldiciéndome por ser tan lento y pesado. No necesito escucharlo, de todas formas. Llevo oyéndolo muchos años. Es un maullido sordo, profundo, desgarrador. Una petición de auxilio de un inocente indefenso, de alguien que no comprende la agresión porque en su corazón solo hay bondad. Hacer daño a un ser así es de una crueldad inadmisible.

Irrumpo en mitad del círculo, apartando a los adolescentes a un lado. No necesito ni siquiera usar los brazos, soy dos palmos más alto que ellos. Su líder, Calavera, ya es otra cosa. Debe de estar en último curso de instituto, mide metro ochenta y tiene espaldas grandes. Uno de esos matones que se desarrolló muy pronto, descubrió un día que le gustaba que le tuviesen miedo y se hizo una corte de lacayos más débiles. Los veo en el par de segundos que me cuesta alcanzarle: el que le hace los deberes, el que le ríe las gracias, el que aspira a ser líder pero se conforma con ser el músculo. Cuando eres un perdedor como yo, aprendes a distinguir a tus enemigos, a evitarlos. Pero ahora están haciendo daño a Arthur.

Agarro a Calavera por el hombro, sin darle tiempo

a reaccionar. Le quito el palo de las manos. Forcejea intentando recuperarlo, quitárseme de encima. Es grande y fuerte. Yo lo soy más.

Le arrojo al suelo, de espaldas. Intenta incorporarse, pero yo agarro el palo por el mango recubierto de plástico, antes blanco y ahora grisáceo por el sudor y la mugre, y apoyo el cabezal contra su barbilla.

—Trisomía del par 21. Eso es lo que tiene Arthur. Sus genes tienen un cromosoma más. Él no lo ha elegido, igual que tú no has elegido ser rubio. Repítelo, quiero estar seguro de que te lo aprendes bien. Trisomía del par 21.

Calavera me mira con los ojos desorbitados. No está acostumbrado a perder. Se lleva la mano a la cara, tratando de quitarse el extremo del palo del mentón. Yo aprieto más.

—¿Estás loco, tío? ¡Me haces daño!

No aguanto ninguno de los nombres políticamente correctos que le pone la gente: Síndrome de Down. Disminuido psíquico. Especial. Y si se te ocurre decir en voz alta alguno de los insultos habituales —*retrasado*, *mongolo*, *subnormal*—, lo más probable es que te parta la cara. No soy una persona violenta, pero nadie insulta a mi hermano.

Nunca.

—No sé si estoy loco —digo, apretando un poco más el palo contra su boca—. Quizás. Por ahora soy el que está a punto de hacer que te tragues tus propios dientes si no obedeces.

Calavera mira alrededor. Todos sus amigos le están observando, y no está dispuesto a perder su estatus de macho alfa. Intenta zafarse gateando hacia atrás, en una postura muy poco digna de un líder, pero yo le piso el borde de sus pantalones de rapero y cae de culo, despellejándose los codos.

—¡Joder!

Vuelvo a ponerle el palo en la boca, asegurándome de que el borde afilado le apriete el labio inferior contra la encía.

—Trisomía del par 21. Eso es lo que tiene Arthur. Repítelo.

—¡Trisomía del par 21! ¡Trisomía del par 21! ¡Ya está! ¡¿Contento?!

Cojo el palo de hockey con las dos manos —un palo grueso, de buena madera de roble— y lo parto contra la rodilla derecha con un crujido seco y violento. Me duele una barbaridad, pero me aguanto. Vale la pena con tal de ver sus caras de terror. Esos chavales prácticamente han venido al mundo con uno de estos palos bajo el brazo, y saben que para romperlo hace falta una fuerza descomunal.

—Ahora sí —digo, arrojando los restos del palo encima de Calavera—. Largaos de aquí.

Los chavales rompen el círculo que se había formado alrededor de nosotros y salen de estampida. Calavera va el último, y cuando está a una distancia segura se da la vuelta para gritarme.

—¡Cuando te pille te mato, cabrón!

Yo le ignoro, me vuelvo hacia Arthur y tiendo los brazos hacia él. Al principio le cuesta un poco, sigue muerto de miedo. Me mira, se tira de la manga derecha con la mano izquierda, da un paso hacia un lado, luego hacia otro. Yo no le apremio, no hago ningún movimiento brusco que pueda asustarle más. Finalmente cede y viene a buscar consuelo, me abraza, entierra la cabeza en mi pecho y se echa a llorar.

—Me han empujado, Simon.

—Ya lo sé, Arthur.

4

Unos espaguetis

Arthur nació cuatro años antes que yo, lo cual quiere decir que su esperanza de vida es de diecisiete años más, veinte como mucho. Es muy raro que las personas con trisomía del par 21 pasen de los cincuenta, y más si tienen los problemas de corazón que tiene Arthur. Todo en él es complejo, distinto. Cada órgano de su cuerpo está comprometido por su singularidad genética. Una vez, cuando creían que estábamos dormidos, escuché a papá decir que todos los fallos de su organismo estaban causados por la Naturaleza, que intentaba enmendar cuando antes el error de Dios. Mi madre no respondió, solo hizo un —inocuo, irrelevante— murmullo de desagrado.

Arthur y yo íbamos en el asiento de atrás del coche, no recuerdo de dónde regresábamos, y yo quise gritar, decir que Arthur no era un error, pero yo solo era un crío asustado y Arthur estaba dormido y yo me callé, convertí esas palabras en espinas largas y venenosas, y dejé que se quedasen dentro. Creo que fue aquel día cuando empecé a odiar a mi padre, cuando comenzó a gestarse lo que pasó después.

—¿Por qué no estás en la residencia, Arthur? —le digo, mientras nos encaminamos a casa.

La Residencia Caulfield para Personas con Necesidades Especiales está a solo cuatro manzanas de aquí, por eso mi madre escogió esta urbanización. Ya antes de mi nacimiento, nuestra vida orbitaba en torno a Arthur. Yo no puedo quejarme. Teniendo en cuenta el riesgo que corrían de que yo naciese con trisomía, es un milagro que se atrevieran a tenerme. Un milagro, una temeridad o un acto terriblemente egoísta. Aún no lo he decidido.

—Hoy había coliflor.

Hago un gesto exagerado de vomitar y Arthur se ríe a carcajadas, breves y rápidas, como sus pasos al caminar, y yo también me río, aunque estoy triste, preocupado, y la nevera está vacía. Quiero decirle que no entiendo por qué demonios no se queda a cenar donde la comida es sana, adecuada y está pagada hasta el final de esta semana, en lugar de venir a casa cuando se suponía que yo iba a estar solo para lamerme las heridas, y compadecerme de mí mismo, y ponerme algún episodio de *Perdidos* o de *House of Cards,* y despotricar contra los guionistas en algún blog para sentirme superior, y después compadecerme de mí mismo un poco más hasta quedarme dormido y de por qué él con su presencia lo estropea todo, porque tengo que hacerle la cena y poner buena cara y jugar con él al UNO, e intentar ganarle porque si pierdo se enfada conmigo lo cual es muy difícil porque él es mucho mejor que yo, y yo tengo la cabeza en mi cagada en la reunión y en cómo he decepcionado a Tom, y en cómo mejorar la variable de reconocimiento de entorno lumínico de LISA en función de la hora que es para que no vuelva a pasar lo de las cerillas, y en que mañana nos cortarán el agua si no pago porque vamos por el tercer aviso.

Quiero decirle todo eso, pero solo digo:

—Te haré espaguetis.

Arthur se ríe de nuevo.

—Yo haré salsa de tomate y rallaré queso.

La sonrisa que me dedica hace que me olvide de los problemas por un rato. Su salsa de tomate es espectacular.

Puesto que su nivel de discapacidad psicológica es relativamente bajo dada su enfermedad, en la residencia, Arthur tiene libertad para entrar y salir. Aunque se supone que debería dormir y hacer las comidas allí, le dan bastante manga ancha, a veces sin avisar, como hoy. No puedo quejarme, teniendo en cuenta la paciencia que tienen con las facturas y lo beneficiosa que es para mi hermano. Allí hace cada día ejercicios de psicomotricidad para ayudar a su coordinación y a su equilibrio muscular, aprende a realizar tareas sencillas y a expandir sus capacidades al máximo. Hace un par de años le enseñaron a manejar un taladro y decidió redecorar el salón. Yo estaba en el sótano, programando y con los cascos puestos, escuchando música muy fuerte, que es la única manera que tengo de concentrarme y de no pensar. Cuando descubrí lo que estaba haciendo Arthur ya había colocado diecisiete alcayatas en fila en la pared principal. Perfectamente niveladas, a una distancia exacta de dos pulgadas cada una entre sí metro y medio del suelo.

—Para los abrigos —dijo, con una enorme sonrisa.

No tenemos tantos abrigos, y gracias a Arthur por las alcayatas, porque ahora ya no queda mucho más en este salón, como compruebo al entrar en casa. Al abrir la puerta, aparto con el pie unos cuantos sobres que han echado por el buzón con un llamativo estampado rojo —ÚLTIMO AVISO, PAGUE AHORA—, y hago inventario:

- Una lámpara horrorosa de tulipa malva por la que nadie en eBay quiso pujar.

- Una pila de periódicos de los años ochenta haciendo de mesita auxiliar.
- Tres cajas de madera que encontré junto al contenedor de reciclaje del Walmart —habían contenido manzanas— y
- bastantes telarañas.

Arthur no se extraña demasiado de las ausencias. Su cuarto sigue intacto, y donde yo veo huecos en el resto de la casa él ve ahora nuevos lugares donde colocar su tren de Lego. Siempre que un mueble se convierte en dinero con el que pagar un ÚLTIMO AVISO, él va al lugar donde había dejado el tren, lo desmonta y lo vuelve a montar —sin mirar las instrucciones— en ese nuevo punto donde el parqué aún conserva su color original y huele ligeramente distinto, a polvo y a ausencia.

El último sitio donde ha montado el tren es el del sofá desaparecido hace un par de semanas, y pasamos —yo por encima de un solo paso, él rodeándolo— a su lado camino de la cocina. Saco la olla grande, la cambio por la pequeña cuando compruebo que el único paquete de espaguetis que queda está mediado, y me echo a reír al colocarla debajo del grifo y descubrir que nos han cortado el agua.

—¡El último día era mañana, avariciosos hijos de puta! —grito a los responsables de la compañía, que seguro que me estarán escuchando.

—Ha dicho puta —dice Arthur, que ya tiene el rallador de queso en la mano.

Rebusco en mis bolsillos y en el cajón de la cocina —donde hubiese jurado que había un par de cuartos de dólar en alguna parte—, y consigo reunir mis últimos 8,99 dólares, suficiente para una napolitana de Joe's, sin ingredientes extra, sin propina para el repartidor.

—Ya no es noche de espaguetis, ahora es noche de pizza, Arthur.

—¿Puedo comerme tus bordes?

Un repartidor cabreado, una pizza bastante sosa y una película de James Bond —las favoritas de Arthur— más tarde, mando a mi hermano a la cama. Al cabo de un rato oigo su voz, llamándome para que vaya a darle las buenas noches.

—¡Agitado, no removido!

Le arropo, le cuento un chiste verde, se retuerce de la risa, vuelvo a arroparle. De pronto me coge de la muñeca y pregunta:

—¿Simon quiere a Arthur?

Pienso en el enorme fracaso que es mi vida, en la responsabilidad que supone Arthur en ella, en lo solo que estoy. Pienso en por qué Tom y yo no nos hemos mudado a Silicon Valley, a tiro de piedra de los inversores y de los lugares donde las cosas suceden para la gente como yo, para estar cerca de Arthur.

—Sí, Arthur. Simon quiere a Arthur. Muchísimo.

Sonríe, cierra los ojos, su respiración se va haciendo más lenta. Le doy un beso en la frente y apago la luz de su mesilla de noche. Ya casi estoy en la puerta cuando me llama de nuevo.

—¿Simon?

—Dime, Arthur.

—Me gustaba la camiseta de la calavera.

—Duérmete, Arthur.

Estoy bajando las escaleras cuando suena el teléfono.

Es Tom.

Dudo de que llame para disculparse, Tom jamás se justifica, solo bromea y aparenta normalidad y eso tampoco me haría sentir mucho mejor. Es casi medianoche, y yo estoy agotado, así que envío su llamada al buzón de voz. Un par de segundos más tarde, vuelve a llamar.

—¿Qué pasa?

—Eres un jodido genio, eso es lo que pasa. —Su voz tiene un eco metálico, extraño, que nunca había oído antes.

—Tom, es tarde...

—Me ha llamado Myers, Simon. Dice que le ha impresionado tu actitud y tu convicción, y que lo ha pensado mejor.

En este momento Tom podría estar hablándome en mandarín o en klingon, porque no comprendo absolutamente nada. De pronto, mi cerebro consigue conectar las palabras con el significado.

—¿Quieres decir...?

—Quiero decir que entran en la primera ronda, Simon. Quiero decir que somos ricos.

Miro a mi alrededor, al salón desolado, al portátil donde hemos reproducido la película, a la caja vacía y grasienta de la peor pizza de la ciudad.

Por segunda vez esta noche, me echo a reír.

5

Un fleco legal

A menudo en la vida, cuando mejor crees que van las cosas, es cuando más cerca estás de pifiarla a lo grande. Una cagada épica y espantosa que antes de cometerla te parecerá una magnífica idea. Tan buena que irás cantando y bailando hacia ella, como una cucaracha que se zambulle en un barreño de insecticida haciendo un doble tirabuzón.

Los siguientes días son una locura.

A la mañana siguiente a la reunión con Myers, citamos en la sede central de Jumping Crab —que es como llamamos a la trastienda de la floristería de los padres de Tom, el único lugar cuyo alquiler podíamos permitirnos— a Marcia, Janet y Lucas, nuestros empleados.

Son los mejores expertos en bases de datos de imágenes que hemos logrado contratar por ocho dólares la hora. Tom los congrega en la sala de conferencias, una mesa de Ikea situada entre seis sacos de abono y una bobina de papel de seda, y les da las gracias por el tiempo que han pasado con nosotros y por el enorme esfuerzo realizado.

—Sabemos que os habéis dejado la piel en el proyecto, aunque sabíais que lo más probable era que fracasásemos.

—Nos vas a despedir, ¿verdad? —dice Janet, jugando, nerviosa, con sus rastas.

Los demás guardan silencio, porque es obvio, por el tono del discurso de Tom y por la terrible cara de circunstancias —estoy seguro de que se ha pasado toda la noche ensayándola frente al espejo—, que se avecinan malas noticias.

Cuando finalmente Tom suelta el bombazo, Janet se queda con la boca abierta, Lucas se deja caer sobre los sacos de abono mientras se agarra la cabeza con las manos, y Marcia nos abraza primero a Tom, luego a mí, luego a Janet y finalmente sale corriendo de la floristería. Vuelve menos de treinta segundos después con una botella de champán que ha robado de la tienda de al lado, lo que provoca que el señor Wang, el dueño, aparezca hecho una furia reclamándole dieciséis dólares. Marcia le pone un vaso de papel en la mano, se lo llena de champán hasta el borde, le empapa la camisa y de algún modo consigue que todos brindemos, incluido el atónito señor Wang, que no entiende muy bien el inglés pero se alegra por sus locos vecinos.

Cada uno de ellos tiene una participación del uno por ciento de la empresa, lo cual quiere decir que con la actual valoración de Jumping Crab —cien millones de dólares— son millonarios. Al menos sobre el papel.

Ese «al menos» es lo que me preocupa. Tom ha negociado con los asesores legales de Infinity una inyección económica inicial de medio millón de dólares para poner el proyecto en marcha, a cuenta de la compra de acciones.

—¿Cómo que *a cuenta*? ¿Por qué no compran ya las acciones? —le digo a Tom, que no deja de hacer una llamada de teléfono tras otra. Tiene en espera a varios agentes inmobiliarios y al director de su banco, sin dejar de hablar con los de Infinity al mismo tiempo.

—Antes quieren estar seguros.

Me huele a gato encerrado, y así se lo digo a Tom.

—Me huele a gato encerrado, Tom. ¿Nos van a dar tanta pasta sin respaldo alguno? ¿A fondo perdido?

— No es *exactamente* a fondo perdido.

—¿Y qué es lo que es, *exactamente*, Tom?

—Quieren una prueba de campo dentro de noventa días.

—¿Qué clase de prueba de campo?

—Nada que no puedas solucionar. Oiga, querría hablar con...

Me levanto y le arranco el teléfono de la oreja.

—¿Qué clase de prueba, Tom?

Respira hondo, carraspea y me lo dice:

—Una fiabilidad del setenta y cuatro por ciento.

—¿Sobre qué muestra?

—Sobre mil objetos.

—¿Estás loco?

—Oye, puedes hacerlo. Podemos hacerlo. Van a abrirnos su banco de imágenes y podremos contar con su personal.

—¿Y si no lo conseguimos a tiempo? ¿Habrá consecuencias?

—Algún que otro fleco legal.

—Define «fleco», Tom.

Su respuesta es un susurro camuflado dentro de una sonrisa de oreja a oreja, auténtica como un iPhone de madera.

—Tom, dime que no acabas de susurrar «devolver el medio millón de dólares».

—Vale, no te lo digo. ¿Me das el móvil? —dice, intentando recuperarlo. Yo levanto el brazo, lejos de su alcance.

—No podemos devolver el medio millón de dólares, Tom. No podríamos devolver ni el precio de medio dónut, y lo sabes. ¿Qué es lo que no me estás contando?

Se afloja la corbata, y eso es mala señal. Tom jamás hace ese gesto. Hay embajadores británicos que llevan peor hecho el nudo que Tom.

—Si no conseguimos superar la prueba de campo, ni podemos devolver el dinero, Myers se queda con LISA, y nosotros no recibimos nada. Ni participación en la empresa, ni contrato por Infinity. Estamos fuera.

Así que era eso. Myers nos está poniendo a prueba, una apuesta a todo o nada. Si fallamos, el mayor avance en ingeniería informática en lo que va de siglo le habrá salido prácticamente gratis. Y tengo muchas dudas de que vaya a jugar limpio.

—Tom...

Me mira, en silencio, durante un larguísimo minuto. Las palabras sobran, y más después de nuestra conversación de ayer en el coche. Sé muy bien que no tendremos una oportunidad mejor que esta.

—Está bien.

—Ese es mi chico —dice, recobrando el móvil y pulsando de nuevo el botón de llamada—. Pon a saltar ese cangrejo.

Cuando decidimos asociarnos y crear la empresa, escogimos el nombre Jumping Crab —cangrejo saltarín—, porque no se nos ocurría uno mejor. Apple,

Google y Facebook ya estaban cogidos, era tarde, estábamos borrachos y al día siguiente había que ir al registro mercantil. En la tele del bar donde intentábamos pensar nombres salió un anuncio donde un cangrejo de dibujos animados daba un salto, Tom dijo que aquello era imposible porque las patas de los crustáceos no funcionaban así, y eso fue todo.

Lo que intentábamos era irrealizable desde el principio, ahora solo estábamos añadiendo nuevas cotas de imposibilidad.

Tom logra lo inverosímil: alquilar una oficina funcional en el Loop —el distrito financiero de Chicago— antes de la hora de comer por una cantidad que no es un robo a mano armada. Yo le hago una lista del equipo que necesitamos y, tres días después de firmar el acuerdo, ya hemos montado las redes, instalado servidores para administrar la comunicación directa de LISA con las bases de datos de Infinity y contratado once nuevos empleados. Marcia incluso se trae los sacos de abono de la floristería y los apila en la recepción de la oficina nueva de una manera que ella llama *artística*, como un recordatorio de que venimos de la mierda y de que no costaría demasiado volver a ella si no trabajamos duro.

Esa misma noche, Tom decide que los socios tenemos que ir a cenar para celebrarlo. Nada de pizzas grasientas, un sitio elegante, como Cindy's, piso 13 de un hotel, la cima del mundo. Tom se presenta con la farmacéutica, que resulta ser real y la primera novia de mi amigo a la que no quiero estrangular a los quince segundos de que abra la boca. Marcia lleva a su novia, Janet a su marido, Lucas a su mujer.

Somos nueve a la mesa. Adivinad quién hace el número impar.

Me disculpo entre el segundo brindis y el postre, y salgo al mirador del restaurante, que se abre sobre una vista espectacular del lago Michigan y Millennium Park. Esquivo a un novio que se arrodilla, caja azul celeste de Tiffany's en mano, para pedirle matrimonio a Rubia Teñida que acepta, acepta, pues claro que acepta, y camino hasta el final de la pasarela. Contemplo un número infinito de ventanas iluminadas y pienso en las vidas que se esconden tras esa miríada de luces. Los faros traseros de los coches que se pierden en la avenida Michigan en dirección sur, rumbo a hogares bien caldeados donde esperan los seres queridos, dejan una levísima estela en los gruesos cristales. Efímera, casi imperceptible, tanto que hay que esforzarse para apreciarla.

Me pregunto cuántos de esos conductores dejarán una huella real en el mundo, cuántos de ellos han triunfado, cuántos se han convertido en los mejores en lo que hacen. Cuántos se han limitado a formar parte de lo establecido, sin mayor pretensión que una cerveza al final de la jornada, un polvo cansado los sábados, un coche nuevo cada tres años. Vidas normales, vidas rutinarias, vidas habituales. Sin destacar, sin innovar, sin cambiar las cosas.

Yo, sin embargo, estoy a tres meses de conseguir el sueño americano. El éxito total, el paquete completo, con todos los extras. Mansión a las afueras, chófer, asistente, helipuerto, avión privado, tarjeta Black.

Creo que nunca antes he sido tan infeliz.

Tom sale y se coloca a mi lado, apoyado en el ventanal. Lleva una copa de burdeos —la tercera— en la mano, y los ojos le brillan.

—¿Te encuentras bien, Simon? ¿Has tenido náuseas de nuevo?

Meneo la cabeza, con la vista y los pensamientos perdidos en el infinito inalcanzable que hay bajo nosotros. Se me escapa de reojo una mirada a una pareja que ha sustituido a la anterior al otro lado del mirador. Rubia Teñida Número Dos grita que sí, sí, un millón de veces sí, quiere casarse con él.

—Has estado muy callado toda la cena —dice Tom, con la lengua algo pastosa por el vino.

—Estoy cansado, eso es todo.

—Te sientes un poco solo. ¿No, grandullón?

Una nueva pareja sale al mirador. Me pregunto si harán cola o el *maître* les irá dando un número. Otra rodilla en tierra, otro ofrecimiento de carbono prensado. Rubia Teñida Número Tres da palmas alborozada. Me pregunto a qué viene tanto escándalo, al fin y al cabo el diamante no es más que una piedra transparente.

Tom insiste.

—¿Cuánto crees que durará tu soledad en el momento en el que empieces a salir en la portada de la revista *Wired* y en el *Fortune 500*?

—No será real, Tom. No podré estar seguro.

Tom puede parecer superficial, impulsivo y, según once de las dieciséis chicas a las que he visto bajarse de su Ford Fiesta tras romper con él, un cabrón egocéntrico, portazo, dedo corazón levantado, patada a la rueda trasera. Pero no es idiota.

—Ya veo. De pronto tienes prisa. Quieres que pase algo mientras eres Simon Sax, no una abultada cuenta corriente, o algo así.

—Eso mismo.

—Pues tienes que salir más. Abrirte un poco, conocer gente nueva. Nunca te das una oportunidad a ti mismo.

—Gracias, Oprah.

—Lo digo en serio.

—No tengo tiempo de salir, Tom. Tengo que poner a punto a LISA, tengo que cuidar de Arthur...

Hago una pausa. Tom calla y espera, como ha callado y esperado cien veces antes, cuando he puesto excusas igual de pobres para no afrontar la patética realidad.

—Y me da miedo conocer gente. Las citas, y todo eso.

Mi mejor amigo me mira de una forma muy extraña. No es que yo acabe de hacer una gran revelación que le haya pillado por sorpresa, precisamente, pero creo que es la primera vez desde que me conoce que admito mis miedos en voz alta, y no sabe muy bien cómo tomárselo.

—Grandullón, me temo que sobre eso no se puede hacer nada. Si quieres dejar de estar solo, tienes que conocer a alguien. Déjame que pregunte entre mis amigas, a ver si conocen alguna *friki* de los cómics y de los ordenadores como tú.

—Lo pensaré.

Miento, y los dos lo sabemos.

—Es una pena que LISA no sea capaz de solucionar tu problema, ¿verdad, grandullón?

Y así empieza la cucaracha a saltar hacia el barreño de insecticida.

6

Un toro

Las palabras de Tom van rebotando en mi cabeza en el taxi de regreso a casa. Apenas veo el momento de sentarme delante del teclado. Pago al conductor sin pedirle el cambio —hoy es un día de primeras veces, está claro—, cruzo el salón y el pasillo en seis pasos, bajo las escaleras del sótano de dos ágiles saltos, me tropiezo con la esquina de la lavadora.

Mientras se inicia el portátil y me froto la espinilla para mitigar el dolor, voy encendiendo las pantallas. Encajada entre la secadora rota y una caldera que funciona solo en los días pares, está mi mesa de trabajo. En otra vida fue una mesa de ping pong que alguien abandonó cerca del parque, y que todavía huele un poco a orina en una esquina. Sobre ella he distribuido el montón de cachivaches con los que trabajo: cámaras de fotos, una decena de discos duros, un millar de papeles, postits y cuadernos donde he ido creando el algoritmo que hace funcionar a LISA. La última versión ocupa casi un folio de letra apretada, cubierto por manchas de refresco y algo que estoy casi seguro que es kétchup. Teniendo en cuenta que lo conozco de memoria y que este larguísimo conjunto de operaciones matemáticas vale muchos millones de dólares, debería destruirlo en lugar de dejarlo tirado encima de la mesa, pero no acabo de imaginarme al multimillonario Zachary Myers colándose en mi casa para robar mis secretos.

Comparar esta parafernalia con el equipo que tengo en la oficina nueva sería como comparar un tirachinas con una ametralladora, pero lo que voy a hacer dejaría rastro en los recién conectados servidores de Infinity. Y ahora mismo valoro más la intimidad que la rapidez.

Abro la carpeta donde guardo los prototipos de LISA, elijo el último y hago una copia. Empiezo a editarla a toda velocidad, con el juicio embotado por el vino y las tripas ardiendo por los cuatro refrescos que me he tomado para espabilarme. Pero a pesar de estar medio borracho y tener los dedos del tamaño de salchichas sigo siendo capaz de teclear trescientas pulsaciones por minuto sin equivocarme ni una sola vez. No me extraña que las chicas se peguen por conocerme.

Media hora y otros dos refrescos después, tengo una versión alternativa de LISA, con el código fuente modificado para su uso personal. En esta versión ya no buscará entre los artículos disponibles de las ciento cincuenta tiendas más importantes de internet, sino en una web muy diferente. Que, bien mirado, es una tienda también. He visto sus anuncios un millón de veces al navegar, sobre todo en los foros de chalados solitarios como yo. Varía según la época del año, pero el que más se repite muestra a una atractiva eslava de caderas imposibles, vestida con un traje de tubo de color rojo que mira directamente hacia mí y que me confiesa que está deseando encontrar un marido en mi país, con muchas admiraciones y una gramática deplorable. Se llama *russianwives.com*, y es la más selecta web de contactos para discretos caballeros norteamericanos que buscan una esposa honesta y trabajadora en los países del Este, según su propia definición. Un mercado de carne para chiflados que están dispuestos a que les timen, les arruinen o les engañen para conseguir un permiso de residencia en Estados Unidos, según Fox News.

Habría que estar muy desesperado para ponerse a navegar por la web, mirar una a una las fotos de las mujeres, a veces en posturas sugerentes, buscando una que cuadre con tus deseos. Algo así tiene que hacerte sentir muy sucio, y yo no lo haría jamás.

Para eso he programado a LISA.

Mientras termino de compilar la versión ejecutable del código fuente, me felicito por mi brillantez y mi coherencia. Como tengo miedo a que me quieran por mi dinero, voy a buscar a alguien que me querrá por mi nacionalidad. Lo sé, para tener un coeficiente intelectual de 162 me comporto como un jodido genio.

Con un pitido triunfal, el compilador me avisa de que el ejecutable de LISA2 está listo. Lo abro y la interfaz me solicita una fotografía de referencia para empezar a buscar a la mujer de mis sueños.

Alguien en mi lugar elegiría una supermodelo, una actriz famosa o una presentadora de televisión, pero yo sé muy bien quién es mi prototipo de mujer perfecta.

Elizabeth Krapowski, administrativa en una empresa de productos cárnicos.

Yo tenía quince años y dos días cuando la conocí. Lo sé porque mi cumpleaños es el 6 de septiembre, y ella llegaba nueva al instituto, la única incorporación de ese año. Nos saludó desde el encerado, como manda la tradición, nos dijo de dónde venía, como manda la tradición, y aguantó estoicamente un par de bolas de papel en la cara en cuanto la profesora se dio la vuelta, como manda la tradición.

Elizabeth siguió a rajatabla la norma establecida

por el alumnado femenino de la Amundsen High School, y no me hizo caso durante todo el curso. Ella tampoco tenía amigos, era una chica solitaria que sacaba buenas notas e intentaba pasar desapercibida en la cafetería. Supongo que intuyó a la primera que hablando conmigo no mejoraría gran cosa su posición social, y yo no contribuí a sacarla de su error.

Por algún motivo desconocido, después de las vacaciones de primavera, Elizabeth sufrió un cambio. Se hizo amiga de las rebeldes de la última fila, dejó de vestir como una pastora de cabras, empezó a salir con todos los chicos que se le pusieron por delante y a ser *enrollada*. Como muchas chicas que han sido unas buenazas toda su vida, Elizabeth Krapowski rebotó hacia el lado contrario y se convirtió, según la opinión general, en una golfa.

Yo intentaba no babear cada vez que ella entraba en clase con su pelo rojo fuego, su piel de porcelana y su cazadora vaquera, que ahora abultaba bastante por los sitios adecuados. Creía estar secretamente enamorado de Elizabeth, pero igual no era tan secreto, a raíz del desastre que sobrevino.

No sé si fue una especie de rito de iniciación, si fue una venganza, o solo una broma que se les fue de las manos, pero Elizabeth me pasó una nota en Ciencias, citándome bajo las gradas del campo de béisbol después de las clases. El campo de béisbol, a medio camino entre el instituto y mi casa, es donde van las parejas a montárselo cuando todavía no tienen coche y quieren un poco de intimidad.

Yo no comprendía absolutamente nada por qué Elizabeth me pasaba la nota precisamente aquel día y tampoco me paré a pensar demasiado sobre ello, porque mi cerebro se quedó sin riego durante las cinco horas siguientes. Solo recuerdo mi taquicardia, que no paraba de mirar el reloj y que compré seis paquetes de chicle de menta extrafuerte. Para cuando Elizabeth se presentó bajo las gradas, hora y media más tarde de lo acordado, ya era casi de noche y yo me había comido cinco paquetes y medio.

—Hola, Simon —dijo ella, al aparecer entre las vigas de acero que soportaban las gradas. Sacó un paquete de tabaco de la cazadora y me lo ofreció—. ¿Quieres un pitillo?

Yo cogí uno para no quedar como un *pringao*, consiguiendo parecerlo más en cuanto di la primera —y última— calada que he dado en mi vida y comencé a toser como un loco.

Elizabeth se rio y me quitó el cigarro de la mano.

—De todas formas no te queda bien. ¿Tienes novia? Un chico grande y fuerte como tú tiene que tener un montón de tías detrás.

—No tengo —conseguí decirle lo que ella sabía de sobra, sin creerme del todo lo que estaba ocurriendo.

Me puso la mano en el pecho y me apretó.

—Tienes los músculos grandes. Estás un poco gordo, pero eres un toro. Eso me pone.

Me palpó el cuello, el hombro y los brazos. Su cara se acercó a la mía y adelantó los labios, pintados de rojo oscuro.

—Aprieta los bíceps —me ordenó, con la voz repentinamente rota.

Yo obedecí y ella soltó un ronquido susurrante.

—Madre mía, pero si son como un balón de fútbol. Vamos a enrollarnos.

Se puso de puntillas para besarme. Yo entreabrí los labios, muerto de miedo, y sentí su lengua en mi boca, explorando, ansiosa. Sabía a tabaco y a regaliz, y yo no había probado nada mejor en mi vida.

—¿Te han atado las manos, o qué? —dijo ella, tirándome de los brazos, que se habían quedado muertos a los lados. No tenía ni idea de qué debía hacer—. Tócame el culo, Simon.

Yo obedecí con ahínco, hurgando bajo la minifalda, jugando con el elástico de sus bragas con la punta de los dedos. Tiré demasiado fuerte de la goma y solté, dándole un pequeño latigazo sin querer. Ella se paró, con los ojos cerrados, y por un momento creí que iba a gritarme.

—Vaya con el chico callado. ¿Lo tienes todo igual de grande?

Su mano izquierda bajó desde mi pecho al estómago, se introdujo por debajo de la camiseta, jugó un instante en mi ombligo y después se dirigió, con los dedos bien pegados a la piel, por debajo del pantalón.

—Ostras —dijo Elizabeth, abriendo mucho los ojos, cuando sus dedos se cerraron en torno a lo que estaba buscando—. Parece que lo de toro te va que ni pintado, campeón.

Volvió a besarme con fuerza sujetándome el cuello con la derecha, mientras la otra me desabrochaba el pantalón y lo dejaba caer al suelo. Yo llevaba unos calzoncillos con botones, de esos que hay que mirar para poder quitárselos, pero ella parecía apañarse muy bien al tacto y consiguió bajármelos hasta la mitad del muslo.

—¿Te la han chupado alguna vez, Simon? —me susurró al oído.

En ese momento yo tenía la respiración tan agitada y el ritmo cardiaco tan alto que creía que lo que acababa de oír era una alucinación o que debía estar a punto de despertarme.

Y entonces me sacó del sueño una voz inconfundible.

—¿Simon? ¿Simon, dónde estás?

Entre las sombras de la grada apareció Arthur, iluminando la escena con la linterna de libro que usaba siempre que volvía a casa. La bombilla alumbraba de lo lindo, lo sé porque yo mismo había cambiado la pila de nueve voltios esa misma mañana.

Unas risas agudas estallaron sobre nuestras cabezas, unas carcajadas crueles, desagradables.

—Unas chicas me han dicho que viniera, que estabas esperándome, Simon —dijo Arthur, sin dejar de alumbrarme.

Allí estaba yo, muerto de vergüenza y humillación, con los pantalones por los tobillos y el mástil tieso al aire, intentando comprender qué demonios estaba ocurriendo, cuando la risa de Elizabeth se unió a las carcajadas de arriba.

—¿Un retrasado? —dijo, sin parar de reírse. A la luz de la linterna de Arthur, su rostro ya no era tan angelical—. Pero qué zorras que sois. Esta me la pagáis, os lo juro.

—¡Igual quieres chupársela a él también, Liz! —dijo una de las arpías, entre las gradas.

Resumiendo: yo me llevé a Arthur a casa, le previne sobre hacer caso a los desconocidos que se encontrase por la calle, y estuve unos días sin ir al instituto, diciéndole a mi madre que tenía la gripe, lo cual me permitió pasarme todo ese tiempo lamiéndome las heridas en mi cuarto.

A mi vuelta la anécdota debía de haber corrido como la pólvora, porque desde entonces me llamaron Toro

Retrasado, y estuvieron dejando latas de Red Bull vacías delante de mi taquilla hasta que me gradué.

Esa es la historia de la primera vez que besé a alguien, hace diecisiete años. Antes de lo que pasó con Liz, yo solo era un tímido crónico. Luego vino *El Accidente*, unos pocos meses después, y nadie del instituto hubiese querido salir conmigo por lo que ocurrió. Luego comenzaron las náuseas y la ansiedad, y aunque hubo algún que otro roce breve, desafortunado y patético —algún ligue de Tom tenía amigas feas que no querían irse a casa pronto—, esa es mi vida sentimental hasta hoy.

Cualquier otro hombre en mi situación hubiese odiado a Elizabeth Krapowski. Yo lo hice al principio, pero la perdoné enseguida, porque no creo que tuviese mala intención. Seguí enamorado de ella mucho tiempo, aunque fui olvidándome gradualmente. Luego vino Facebook, y ahora tengo el privilegio de ser uno de los 1.143 elegidos a los que ha concedido su amistad virtual. Eso me hace sentirme realmente especial.

No estoy obsesionado con mi antigua torturadora de instituto. Es posible que siga visitando su página a diario —nunca dejo comentarios, todavía tengo dignidad—, y que eche un vistazo a sus actualizaciones, solo para mantenerme informado. Quizá miro de tanto en tanto su estado, esperando que pase de «En una relación» a «Es complicado», pero tampoco es que quiera que le vaya mal, ni nada. Tiene tres hijos, está casada con un decorador de interiores de San Francisco —bastante castigo lleva en ello, la pobre— y yo me alegro mucho por los dos.

Lo que no había hecho nunca antes era guardar fotos de Elizabeth en el disco duro —salvo unas cuantas de su viaje con unas amigas a Las Bahamas, aunque no viene al caso—. Necesito un primer plano sonriente, donde se puedan ver bien los rasgos de su rostro, que pueda darle a LISA como referencia para que encuentre a la mujer de mis sueños.

¿Patético? Seguro.

¿Desesperado? Sin duda.

¿Enfermizo? Quizás.

¿Efectivo? Ya veremos.

Encontrar, entre las cientos de imágenes etiquetadas como Elizabeth Krapowski, una en la que mire de frente a la cámara sin poner cara de pato apretando los labios me lleva más tiempo del que empleé en programar la versión alternativa de LISA. Estoy a punto de desistir y dejarlo para mañana cuando encuentro una del anuario del último curso del instituto, que alguien debió de escanear y etiquetar con su nombre.

Ya es de madrugada, se me ha pasado la euforia del vino, hace mucho frío en el sótano y estoy muy cansado de esta chorrada, pero quiero saber si las nuevas variables que he introducido en el algoritmo realmente funcionan. Sin saber cuánto dolor, cuánta sangre y sufrimiento va a suponer mi curiosidad, arrastro la foto de Elizabeth hasta la interfaz, y aprieto el botón.

7

Una lección

Mientras LISA hace la búsqueda, yo miro a mi alrededor, esperando que se desate una tormenta de rayos y relámpagos, que aparezca un jorobado bizco llamado Igor arrastrando los pies, o que alguien diga algunas de esas frases brillantes que se dicen cuando se emplea la ciencia para el mal. Pero aparte de las humedades de las paredes, del gorgoteo de la caldera y de un póster medio rasgado de Bruce Springsteen estoy completamente solo.

Que es por lo que estoy haciendo esto desde el principio.

—Búsqueda. Finalizada. Simon. Encontrados. Cinco. Resultados —me avisa LISA, a trompicones.

—¡Está vivo! ¡Está vivo! —grito, solo para continuar la tradición de los genios chiflados.

La búsqueda es bastante decepcionante. Tres de los resultados encontrados por LISA tienen idéntica foto de perfil y no son reales, a no ser que Scarlett Johansson esté buscando marido desesperadamente. Al fin y al cabo, de eso viven las páginas de contactos. Una ínfima parte de las personas que se registran son mujeres —a pesar de que ellas se dan de alta gratis—, y los administradores tienen que crear miles de perfiles falsos como cebo para que solitarios con pocas luces suelten la pasta.

El cuarto resultado es una mujer atractiva que posa en biquini y mordiéndose el pulgar. Algo en ella me da muy mal rollo y la descarto enseguida.

El quinto, sin embargo...

—¿Has visto, Bruce? —le pregunto al póster de la pared. El *Boss* no suele responder, está siempre ocupado en su guitarra y en anunciar su concierto en el United Center, 25 de septiembre de 2002. El mejor concierto de la gira The Rising, espectacular. Dicen. Yo no estuve, robé el póster del tablón de anuncios de la universidad para fingir que tenía una vida—. ¿Qué dirías de esta chica?

La mujer del último resultado no se parece absolutamente nada a Elizabeth Krapowski, más allá de que tiene el pelo rojo y la piel muy clara, casi tanto como la pared blanca contra la que se recuesta. Sus rasgos, algo asimétricos, son afilados, de pómulos marcados y labios generosos. Podría pasar por guapa en cualquier parte, sin ser espectacular, si no fuera por sus ojos.

Los ojos son algo de otra dimensión.

Si tengo que asignarles un color, diré el verde. Si tengo que asignarles una característica, diré intensos. Pero no hay manera de describir la fuerza de esa mirada, la tristeza serena que transmiten.

Bajo el ojo izquierdo, una fina línea llega hasta la mitad de la mejilla. La cicatriz es larga y antigua, pero no afea el conjunto, al contrario, aporta una energía singular, casi inquietante.

Dentro del pecho, algo empieza a botar sobre mi diafragma, como un pitufo sobre una cama elástica electrificada. Me echo hacia atrás en la silla, sin poder apartar la vista de la foto e intento respirar con calma.

No tengo ni idea de si estoy enamorado, porque nunca había sentido esto antes. Lo que sí sé es que estoy jodido.

Voy a la pila del viejo lavadero de cemento que hay al lado de la caldera, me echo agua fría en la cara, ignoro la que cae sobre mis zapatos, vuelvo al ordenador y hago *click* en el enlace del perfil de la chica de ojos tristes. Se abre la web, y comienzo a leer. Se llama Irina E. Tiene veinticuatro años y un máster en Administración de Empresas. Vive en Kiev y le gusta la danza, la

música y las películas antiguas. Mide un metro setenta y tres, no fuma, no bebe. En la casilla *Desea hijos* ha
marcado *Te lo diré después*.

Eso es todo.

Si quiero saber más sobre Irina E, ver más fotos de
Irina E o comunicarme con Irina E, debo darme de alta
en la página, introducir los datos de mi tarjeta de crédito y firmar con sangre en la línea de puntos, me in-
forma una amable ventana emergente.

—Hombre, haberlo dicho antes —digo. Cierro el
navegador, bajo la tapa del portátil, me pongo de pie,
indignado.

Seis segundos después me siento, levanto la tapa del
portátil, vuelvo a abrir el navegador, abro la última
ventana cerrada, hago *clic* en «Registrarse» y escribo
todos mis datos, introduzco el número de mi tarjeta
de crédito —por suerte hay algo de saldo después de
la inyección de dinero de Infinity— y sí, claro que
quiero darme de alta por solo 99,95 dólares.

Nada más apretar el botón de enviar, una extraña
sensación de vacío, de indeterminación, se apodera de
mí. Si no la has sentido nunca, no puedes entender lo
que me está pasando, pero, si la has sentido, sabrás lo
terrible que resulta descubrir que no eres completamente dueño de tus actos, como si fueras una mario-
neta de ti mismo. La razón sigue enviando mensajes
de alerta con la fuerza de la sirena de un submarino,

pero tus manos pertenecen a un sistema completamente desconectado y autónomo, con su propia hoja de ruta, precisamente en uno de esos momentos en la vida para los que hay un antes y un después.

Nunca he jugado al póquer, pero ahora imagino lo que siente un ludópata cuando se apuesta la casa, el coche y el fondo para la universidad de los niños a una sola mano llevando una pareja de treses.

¿Qué demonios estoy haciendo?

¿Y por qué no puedo dejar de hacerlo?

La bandeja de entrada del correo electrónico me confirma que mi pago se ha aceptado y de que ya estoy registrado. Yo vuelvo a la página de Irina, y entro con mi nueva clave y mi contraseña, deseoso de saber más cosas de ella.

No hay más fotos, ni más información. Solo lo que había visto antes.

Empiezo a temer que el perfil de Irina es falso, que no voy a saber nunca qué historia hay detrás de esos ojos tristes y verdes, y experimento una mezcla de alivio y decepción.

—Acabas de recibir una importante lección, Simon. Por solo 99,95 dólares.

Anoto mentalmente que mañana por la mañana tendré que dar de baja la tarjeta de crédito, antes de que un pirata ruso se hinche a vodkas en la plaza Roja a mi costa. Si es que parezco imbécil. Que un palurdo que no sabe ni enchufar un USB se deje engañar por un timo semejante tiene un pase, pero que sea precisamente yo...

Voy a cerrar todo e irme a la cama, cuando me fijo en un botón bajo la foto de Irina que ahora está habilitado. Alguien que no soy yo pero que usa mis manos decide pinchar en el sobrecito junto a las letras EN-VIAR MENSAJE y escribe:

Hola, ¿cómo estás? Me llamo Simon.

Eso la conquistará, sin duda. Bravo, Simon.

No tengo tiempo de calcular qué hora será en la Europa del Este, ni siquiera de preguntarme cuánto tardará en responderme, porque casi al instante aparece un círculo rojo en mi bandeja de entrada.

La chica de ojos tristes ha contestado.

Chkalova, Ucrania
Una granja al pie de los Cárpatos
Octubre de 1999

Cuando *Mama* comenzó a gritar su nombre, la niña colgaba de la rama del viejo roble, sujetándose solo con la punta de los dedos. Tan solo con haber girado la cabeza unos centímetros por encima de su hombro derecho, podría haber visto el todoterreno, detenido en la última curva del camino que conducía hasta el caserío. En los largos años y en las pesadillas interminables que vendrían después, ese detalle se magnificaría en su memoria y le asignaría una importancia descomunal. Si hubiese mirado, si hubiese bajado hasta el borde del camino, si hubiese atisbado desde la linde del bosquecillo, si hubiese corrido a avisar a su padre...

Pero ella era solo una niña de ocho años, concentrada en su juego.

Setecientas once. Setecientas diez. Setecientas nueve.

Contaba mentalmente hacia atrás, muy despacio, dejando entre cada número el tiempo de una respiración lenta, sin hacer trampas casi nunca. Oksana le había enseñado el juego el verano anterior, cuando consideró que era lo bastante fuerte como para poder resistir el tiempo suficiente para que fuese divertido y lo bastante lista como para saber cuándo había que rendirse.

—No aprietes los dedos, aprieta el brazo —le dijo la primera vez que ella se cayó y aterrizó llorando sobre el terreno pedregoso—. Los dedos se irán soltando poco a poco, pero no hagas caso. Tú aprieta aquí.

Aquí era la zona justo encima del codo, donde había un músculo que ella ni sabía que existía. Oksana le dijo que se llamaba cubital anterior, y que era lo que confería fuerza a la mano. Oksana sabía esas cosas porque quería ser médico y estudiaba de memoria los diagramas del libro de ciencias de la escuela.

Setecientas. Seiscientas noventa y nueve. Seiscientas noventa y ocho.

Con el paso del tiempo, la niña fue notando que el músculo empezaba a sobresalir, a volverse más duro, y aprendió que podía concentrar todas las energías de su cuerpo en ese punto y dejar la mente en blanco.

—Cuenta hacia atrás desde mil —le había dicho Oksana—. Si aguantas hasta cero colgada de la rama, te daré un regalo.

No le había dicho qué regalo era, y eso era lo que a la niña más le había motivado. Mientras hacía las tareas de la casa, imaginaba qué podría ser. Quizás uno de los collares de cuentas de madera que a Oksana le gustaban tanto. La niña no tenía ninguno, pero su hermana le prestaba uno de los suyos cuando bajaban hasta Rakhiv los jueves, el día de mercado, en busca de gasolina para la motosierra de *Tato*, azúcar, vodka y medicinas para los cerdos. La niña se apretujaba entre Oksana y *Tato* en el asiento delantero de la vieja camioneta e iban escuchando música en la radio. A veces sonaba una canción que a *Tato* le gustaba y entonces bajaba un poco el volumen y cantaba entre dientes, dando golpecitos en el volante al ritmo de la música. Su padre tenía una voz preciosa, grave y serena. Cuando cantaba, a la niña se le ponía la piel de gallina y tenía ganas de llorar de felicidad.

Mientras el granjero compraba las provisiones, Oksana y su hermana curioseaban en el quiosco de la plaza Lenina. Cuando hacía buen tiempo, la anciana dueña se sentaba en una silla de tijera, a la sombra de la estatua del viejo revolucionario ruso. La perilla de la estatua quedaba perfectamente dibujada en el suelo, como una flecha oscura en los adoquines, y la anciana se entretenía arrojando migas de pan justo en ese punto para que las palomas las picoteasen.

Oksana siempre se probaba varios de los collares

que la quiosquera tallaba con sus manos nudosas, le preguntaba a la niña cuál le quedaba mejor y ella respondía siempre basándose en sus propios gustos, pensando egoístamente en el día en que su hermana se los prestase. Ella también tendría pronto uno de aquellos collares. Costaban nueve grivnas los sencillos y once los de doble vuelta, los que tenían bolitas de cristal azul. La niña ya guardaba siete grivnas y trece kopeks bajo el tablón suelto que había en una esquina de su habitación. En su octavo cumpleaños, *Tato* le daría dos grivnas, y aún le sobrarían unos pocos kopeks para comprarse una de las enormes piruletas moradas que la anciana exhibía junto al estante de las postales.

Seiscientas sesenta y cuatro. Seiscientas sesenta y tres. Seiscientas sesenta y dos.

Había descubierto que un suave balanceo —sin apenas moverse, meneando imperceptiblemente los tobillos— le permitía resistir más tiempo.

Seiscientas cincuenta y nueve. Seiscientas...

La voz de *Mama* volvió a llamarla, arrastrando la última letra de su nombre con apremio, como hacía siempre que se impacientaba, y la niña se soltó, resoplando de fastidio. Cuando sus dedos abandonaron el agarre, se vieron en la rama dos heridas blancas y suaves, allá donde siempre se colgaba y la oscura corteza rugosa no volvería a crecer.

En cuanto tocó el suelo se dio cuenta de que tenía las pantorrillas heladas, y corrió para desentumecerse, moviendo mucho los pies hacia los lados dejando que la hierba alta que había tras el establo le hiciese cosquillas en la piel desnuda. Varios saltamontes, molestos por su intrusión, cruzaron el estrecho camino de grava a su paso como fugaces balas marrones en busca de paz, y la niña rio, pues ella golpeaba indistintamente a ambos lados.

—¿Es que estás sorda?

Su madre estaba asomada al porche trasero, con medio cuerpo fuera de la puerta, limpiándose las manos en un trapo que antes había sido una bonita blusa de flores.

—No, *Mama*.

—Pasa rápido, que hay mucho que hacer —dijo ella, y abrió la puerta del todo para que entrase.

Al pasar por su lado, la niña pegó un salto e intentó darle un beso en la mejilla, pero solo le alcanzó el hombro. La madre, ablandada, desfrunció un poco el ceño —lo justo para que su hija no se relajase— y le gritó una lista de tareas mientras iba a atender el puchero donde burbujeaba el *borshch*. El olor delicioso a rábano y hierbas aromáticas arrancó un rugido del estómago de la niña.

—¿Puedo tomar *salo*?

—Pon un poco en un cuenco. Pero no te atiborres. No queda mucho.

La niña subió a un taburete y sacó de una alacena la última cazuela de *salo* que les quedaba. Grasa cruda de cerdo, sazonada con ajo, del que *Mama* ponía la cantidad justa para que estuviese delicioso. Destapó la cazuela y vio que apenas quedaban unos restos pringosos y blanquecinos al fondo.

—Usa una cuchara —avisó la madre, tarde.

—¿Cuándo harás más? —pidió la niña, mientras chupaba el dedo hasta que solo supo a dedo.

—Quedan cinco semanas para la matanza. Entonces podrás tomar todo el que quieras.

Contrariada, la niña trotó hasta el aparador que había junto a la chimenea, debajo de la foto de *Tato* cuando estaba en el ejército. Como siempre, se paró un instante a mirar la imagen, que colgaba de la pared un poco ladeada. No era el uniforme, ni el rifle al hombro, ni la cara de su padre —sin barba y mucho más joven— lo que le llamaba la atención, sino la gorra que le cubría la cabeza, protegiéndola del sol abrasador, hasta dejar solo una franja de sólido marrón oscuro en el lugar donde debían estar los ojos. Ella, que siempre tenía frío, soñaba con ir algún día a un sitio donde el sol te calentase tanto que no hiciese falta usar tres mantas en primavera. Un sitio cálido como *Fnistán*, pero no *Fnistán*. Su padre solo hablaba de aquel sitio después del tercer vaso de vodka, e incluso la niña sabía que no era un buen lugar.

Abrió el aparador, sacó el mantel y los platos, y se dirigió a la mesa del salón, que estaba abarrotada por los libros de texto y los cuadernos de su hermana.

—No hagas tanto ruido —le dijo Oksana—. Estoy estudiando.

—Vamos a cenar ya.

Sin quitar la vista del libro, Oksana señaló con el bolígrafo hacia fuera, hacia la parte delantera de la casa, donde la motosierra de su padre seguía el ulular intermitente —ronco, agudo, ronco, agudo— que anunciaba el invierno. La leñera estaba casi a rebosar, pero *Tato* había dicho que este año las nieves llegarían antes, y quería estar listo.

La niña, viendo que su hermana no iba a ayudarla, comenzó a colocar el mantel por el único extremo libre, pero enseguida encontró que no había forma de avanzar. Tuvo que dejar los platos sobre una silla.

—¿Tienes que tener todos los libros abiertos a la vez?

Oksana se encogió de hombros, mordisqueó un poco el capuchón del bolígrafo y se recogió un mechón pelirrojo que le caía sobre la frente sin levantar la cabeza. Era muy guapa, todo el mundo lo decía. Desde hacía unos meses, todos los chicos del pueblo se daban codazos cuando ella pasaba. La niña pensaba que, desde que le habían salido las *hrudy*, su hermana se lo tenía demasiado creído. Decía palabras complejas y frases tontas que no significaban nada, solo para darse importancia y para dejar claro que ella era la mayor, para poner distancia entre ambas. Le fastidiaba que la tratase como a una niña pequeña, que no jugase con ella tanto como antes, o que se creyese por encima de la obligación de poner la mesa.

Pegó un tirón de la enorme tela a cuadros hasta tapar, primero los libros, y luego la cabeza de Oksana. Su hermana aulló de protesta y tiró del vestido de la niña, hasta que ambas acabaron, a carcajadas, con la cabeza bajo el mantel.

—¡*Tato* aún no ha acabado de cortar leña!

—¡Sí que ha acabado! ¡Escucha!

La vibración de la motosierra se había detenido, pero había algo más, un sonido que no era de los habituales en la granja. Oksana ladeó la cabeza y entrecerró los ojos, concentrándose para escuchar mejor.

—Hay alguien ahí fuera.

Oksana apartó de un manotazo el mantel que los cubría, y ahora la niña percibió la voz de *Tato*, aunque no logró distinguir lo que decía. Se acercaron las dos a la ventana del salón, curiosas, empujándose y riendo.

—¿Con quién habla? ¿Lo ves?

Su padre estaba allí de pie, con el mono de trabajo y sin camiseta a pesar del frío viento que subía del valle. Sostenía la motosierra con una mano enguantada, mientras que con la otra se rascaba la parte de atrás de la cabeza. La niña no podía ver bien con quién hablaba su padre, apenas alcanzaba a ver el perfil del visitante, que parecía preguntarle algo.

—Es Boris —dijo Oksana, con frialdad—. Boris Moglievich.

La niña había oído a su hermana hablar con *Mama* de los Moglievich, un chico de Rakhiv. Solo había captado retazos de conversación, pero sabía que el chico le había gritado algunas cosas *sucias* desde un coche. *Mama* le había dicho que no se acercase a él, que se juntaba con muy malas compañías. La niña no entendía lo que significaba eso, pues a ella no le gustaba estar sola y no comprendía cómo estar acompañado podía ser algo malo. Cuando se lo había preguntado a Oksana, ella le dijo que ya lo entendería cuando fuese mayor, una respuesta que en realidad quería decir que ella tampoco tenía ni idea.

—¿Qué quiere?

—Sssh. Calla. Estoy intentando oír.

Oksana pegó la oreja al cristal, y quizá por eso ella no vio lo que pasó hasta que fue demasiado tarde, pero la niña sí que vio venir al otro, el que se acercó por detrás a *Tato*, caminando por el borde de la hierba muy despacio, por donde la tierra no crujía. El hombre de la cazadora negra arremangada, el hombre cuyos brazos estaban cubiertos de extraños dibujos.

La niña lo vio y presintió que iba a suceder algo, algo malo.

8

Un consejo

—¿Simon? Aterriza, Simon.

Noto los ojos de todos los presentes clavados en mí. Marcia me mira, frunciendo el ceño y ladeando ligeramente la cabeza. Ahora ella dirige al nuevo equipo de expertos en imágenes digitales que hemos contratado, y que está al completo reunido en mi despacho. Tom la ha nombrado Vicepresidenta de Cosas que Molan, o algún otro cargo pomposo y accesorio, pero me alegro de que sea ella la que dirija al equipo nuevo, porque es mejor que yo con las personas.

Creo que me ha hecho una pregunta y todos están esperando a que diga algo, pero yo en lo único que soy capaz de pensar ahora mismo es en el mensaje de Irina.

Hola. ¿De dónde eres?

Cuatro palabras. Eso es todo. Cuatro palabras comunes, cuatro palabras que no significan nada, que no comprometen a nada. Tan vacías que mi soledad las rellena de significado hasta convertirlas en el mismo anhelo de contacto humano que me consume. La imagino delante de su ordenador, en una pausa en el trabajo, abriendo la página y comprobando que por fin tiene un mensaje. Abriéndolo y estudiando la foto de mi perfil, la única que encontré en la que no parezco un gorila recién levantado. Fijándose en mis ojos castaños, en mi pelo negro, que llevo muy corto, en la barba de tres días que ahora está tan de moda —yo soy fiel a ella desde hace doce años—, en mi sonrisa bobalicona, en las mejillas que aún no han dejado atrás la gordura de la infancia. La imagino calculando, sopesando, intentando dilucidar si soy de fiar, si soy cariñoso, si tengo dinero, si como carne, si soy creyente, si quiero tener hijos, si soy un asesino en serie, si pongo la tele con el sonido muy bajo para intentar quedarme dormido. *Sí, sí, no, sí, no, sí, no, sí,* le respondo mentalmente a la foto de los ojos tristes, porque no me he atrevido a contestar aún de otra manera a su mensaje.

Marcia carraspea. Ella también espera una respuesta.

—Perdonadme. Ha sido una mala noche. Sigue, Marcia.

La Vicepresidenta les explica cuál será su misión: conectar la base de datos de LISA con las imágenes que nos proporcione Infinity, y después ponerla a trabajar.

—Tenéis que bombardearla con todo lo que encontréis. Cargad tantas imágenes en la cola de trabajo como podáis, y comprobad uno a uno los resultados. Cuando LISA falle, explicadle qué está viendo, usando estas tablas que Simon ha escrito —dice, enseñando un manojo de papeles—. Os he enviado una copia a vuestro email.

—¿Qué hacemos con las imágenes fallidas?

—Irán a una cola distinta de trabajo, y LISA volverá a enfrentarse a ellas unas horas después. Si vuelve a fallar, Simon las recibirá y las estudiará para mejorar el código fuente.

Una de las chicas nuevas levanta la mano.

—Cada día se suben millones de imágenes nuevas a internet...

—Setenta millones cada día, solo a Instagram. Y en Facebook son cinco veces más —precisa Marcia.

—¿Cómo se supone que va a conseguir LISA reconocerlas todas?

—Su algoritmo funciona de una forma parecida al cerebro humano, al menos un cerebro humano muy básico. Imagina que le enseñas una foto de la mesa del despacho de Simon. Primero buscaría algo que le permitiese saber a qué escala está trabajando, como por ejemplo un bolígrafo o esta lata de Red Bull...

Qué le vamos a hacer, le cogí el gusto en el instituto.

—Cuando LISA identifica la mesa, empieza a pensar qué cosas son más probables que estén encima de una mesa. Un portátil o un plato tendrían una probabilidad muy elevada, y un hipopótamo una muy pequeña. Todas esas operaciones las realiza en centésimas de segundo, y las relaciones que crea entre los objetos aumentan su conocimiento. Cuantas más conexiones establece, más inteligente se vuelve y antes estará listo para que lo use el público.

—¿Podremos conocer el algoritmo de LISA? Eso nos ayudaría a trabajar

Marcia se pone muy seria y me señala.

—LISA es un secreto industrial. Es un invento de Simon, y solo Simon tiene acceso a él. En el acuerdo de confidencialidad que os ha dado Tom Wilson se detallan las líneas generales de lo que debéis saber, pero es importante que sepáis que todos trabajamos para Simon. Dentro de unos años recordaréis con orgullo haber estado en este despacho.

Once personas me dedican la gama completa de miradas, que van desde la envidia hasta la admiración.

Creo que malinterpretan mi silencio y mi actitud distante por genialidad.

Si ellos supieran.

Los nuevos se largan por fin de mi despacho, dejándome a solas con mi dolor de cabeza, mi sentimiento de culpa y Marcia, que se ha demorado junto a la puerta. Seguimos siendo muchos para una habitación tan pequeña.

—¿Ha pasado algo, Simon?

Tardo un poco en contestar. No tiene sentido ocultarle la verdad a Marcia, y además no quiero hacerlo. Necesito que alguien me diga que no estoy loco. Marcia tiene un par de años más que yo, nació en un pueblo pequeño de Wisconsin y es lesbiana, así que en su pasado hay mucha mierda, mucho dedo acusador, mucha incomprensión. Marcia es amable e inteligente, pero por debajo late el cinismo pragmático de quien sabe lo que quiere y le importa un carajo lo que digan los demás.

Debería abrirme a ella, decirle lo que he hecho, por qué. Hablarle de la eterna necesidad de sentir otra piel contra la mía, del ataque agudo de soledad que sufrí ayer durante la cena, de la frase de Tom sobre encargar novias por internet, del juego estúpido con la foto de Elizabeth y de cómo eso llevó a pasar la noche en vela mirando una foto de ojos tristes y releyendo un millón de veces un mensaje no respondido, pero lo máximo que logro decir es:

—Nada, solo es que he conocido a una chica.

Marcia sonríe y va a decir algo, pero justo en ese momento Tom entra en el despacho, quitándose el manos libres de la oreja.

—Tengo ya el borrador del contrato con Infinity. Voy a necesitar varias cajas de papel para poder imprimirlo. —Mira a Marcia, que le hace gestos de complicidad, y luego me mira a mí—. ¿Qué os traéis entre manos?

—Simon está enamoraaaadoooo —dice Marcia, canturreando y simulando que toca un violín.

Tom me mira con extrañeza.

—Pero si anoche estabas lloriqueando y son —mira el reloj— las nueve y once de la mañana, ¿cuándo ha pasado eso?

—Es una amiga de una amiga de Facebook. No nos hemos visto nunca pero ayer nos escribimos.

La cara de Tom se ilumina, con una alegría sincera. Sé lo mucho que me quiere —y yo a él—, y por eso me siento aún peor por mentirle.

—Pero te gusta y te toca dar el paso, ¿verdad? —dice Tom.

—Supongo que sí. Aún no lo sé.

—Estas cosas son siempre difíciles, Simon —dice

Marcia—. Pero tienes que echarle valor. Yo también conocí a Carla por internet, y ahora somos muy felices.

—No sé si es un buen momento. Debería centrarme en el trabajo, no tenemos mucho tiempo.

Tom menea la cabeza.

—¿Ya estás otra vez con eso? Ayer estabas hecho polvo porque te sentías solo y tenías miedo de no encontrar a nadie, y hoy estás aquí suplicándonos con ojos de carnero degollado que te demos permiso para ligar con alguien. Yo digo que un poco de ejercicio te ayudará a centrarte, a descargar tensiones.

Marcia le pega en la pantorrilla para que deje de hacer gestos obscenos.

—Exceptuando la grosería de la última frase, estoy de acuerdo con el Vicepresidente de Asuntos Legales.

—¿Y si no sale bien? ¿Y si resulta que me equivoco con ella?

—¿Y si nos invaden los marcianos? —Tom me agarra del antebrazo con una enorme sonrisa—. Déjame darte un consejo, Simon. Creo que deberías ir a por todas. Tengo una corazonada. Créeme, nada malo va a salir de esto.

SEGUNDO ERROR

1

Una transcripción

DETECTIVE RAMÍREZ:	¿Cuándo fue la última vez que vio con vida a Tom Wilson, señor Sax?
SIMON SAX:	Ya se lo he dicho a su compañero.
DETECTIVE FREEMAN:	Lo siento, necesito que lo repita. Ha habido un problema con la grabadora, vamos a tomarle declaración de nuevo.
SIMON SAX:	Llevamos aquí seis horas.
DETECTIVE FREEMAN:	Ha sido asesinada una persona, señor Sax. Nuestro deber es esclarecerlo.
SIMON SAX:	¿Necesito un abogado?
DETECTIVE RAMÍREZ:	Díganoslo usted, señor Sax.
SIMON SAX:	No he hecho nada malo.

DETECTIVE FREEMAN:	Entonces no le hace falta. Aunque si quiere buscar un abogado, puede hacerlo en cualquier momento.
DETECTIVE RAMÍREZ:	Solo tiene que avisarnos y le dejaremos llamar.
DETECTIVE FREEMAN:	¿Cuándo fue la última vez que vio con vida a Tom Wilson, señor Sax?
SIMON SAX:	Ayer por la tarde, cuando se marchó de la oficina. Él salió media hora antes que yo.
DETECTIVE RAMÍREZ:	¿Parecía alterado cuando se marchó?
SIMON SAX:	No me fijé. No lo creo.
DETECTIVE FREEMAN:	No se fijó.
SIMON SAX:	Yo miraba el ordenador. Estaba haciendo algo importante.
DETECTIVE FREEMAN:	¿Recuerda qué era eso tan importante?
SIMON SAX:	No lo entenderían.
DETECTIVE RAMÍREZ:	Pónganos a prueba.
SIMON SAX:	Calculaba una regresión lineal múltiple.
DETECTIVE RAMÍREZ:	¿Disculpe?
SIMON SAX:	Calculaba la relación entre una variable dependiente escalable y

una predicción de múltiples variables correlativas.

DETECTIVE RAMÍREZ: Pues tiene razón, no lo entiendo.

DETECTIVE FREEMAN: Qué coño vas a entender, Ramírez, si te graduaste por los pelos.

DETECTIVE RAMÍREZ: No todos somos un genio de las mates, como el señor Sax.

SIMON SAX: Yo no lo llamaría así.

DETECTIVE FREEMAN: Disculpe usted a mi compañera, señor Sax. ¿Y cómo lo llamaría usted?

SIMON SAX: Soy experto en visión artificial.

DETECTIVE FREEMAN: ¿Eso es lo que hacen en su empresa? En palabras que la detective Ramírez pueda entender, por favor.

SIMON SAX: Estamos creando un programa de reconocimiento de imágenes.

DETECTIVE RAMÍREZ: Y estaba calculando esa línea de multiplicación...

DETECTIVE FREEMAN: No se dice así. ¿Verdad, señor Sax?

SIMON SAX: Regresión lineal múltiple.

DETECTIVE RAMÍREZ: ... estaba calculando *ese lo que sea* y vio a Tom Wilson salir de la oficina.

SIMON SAX: Exacto.

DETECTIVE FREEMAN:	¿Parecía alterado cuando se marchó?
SIMON SAX:	Ya les he dicho que no.
DETECTIVE RAMÍREZ:	No, ha dicho que no se fijó.
SIMON SAX:	Oiga, ¿de qué va todo esto?
DETECTIVE FREEMAN:	¿Eran ustedes los únicos que quedaban en la oficina?
SIMON SAX:	Sí, yo fui el último en salir. Encendí la alarma cuando me fui.
DETECTIVE RAMÍREZ:	¿Entró Tom Wilson en su despacho a despedirse cuando se marchó?
SIMON SAX:	No.
DETECTIVE FREEMAN:	Es raro.
SIMON SAX:	¿Qué es raro?
DETECTIVE FREEMAN:	Cuando dos personas están solas en una oficina y una de ellas se marcha, suele avisar a la otra.
DETECTIVE RAMÍREZ:	Por lo de la alarma, y eso.
DETECTIVE FREEMAN:	Y porque es lo civilizado.
DETECTIVE RAMÍREZ:	Ya sabe, se asoma uno a la puerta, da un par de golpecitos, ofrece ir al bar de abajo a tomar una cerveza...
DETECTIVE FREEMAN:	Tú nunca dices eso, Ramírez.
DETECTIVE RAMÍREZ:	Contigo no ganaría para cervezas. Le llamamos Bob Esponja a

	sus espaldas, ya sabe, señor Sax. Por la corbata roja, y por que lo absorbe todo.
DETECTIVE FREEMAN:	Nos llevamos bien, aquí en la comisaría.
DETECTIVE RAMÍREZ:	Nos despedimos cuando nos vamos.
SIMON SAX:	¿Tienen alguna pregunta más para mí, detectives?
DETECTIVE FREEMAN:	¿Tom Wilson no se despidió de usted?
SIMON SAX:	No lo sé. Quizás hizo así.
DETECTIVE RAMÍREZ:	Que conste en la transcripción que el señor Sax ha levantado el brazo y agitado la mano.
DETECTIVE FREEMAN:	¿Era la forma habitual de despedirse del señor Wilson?
SIMON SAX:	Solía pararse a saludar.
DETECTIVE FREEMAN:	Porque eran ustedes amigos.
SIMON SAX:	Era mi mejor amigo desde hace seis, casi siete años. Oiga, ¿a qué vienen tantas preguntas sobre si se paró o no se paró?
DETECTIVE RAMÍREZ:	Es usted la última persona conocida a la que vio con vida. Es importante saber el estado en el que abandonó la oficina.

DETECTIVE FREEMAN: ¿Habían discutido usted y el señor Wilson?

SIMON SAX: No, no habíamos discutido.

DETECTIVE FREEMAN: Es raro.

SIMON SAX: ¿Qué es raro?

DETECTIVE FREEMAN: Después de su declaración inicial...

SIMON SAX: ¿La que no se ha grabado?

DETECTIVE RAMÍREZ: La grabadora no tenía pilas.

DETECTIVE FREEMAN: Hemos hablado con varios empleados suyos, ya sabe, por mera rutina. El caso es que afirman que Tom Wilson y usted no se hablaban.

SIMON SAX: No era esa la situación.

DETECTIVE RAMÍREZ: ¿Cuál era la situación, señor Sax?

SIMON SAX: Estamos trabajando en algo importante. Había tensiones.

DETECTIVE FREEMAN: ¿Puede explicarnos de qué se trata?

SIMON SAX: Tom había buscado inversores, y los encontró en Infinity. El acuerdo con ellos especificaba que el prototipo de reconocimiento de imágenes en el que estamos trabajando debe estar terminado en una fecha determinada. Quedan

	pocos días para eso, y no estamos listos.
DETECTIVE RAMÍREZ:	¿Y si lo consiguen?
SIMON SAX:	Infinity hará una inversión en la empresa de diez millones de dólares a cambio del diez por ciento de las acciones.
DETECTIVE FREEMAN:	Es mucho dinero.
SIMON SAX:	Si lo conseguimos.
DETECTIVE FREEMAN:	Y las acciones que ambos poseen pasarán a valer mucho más.
SIMON SAX:	Obviamente.
DETECTIVE RAMÍREZ:	El señor Wilson tenía treinta años. ¿Conoce usted a muchas personas de treinta años que hagan testamento, señor Sax?
SIMON SAX:	No conozco a mucha gente.
DETECTIVE RAMÍREZ:	El señor Wilson no tenía gran cosa a su nombre. Vivía de alquiler, y sin embargo hizo testamento hace seis semanas. Según Marcia Lopez, su compañera, eso estaba incluido en el contrato marco de colaboración que firmaron con Infinity. ¿Es correcto?
SIMON SAX:	Es un contrato de seiscientas sesenta y cuatro páginas. No me

	las he leído todas. Tom se ocupa de esas cosas.
DETECTIVE FREEMAN:	Se ocupaba.
SIMON SAX:	Se ocupaba.
DETECTIVE RAMÍREZ:	Sin embargo, conocía el testamento del señor Wilson.
SIMON SAX:	Los dos tuvimos que firmar una serie de previsiones legales. Tom dijo que era una práctica habitual. No presté mucha atención.
DETECTIVE RAMÍREZ:	Qué conveniente.
DETECTIVE FREEMAN:	No me ha respondido, señor Sax.
SIMON SAX:	Sabía que había un testamento. No conozco los detalles. Como le he dicho, es un contrato muy largo.
DETECTIVE RAMÍREZ:	Le ha dejado a usted el veinticinco por ciento de las acciones de la empresa.
DETECTIVE FREEMAN:	Y un Ford Fiesta de 1996.
SIMON SAX:	*(Risas.)*
DETECTIVE FREEMAN:	¿Qué le parece tan divertido, señor Sax?
SIMON SAX:	Yo... oh, joder, perdonen. Lo siento. Joder.
DETECTIVE FREEMAN:	Hemos llamado a Infinity para preguntarles por el contrato. Me han

hablado de esa «previsión legal». Al parecer la empresa no puede cambiar de socios mayoritarios hasta que se concrete la entrada de Infinity en un sentido o en otro.

SIMON SAX: Por eso Tom hizo ese testamento, entonces.

DETECTIVE FREEMAN: Dentro de una semana, las acciones que le legó Tom Wilson valdrán veinticinco millones de dólares. Es una suma enorme.

DETECTIVE RAMÍREZ: Un buen motivo para matar a alguien.

SIMON SAX: Yo no he matado a Tom.

DETECTIVE RAMÍREZ: Hay antecedentes de violencia en su familia. Y lo que sucedió con su padre...

SIMON SAX: Aquello fue en defensa propia.

DETECTIVE RAMÍREZ: ¿Dónde estaba usted ayer por la noche, señor Sax?

SIMON SAX: No me lo puedo creer. ¿De verdad hacen ustedes esa pregunta, como en las películas malas?

DETECTIVE FREEMAN: ¿Verdad que suena ridículo? Se lo he dicho un montón de veces a la detective Ramírez. Cada vez que interrogamos a un sospechoso de asesinato y ella hace esa pregunta, me llevan los demonios. Solo le falta traer un flexo y apuntarlo a la cara del sospechoso.

DETECTIVE RAMÍREZ: Por más vueltas que le doy me sigue pareciendo la mejor manera de preguntarlo.

SIMON SAX: ¿Soy sospechoso de asesinato?

DETECTIVE RAMÍREZ: ¿Ve usted que le esté apuntando con un flexo?

SIMON SAX: Yo no maté a Tom. Me fui derecho de la oficina a casa.

DETECTIVE FREEMAN: ¿A qué hora llegó a su casa?

SIMON SAX: Sobre las once, más o menos. Puedo decirles la hora exacta. Mandé un email desde mi portátil a Marcia al rato de llegar.

DETECTIVE RAMÍREZ: Bueno, el portátil es portátil. Pudo enviarlo desde cualquier sitio y decir que lo había enviado desde casa.

SIMON SAX: No, en realidad no. Hay un registro de conexiones.

DETECTIVE RAMÍREZ: Es usted un genio de los ordenadores, señor Sax. ¿De verdad no

se le ocurre ninguna manera de
enviar un email desde su casa
sin que lo mande usted?

SIMON SAX: No sé si me gusta su tono.

DETECTIVE FREEMAN: Disculpe a la detective Ramírez.
Créame, responder a nuestras
preguntas es por su mejor interés. Solo estamos intentando
ayudarle. Descartarle como sospechoso. ¿Hay alguien que pueda confirmar que estaba en casa,
señor Sax?

(La grabación registra seis segundos de silencio.)

DETECTIVE FREEMAN: ¿Quiere usted que le repita la pregunta, señor Sax?

SIMON SAX: Mi prometida.

DETECTIVE RAMÍREZ: ¿Su prometida estaba en casa
cuando usted llegó?

SIMON SAX: Sí, estaba en casa.

DETECTIVE RAMÍREZ: ¿Qué cenaron cuando usted
llegó?

SIMON SAX: No cenamos nada. Yo no tenía
hambre.

DETECTIVE FREEMAN: ¿Vieron la tele juntos? ¿Recuerda qué programa?

SIMON SAX:	No, no vimos la tele.
DETECTIVE RAMÍREZ:	Era tarde, supongo que su prometida estaría ya dormida.
SIMON SAX:	No, estaba despierta. Salió a recibirme.
DETECTIVE FREEMAN:	¿Recuerda qué pijama llevaba puesto?
SIMON SAX:	No llevaba ningún pijama. Estaba desnuda. Salió a recibirme al pasillo, me llevó a la cama e hicimos el amor. ¿He satisfecho ya su curiosidad o quiere que le dé más detalles?
DETECTIVE FREEMAN:	No hay ninguna necesidad de elevar el tono, señor Sax.
DETECTIVE RAMÍREZ:	¿Salió alguno de ustedes de la casa esa noche?
SIMON SAX:	No, nos quedamos dormidos. A las siete de la mañana me llamó el padre de Tom, muy afectado, y me dijo que le habían encontrado en Devon Avenue.
DETECTIVE FREEMAN:	Nos gustaría volver una vez más sobre su prometida.
SIMON SAX:	Dejen a Irina fuera de esto.
DETECTIVE FREEMAN:	Por más que nos gustaría, eso es imposible, señor Sax.

SIMON SAX:	¿Creen que Irina es sospechosa?
DETECTIVE RAMÍREZ:	Nos gusta contemplar todas las opciones.
DETECTIVE FREEMAN:	Háblenos de su prometida, Irina Eskorbayuk.
SIMON SAX:	Skorbatjuk.
DETECTIVE FREEMAN:	¿Se pronuncia así? Discúlpeme. ¿Qué clase de apellido es? ¿Ruso?
SIMON SAX:	Ucraniano.
DETECTIVE RAMÍREZ:	Para el caso...
SIMON SAX:	Es usted puertorriqueña, ¿verdad, detective Ramírez? ¿Le gustaría a usted que la confundiesen con mexicana?
DETECTIVE FREEMAN:	¿Cómo se conocieron, su prometida y usted?
SIMON SAX:	¿Pueden darme un vaso de agua? Tengo mucho calor.
DETECTIVE FREEMAN:	Tan pronto hayamos concluido, señor Sax. No tardaremos mucho. Cuanto antes avancemos, antes podrá disponer de su tiempo.
SIMON SAX:	Nos conocimos por internet.
DETECTIVE RAMÍREZ:	En una web de comprar mujeres, ¿no?

SIMON SAX:	*RussianWives.com* no es una web de comprar mujeres.
DETECTIVE FREEMAN:	¿Podría describir la naturaleza y propósito de dicha página?
SIMON SAX:	Es un sitio de encuentros para solteros.
DETECTIVE RAMÍREZ:	Es una página para que las rusas que están buenas trinquen un marido con pasta. Ponen su esmirriado culo eslavo y consiguen la nacionalidad en tres años.
DETECTIVE FREEMAN:	Ramírez, ¿quieres traer por favor un vaso de agua al señor Sax, por favor?
DETECTIVE RAMÍREZ:	¿Y una almohada de plumas, no querrá el señor?
DETECTIVE FREEMAN:	¡Ramírez!
DETECTIVE RAMÍREZ:	¡Joder!

(La grabación registra un golpe fuerte, descrito por la detective Ramírez como un portazo involuntario por una corriente de aire.)

DETECTIVE FREEMAN: Que conste en la transcripción que la detective Ramírez abandona momentáneamente la en-

	trevista con el señor Sax. Disculpe usted a mi compañera, señor Sax.
SIMON SAX:	No se preocupe. Me sucede a menudo. La gente no comprende lo mío con Irina.
DETECTIVE FREEMAN:	Me hago cargo. Tiene que ser duro sentirse juzgado. Es muy poco cristiano interpretar los sentimientos y las emociones de los demás.
SIMON SAX:	¿Oiga, no es a lo que se dedican ustedes?
DETECTIVE FREEMAN:	Nosotros solo ponemos orden en las historias. Ayúdeme a aclarar lo suyo con Irina. Al fin y al cabo su situación es delicada.
SIMON SAX:	Irina está legalmente en Estados Unidos, tiene todos los papeles en regla.
DETECTIVE FREEMAN:	Con un visado K. Es temporal y revocable, ¿verdad?
SIMON SAX:	¿Está amenazando a mi prometida, detective Freeman?
DETECTIVE FREEMAN:	Únicamente estoy aclarando las cosas. No creo que Inmigración tenga nada que objetar si usted

	está enamorado de Irina y es un matrimonio real.
SIMON SAX:	Nos conocimos por internet. Hablamos por email, luego por WhatsApp, por Skype... estábamos hablando todo el día y toda la noche. Nos dimos cuenta de la cantidad de cosas que teníamos en común. Es... como si nos conociésemos de toda la vida.
DETECTIVE FREEMAN:	Decidieron seguir adelante. Era lo más lógico.
SIMON SAX:	Le pedí que se casase conmigo y viniese a vivir a Estados Unidos. Ella aceptó.
DETECTIVE FREEMAN:	¿No tiene miedo de que le esté utilizando?
SIMON SAX:	¡No! Irina no es así. Ella no es... No, no tengo miedo.
DETECTIVE FREEMAN:	Para solicitar el visado K, en calidad de su prometida, ustedes debían conocerse en persona.
SIMON SAX:	Yo no podía viajar a Ucrania, no tenía tiempo. Estoy hasta arriba con la prueba de campo de Infinity. Decidimos quedar en la República Dominicana, allí no piden

	visado a los ciudadanos de Ucra-nia. Nos hicimos fotos, vídeos...
DETECTIVE FREEMAN:	¿Quién pagó el billete, señor Sax?
SIMON SAX:	Ella.
DETECTIVE FREEMAN:	¿Irina pagó su billete?
SIMON SAX:	No, detective. Irina pagó su billete y el mío.
DETECTIVE FREEMAN:	Vaya.
SIMON SAX:	¿No me cree?
DETECTIVE FREEMAN:	No es lo que me esperaba.
SIMON SAX:	Irina tiene un máster, trabajaba duro en Kiev y lo primero que hizo al llegar aquí fue buscarse un empleo.
DETECTIVE FREEMAN:	De camarera en un bar.
SIMON SAX:	Es algo temporal. Solo quiere salir adelante. No me ha pedido ni un centavo.
DETECTIVE FREEMAN:	Quizá lo vea como una inversión a largo plazo.
SIMON SAX:	¿Inversión en qué? Ella no sabe nada del acuerdo con Infinity, las partes lo hemos mantenido en absoluto secreto. Por lo que a ella respecta, soy un perdedor que sigue viviendo en casa de

	sus padres y cuidando de su hermano.
DETECTIVE FREEMAN:	¿Y no ha pensado...?
SIMON SAX:	¡Habla igual que Tom, joder! ¡Pues claro que he pensado! ¡Cualquier cosa que se le haya ocurrido a usted yo lo he pensado cien veces antes!
DETECTIVE FREEMAN:	Tom no aprobaba su relación, ¿verdad? Creía que ella no era quien decía ser. ¿Por eso discutieron?

(La grabación registra once segundos de silencio.)

DETECTIVE RAMÍREZ:	Ya estoy hasta las narices de que vayas de puntillas, Freeman.
DETECTIVE FREEMAN:	La detective Ramírez se reincorpora a la entrevista con el señor Sax.
SIMON SAX:	¿Y mi agua?
DETECTIVE RAMÍREZ:	A la mierda el agua. Díganos la verdad, Sax. Lo sabemos todo. Tom le sobraba. Quedaban pocos días para hacerse millonarios con su invento. Usted había hecho todo el trabajo duro, ¿y él

	qué había hecho? Llamar por teléfono.
SIMON SAX:	No sabe lo que está diciendo.
DETECTIVE RAMÍREZ:	Luego apareció ella y Tom le cuestionó, y eso fue la gota que colmó el vaso. Le atrajo de alguna forma hasta Devon Avenue con el pretexto de hablar y de hacer las paces. Luego le pegó un tiro y le dejó desangrándose como un perro en la calle.
DETECTIVE FREEMAN:	Que conste en la transcripción que la detective Ramírez le muestra al señor Sax las fotos del homicidio de Tom Wilson.
SIMON SAX:	Aparte eso, joder. No tiene derecho.
DETECTIVE FREEMAN:	¿Tiene usted una pistola, señor Sax?
SIMON SAX:	No, yo...
DETECTIVE RAMÍREZ:	Su padre tenía una pistola registrada a su nombre.
DETECTIVE FREEMAN:	Sería interesante que nos permitiese verla, señor Sax.
SIMON SAX:	No veo cómo puede ser eso...
DETECTIVE RAMÍREZ:	¿Sabe cuánto tardó Tom en morir? Cuatro minutos, Sax. Cuatro

minutos tendido en un charco de meados, sintiendo que el aire y la vida se le escapaban, mirando a un contenedor de basuras, sabiendo que su amigo le había traicionado.

SIMON SAX: Me marcho. Estoy harto de que me acusen y me insulten.

DETECTIVE FREEMAN: No se vaya, Simon. Colabore.

SIMON SAX: He colaborado con ustedes todo lo que he podido, y no una vez, sino dos.

DETECTIVE FREEMAN: Solo cumplimos con nuestro deber.

SIMON SAX: Su deber también es ponerle las putas pilas a la grabadora.

(Fin de la transcripción.)

2

Unos padres

No puedo creer que Tom esté muerto.

No puedo creer nada de lo que estoy viviendo, en realidad.

Todo lo que sucede a mi alrededor parece ficción, como una película pésimamente iluminada, de esas rodadas para televisión hechas deprisa y corriendo en vídeo digital. Con actores malos y líneas de diálogo deplorables, y un guion tan predecible como una de esas pinturas para niños en las que hay que unir los puntos para que salga una figura.

Salgo de la sala de interrogatorios con los sentidos hipersensibles, como siempre que me altero y mi fobia social toma el control de mi hipotálamo. Quiero correr, marcharme de este lugar, regresar a un sitio seguro, pero la energía que me ha permitido dejar plantados a los detectives se me acaba de golpe, como si hubiesen quitado un fusible. Docenas de detalles irrelevantes se agolpan en mi cerebro, reclamando atención inmediata.

Apoyo la mano en la pared, tratando de serenarme, intentando absorberlo todo y normalizar el paisaje para lograr alcanzar la salida.

La comisaría es un lugar tosco y ajetreado en el que flota un aroma de lejía y desinfectante, en un vano intento de enmascarar un millón de otros olores desagradables: el sudor amargo de los policías, la comida basura sobre las mesas y el dulzor mareante de la colonia de las prostitutas esposadas a los escritorios. La máquina de café, una enorme impresora y el tono de llamada de los teléfonos compiten por ver cuál de los tres hace el ruido más desagradable, y todos pierden ante el repiqueteo de una taladradora que viene desde la calle. La tarde es calurosa y el sol que entra por las ventanas recalienta el linóleo del suelo y dibuja sombras marcadas sobre los rostros y los objetos, acentuando la infelicidad opresiva del ambiente. No hay risas, ni bromas, ni ningún rasgo de humanidad al que poder aferrarse, en el que anclar la distancia irónica que me sirve de salvavidas en el día a día. Las fotos familiares que hay sobre las mesas de los detectives están tapadas por carpetas rebosantes de documentos, a las que mi imaginación asigna la categoría de archivos de crímenes terribles. También podrían ser multas de tráfico, pero en mi estado actual todo me parece amenazador, peligroso o perteneciente al universo paralelo en el que suceden las cosas que lees en los periódicos.

Yo no debería estar aquí, Tom no debería estar muerto, nada de todo esto debería estar sucediendo.

Pero no es la primera vez, ¿verdad, Simon? Ya ha ocurrido antes. Ya has bloqueado recuerdos como estos. El día en que murió mamá.

La voz dentro de mi cabeza intenta evocar las imágenes de lo que pasó, pero no se lo permito. Nunca pienso en el día en que murió mamá, nunca pienso en *El Accidente*. En la policía en el salón de casa, en Arthur llorando sin comprender nada de lo que pasaba, en la sangre que me goteaba de la herida en la frente, a pesar del vendaje, empapando la moqueta.

Pero los detectives lo saben. Saben lo que ocurrió aquel día. Habrán leído el informe de *El Accidente*, que guardarán en algún archivador, en una de esas horribles carpetas marrones sujetas con gomas verdes. El informe policial, aséptico y riguroso, sobre Caroline Sax, ama de casa, llevada al suicidio por los malos tratos de su marido borracho, que tras descubrir su cuerpo cayó por las escaleras y se rompió el cuello, a pesar de que su hijo pequeño intentó impedirlo. Un informe que puede ser interpretado con una luz distinta, reescribiendo las conclusiones, a raíz de lo ocurrido a Tom; volviéndome sospechoso de un crimen que no he cometido.

Los detectives Freeman y Ramírez salen de la sala de interrogatorios. Me ven allí, apoyado en la pared, y no dicen nada. Solo me observan durante unos segundos. Freeman en especial. Tiene la mandíbula firme y unos ojos duros e inteligentes.

—¿Está bien, Simon? —dice Freeman, desabrochándose la chaqueta de su traje de tres piezas color gris marengo con una mano, mientras con la otra se ajusta las gafas.

Un gesto refinado, artificialmente elegante, en consonancia con su personaje de negro suave homosexual.

No tengo nada contra los negros suaves homosexuales. Si tuviera amigos, algunos de los mejores serían negros suaves homosexuales. Pero resulta que el único amigo que tengo está en el depósito de cadáveres, y el único negro suave homosexual que conozco cree que lo he matado yo.

—¿Quiere que le llame a un taxi? —insiste Freeman, cuando ve que no respondo.

—Estoy bien. Estoy muy afectado, eso es todo.

Su compañera hace un gesto de desdén y se marcha pasillo abajo, manteniendo la farsa.

Ramírez ha sido deliberadamente hostil en el interrogatorio, forzándome a cometer errores, empujándome a los brazos de Freeman, con su voz educada y sus ademanes comprensivos. Ramírez, con su jersey de cuello vuelto embutido en los vaqueros, su ajada cazadora de Banana Republic y su dureza forzada, propia de quien tiene que demostrar cada día que está a la altura en un entorno de hombres. Ramírez, con el numerito que le ha encargado su compañero, disparando acusaciones a bulto a ver si cae algo del árbol.

No me han engañado. Es él quien sospecha de mí, es ella la que ha hecho todo el trabajo mientras él no me quitaba ojo. He visto demasiadas series policíacas como para no saberme la trampa. Creo que es la primera vez que me alegro de no tener vida propia, de ser un perdedor patético que ha vivido su vida pasando de la pantalla del ordenador a la de la televisión. Al menos lo último ha servido para algo.

—¿Quiere que le llamemos a un taxi?

—Estoy bien —repito. De pronto una idea me viene a la cabeza—. Solo dígame una cosa. ¿Qué demonios estaba haciendo Tom en Devon Avenue? Él nunca iba por ahí. Cuando iba de copas lo hacía por Division Street. Y en los últimos meses ni siquiera eso, tenía novia y la cosa parecía ir en serio.

Freeman se endereza y vuelve a ajustarse las gafas, que resbalan por el puente de su enorme nariz cada dos por tres.

—No estoy autorizado a revelar detalles de la investigación, Simon. Pero si se le ocurre algo que pueda ser de ayuda, soy todo oídos.

—Tuvo que haber algo que le empujase hasta allí. Ya habrán mirado su teléfono, sabrán si recibió algún mensaje.

El detective frunce los labios y se pasa la mano por el cráneo afeitado. Está evaluando sus opciones, dudando si decirme algo sin comprometer la investigación le permitirá obtener algo a cambio o estrechar en torno a mi cuello un lazo que por ahora está demasiado suelto.

—El teléfono de Tom Wilson no ha aparecido.

—Podría ser un robo, entonces.

Freeman se aclara la garganta.

—Sabemos hacer nuestro trabajo, Simon. Mire, voy a confiar en usted —dice bajando la voz, con tono de «esto es extraoficial»—, parece un buen hombre y no creo que tenga nada que ver con esto.

Me pone una mentira enorme en el plato, grande como la rueda de repuesto de un Land Rover, y yo sonrío tímidamente para fingir que me la trago.

—Encontramos su cartera junto al cadáver, Simon. La habían abierto y parte del contenido estaba esparcido por el suelo: había dinero y también las tarjetas de crédito.

—No tiene sentido.

El detective me mira, esperando que yo llene el silencio.

—A menos que...

Freeman se inclina hacia mí. Hay apremio en sus ojos.

—¿Sí?

—No, nada.

Por un momento he creído tener una idea, pero no estoy dispuesto a compartirla con él. Enseguida me doy cuenta de que acabo de cometer un error, y de que sus sospechas se han agudizado. Me pregunto entonces cuánto sospecha, qué me oculta y sobre todo si sabe que le estoy mintiendo sobre la noche que mataron a Tom.

—Llámenos si recuerda cualquier cosa —me dice, alargándome una tarjeta y poniendo fin a la conversación.

Me atrevo por fin a recorrer el bosque de escritorios en dirección a la salida, y enseguida me arrepiento de no haber salido antes. Por el extremo contrario de la sala vienen los padres de Tom, caminando despacio como un condenado camino de la cámara de gas.

Thomas Wilson padre es el vivo retrato de su hijo, menudo, delgado y habitualmente sonriente y hablador. Aunque su floristería va bien y tiene varios empleados, no es raro verle detrás del mostrador, en contacto con la gente. Hoy es imposible reconocer a aquel hombre amable y desenfadado en el hombre que se acerca por el pasillo. Trae los hombros hundidos y la mirada huidiza tras unas profundas ojeras. Lleva la chaqueta en las manos para ocultar su temblor, y yo siento una enorme lástima por él.

Su mujer lleva una gabardina a pesar del calor, y por debajo, una falda y un suéter que no combinan, algo impensable en una señora coqueta y remilgada como ella. Camina con la espalda recta, sujetando el bolso muy fuerte, intentando mantener la dignidad y que no se note que está a punto de derrumbarse; pero cuando ve que me acerco las lágrimas brotan como una presa que se desborda y me echa los brazos al cuello.

—Simon, Simon.

Repite mi nombre unas cuantas veces más, sin dejar de abrazarme. Sus lágrimas me empapan la camisa y me agarrotan el alma. No sé qué hacer, no sé qué es lo apropiado. Intento echarle un brazo por los hombros, y acierto a darle un par de palmadas en la espalda, mientras busco a su marido esperando una reacción, pero el padre de Tom me rehúye.

Algo pasa.

—¿Estás bien, Simon? Tiene que ser muy duro para ti todo esto —me dice la señora Wilson, separándose un poco y mirándome a los ojos. Ella acaba de perder a su único hijo y está allí, preocupándose por mí, por cómo me siento. Su actitud me conmueve y me llena de remordimientos al mismo tiempo. Puedo sentir la mirada escrutadora del detective Freeman a mi espalda, y casi siento el deseo de volverme a meter en la sala de interrogatorios y de contarle la verdad sobre aquella noche.

Casi.

—No, no estoy bien, Martha. No puedo creer lo que ha pasado.

—Yo tampoco. Esa noche dormí muy mal. Tenía un horrible presentimiento, Simon. Sé que cuesta creerlo, pero tenía el convencimiento de que algo malo iba a ocurrir.

El señor Wilson menea la cabeza al escuchar aquello y no dice nada. Es evidente que ya han hablado de ello, que ella se está sugestionando e intentando castigarse por lo sucedido, atribuirse unas culpas que no le corresponden. Lo he visto antes.

En mi madre, sin ir más lejos.

—Os acompaño en el sentimiento —digo, pues no se me ocurre nada más.

Ella saca un arrugado pañuelo de papel del bolsillo de la gabardina y se seca las lágrimas como buenamente puede. Sus ojos azules, antaño vivaces, son un campo yermo, sembrado de sal.

—Hemos tenido que identificar el cuerpo. En realidad ha sido mi marido, yo no me he visto capaz de... —no puede continuar, se echa a llorar de nuevo.

Pienso en las fotos de la escena del crimen que Ramírez me ha arrojado a la cara en la sala de interrogatorios. En los ojos abiertos de mi amigo, inertes ante el flash de la cámara, y en la mano que intenta restañar la sangre que escapa de una herida mortal de necesidad. Por mucho que el forense haya intentado acondicionar el cadáver, no quiero ni imaginar lo que ha tenido que pasar un padre al ver a su hijo tumbado sobre una camilla de acero. Dicen que ahora lo hacen con una televisión de circuito cerrado, para poner una distancia. Como si eso fuese posible. Eh, es solo una película. No es real, no es su hijo el que está destrozado, solo alguien que se le parece. Usted asienta con la cabeza y firme aquí.

—El funeral será el viernes —me dice el señor Wilson. Su tono es frío, distante. Me pregunto si Freeman y Ramírez habrán hablado con él, si le habrán hecho preguntas sobre mí.

Su esposa me agarra del brazo.

—Tienes que decir unas palabras, Simon. Tom te quería como a un hermano, ya lo sabes. Y nosotros también te queremos mucho.

Murmuro algo ininteligible y me marcho sin despedirme. No aguanto ni un minuto más en ese lugar. Al cruzar la puerta, antes de llegar a las escaleras, siento la tentación de volverme, de mirar atrás y ver si el detective Freeman sigue plantado en el pasillo. No voy a hacerlo, no voy a mirar, no quiero parecer más culpable de lo que me siento.

Por supuesto, miro.

Por supuesto, sigue allí, sin quitarme ojo de encima. Nuestras miradas se cruzan, y yo trago saliva sin poder evitarlo.

Bajo las escaleras a toda prisa.

Necesito ver a Irina cuanto antes.

Necesito saber lo que pasó aquella noche.

Necesito saber por qué me ha obligado a mentirle a la policía.

Chkalova, Ucrania
Una granja al pie de los Cárpatos
Octubre de 1999

La niña vio al hombre de la cazadora negra arremangada, el hombre cuyos brazos estaban cubiertos de extraños dibujos, y presintió que iba a suceder algo, *algo malo.*

En los largos años y en las pesadillas interminables que vendrían después, el presentimiento se convertiría en certeza. El grito que se quedó atascado en su garganta cuando vio que el desconocido sacaba un cuchillo de la cazadora negra se transformaría en un aviso capaz de alertar a *Tato* para que se volviese, para que encendiese la motosierra, para que hiciese trizas a aquellos hombres. El terror que le dejó los pies paralizados, como aquel invierno en que cayó en mitad del arroyo congelado por medir mal un salto, se volvería en sus pesadillas presteza, rapidez de reacción, imposible valentía. Tales son las trampas de la memoria, tal el peso de los pecados que no cometimos, pero que expiamos.

En el último instante, su padre debió de intuir algo, porque volvió la cabeza instintivamente, pero el de la cazadora le alcanzó antes y le rodeó el cuello con el brazo, como un viejo amigo que te saluda por sorpresa, y por un momento la niña creyó que quizá se trataba de una broma, que el cuchillo de caza era solo para asustar a *Tato*, que todo terminaría con risas nerviosas y apretones de manos. Pero el de la cazadora hundió el cuchillo una, dos, tres veces en el costado de su padre, y una mancha oscura comenzó a extenderse por la tela.

Oksana comenzó a chillar.

Tato cayó de rodillas sobre la hierba, arrastrando al de la cazadora, que trastabilló hacia delante y rodó bajo la ventana, fuera de la vista de la niña. A pesar de estar herido, *Tato* intentó defenderse y alzó la motosierra.

Ahora podía ver al otro, aquel a quien su hermana había llamado Boris. Era más joven que el otro, era delgado y tenía el pelo negro, muy oscuro, pero no tan oscuro como sus ojos, que a la niña le parecieron dos cerraduras. Dio un paso hacia delante y forcejeó con su padre hasta arrancarle la herramienta. *Tato*, cada vez más débil por la pérdida de sangre, alzó la cabeza y su mirada se cruzó con la de sus hijas. Intentó incorporarse, pero Boris le pateó por detrás, le hizo caer al suelo y le puso el pie sobre la espalda para que no pudiese levantarse.

Incluso con el costado convertido en un acerico sangrante, *Tato* era mucho más fuerte que Boris, y estaba logrando incorporarse.

—¡No! ¡*Tato!* —logró decir Oksana.

Alguien gritó algo en ruso, y Boris asintió y tiró de la cuerda que encendía la motosierra, pero nada ocurrió. Iba dura, siempre iba muy dura y había que apretar el regulador de una forma especial que solo *Tato* conocía, y a veces costaba varios minutos ponerla en marcha, y la niña rogó mentalmente a la Virgen que no se encendiese, que la cuerda se rompiese, que se hubiese acabado la gasolina.

Por favor. No me compraré el collar, te llevaré flores a la ermita. Por favor.

Pero sus plegarias no fueron atendidas, o quizá lo fuesen por alguien distinto a aquel al que iban dirigidas. Al segundo intento, el motor arrancó con un ladrido, y Boris apuntó hacia abajo, hacia el hombre del suelo. Vaciló durante un momento, quién sabe si por miedo o para asegurarse de no cortarse a sí mismo, sopló el flequillo que le caía sobre los ojos oscuros y vacíos, e hizo descender las cuchillas sobre la espalda del hombre que forcejeaba. Al tiempo que bajaba la herramienta, quitó el pie con el que aprisionaba a *Tato*, de modo que la fuerza que el hombre hizo hacia arriba para intentar liberarse se unió a la de la motosierra descendiente. Hubo un ruido, primero rasposo y luego líquido, que la niña ya había escuchado antes, solo que en el matadero a mediados de noviembre, y el cristal de la ventana se tiñó de rojo.

Oksana dejó entonces de chillar.

La niña no se dio cuenta; solo sintió cómo el hielo que le atrapaba los pies se adueñaba del resto del cuerpo y comenzaba a temblar de manera incontrolada. Fue su hermana, a quien el temor por la niña pesaba más que el miedo propio, quien la hizo reaccionar, apartarse de la ventana.

—¡Vamos! ¡Vamos!

Cruzaron el salón y la niña tropezó con el mantel, bajo el que hacía menos de dos minutos estaban riendo y bromeando. Su hermana la agarró de la mano y la levantó.

—¡Saldremos por detrás, corre!

Cuando giraron hacia la cocina vieron que la puerta trasera estaba bloqueada por dos figuras. Un tercer hombre, vestido con una sudadera de un blanco impecable y gastadas zapatillas de deporte, sostenía a *Mama* en vilo, agarrándola con un solo brazo por encima de la espalda, mientras que con el otro le hundía un cuchillo entre los omoplatos. *Mama* era fuerte y gruesa, y el hombre, joven y delgado. Su cara, empapada en sudor y con los ojos entrecerrados, traslucía el enorme esfuerzo que estaba haciendo para levantarla. Pero también estaba sonriendo.

—Todo irá bien —dijo el hombre de la sudadera al oído de *Mama*.

Ella había intentado liberarse clavando las uñas en el cuello de su asesino, pero ahora los dedos ya no apretaban. Su cabeza se volvió y les dedicó una mirada final, un parpadeo lento, lánguido, exánime.

El cubital anterior es el músculo que confiere fuerza a los dedos, pensó la niña, con los ojos llenos de lágrimas.

Supo que *Mama* estaba muerta, porque sus pies colgaban inertes y no se movía, y por su mente cruzó el pensamiento de que ya no podía sufrir más daño, aunque el hombre siguiese hiriéndola. Dio un paso hacia ella, para abrazarla, para besarla, para consolarla.

Esta vez Oksana no gritó.

—Arriba —dijo, tirando de ella.

Metió a su hermana en la escalera a empujones, y la hizo correr hasta el final del pasillo, hasta el cuarto de sus padres, porque era el único que tenía pestillo, por exigua que fuese la protección que ofreciese contra tres hombres fuertes y una motosierra. Oksana debió de comprenderlo enseguida, porque tan pronto como la puerta se cerró a su espalda empujó la cómoda —repleta de la ropa blanca y limpia, pero ligera, muy ligera— hasta bloquear la puerta y después se aplastó contra ella.

Aquello solo les retrasaría un poco. Lo que fuese que habían venido a buscar —y Oksana, que había escuchado a escondidas las historias que contaban los adultos cuando era tarde y creían que los niños ya dormían, se temía qué era—, era tan valioso como para hacerlo a plena luz del día y con la cara descubierta.

No se irían sin matarlas, o algo peor.

Necesitaba un arma.

Tenía la respiración entrecortada y el pulso le martilleaba en las sienes. La niña estaba en el centro de la habitación, abrazándose las rodillas, muy callada, y eso a Oksana le asustó más que si estuviese llorando a voz en grito.

La pistola de papá.

—Encima del armario. Trae la silla. ¡Vamos!

La niña no se movió, por más que su hermana gritó, amenazó, suplicó.

Al otro lado de la puerta, los golpes comenzaron. Primero un par de sacudidas tentativas, luego un silencio y después embestidas más fuertes, decididas. Oksana corrió hacia el armario, cogiendo al pasar la silla —aún cubierta por el pijama de *Tato*, tan pulcramente doblado como siempre—, y subió de un salto. Tanteó debajo de las mantas apiladas en lo alto, de puntillas sobre el inestable asiento de paja de la silla, hasta que finalmente sus dedos se cerraron en torno a algo metálico, atascado entre la pared y el armario.

Tiró para liberarlo, con tal desesperación que, cuando logró soltar lo que sostenía, el impulso la arrojó hacia atrás, junto con la silla y la caja.

La caja verde de acero, mellada en un extremo, la que contenía los recuerdos del tiempo que pasó *Tato* en el ejército, las medallas que ganó y su arma reglamentaria.

La caja verde de acero, marcada con letras negras, cerrada con un grueso candado Smolensk.

Soltando un aullido de frustración, Oksana agarró la caja y la tiró contra el suelo, golpeándola una y otra vez.

Afuera, el pestillo cedió con un crujido. Uno de los paneles de la puerta se partió, abriendo un agujero, y se oyó una maldición en ruso cuando alguien metió la mano y se despellejó los nudillos.

—¡Llama al nuevo! Dile que venga a abrir esto con ese cacharro que ha pillado, joder —ordenó una voz al otro lado de la puerta—. Y tú ve abajo y ponte en la esquina, que no salgan por las ventanas.

Oksana redobló sus esfuerzos contra la caja, intentando acceder a la salvación que contenía, pero cuando la furia remitió, todo lo que había conseguido fue abollar la caja por un lado. El candado seguía en su sitio, burlándose de ella.

—*Sestra*. Hermanita —llamó, con un susurro.

La niña interrumpió el sollozo y se acercó a ella.

Oksana la abrazó y le señaló la ventana que daba al norte, al camino.

—Tienes que salir por ahí.

Ella miró hacia la ventana, y luego señaló la otra, la que estaba en la otra pared. La que daba al tejadillo que había sobre el porche, desde donde el salto sería más fácil.

—Por ahí no, pequeña. Por ahí no.

Ellos estarían allí.

—Está muy alto —dijo la niña.

Oksana volvió a señalarle la ventana norte.

—Yo voy a salir por esa ventana. Cuando yo te diga, tú saldrás por la que te he mandado, pero no saltes. Agárrate al alféizar. —La cogió de la barbilla, para asegurarse de que comprendía lo que le decía—. Tienes que aguantar como sea, hermanita. Sujétate muy fuerte, como cuando jugamos en el viejo roble. Y cuando yo te diga, suéltate y corre lo más rápido que puedas. Huye y no mires atrás, *sestra*. ¿Me has entendido? Yo te alcanzaré.

La niña asintió y fue hacia la ventana. Oksana se asomó por la otra y sacó la cabeza, luego un hombro. Despacio.

—¡Están aquí! —gritó el hombre al que habían mandado fuera, el tipo de la sudadera, corriendo hacia ella, perdiendo el ángulo de visión de la otra ventana.

Con la mano que tenía aún dentro de la casa, Oksana le hizo gestos a su hermana para que saliera. El ladrido de la motosierra resonó en el pasillo, convirtiendo en astillas la endeble barrera. Al ver desaparecer la cabeza de su hermana por la otra ventana, Oksana comenzó a deslizarse hacia fuera. Abajo, el tipo de la sudadera —que antes fue blanca y ahora parecía teñida de pintura granate— dio un paso amenazador hacia ella, empuñando el cuchillo con el que había apuñalado a su madre.

—¡No te tires! ¡No vamos a hacerte daño!

Oksana le sostuvo la mirada con aire inexpresivo, intentando no mirar de reojo hacia la otra ventana. Cuando los muebles cayeron y sintió las manos de los intrusos tirando de ella hacia dentro, no se resistió, ni peleó, por miedo a que ellos la atacasen antes de que pudiera dar la señal, decidida a comprar hasta el último precioso instante para su hermana.

—¡Ya la tenemos! ¡Sube, Liev!

El de la sudadera gritó algo desde fuera, que Oksana no entendió. ¿Habría aceptado? ¿Se quedaría allá afuera, por el contrario, para asegurarse? No tenía manera de saberlo. Cuando las manos le dieron la vuelta y la dejaron frente a frente con Boris y con el hombre de la chaqueta de cuero, Oksana tuvo que decidirse. Pronto se preguntarían dónde estaba la niña.

—Vaya, vaya —dijo Boris. Arrojó la motosierra al suelo y se acercó a Oksana, frotándose el labio superior y haciendo ruidos con la nariz. La joven vio que tenía las pupilas minúsculas y los ojos enrojecidos—. Mira lo que tenemos aquí. Un pequeño *piszda malossolnaya*. Un pequeño chochito salado.

—Ten cuidado —gruñó el de la cazadora negra—. No la estropees, o no valdrá nada.

—Tranquilo, Liev. Voy a ser muy suave con la *pizsda* y ella se va a portar bien —replicó Boris, pasándole un dedo ensangrentado por los labios, como una macabra mancha de carmín—. ¿Verdad que sí?

Oksana abrió la boca e hinchó los pulmones al máximo.

Afuera, bajo el alféizar de la ventana, la niña colgaba a cuatro metros del suelo, sujetándose solo con la punta de los dedos. El viento bajaba gélido desde el valle, entumeciendo sus miembros.

Novecientas treinta y nueve. Novecientas treinta y ocho. Novecientas treinta y siete.

El grito de su hermana, ordenándole que corriese, sonó en el fondo de su cabeza, pero no provocó ninguna reacción. Sabía que tenía que soltarse, sabía que tenía que correr, pero sus músculos no obedecieron la orden.

Novecientas treinta y seis. Novecientas treinta y cinco. Cuando llegue a cero, tendré un regalo. Novecientas treinta y cuatro.

Entonces se escuchó un nuevo grito de Oksana, o quizá fuese el viento que cada vez aullaba con más fuerza, y la niña por fin comenzó a soltarse, empezó a abrir los dedos, y entonces el asesino de *Tato* apareció en la ventana con los ojos brillantes de furia y la agarró por la muñeca. La niña pataleó para desprenderse, y el asesino trató de cogerla con la otra mano, pero tenía los dedos empapados de un resbaladizo líquido rojo y no logró agarrarla, solo desequilibrarla, lanzarla contra el saliente de madera.

La niña no sintió dolor cuando el clavo le rasgó la cara, debajo del ojo izquierdo.

Cayó rodando por el suelo, aturdida, sabiendo que tenía que hacer algo, que olvidaba alguna cosa, y echó a correr hacia el bosque en su busca antes de recordar que era eso exactamente lo que tenía que hacer.

Corrió contra el viento, que alejó de ella los gritos que estallaron a su espalda, corrió haciendo una curva entre los árboles, por encima de la loma quebrada que salvaba el arroyo, por debajo del árbol que partió el rayo hacía tres veranos, por todos los sitios secretos que harían que los hombres malvados no la alcanzasen. Y cuando dobló el recodo del camino que subía hasta su casa —el punto que podía verse desde la rama del viejo roble—, agotada y doblando las rodillas, vio a la luz del crepúsculo a una pareja de policías de pie, en mitad del camino.

Soltó un sonido de alivio, un maullido quejumbroso, y se concedió un momento para recuperar el aliento, con las manos en las rodillas, antes de pedir ayuda a los policías, suplicarles que desenfundasen las armas y fuesen a ayudar a Oksana.

Ese momento fue lo que le salvó la vida.

Uno de los policías se hizo a un lado, el otro sacó un cigarro. Un tercer hombre encendió un mechero para darle fuego. Al tenue resplandor amarillento de la llama, la niña pudo ver el rostro del tercer hombre, así como las muñecas y las manos, cubiertas de los mismos dibujos negros e intrincados del hombre de la cazadora.

Los tres se rieron.

El mundo de la niña ya estaba hecho pedazos, pero fue aquella última decepción, aquel atisbo de la verdad afilada bajo la manta cálida de las mentiras con las que los padres protegen a los niños, lo que lo cambió todo.

Antes de que las voces de aviso de los hombres que corrían camino abajo alertasen a los que esperaban, la niña ya corría hasta lo más profundo del bosque, sin mirar atrás.

3

Un paseo

Esquivo a un policía gordo al salir a la calle, donde
el repiqueteo de la taladradora mecánica asciende hasta el primer plano y de pronto se detiene, dejando el
paso al ruido del tráfico y a un coro de silbidos. Me
doy la vuelta y veo a un grupo de obreros con chale-
cos color naranja alrededor de un agujero en el suelo.
Han detenido el estropicio que le están causando a la
acera para silbar y aullar como bonobos en celo a una
mujer que cruza la calle con un café en cada mano. Una
mujer pelirroja, de tez tan blanca que casi resplandece
al sol de la tarde, vestida con una gabardina corta, vaqueros y botas negras. Una mujer ni especialmente
guapa ni con un cuerpo escultural, más bien atlética,
pero que camina con una firmeza y una seguridad que

obligan a volver la cabeza a un par de ejecutivos que se cruzan con ella. Un pie delante del otro, como si bajo ellos hubiese únicamente una cuerda floja en lugar del asfalto de Lincoln Avenue. Podrías trazar una línea recta uniendo sus pasos.

Es mi novia.

Cuesta creerlo, ¿verdad?

Mi novia.

Como siempre que la veo acercarse, casi espero que pase de largo, que continúe caminando y le ofrezca ese café al tipo de traje, maletín de cuero y móvil en la oreja con aspecto de abogado. Tiene pinta de ganar bastante y de ir mucho al gimnasio. Si eso ocurriese no me sorprendería en absoluto. Creo que una parte de mí ni siquiera se enfadaría con ella, la parte de mí que cree que eso sería el orden natural de las cosas. Que un pedazo de mujer como ella no puede estar con un *friki* con fobia social como yo.

Otra parte de mí mataría si eso ocurriese. Irina llega a mi lado y sonríe, ladeando la cabeza un poco para recibir un beso en la mejilla. Dudo un poco antes de dárselo, porque sigo muy nervioso y molesto con ella. Necesito aclarar las cosas, saber por qué me ha obligado a mentirle a la policía sobre la noche en que murió Tom, pero le doy el beso igualmente.

Ella me estudia con atención. Nota que pasa algo.

—¿Ha sido muy duro? —dice, alargándome el café.

No me apetece, preferiría una Coca-Cola, pero Irina me está ayudando a cuidarme. Desde que he dejado los refrescos he perdido algunos kilos y me siento mejor. Al parecer cada litro de refresco lleva veintisiete cucharadas de azúcar, lo cual hacía un total de cincuenta y cuatro cucharadas de ingesta diaria en mi antigua vida.

Este café con sacarina es mejor, mucho mejor, dónde va a parar.

—Creen que he matado a Tom —le digo, intentando dar un trago a aquel mejunje.

No hay expresiones de descontento, ni de incredulidad, ni de rechazo. Nada de lo que uno esperaría encontrar cuando uno le dice a su novia en la puerta de la comisaría que los policías que investigan el asesinato de tu socio y mejor amigo te consideran el primer sospechoso.

Ella me coge del brazo y tira de mí, calle arriba.

—Caminemos un poco, ¿sí?

Cada vez que habla me sorprende su dominio del inglés. Dice que es propio de los eslavos, que son muy proclives a aprender idiomas muy deprisa, pero lo suyo es llamativo. No tiene apenas acento, arrastra a veces un poco las erres cuando está distraída o enfadada —algo que me vuelve loco, es como una espía rusa de las películas de 007—, se come alguna preposición que otra y tiene que dar un circunloquio cuando no conoce una palabra. Hace preguntas tales «¿Cómo se llama ese aparato que sirve para levantar objetos pesados que tiene una polea?» o «¿Qué significa polivalente?», y yo se lo explico, y ella anota las respuestas en una pequeña libreta moleskine que le acompaña a todas partes, y yo me siento muy bien por poder ayudarla. A veces hace preguntas simplemente por hacerlas, porque sabe que a mí me gusta responderlas, aunque ella ya sepa la respuesta. Yo me doy cuenta, porque en esas ocasiones no apunta nada en su libreta de tapas negras.

Vamos dando un paseo desde Lincoln Avenue hasta un parque cercano que Irina dice haber visto desde el coche patrulla cuando vinimos a la comisaría esta mañana. Ella va cogida de mi brazo, lo que me obliga a caminar con el codo flexionado, en una postura caballerosa y algo anticuada. Me gusta eso. Irina es alta, y gracias a los tacones de las botas es capaz de apoyar distraídamente la cabeza en mi hombro cuando esperamos en los semáforos. Su pelo rojo y ondulado se escurre entre mi camisa y la piel de mi cuello, haciéndome cosquillas. Tiene un pelo salvaje, con vida propia y siempre huele a moras.

Me gusta eso también.

Cuando vamos a cruzar Artesian Avenue me doy cuenta de que Irina mira hacia atrás, hacia el lugar de donde hemos venido. Es un gesto tan natural que simplemente parece que mira a ver si vienen coches. Solo que no es eso.

Está comprobando si alguien nos sigue.

No sé cómo me he dado cuenta, quizá por un leve gesto que ha hecho con las cejas, o por una repentina tensión de los hombros cuando alguien camina detrás de nosotros, aunque luego resulte ser solo un mensajero sudoroso cargado de paquetes. Solo sé que no son imaginaciones mías. Irina está preocupada y ansiosa, aunque intente aparentar tranquilidad. Me pregunto qué parte de esto tendrá que ver con Tom y qué con esa tristeza que flota siempre detrás de sus ojos verdes.

Desde que llegó a Chicago hace unas semanas se ha mostrado siempre tranquila, serena, contenta. Quiere complacerme, pero también que nos conozcamos bien antes de dar el paso. El tiempo que pasamos en la República Dominicana fue fugaz, apenas una excusa para que le diesen el visado. No podría decir que me enamoré de ella al conocerla en persona, porque estaría mintiendo. En realidad llevaba enamorado de ella desde que empezamos a hablar por internet y me contó su historia.

Sus padres y su hermana mayor murieron en un accidente de tráfico cuando Irina era pequeña, y ella se crio con un tío suyo, un hombre estricto que la obligaba a estudiar a todas horas. Sacaba buenas notas en el colegio, pero siempre estaba muy sola, y se consideraba incapaz de conocer a alguien que mereciese la pena, siempre se sintió un bicho raro.

SIMON dice:
Eso me suena.
IRINA dice:
Mentiroso. Un chico guapo y que se expresa tan bien como tú ha tenido que tener un montón de novias.
SIMON dice:

Cada frase que ella me escribía era como estar mirando dentro de mi propia alma. Por alguna razón el ordenador —y la distancia, y la sensación de irrealidad que genera teclear en lugar de abrir la boca— me permitía decirle cosas que nunca había contado a nadie antes. A los pocos días de comenzar a chatear parecía como si nos conociésemos de toda la vida, como si ella supiese exactamente qué decir en cada momento. Sé que no es una persona interesada, porque nunca me ha pedido dinero, ni tampoco quiso que nos comunicásemos por el costoso sistema de mensajes de la web donde nos encontramos. Los diez primeros eran gratis, a partir de ahí cobraban por mensaje enviado, un terreno abonado para la estafa. Al poco de darse cuenta de que yo era una persona de fiar, Irina me mandó una foto suya en la que sostenía un papel en el que había escrito una dirección de email, y así comenzó todo.

Después de interminables horas de conversación, mensajes, fotos y confidencias, acabé confesándole mis sentimientos.

SIMON dice:
Creo que te quiero.

No hubo respuesta. Mi declaración de amor se quedó allí colgando en el aire ciberespacial, como una botella lanzada al mar. Creí que la había asustado, que la había perdido para siempre.

Estaba dándome de cabezazos contra la mesa de la oficina e insultándome muy fuerte cuando me llegó un email de Irina. Adjunto llevaba un billete abierto de avión de O'Hare a Santo Domingo. Me quedé sin aliento, tanto por el gesto económico —su sueldo de casi un año, y eso solo mi billete—, como por su atrevimiento, como por lo que significaba para mí. Al fin iba a conocerla.

Solo serían unas horas el tiempo que pasaríamos juntos, pero ella me dijo que llevase una maleta grande con muchas mudas de ropa para poder hacernos fotos diferentes, y de esa forma poder solicitar un visado para llevarla a Estados Unidos como mi prometida.

Solo estuve un par de días fuera. A Tom le dije que iba a ir a Nueva York por un tema relacionado con la herencia de mis padres. Se mostró un poco extrañado, pero no dijo nada.

Cuando volví con una tarjeta de memoria repleta de fotos mías con Irina y le pedí que me ayudase a pedir el visado K para ella, puso el grito en el cielo. Nunca le había visto reaccionar así, de una forma tan visceral, tan exagerada. Me dijo que estaba loco, que *esa arpía* no pretendía más que timarme y aprovecharse de mi soledad.

—¿Tú la has visto bien, Simon? —me dijo, casi a gritos—. ¿Y te has mirado tú? Eres un buen chico, y probablemente tendrías un pase si perdieses diez kilos, pero ella está muy, muy por encima de tu liga. Créeme, si esa zorra rusa está contigo es para conseguir meterse en Estados Unidos.

—No es cierto. No la conoces, no...

—A no ser que hayas sido tan gilipollas para hablarle del acuerdo con Infinity y sepa que dentro de unas semanas...

—No le he dicho nada de eso, Tom —dije, meneando la cabeza.

—Pues de alguna manera se ha enterado, seguramente por algo que se te ha escapado. Sí, eso tiene que ser —dijo, asintiendo con fuerza—. Bueno, pues ya está claro.

—Ya está claro, ¿el qué?

—Es obvio. Tienes que romper con ella.

—No pienso hacerlo, Tom.

—Entiendo que te dé reparo, grandullón —dijo, poniendo su mejor voz de vendedor de teletienda—. Dame su dirección de correo electrónico. Yo lo haré. Soy experto en romper con las tías, ya lo sabes. Un par de párrafos y zas, estará fuera de tu vida para siempre. Es lo mejor.

Aquello me dolió muchísimo, y no solo por la voz de teletienda.

—No soy como tú, Tom. Puede que tú creas que las mujeres son un objeto que puedes usar y tirar cuando te venga en gana, pero yo no soy así. Irina tiene sentimientos.

—Le puedo mandar también unas flores.

No pude contenerme y la rabia y las ofensas no enunciadas salieron de golpe, por pura física. Un exceso de presión suele culminar en un estallido de violencia verbal inoportuna.

—¿Por qué estás haciendo esto, Tom? ¿Es porque me he salido del guion? ¿Porque no cumplo mi papel de segundón, del cerebrito al que tienes que guiar? ¿Porque he encontrado a alguien de una forma poco convencional? ¿Es acaso porque es guapa, y eso ya no te permitirá mirarme con superioridad, mientras vas acumulando un tanga tras otro en el suelo de tu habitación?

Tom me miró, con la cara muy roja, profundamente ofendido. Me di cuenta de que había golpeado demasiado cerca de la diana y me arrepentí al instante, pero ya era tarde.

—Me rindo —dijo, alzando los brazos—. Haz lo que te dé la gana. Cuando te rompa el corazón, no vengas a llorar aquí —dijo, señalándose el hombro.

Las cosas estuvieron bastante tensas después de aquella conversación, y el tiempo cada vez más escaso hasta el día de la prueba de campo con LISA no ayudaba. Tuve que acudir a otro abogado para que gestionase el visado de Irina. Pero no es eso lo que me preocupa, sino el día en el que la llevé a la oficina nueva para presentársela a todos. Creía que al conocerla, Tom cambiaría de opinión, pero las cosas no fueron bien.

Nada bien.

Doscientos kilómetros al norte
de Magnitogorsk, Rusia
Noviembre de 2004

La niña iba camino del fin del mundo.

El cielo era del color de una lona sucia, tan cercano y opresivo que parecía a punto de desplomarse. La imponente masa de los Urales, una pared grisácea que se alzaba, ininterrumpida, hasta perderse en el horizonte, parecía sostener las nubes bajas, encerrando el paisaje en una jaula monótona e infinita.

Las columnas de humo de las acerías de Magnitogorsk se habían perdido en el horizonte hacía ya muchos kilómetros. Ese era el único indicio de que seguían moviéndose hacia el norte. Las ruedas giraban, el motor de la camioneta emitía el ronquido monocorde y la suspensión absorbía las vibraciones de la carretera sin asfaltar, pero a través de la ventana trasera de la camioneta el escenario permanecía inmóvil, como si estuviese contemplando una fotografía.

La niña sabía que las montañas seguían hasta el Ártico, pues recordaba el mapa del libro de texto, justo encima de una fotografía de un glaciar. No sabía muchas cosas: no sabía la fecha de la Revolución Bolchevique, tampoco calcular el área de un rectángulo ni cuáles eran los elementos de la tabla periódica. No sabía lo que era un participio, ni los nombres de los planetas del Sistema Solar, ni cuál era la capital de Bélgica.

No sabía esas cosas, pero conocía otras.

Sabía los sitios buenos para encontrar sobras con solo echar un vistazo al contenedor detrás de un restaurante. Sabía robar una cámara de fotos que un turista colgaba de la silla en un bar o en una terraza al aire libre, con tan solo pasar al lado y levantar un poco el pie para liberar la correa del peso y poder salir corriendo con ella. Sabía, con solo mirarlo, si un policía era de los malos, de los que intentarán atraparte y meterte en el sistema sobrecargado, o uno de los peores, de los que sacarán la porra de goma y te golpearán en la barriga muy fuerte, dos veces. La primera te afloja los músculos y te deja indefenso para la segunda, la que te causa la hemorragia interna y la que te mata mientras duermes, unos días después, sacando a un niño de las calles de una forma más barata y eficiente —y con menos papeleo— que metiéndolo en un orfanato.

Sabía sobrevivir.

Pero aquello no bastaba.

La primera noche había sido la peor de todas. Aterida de frío, en el hueco de un árbol, mientras los hombres con las linternas buscaban por el camino hacia el pueblo, gritando su nombre, mientras ella se abrazaba las rodillas sin saber qué hacer, y el corte que el clavo le había hecho debajo del ojo izquierdo se volvía un dolor pulsante, insoportable. Desde donde estaba podía ver, a lo lejos, el resplandor de las llamas de la granja, que teñía el cielo de un naranja espectral, ahogando las estrellas con el humo, consumiendo culpas y pecados.

No se atrevió a volver hasta la noche siguiente, mucho tiempo después de que se hubiesen ido los bomberos, los policías y los aldeanos que habían ido a contemplar el terrible incendio que había acabado con una familia completa mientras dormía. Los establos, con los cerdos y otros animales, habían ardido también.

Entre las cenizas, aún humeantes, la niña logró encontrar la caja verde, la que había pertenecido a su padre, con el candado aún firmemente sujeto. Abrazó aquel recuerdo, todo lo que le quedaba de su antigua vida, lo metió en un saco chamuscado que encontró tras la pared de la alquería, y se puso en marcha.

Al anochecer del tercer día llegó hasta el quiosco

de la plaza Lenina, donde la dueña estaba echando la persiana para cerrar y disponerse a dormir. La anciana la reconoció enseguida, pero no le dirigió la palabra. Nunca hablaba con nadie. Se limitó a ponerse un dedo en los labios y a llevarla al interior del quiosco, el lugar donde dormía cada noche, sobre unas mantas viejas. Había una pequeña estufa, y un papel de periódico contenía unas pocas patatas asadas con mantequilla y *salo*. La niña, famélica, devoró las patatas, pero rechazó el *salo*.

La anciana la abrazó hasta que se durmió.

A la mañana siguiente, cuando alzó de nuevo la persiana, vieron a la policía en el otro extremo de la plaza. La mujer miró a la niña, y meneó con la cabeza, y la niña comprendió que, si alguien la reconocía, todo habría terminado. Los policías no permitirían jamás que se supiese lo que había ocurrido de verdad en la granja de Chkalova.

Aceptó el puñado de grivnas que le dio la anciana, sabiendo que era mucho más de lo que ella podía permitirse, sobre todo ahora que llegaba el invierno y los pocos turistas que se aventuraban hasta Rakhiv en verano, desaparecerían. Cuando iba a salir, la anciana la retuvo y le colocó en el cuello el collar de doble vuelta con bolitas de cristal azul, el que tantas veces se había probado. Y aunque quiso llorar en ese momento, las lágrimas se le habían terminado.

Después, comenzó a sobrevivir.

Robó ropa de los tendederos y de las tiendas, alejándose todo lo que pudo de Rakhiv y de su corrupta policía. Viajó hasta Crimea, donde su madre había dicho que tenían un familiar lejano, al que no pudo encontrar. Aprendió a timar a los turistas extranjeros, a robar toallas en la playa, a colarse en la lonja para distraer pescado de madrugada, a conducir a los marineros rusos de la flota del mar Negro hasta las prostitutas que les esperaban con las piernas abiertas.

La caja verde viajaba siempre con ella, y tomar la decisión de abrirla —unos días antes de su décimo cumpleaños— fue la más difícil a la que se había enfrentado. Rompió el candado a pedradas, y dentro halló cartas de su padre a su madre, la pistola, medallas y fotografías. Una de ellas —de *Mama* sosteniendo a Oksana, muy pequeña, casi un bebé— estuvo a punto de arrancarle de nuevo las lágrimas que creía haber perdido, pero no logró llorar, a pesar de que se clavó las uñas en los muslos y se mordió la cara interior de los carrillos hasta que la boca se le llenó de sangre.

El dolor, simplemente, se negaba a salir de ella.

Fue hasta Kiev, la gran ciudad, donde, si te mantenías lejos de los uniformes, podías vivir mejor que en las ciudades del sur. Los suburbios semiabandonados detrás de la estación de Nezalezhnosti eran un hervidero de vagabundos, niños de la calle, prostitutas y toda clase de descastados que se reunían alrededor de un bidón para poder calentarse.

La niña aprendió pronto una importante lección: que pobre no significa bueno, y que la generosidad entre los ladrones y los desfavorecidos es tan escasa como entre las personas con más suerte. Intentaron robarle muchas veces, procuraron hacerle cosas peores muchas otras.

No siempre pudo evitarlo.

Cuando dormía, ponía todas sus escasas posesiones dentro de un saco de dormir que había robado a un mochilero. Durante el día, lo guardaba en una taquilla de la estación e iba a buscarse la vida. Al caer la tarde, regresaba al lugar que empezaba a considerar su casa, uno de los apartamentos del sexto piso del Edificio 3. Al igual que al resto de las construcciones a medio hacer de aquel proyecto soviético de viviendas populares de los años sesenta, la corrupción y la falta de materiales habían impedido que se terminase.

El edificio estaba prácticamente desnudo, no había ventanas, ni revestimiento en las paredes de cemento, ni agua corriente. Lo que debería de ser el suelo del salón del apartamento donde dormía la niña era tan solo un enorme agujero que se abría sobre un abismo de seis pisos de alto.

Vivía en lo que debería de haber sido el retrete del apartamento, un rectángulo de dos por un metros, cuya área no sabía calcular. Cada vez que quería salir o entrar de él, la niña debía caminar sobre una viga a cielo abierto —chorreante de lluvia en primavera, cubierta de nieve en invierno— del ancho de la palma de su mano, intentando no pensar en los veinte metros de caída que había hasta el suelo.

Se tardaban exactamente tres segundos en llegar abajo. La niña desconocía la ley de la gravitación universal, pero le gustaba sentarse sobre la viga, con las piernas colgando, y dejar caer entre sus pies el corazón de una manzana o el hueso de un albaricoque

Tres.

Dos.

Uno.

...

y contar hacia atrás hasta que impactaba contra los escombros apilados en el fondo, perdiéndose entre los cascotes y los hierros retorcidos bajo los que habitaban las ratas. A veces, cuando hacía el recorrido sobre las vigas —un brazo extendido y el otro sujetando el saco de dormir contra el pecho—, la niña resbalaba y se balanceaba sobre el vacío. En el breve instante que tardaba en recuperar el equilibrio, aparecía la tentación —cada vez más frecuente, cada vez más intensa— de no luchar, de dejarse caer a través de los salones inexistentes, de las vidas como la suya que no habían llegado a fraguar, a completarse, por la maldad de otros.

Tres.

Dos.

Uno.

...

Y terminar.

Con el tiempo, la tentación fue volviéndose tan fuerte, tan irresistible, que la niña tuvo que prometerse a sí misma que la siguiente vez que cruzase sería la última. Que la próxima vez que diese los ocho lentos y cuidadosos pasos sobre la viga sería la última.

Hasta la noche que escuchó hablar de *la Araña*, y de pronto todo cambió de nuevo.

Alrededor de los bidones llameantes del patio central se reunían cuando caía la noche toda clase de perdedores. Cualquiera era bienvenido siempre que trajese vodka o un leño, el precio de admisión alrededor de la hoguera. La niña solo acudía a ellos cuando la nieve se endurecía tanto que dejaba de serlo y el frío tan acuciante que dolía respirar. Pagaba su cuota, extendía las manos desnudas frente a las lenguas de fuego y cerraba los ojos para no ver el resplandor anaranjado, para no recordar el incendio, por más que unos simples párpados no bastasen. Intentaba entonces concentrarse en las conversaciones ajenas, una cháchara incesante e insulsa sobre las putas y sus chulos, sobre atracos y trapicheos, sobre quién le debía a quién cuántos gramos de jaco y quién rajaría a quién si no recuperaba su mierda. Las hazañas y las ofensas se exageraban tanto que las amenazas de muerte desde el embriagado púlpito del bidón carecían tanto de significado como las promesas de vida eterna que la niña escuchaba en la catedral de Santa Sofía, mientras cazaba bolsos desatendidos.

Para la niña aquellas conversaciones no era más que ruido, un sonido al que agarrarse para no escuchar el crepitar de la hoguera. Hasta que un día alguien comenzó a hablar de *la Araña*.

La niña escuchó durante un buen rato, y cuando la conversación cambió de rumbo, abrió los ojos e hizo una sola pregunta.

—¿Dónde está Chicago? —Alrededor de la hoguera se hizo un espeso silencio y todos la miraron asombrados, pues era la primera vez que la escuchaban hablar.

—Está en Estados Unidos —dijo la prostituta que había mencionado a *la Araña*.

La niña supo entonces que tenía que ir al fin del mundo.

La camioneta se detuvo allí como podía haberlo hecho en cualquier otro sitio. Solo cuando la conductora se bajó y abrió la puerta trasera, pudo ver a la niña. Una línea más clara que atravesaba la estepa, perpendicular a la carretera principal, hasta perderse en dirección a las montañas, más allá de donde alcanzaba la vista.

La conductora del camión le tendió la mano para ayudarla a bajar, pero la niña bajó de un salto sin aceptarla. Ella murmuró algo en ruso, ofendida, y sacó un par de tablones para que lo hiciera el otro ocupante de la camioneta, un enorme cerdo de cien kilos. El animal, aturdido por el viaje, tardó un buen rato en decidirse a bajar y, cuando lo hizo, fue a trompicones.

Se acercó a la niña, que aguardaba en el cruce de caminos. Parecía muy pequeña allí sola, delgada como un palo, con las manos frotándose el pecho para entrar en calor, abrigada solo con un chubasquero.

A punto estuvo de arrastrarla de nuevo a la furgoneta y llevarla a la policía de Magnitogorsk, pero entonces tendría que explicar por qué iba hasta aquella carretera solitaria, y eso era algo que no le hacía ninguna gracia.

—¿Estás segura?

La niña asintió con la cabeza.

—Gracias por el viaje.

—Toma, entonces —dijo, dándole la correa que sujetaba al cerdo por el cuello—. En realidad, me haces un favor. Me ahorras dos horas por ese camino de cabras lleno de baches. Andando tardarás lo mismo.

—¿No tienes miedo de que me escape con el cerdo?

La mujer soltó una risa áspera y contagiosa.

—¿Y adónde vas a ir? —dijo, señalando a su alrededor, al inmenso vacío de la estepa—. Me preocupa más que no sepas manejar ese bicho y que te arrastre.

La niña se ajustó la pequeña mochila a la espalda y, sin soltar la correa, arrancó una rama de uno de los arbustos que había al lado del camino. Quitó las hojas, pequeñas y duras, hasta conseguir una vara flexible, algo más larga que su brazo. La probó en el lomo del cerdo, que reaccionó con un gruñido impaciente y se puso en marcha.

—Me las arreglaré.

La mujer se rio, aunque esta vez con tristeza. La siguió con la vista mientras se internaba en el sendero.

—¡No es un buen hombre! —gritó, a su espalda.

—Eso espero —dijo la niña, sin volverse.

4

Un café

El parque es un lugar tranquilo, lleno de familias con niños. Unos cuantos críos hacen volar una cometa cerca del quiosco de música. Hay un lago pequeño —o un estanque grande, según se mire—, alrededor del cual corren un montón de esclavos de la moda con zapatillas carísimas o pasean a su perro aburridas señoras de mediana edad.

Irina me sienta en un banco cerca del lago y le da un sorbo a su café, pensativa. Quiere decirme algo y no se atreve. De vez en cuando echa un vistazo por encima del hombro, sin poder contenerse. Yo me muero de ganas de hacerle la pregunta que me ha estado corroyendo las últimas horas, y finalmente lo suelto sin más.

—¿Por qué me pediste que mintiese a la policía, Irina?

Ella se vuelve hacia mí, de pronto alarmada.

—¿Qué les has dicho, Simon?

—No pienso decírtelo hasta que me des una explicación.

El padre de Tom me despertó esta mañana con la noticia de que habían encontrado a su hijo en un callejón de una zona de copas cerca de Devon Avenue. Su voz estaba extrañamente tranquila, y en cuanto terminó de hablar se echó a llorar y colgó. Me quedé sentado al borde de la cama con el móvil en la mano, sin saber si lo que acababa de pasar era verdad o uno de esos sueños que parecen reales en los primeros instantes tras abrir los ojos. Desde que era un crío suelo sufrir muchos de esos —sueños en los que tengo un ordenador nuevo y al levantarme voy corriendo a buscarlo, sueños en los que tengo novia y palpo al otro lado de la cama para abrazarla, sueños en los que papá y mamá están vivos y esperándome en la cocina preparando el desayuno—, así que por si acaso comprobé la lista de llamadas entrantes.

No es un sueño.

Me puse una bata y fui a la habitación de Irina, que duerme en el cuarto de invitados —la habitación que antes había sido de mis padres—, al final del pasillo. Tardó un poco en abrir, aún era muy pronto para ella. Cinco noches a la semana trabaja en el Foley's, un bar de Wrigleyville, y suele llegar a casa bien entrada la madrugada.

Entreabrió la puerta, con el pelo revuelto y cara de sueño. Cuando le expliqué lo que había pasado, ella abrió mucho los ojos, me hizo pasar a su cuarto, me sentó en su cama, me tomó de las manos y me dijo:

—Simon, esto es muy importante. Cuando la policía te pregunte por esta noche, esto es lo que tienes que decir. Llegaste a casa cansado. Yo salí a recibirte al pasillo, desnuda. Te llevé al dormitorio e hicimos amor. ¿Me has comprendido?

Asentí, sin comprender nada.

—Repítelo —me ordenó.

—No... No me he quedado con ello. No entiendo, ¿por qué...?

—Estaba desnuda, salí a recibirte al pasillo, te llevé al dormitorio e hicimos amor. Repítelo.

—Estabas desnuda, saliste a recibirme al pasillo, me llevaste al dormitorio e hicimos el amor.

—Luego nos quedamos dormidos, hasta ahora. No vimos tele, no hablamos. Solo lo que te he dicho.

—¿Qué es lo que pasa?

—No ocurre nada. Haz lo que te he dicho, te lo explicaré en cuanto pueda —me susurró al oído, y me dio un beso en el cuello.

Un beso largo y lento, como el anticipo de un contrato con muchos ceros.

Antes de que pudiera insistir más, sonó el teléfono. Era un detective muy educado que con voz suave me informó de la muerte de Tom y me pidió que por favor acudiésemos a la comisaría de Lincoln Avenue, que necesitaban hacernos unas preguntas, que enseguida acudiría un coche patrulla a recogernos. No tuve tiempo de pedirle más explicaciones a Irina entonces, y por eso tocaba hacerlo ahora.

—Necesito saber qué le has dicho a policía —me dijo.

—Y yo necesito saber por qué me has pedido que mienta.

—Tenías que decirles eso para que nuestras versiones coincidiesen.

Nuestras versiones. ¿Por qué de pronto habla como un personaje de CSI?

—No entiendo a qué te refieres.

Irina menea la cabeza.

—Si les decías que habíamos estado juntos, viendo una película o jugando a cartas o escuchando música, te habrían preguntado qué película, quién había ganado a cartas, qué canciones habíamos escuchado.

—Ya. Y no pueden preguntarnos sobre cómo hicimos el amor. Menos mal, porque no sabríamos contestar a eso.

Se revuelve en el asiento al escuchar aquello.

—Eso ha sido un golpe bajo, Simon. Muy impropio de ti.

El sexo ha sido un tema incómodo desde el principio. Ella me había explicado que para ella sería difícil, que había tenido una experiencia traumática en el pasado y que le costaría un poco llegar a la intimidad física. Me lo había insistido mucho desde el principio, y yo ya sabía a qué atenerme. Le había dicho que sería paciente, que me comportaría como un caballero y dejaría que las cosas llegasen de forma natural. Ahora no tenía derecho a quejarme.

De pronto me siento muy sucio.

—Tienes razón, perdóname —digo, bajando la cabeza.

Irina deja pasar unos segundos, suficientes como para que la culpa siga haciendo su efecto, y después me pone una prometedora mano en el muslo. Cerca de la rodilla, pero aun así siento el calor de su mano a través de la tela del pantalón y el corazón me da un salto.

—Necesito saber qué le has dicho a la policía, Simon —repite.

—Lo que me pediste.

Ella respira hondo, aliviada. A ella la habían interrogado primero, aunque el suyo había sido un interrogatorio muy corto. Al fin y al cabo el que tenía el motivo era yo.

—¿Han intentado sugerirte que estuvimos haciendo otra cosa? ¿Te han preguntado detalles?

—Me preguntaron qué vimos en la tele o qué pijama llevabas puesto.

—Lo sabía —dice, mordiéndose el labio inferior.

—¿Cómo que lo sabías? ¿Cómo sabes este tipo de cosas? ¿Y no hubiera sido mejor decir la verdad?

Me mira. Los pensamientos fluyen bajo sus ojos, como peces bajo el hielo verde: inalcanzables.

—Escucha, Simon, no puedo arriesgarme a que me manden de nuevo a Ucrania. Pueden hacerlo en cualquier momento, pueden revocarme el visado.

—No pueden revocarte el visado si tú no has hecho nada.

—No lo entiendes.

—Pues explícamelo.

Ella va a decir algo, pero en ese momento un llanto la interrumpe. Es un niño pequeño, que corre entre el quiosco de música y el lago a pocos metros de nosotros. Se para, mira hacia todos los lados y vuelve a llorar. No parece haber ningún adulto responsable alrededor.

Como varón blanco norteamericano, tengo completamente prohibido por la sociedad acercarme a socorrer a ese niño, pero Irina no sufre de esas restricciones. Deja el vaso de café a un lado, se levanta y se aproxima a él.

—¿Estás bien, pequeño? —dice, arrodillándose para que su cabeza quede a la misma altura que la del niño.

—He perdido a mi mamá. No la veo y tampoco veo a ningún policía.

—No te preocupes. Yo no soy policía pero puedo ayudarte, ¿sí? ¿Sabes el número de teléfono de tu mamá?

El niño extiende el brazo y muestra una pulsera grabada.

—Está aquí.

Irina me dicta el número y yo llamo a la madre. Al cabo de menos de un minuto aparece por el camino del lago una mujer angustiada.

—Gracias, gracias a Dios que estás bien, Tyler. Estaba preocupadísima —dice, abrazándolo y cogiéndolo en brazos.

—Ha sido un valiente —dice Irina.

—Gracias a los dos por llamarme —dice la madre, que se siente culpable de que dos extraños hayan encontrado a su hijo—. Siempre está escapándose, ya no sé qué hacer con él. Les juro que solo he mirado hacia otro lado un instante y...

—Los niños son rápidos —digo, quitándole importancia.

—Me gusta correr —dice Tyler, conteniendo un bostezo.

Irina se acerca un poco al niño y le dice:

—Correr es útil. Pero quédate cerca de mamá.

—Permítanme que les invite a un café por las molestias —dice la madre, echando la mano al bolso.

—En absoluto. Ha sido un placer —dice Irina.

El niño se despide agitando la mano y sonriendo, e Irina le devuelve la despedida y la sonrisa. Cuando el niño y la madre se alejan, Irina se acaricia debajo del ojo izquierdo, justo donde tiene la cicatriz.

Yo la miro de reojo y creo que me va a estallar el corazón de lo enamorado que estoy de ella. Sé que hay algo que no me está contando, pero seguro que existe una buena explicación para ello.

Tiene que haberla.

—Ha sido un día muy largo y ambos estamos agotados. Además, mi turno empieza en un par de horas. Vamos a casa —me pide Irina.

Volvemos hasta la calle y levanto la mano para parar un taxi. Cuando subimos y le doy la dirección al conductor, Irina se da la vuelta, alarmada, y mira por la ventana.

—¿Qué ocurre?

—Me he dejado el café en el banco.

Pone la mano en el manillar de la puerta, pero no tiene tiempo a bajarse. El conductor, un hindú a juego con la música que ensordece el interior del vehículo, ya ha arrancado el coche.

—Te haré otro café cuando llegues a casa —digo, haciéndome oír por encima del sitar y los timbales.

Ella suelta un suspiro de impaciencia.

—No es eso. Es... No importa.

Pero su expresión dice lo contrario, y que no aparte la vista de la ventana hasta que doblamos la calle tampoco ayuda.

Yo me pregunto por qué demonios es tan importante ese vaso de café.

5

Una estantería

Cuando llegamos a casa, mi pie no tiene que apartar ningún ÚLTIMO AVISO que nos hayan echado por el buzón, solo una publicidad de Joe's. El salón ha cambiado mucho. Ahora hay un sofá, un par de mesas auxiliares y alguna lámpara. Todo es de Ikea, comprado por 897 dólares del medio millón de Infinity. Nos hemos asignado un sueldo modesto durante el tiempo que dure la prueba de campo, que en mi caso se ha ido casi todo en pagar plazos de las hipotecas y algunas facturas atrasadas. Pero si no logramos superar la prueba, los bancos se quedarán con todo esto. Aunque, como Tom siempre dice...

Decía.

Al regresar a casa me ha venido un ataque de normalidad, como si los sucesos de las últimas horas no hubiesen tenido lugar. Pero no, Tom ya no dice nada ni lo volverá a decir. Nunca más volverá a venir a casa, ya no jugaremos al UNO en los escalones de la entrada, intentando no dejarnos avasallar por Arthur, que es un auténtico tiburón. Jamás volverá a palmearme el hombro, ni a llamarme grandullón.

Nunca más volveremos a pelearnos.

Me dejo caer en el sofá y me echo a llorar. Lágrimas densas, espesas, dolorosas. Irina, que ha entrado detrás de mí y estaba quitándose la gabardina, se acerca a mí y me pone la mano en el hombro.

—Siento lo de Tom, Simon —dice.

Por fin.

—En cualquier otro momento —digo, sin dejar de llorar—, en otras circunstancias podría haberlo entendido mejor. Pero ahora... Las cosas estaban yendo bien. Teníamos tantos planes.

Irina me acaricia el pelo y me pasa la mano por la nuca, intentando calmarme.

—La muerte no viene cuando te viene bien, Simon. La muerte viene cuando viene. En mi país hay... ¿cómo se dice cuando hay una frase sabia que repiten las abuelas?

—Un refrán.

—Eso. En mi país hay refrán que dice: «Si quieres hacer reír a Dios, dile que tienes planes.» Tú no podrías prever lo que iba a pasarle ayer a Tom, igual que no podías saber hace tres meses que hoy yo estaría aquí sentada en tu sofá.

—Ni siquiera había un sofá. Nos sentábamos en esas horribles cajas de madera que apestaban a manzana.

—¿A que quedan bien en la entrada?

Irina ha barnizado y encolado entre sí las cajas de manzanas, formando una especie de estantería que ella llama posindustrial. Me he mostrado muy firme al respecto, y el mueble no estará ahí mucho tiempo.

—No se trata solo de los planes que teníamos. Es que ni siquiera he podido despedirme de él como se merecía.

A Irina no le he comentado que Tom se oponía frontalmente a lo nuestro, aunque después de lo que ocurrió el día en que se la presenté en la oficina, supongo que no hacía falta.

—No es tu culpa —dice ella, repentinamente sombría. Casi parece que está hablándose a sí misma, en lugar de a mí—. Nunca sabes lo que va a subir por tu camino y llamar a tu puerta.

Justo en ese momento suena el timbre y los dos nos llevamos un buen susto. Por suerte quien ha subido por el camino solo es Marcia, que trae unas cuantas carpetas en la mano. Yo la abrazo y la invito a entrar.

—¿Cómo estás, Simon? Hola, Irina.

Ella le devuelve el saludo a Marcia.

—Destrozado. No consigo entender aún lo que ha pasado. Siéntate.

Irina se disculpa, tiene que cambiarse de ropa e ir a trabajar.

—He traído unos cuantos informes de las pruebas que LISA ha hecho hoy —dice Marcia, cuando Irina se marcha escaleras arriba.

Le echo un vistazo a los números —que son bastante decepcionantes— y ambos comentamos algunos cambios, aunque ninguno de los dos tenemos la cabeza en el trabajo.

—Las superficies planas siguen dando muchísimos problemas —dice Marcia.

—Si vieras lo que sufrí con una caja de cerillas que me sacó Myers el día de la presentación. Y Tom fue y dijo: «Si no quiere participar, ya nos buscaremos a alguien más», sacando pecho y todo. ¡A Zachary Myers!

—¿En serio?

—Como si los tuviésemos haciendo cola.

—Típico de Tom.

Los dos nos reímos, una risa incómoda y gastada que pierde la vida mucho antes de que su sonido se termine. A Marcia se le quiebra antes que a mí, y suelta una lágrima que enjuga con un pañuelo que lleva en el bolsillo de la chaqueta. Por sus ojos enrojecidos me doy cuenta de que no es la primera.

—Me pregunto qué demonios sucedió —dice ella.

—¿La policía ha hablado contigo?

—Sí, han estado haciendo toda clase de preguntas en la oficina.

—¿Cómo están los ánimos por allí?

—Mal. Debería haber dado el día libre a todos por respeto a Tom, pero necesitamos hasta el último minuto disponible para mejorar a LISA antes de la prueba de campo. Pensé que es lo que Tom hubiera querido.

Abro la boca para decirle que Tom hubiera querido vivir hasta los ciento treinta años y marcharse en una juerga con seis modelos de portada de *Sport Illustrated* y digo:

—Sí, es lo que hubiera querido. Gracias, Marcia.

Ella se suena discretamente.

—He estado intentando llamarte todo el día.

—He ido a la comisaría, para ayudarles con lo de Tom.

—¿Y has tenido que ir allí a declarar?

—Es lo que me han pedido.

—¿Durante todo el día?

Me encojo de hombros.

Marcia se queda callada, repentinamente pensativa. Supongo que acaba de sumar dos y dos, y habrá llegado a la misma conclusión absurda que plantearon ayer los detectives Freeman y Ramírez. Que la riña entre los dos amigos íntimos por una cuestión personal pudo escalar y convertirse en una batalla por el control de una empresa potencialmente millonaria.

La pregunta no formulada queda allí, espesando el aire, convirtiéndolo en barro entre nosotros. Nuestras piernas están rozándose en el sofá y Marcia retira la suya imperceptiblemente, puede que solo un acto reflejo, puede que intencional. Son solo un par de milímetros, pero siento que se ha marchado a kilómetros de distancia.

—No he sido yo, Marcia —le digo. E inmediatamente, en uno de esos grandes alardes de inteligencia emocional que me han hecho mundialmente famoso, sonrío.

El resultado tiene que ser espeluznante. Tanto, que cuando Marcia intenta devolverme el gesto, solo logra componer la sonrisa que haría alguien a quien le hubieran enseñado a sonreír con diagramas explicativos.

—Claro que no. Eso es una tontería. Tú adorabas a Tom.

—Yo estaba anoche en casa, con Irina.

—Por supuesto.

Mira a su alrededor, desesperada por encontrar un nuevo tema de conversación. Finalmente su mirada logra agarrarse al clavo ardiendo de la nueva decoración

—Parece que esa chica ha hecho algunos cambios.

—Sí, Irina me ha ayudado con todo. Es solo Ikea,

pero espero que podamos permitirnos algo mejor pronto.

Incluso yo me doy cuenta de cómo ha sonado eso. Marcia se pone en pie, sin ni siquiera recoger sus carpetas y sale a toda prisa hacia la puerta.

—Me gusta la estantería de cajones de madera que habéis puesto en la entrada. Huele muy bien.

—Sí, lo ha hecho Irina, es mi mueble favorito.

—Bueno, Simon, no puedo entretenerme más. Me está esperando Carla.

—Claro.

Y enseguida dice, como quien no quiere la cosa:

—Le he dicho que me pasaría a verte antes de volver a casa.

Por si acaso se te ocurre asesinarme, como hiciste con Tom, le falta añadir.

Baja los escalones del porche a toda velocidad, y se mete en su coche tan rápido que resultaría cómico si no fuera porque el presunto asesino del que huye resulto ser yo.

Irina aparece. Recién duchada, maquillaje tenue, vaqueros limpios y la camiseta negra con el logo del Foley's estampado en la espalda. Al hombro lleva su sempiterna mochila gastada, que parece tener miles de kilómetros a sus espaldas. Se para a mirarse en el espejo de la entrada, se ahueca el pelo con la mano, dice algo en ucraniano que suena a maldición y acaba haciéndose una coleta.

—¿Estarás bien esta noche?

—Sí, no te preocupes.

—No puedo quedarme. No quiero perder empleo.

—Vete. Estaré bien.

Se despide y se marcha en su coche, un Toyota Prius blanco, de segunda mano, que se compró para poder ir a trabajar.

Que tomen nota los policías y los que piensan que Irina solo me quiere por mi dinero. Si no consigo mejorar el porcentaje de aciertos de LISA, probablemente acabaremos viviendo en ese coche los tres, incluyendo a Arthur.

Me doy cuenta entonces de que llevo unos días sin ver a mi hermano. Me vendrá bien ver una cara amiga para variar, así que cojo las llaves y voy, dando un paseo, camino de la Residencia Caulfield. A estas horas ya habrá terminado de cenar.

Cuando llego, saludo a la recepcionista y me dicen que Arthur está en su habitación. Cojo un sándwich en la máquina de camino. Al salir del ascensor le veo, con la puerta abierta, enfrascado en su escritorio.

Está haciendo una maqueta de aeromodelismo, un F14 Tomcat igualito al que Tom Cruise pilotaba en *Top Gun*, y creo que es el tercero que va a colgar del techo abarrotado de esa habitación. Su cara se ilumina en cuanto me ve y corre a abrazarme. Apesta a pegamento de contacto, pero ese abrazo es lo mejor que me ha pasado en todo el día.

—¡Simon! ¿Juegas conmigo al ajedrez?

—Estoy agotado, Arthur.

—¿Y al UNO?

—Bueno, solo una ronda.

Al final acaban siendo tres. Consigo ganar una de ellas haciendo un enorme esfuerzo. Arthur se aburre un poco, es demasiado bueno en esto.

—Cuando venga Tom, avísame. Es más divertido jugar tres. ¿Me lo prometes?

Tom se toma el UNO tan en serio que es capaz de discutirle hasta la última de las jugadas a Arthur. Una vez...

Se tomaba.

Tengo que morderme la cara interior de los carrillos. No quiero echarme a llorar delante de Arthur. Tampoco voy a decirle lo que ha pasado. Al menos, hoy no. Arthur quiere mucho a Tom. Se me rompería aún más el corazón si veo cómo se le rompe a él.

—Simon, ¿me lo prometes?

Se lo prometo.

Me despido de mi hermano y consigo aguantar la rabia hasta la calle. Al salir, camino una manzana y acabo descargando mi cólera a patadas contra un conte-

nedor de reciclaje salpicado de manchas de grasa y pintadas cutres.

—¡¿Por qué!? ¡Joder!

Un hombre grueso y calvo, ataviado con un elegan-
tísimo chándal, que pasea a su carlino, se cambia de acera y amenaza con llamar a la policía.

En ese momento, suena el teléfono. Y cuando miro
el identificador de llamadas comprendo que, por difícil que parezca, el día todavía puede ir a peor.

6

Un garaje

—¿Sí?

—Simon.

El padre de Tom guarda un silencio largo y pesado. En el contenedor de reciclaje se oye el *clinc clinc* de alguna botella que no ha terminado de acomodarse después de mi ataque. Las cigarras empiezan a cantar entre los arbustos su gran éxito *cri cri cri*. Algunos aspersores ya se han puesto en marcha con sus *chac chac chac*, pero el padre de Tom aguarda, muy callado, y yo no sé qué hacer.

—No es sencillo decir esto —dice, por fin.

El dolor que siente se transmite a través del teléfono, como una radiación venenosa. Ha experimentado la pérdida más cruel que puede sufrir alguien, que es la muerte de un hijo, la negación de la continuidad y de la esperanza. No hay forma de regresar de algo así, y yo no puedo ofrecerle un consuelo que no existe. Solo deseo, egoístamente, que cuelgue y que me deje en paz. Así que digo lo que se suele decir en estos casos.

—Thomas, si hay algo que yo pueda...

—Para ti, señor Wilson —me interrumpe.

Así que después de seis años y seis cenas de Navidad en su casa —en cuatro de las cuales me dijo que yo era de la familia—, me viene con estas.

—Hoy hemos hablado con la policía. —Su voz tiene un tono robótico, hace pausas largas entre las palabras y aún más entre las frases—. Me han hecho muchas preguntas.

—Comprendo —digo, repentinamente alarmado.

—Querían saber cosas de ti, Simon. Sobre tu relación con Tom.

Es peor de lo que yo creía. Tengo que llevar esta conversación con sumo cuidado, ser hábil, intentar averiguar algo.

—Ajá.

Bien dicho, Simon.

—También me han preguntado sobre el testamento.

—Thomas. Señor Wilson, yo...

—Yo no sabía nada de ese testamento.

—Supongo que Tom no...

—Francamente, es muy sorprendente.

—Señor Wilson.

—Sorprendente que seas tú el beneficiario, en lugar de su familia.

—Señor Wilson.

—Lleva a un hombre a hacerse preguntas.

—Señor Wilson, escúcheme, por favor. Por lo que a mí respecta, y a pesar de lo que diga el contrato con Infinity, la participación en la empresa es suya y de su esposa. Yo solo me veo obligado a...

—Me da igual lo que suceda con ese dinero. Lo que no quiero es que nadie que haya hecho daño a Tom se beneficie de la muerte de mi hijo.

—Señor Wilson, yo no...

—No sé lo que dirá la investigación. Yo sacaré mis conclusiones. Solo quiero que sepas que si descubro que has sido tú, iré a tu casa y te mataré.

Cuelga.

—Señor Wilson —digo una vez más, a los aspersores, a las cigarras del arbusto, al contenedor y al viejo del chándal que vuelve de su paseo sin quitarme ojo de encima.

Lucho para encontrar un nombre que defina la amalgama de sentimientos que me dejan allí bloqueado, en mitad de la acera. Hay ira, hay rabia, hay angustia, hay tristeza. Por las sospechas injustas, por la muerte de Tom, por el futuro económico, por la ausencia de mi amigo. Todos compiten por tomar el control, como en aquella película de Pixar.

Pero al final hay un sentimiento que gana y se abre paso pisando los cuellos de los demás y poniendo en el mío un nudo extragrande.

El miedo.

El padre de Tom no ha amenazado, a gritos, buscando intimidarme o conseguir alguna reacción por mi parte. Se ha limitado a informarme —como si fuera el hombre del tiempo anunciando que mañana hará calor— que si él decidía que yo era culpable, me mataría.

Nunca había estado tan acojonado en mi vida.

Respira, Simon.

Tú no mataste a Tom.

No puede pasarte nada.

Pero has mentido a la policía.

Pero Irina tampoco ha matado a Tom.

¿Podría alguien más haber matado a Tom?

¿Alguien que tuviese interés en hacerte parecer culpable?

¿Qué fue lo que me dijo Freeman? ¿Que si tenía una pistola?

Mi padre tenía una pistola.

Tengo que ir a casa y asegurarme de que la pistola está en su sitio.

De que nadie la ha cogido.
Corre a casa, Simon.

No hago más deporte que las pesas que levanto cada mañana para asegurarme de que luego no me duele la espalda por pasar tantas horas sentado frente al ordenador. No son pesas de verdad, solo dos sacos de arena de diez kilos a los que he atado unas improvisadas asas con cinta aislante. Pero mis pies nunca se despegan del suelo ambos al mismo tiempo desde el instituto. Por eso llego a casa con la lengua fuera y el pecho convertido en un concierto de percusión.

No tengo llave del garaje, así que entro desde la cocina y enciendo a tientas el interruptor.

Vengo aquí lo menos posible, a esta maraña de polvorientas cajas de cartón donde he guardado todas las cosas de mis padres. No hay más que papeles y trastos viejos, al menos eso creo. Ni siquiera vine a ver qué podía saquear durante los meses peores en los que Arthur y yo apenas teníamos qué llevarnos a la boca. Supongo que algo habrá por aquí que podría haber subastado en eBay, pero no me gusta entrar en el garaje. Esto era el territorio de mi padre.

Odiaba a mi padre.

Mire hacia donde mire, sigo viéndolo a él. A su banco de herramientas, comprado pieza a pieza en Home

Depot, donde se pasaba todo el tiempo que podía para no tener que ver a un hijo al que no consideraba suyo. La nevera, siempre atestada de cervezas por la mañana y vacía por la noche. El cubo de basura donde echaba las latas vacías, que seguía el mismo proceso de la nevera, pero al revés. La banqueta donde se sentaba para beber, fingiendo que estaba trabajando en alguna reparación.

Siempre aislado, siempre en su mundo. Del trabajo al garaje, del garaje al dormitorio.

Basta.

Busca la pistola.

Tomo una de las cajas y me pongo a la tarea, conteniendo un estornudo ante la nube de polvo que me salta a la cara al abrirla.

Alrededor del cuarenta y siete por ciento del polvo que hay en una casa es piel humana. En cada mota viven decenas de ácaros. Diminutos arácnidos que se nutren de lo que dejamos atrás. Como los malos recuerdos. Se alimentan de restos, de secreciones, y nunca desaparecen.

Sigo buscando.

No encuentro la pistola.

Encuentro la foto de su boda. La que siempre estaba sobre su mesilla de noche. Él, un hombre ufano, confiado, expectante, reventando las costuras de su traje de chaqueta blanco, al estilo del *Gran Gatsby*, la película de moda en aquella época. Ella, una niña que sonríe con timidez bajo el velo, emprendiendo una aventura que le sobrepasa.

La vi tantas veces mirando esta foto cuando mi padre no estaba en casa. Llorando hacia dentro, como siempre, de la única manera que consideraba aceptable. Preguntándose qué salió mal. Mirando de reojo hacia donde jugábamos Arthur y yo, en parte para asegurarse de que no nos dábamos cuenta de que lloraba, en parte para encontrar la respuesta.

Otra caja más. Solo contiene viejos libros de contabilidad. Volúmenes encuadernados en gris, repletos de asientos y anotaciones, garabateados con letra menuda y firme, delgada como patas de araña.

Mi padre era contable.

Para él, la realidad se dividía en dos columnas. La columna de ingresos y la columna de gastos. En medio, una T que separa ambos universos, el eje sobre el que deben doblarse para obtener la igualdad.

Ingresos y gastos. Costes y beneficios. Padres e hijos.

El hombre que era mi padre hizo un ingreso en mi madre y el resultado no fue el esperado. Algo antinatural. Algo terrible.

¿Fue eso lo que le cambió, lo que le convirtió en un monstruo? ¿Que su primogénito, el hijo al que iba a poner su nombre, mi hermano mayor, resultó uno entre mil, un milagro negativo? ¿Fue eso lo que le convirtió en un alcohólico, en un maltratador?

Del trabajo al garaje. Del garaje al dormitorio.

No había ruidos que traspasasen aquellas paredes. No había gritos, ni señales apreciables a la mañana siguiente. No recuerdo cuándo empezó mi madre a vestir siempre de manga larga, incluso en verano.

Mis dedos encuentran una caja repleta de álbumes de fotos. Podría abrirlos, rastrear hacia atrás en las caras y en la forma de vestir, hasta encontrar el origen. Comenzar por el final, por la época en que su mirada estaba vacía y triste, e ir avanzando hacia la época luminosa. Viendo cómo el ceño se desfruncía progresivamente, cómo el color volvía a su rostro, cómo los ojos hundidos volvían a brillar.

No.

Aparto a un lado los álbumes. Me he esforzado mucho por editar y limpiar mis recuerdos, convertirlos en algo asumible. Como en un programa de edición de vídeo, cortando y ensamblando las escenas de mi vida hasta lograr una implausible y edulcorada realidad. Pero tiene un coste muy grande. Cada corte deja una marca, una grieta por la que se escurre lo que eres en realidad; y deja detrás una cáscara vacía, un remedo grotesco que habla con tu voz y camina con tu cuerpo.

Dejé los recuerdos descartados a un lado, en este oscuro laberinto de la memoria, pero no los tiré, ni los quemé. Los arrinconé aquí, aguardándome, creándome a mí mismo un campo minado que ahora he de recorrer hasta llegar a lo que busco.

Aparto una caja más. Estoy en el lugar más remoto del garaje, pegado a la pared, a cuatro patas en el suelo de cemento. Detrás de mí no hay más que cajas; también alrededor y por encima, balanceándose sobre mi cabeza en precario equilibrio, amenazando con desplomarse. Mi camisa blanca está empapada en sudor y cubierta de manchas. Hay cuatro, quizá cinco metros hasta la salida. Hay quince años hasta la salida. Hay un camino infinito hasta la salida.

Miro la última caja.

Es esta.

Lo sé antes de abrirla, porque es algo distinta, quizás algo más pequeña, pero sobre todo porque —ahora lo recuerdo— cuando recogí la casa después del *Accidente* comencé por su mesilla de noche, y, por tanto, esta caja fue la primera que metí en el garaje.

Retiro las solapas y allí está todo. La funda de sus gafas; su pluma Waterman's con capuchón de oro; una copia manoseada de *Principios de la contabilidad* de Ittelson; un reloj Omega con la correa de piel; una caja de madera con postales antiguas —sobre todo de puentes cubiertos, sus favoritas—; un sobre marrón con fotos pornográficas; seis bolígrafos promocionales con su nombre y el número de teléfono de su despacho; medio tubo de crema contra las hemorroides; dos caramelos de eucalipto de esos con los que pretendía enmascarar el aliento de bebedor; un calendario de bolsillo de 1983; una manta eléctrica para sus dolores de espalda; un aparato para medir la tensión, con su pera de goma y todo.

Una bolsa de cuero de palmo y medio de ancho, cerrada por una cremallera. Pesada. Peligrosa.

Abro la cremallera, que se desliza con suavidad, con un rasgueo sonoro a medida que los dientes de metal se abren para dejar escapar su contenido.

Una bala se escurre por la abertura y rueda por el suelo, haciendo un ruido metálico al caer. El resto se queda dentro, sueltas por el interior de la bolsa, alrededor del arma.

No sé mucho de armas. Sé que es un revólver del .38 y que no tiene seguro. Huele a acero y a grasa, y parece que nadie lo ha tocado en todo este tiempo.

Suelto un suspiro de alivio. Esta no es el arma que ha matado a Tom. Nadie podría haberse metido en mitad del laberinto de cajas sin saber dónde estaba. Y el polvo acumulado prueba que nadie ha revuelto estos trastos desde hace años.

Nadie entra aquí, de hecho. Solo Irina, que aparca su coche en la parte del garaje más cercana a la puerta. Yo prefiero dejar mi viejo Cherokee en la calle. Desde que el barrio empezó a perder vecinos, sobran sitios para aparcar, y de todas formas tiene los amortiguadores tan hechos polvo que la mitad de las veces prefiero viajar en autobús.

Me pongo a recoger las cajas, que he desperdigado por todo el garaje, para que cuando Irina vuelva a casa pueda aparcar sin problemas. De pronto me entra una prisa terrible por acabar cuanto antes, así que las apilo unas encima de otras, muchas de ellas sin molestarme en cerrarlas de nuevo. Tengo tanto polvo acumulado en las manos que el cartón me resbala entre los dedos. Sigo apartándolas, aplastando las solapas y el interior que sobresale. Solo quiero terminar y salir de aquí, volver a dejar todo aquello en el pasado al que pertenece.

Mientras levanto una de las últimas cajas, oigo un tintineo metálico, sin duda de la bala que se me ha caído antes. La busco por el suelo, y veo que ha rodado hasta detenerse en una oscura mancha de aceite. La recojo y voy a guardarla en la bolsa de cuero cuando un destello caprichoso de la bombilla que cuelga del techo ilumina el casquillo.

El aceite del suelo ha dejado rastro en el metal de la bala. Pero no es negro y oleoso, sino rojizo. Pegajoso.

Esto no es aceite.

Enciendo la linterna del móvil y voy hasta la mancha, del tamaño y forma de un huevo frito. Bajo la luz hiriente del led, parece negra en contraste con el marrón grisáceo del cemento. Doy toquecitos con el dedo índice, como un preescolar en clase de Plástica. Y encuentro una parte que aún no está seca del todo. Al frotar los dedos bajo la luz, no me quedan dudas de su naturaleza.

Es sangre. Sangre húmeda. ¿Cuánto tiempo llevará aquí?

No demasiadas horas, incluso en un sitio húmedo y frío como el garaje, que tiene una ventana que no ajusta bien del todo.

Sangre, pero... ¿de quién?

Estoy tan absorto en mis cavilaciones que no oigo el coche en el camino de entrada hasta que es demasiado tarde. La puerta del garaje comienza a abrirse con un chasquido y un traqueteo, a medida que el motor del techo va tirando de las cadenas.

El sobresalto me impulsa a borrar las huellas de lo que he estado haciendo. Me aparto de la mancha y muevo una caja hasta cubrirla. Cuando la mitad de la silueta luminosa de los faros es visible bajo el perfil de la puerta, me doy cuenta de que el revólver está aún sobre una de las cajas, y la bolsa de cuero está a su lado.

Con una mano empujo la bolsa dentro de una de las cajas, mientras que con la otra me meto la pistola en la espalda, entre el cinturón y los calzoncillos. Me tiro de la camisa para que no se vea asomar el mango.

El coche entra con un rugido del motor y ella da un frenazo un metro antes de lo acostumbrado, para no

atropellarme. El parachoques se queda a dos centímetros de mis rodillas.

¿Me habrá visto?

Irina me contempla a través del parabrisas, con el
ceño fruncido. La expresión no cambia cuando se baja.

—Vuelves pronto, ¿no? —le digo

—Simon, son las tres de la mañana. ¿Qué haces despierto?

—No podía dormir. Pensé en poner un poco de orden aquí.

Señala mi camisa arruinada y mi pelo, pegado a la
frente por el sudor.

—Estás horrible. Vete a la cama —me dice—. Yo
terminaré de aparcar y cerraré la puerta.

Me retiro hacia la cocina, lentamente. No quiero
darle la espalda. No quiero que vea el bulto que llevo
entre el pantalón y la camisa. No hay forma natural de
hacerlo. Intento sonreír y agitar la mano como si le estuviese dando las buenas noches. Irina no deja de mirarme.

De nuevo esa expresión indescifrable en sus ojos.
De nuevo el hielo verde bajo el que se agitan las sombras.

Doscientos kilómetros al norte
de Magnitogorsk, Rusia
Noviembre de 2004

Sentado en la puerta de su casa, el viejo contempló a la absurda aparición que acababa de doblar el recodo del camino.

Quizá llamar casa a aquel viejo puesto de telecomunicaciones abandonado fuese excesivamente amable, pero allí vivía el viejo desde hacía trece años, arrinconado y olvidado, como uno más de los desechos de la Guerra Fría que se habían barrido bajo la alfombra. Tenía que haberse jubilado hacía mucho, pero nadie le había enviado ninguna carta o, si lo habían hecho, él no lo recordaba. Debían de recordarle, al menos en parte, puesto que las provisiones seguían llegando cada cierto tiempo.

La antena a un lado de la casa estaba rota desde antes de que cayese el Muro de Berlín, le había dicho su predecesor. Nadie la había reparado jamás, ni le habían dado al viejo instrucciones sobre cómo hacerlo, ni poseía las piezas necesarias. Un rayo la había fundido, suponía el viejo. En octubre y abril, las tormentas eléctricas eran violentas y frecuentes.

El cubo de cemento que hacía las veces de vivienda parecía un juguete arrojado con furia, más hundido por un lado que por el otro, por un dios infantil y caprichoso sobre el paisaje uniforme; un juguete cuyas líneas rectas eran totalmente incongruentes con la belleza salvaje de la montaña y el bosque que había a su espalda. Tenía capacidad para varios soldados, pero el viejo estaba solo, y eso le parecía bien. Tampoco recibía visitas, ni orden alguna, ni veía otro ser humano desde hacía seis años —la última vez que bajó hasta su Magnitogorsk natal—, con la excepción de Fania Borisovna, la gorda conductora de la camioneta que le llevaba las provisiones que enviaban desde el destacamento en la ciudad, atendía encargos extraoficiales y le asistía personalmente en otras, cada vez más infrecuentes, necesidades. Su vida consistía en tareas sencillas, mundanas, oblicuas, que ocupaban el tiempo trémulo entre un chute y el siguiente.

Y al viejo, todo eso, le parecía bien.

Al doblar el recodo del camino, la niña vio al viejo sentado a la puerta de la casa. Incluso desde cierta distancia apreció que estaba borracho o drogado. Cuando se acercó y vio sus pupilas diminutas y la lentitud de los movimientos de manos y cuello, comprendió que era lo segundo.

—¿Quién eres? —dijo el viejo, muy lentamente.

—¿Dónde guardas los animales? —respondió la niña.

El viejo intentó señalar hacia la parte trasera, pero todo lo que consiguió fue hacer un movimiento espasmódico con el brazo. La niña vio junto a él el papel de aluminio, el mechero y la jeringuilla. Había convivido con muchos drogadictos y sabía demasiado bien cómo eran los procesos, así que entendió que hacía rato que se había inyectado la heroína: el colocón iba de salida y empezaba a reaccionar.

—Quizá llueva —dijo el viejo.

La niña le ignoró y rodeó la casa hasta dar con un saledizo de varios metros de ancho, construido con madera, recubierto con uralita y sellado con plásticos, invisible desde la carretera y totalmente fuera del reglamento del ejército. Allí dentro había un corral improvisado e ingenioso, con un gallinero donde revoloteaban varias cluecas y un establo donde podría guardar al cerdo. Le dejó comida y agua, y comprobó, al volver a la parte delantera de la casa, que el viejo aún no se había levantado.

Dio una vuelta por las inmediaciones, hasta encontrar algo que se ajustaba a lo que necesitaba, aunque le ocasionaría muchos problemas.

Tendría que escoger bien el momento, o fracasaría.

Sin dejar de darle vueltas a su plan, fue al interior de la casa en busca de la cocina. Cogió harina que encontró en un saco, la frio con aceite sobre la estufa y añadió cecina seca y unas salchichas minúsculas e informes que encontró colgando de una cuerda. La tripa no estaba bien cerrada, y supo que el viejo las había hecho él mismo, aunque no se le daba bien.

Si Tato *hubiese visto estas salchichas hubiera sentido vergüenza*, pensó la niña.

Estaba terminando de poner la mesa cuando entró el viejo, tambaleándose.

—¿Quién coño eres tú?

La niña le señaló el plato frente a él, y el viejo lo miró con creciente indignación, pero debió de llegar a la conclusión de que al fin y al cabo tampoco había mucho más que hacer.

Cenaron en silencio, a bocados lentos y pequeños, estudiándose. El viejo con el ceño fruncido, ella con decepción. No se parecía nada a la foto que tenía de él. Ahora tenía la piel acartonada, la nariz llena de venas como un mapa de carreteras, y la cabeza calva salpicada de costras, como las que les salen a los burros en el lomo cuando los cargan demasiado.

—¿Por qué no ha venido Fania Borisovna? —dijo el viejo.

—He venido yo —dijo la niña.

—¿Y quién se supone que eres tú?

—Irina Badia.

El viejo la miró durante un largo momento. Su cerebro embotado por la droga tardó bastante en encontrar en el archivo el registro que estaba buscando. Cuando lo hizo, su expresión se suavizó un tanto.

—Eres la hija del porquero. Creía que eras mayor.

La niña contuvo un estremecimiento.

—No soy esa. Soy su hermana.

—¿Cómo has dado conmigo?

—Preguntando.

—¿Y cómo has venido desde los Cárpatos?

—Andando.

El viejo soltó un bufido de incredulidad.

—Hay más de dos mil quinientos kilómetros.

La niña se encogió de hombros y siguió masticando la cecina, absorta en las lenguas de fuego que asomaban de la estufa, intentando escapar a través de los hierros ennegrecidos. No tenía mucho sentido hablar con él, teniendo en cuenta lo que iba a suceder, pero la siguiente pregunta era inevitable.

—¿Y qué demonios haces tan lejos de tu casa, Irina Badia?

—Mi padre ha muerto.

—¿Y qué puedo hacer yo por ti?

—Nada. Así no me sirves —dijo la niña con sencillez.

Intrigado por aquella contestación, el viejo siguió haciendo preguntas durante mucho rato. Para su irritación, la niña no añadió nada más. Terminó su cena, recogió los cacharros y se puso a fregar.

El viejo pensó en sacarle las respuestas a bofetadas, pero le dio pereza.

—No sé qué esperabas conseguir, pero aquí no hay nada para ti. Tienes que irte —dijo, cuando la niña terminó y colgó pulcramente el paño de cocina de un gancho sobre el fogón—. Esto no es sitio para una mocosa.

Esperaba protestas o súplicas, pero aquella niña tan extraña se limitó a asentir con la cabeza y a preguntar educadamente.

—¿Puedo quedarme aquí esta noche, por favor?

El viejo pensó en los once grados bajo cero que habría aquella noche, en el viento gélido como un cuchillo, contra el que el chubasquero de la niña ofrecería la misma protección que una servilleta.

—Te irás mañana.

La niña se tumbó en el suelo, cerca de la estufa, cerró los ojos, y esperó.

Mucho rato después escuchó a lo lejos el sonido crujiente del papel de aluminio, el rascado del mechero y el inconfundible golpeteo de las yemas de los dedos sobre la piel, buscando unas venas cada vez más esquivas.

Esperó un poco más.

Tenía miedo de que el viejo no fuese a colocarse de nuevo, por estar ella allí, pero sin duda las emociones de las últimas horas habrían tenido que afectarle, o quizás es que era su hora. La niña había visto muchos heroinómanos en los edificios abandonados de Nezalezhnosti, y pocos eran los que no se metían un *buenasnoches*, un pico suave antes de dormir.

Calculó que tenía poco tiempo si quería aprovechar el momento en el que la droga le dejase más vulnerable. Se levantó y corrió hacia el establo, donde había dejado la correa del cerdo, junto a la puerta. Los animales se agitaron cuando ella entró. Al fondo había visto un cubo de plástico, que cogió también.

Volvió al interior de la casa y fue hasta el viejo, que estaba en su cuarto, tumbado en el catre. Bajarle hasta el suelo fue sencillo, pero a partir de ahí comenzaron los problemas. El viejo manoteó un poco cuando le pasó la correa por debajo de los brazos, pero luego volvió a relajarse. Arrastrarle por el suelo tirando de la cuerda fue muchísimo más complicado. El viejo pesaba más de lo que su aspecto frágil indicaba, y la niña tardó más de media hora en llevarle hasta la entrada y salvar los escalones. Una vez en el terreno helado de fuera, todo fue infinitamente más difícil. Cada tirón era una tortura, cada centímetro, un triunfo.

A pesar del frío estaba chorreando sudor, que se le congelaba en la espalda, haciéndole cada vez más duro continuar. Cuando logró doblar la esquina del edificio, tuvo a la vista la puerta abierta de la casamata de cemento, enfrente del establo. La niña no sabía que era donde se guardaban las herramientas, porque llevaba vacía mucho tiempo, aunque eso era exactamente lo que ella necesitaba.

Habían transcurrido casi tres horas y estaba a tan solo unos metros cuando el viejo comenzó a agitar los pies y los brazos. La niña, con sus propias extremidades chillando de dolor por el esfuerzo y entumecidas por el viento helado, pensó que iba a levantarse y que todo el plan se iría al traste, pero entonces el viejo volvió a calmarse y ella pudo, por fin, meterle dentro de la casamata. Allí llevó el cubo, y también varias mantas.

Estaba exhausta como nunca lo había estado en su vida, pero su trabajo no había terminado. La casamata no tenía cerradura, pero por suerte la puerta se abría hacia fuera. Fue hasta el establo y arrastró hasta la puerta los tres pesados sacos de grano de veinticinco kilos cada uno con los que se alimentaban las gallinas, y los apiló delante de la puerta. Después comenzó a buscar las piedras más grandes que pudo encontrar y a colocarlas encima de los sacos y por delante. Contaba solo con la luz de la luna y apenas le quedaban fuerzas. Para cuando hubo logrado reunir suficientes, el viejo se puso a gritar. Para cuando comenzó a empujar la puerta desesperado, ella había logrado crear un montículo de piedras que se tambaleaban con cada empellón, pero que resistirían por el momento.

Amanecía cuando por fin dio por terminada su tarea, y para entonces el montón de piedras era tan grande que casi igualaba el techo de la casamata. Aún quedaba por solucionar el vaciado del cubo, para el que tendría que usar el ventanuco a un lado de la casamata, pero para eso tendría que usar un primitivo sistema para hacerlo descender, porque el cubo no cabía. Tendría que esperar. El viejo podría vivir con su propia mierda durante un tiempo.

Durmió hasta el ocaso, ignorando los gritos del viejo, cada vez más desesperados. Cuando se despertó, le llevó comida y botellas de agua a través del ventanuco, pero el viejo volvió a echar fuera todo lo que ella le ofrecía, gritó y amenazó, reclamando que le dejase salir, la insultó de formas terribles, con palabras que ella no había escuchado ni siquiera en los bajos fondos de Kiev.

—Ahorra tus fuerzas. Dolerá mucho, y vas a necesitarlas —le gritó a través del ventanuco.

Los insultos se redoblaron, pero la niña los ignoró. Se miró las manos, llenas de sangre y heridas, y se preguntó en silencio si todo aquel sufrimiento serviría para algo. Si aquel hombre guardaría en su interior ni tan siquiera una sombra de lo que había sido.

Sacó del bolsillo los dos rectángulos de papel que le habían llevado hasta el fin del mundo. El primero era una de las cartas de su padre a su madre que había encontrado en la caja de acero.

> *Queridísima Zhenya:*
>
> *No sé por qué te escribo esta carta. No me atrevería a dársela al intendente para que la echase al correo, pues tenemos prohibido contar nada de lo que aquí hacemos, y ya sabes que leen toda nuestra correspondencia. Oficialmente sigue siendo una misión humanitaria, aunque el 40.º Ejército lleve aquí ya casi seis años y no hemos reconstruido escuelas ni hospitales, ni mucho menos. Poco puede hacerse por quien no se deja ayudar.*
>
> *Creo que, incluso aunque tuviese permitido enviártela, tampoco lo haría. Lo que ha ocurrido ha sido tan horrible y doloroso que no creo que deba cargarte con el peso de lo que he pasado, pero si no hubiese sido por Lazar Kosogovski yo no estaría aquí, a salvo de nuevo en el cuartel, ni habría podido volver nunca a tus brazos y a los de la pequeña Oksana...*

La niña apartó la vista de la carta, apenas quedaba luz suficiente para leer. No importaba. Conocía el resto de memoria, tras leerla innumerables veces. La historia de lo que había pasado entre su padre y el viejo en las montañas de Kumar. Y cada vez que la recordaba, sentía un escalofrío de terror.

Contempló el segundo rectángulo de papel, la foto en la que su padre posaba sonriente junto a un hombre de rasgos afilados y mandíbula cuadrada, que desafiaba a la cámara con ojos del color y la dureza del basalto. Comparó aquella imagen con el desecho quejumbroso que había encerrado en la casamata y las dudas la invadieron. ¿Por aquella piltrafa había hecho aquel camino? ¿No se estaría engañando, y todos sus esfuerzos serían en vano?

Y por encima de todo, la pregunta que la mantendría en vela durante muchas noches.

¿Podré traer de vuelta al Afgano?

Al este de las montañas de la provincia de Kumar, Afganistán
Julio de 1985

Antes de ser el Afgano, antes de convertirse en el soldado más despiadado del 40.º Batallón del Ejército Rojo, solo era un tío al que le molestaba el calor.

Bien pensado, el calor era lo peor de todo.

El sargento de las fuerzas especiales Vanya Kosogovski aguantaba las moscas, los disparos y las diarreas porque, aunque malos, eran intermitentes y había defensa contra ellos.

El calor, sin embargo, era omnipresente y no había manera de combatirlo. Aún quedaban veinte años para que los americanos llegasen a dejarse los hígados en esas mismas montañas, gastándose cada día decenas de millones de dólares para que sus soldados durmiesen en tiendas con aire acondicionado alimentado por gigantescos generadores.

Los soviéticos, más prácticos y cortos de rublos, dieron a cada uno de sus hombres un abanico de cartón.

El sargento Kosogovski no era ajeno al calor extremo. Cuando era niño le llevaba cada día el almuerzo a su padre a la acería. Su padre, que era el maestro fundidor, estaba siempre en lo más profundo de la fábrica, la más grande de la Unión Soviética y la segunda del mundo. El pequeño Vanya tenía que atravesar el gigantesco puente que se elevaba por encima de los hornos del acero, un lugar ruidoso y aterrador. Las enormes cubetas de metal fundido, que se llenaban y vaciaban varias veces al día, volvían el aire tan caliente e irrespirable que volvía la garganta de papel de lija. Obligadas a girar sobre sí mismas sin cesar, volcando decenas de toneladas de metal de un amarillo casi blanco en los enormes moldes, solían estropearse con frecuencia. Rara era la hora en que no había una avería, el día en que no había un accidente y la semana en que no había muertos. Así había pasado la Unión Soviética de ser un país de *mujiks*, de humildes campesinos pobres, a la hegemonía industrial y armamentística en menos de medio siglo, usando la sangre de los suyos como combustible.

Mientras ascendía el estrecho camino que trepaba hasta el alto de Ar Karez, el sargento Kosogovski recordó el puente sobre las cubetas de acero fundido y se dijo que seguía prefiriendo aquel calor. Allí solo tenía que cargar con una fiambrera, no con el chaleco antibalas, el casco, el fusil y una mochila que pesaba treinta kilos.

Hizo un alto para dar un sorbo de la cantimplora. Con los últimos restos del buche de agua, se enjuagó la boca pastosa y escupió. El líquido cayó sobre el tallo de una flor. Color fuego, como correspondía al infierno. *Papaverum somniferum*. Amapola. Odiaba aquella planta, por lo que salía de ella, porque hacía débiles a sus hombres, pero sobre todo porque pertenecía a aquel lugar.

Alzó la bota y aplastó el tallo de la amapola, disfrutando del ruido que hizo al partirse y soltar aquella sustancia lechosa, como sangre blanca. Continuó hasta dejar al descubierto las raíces.

—No os paréis —dijo a los soldados—. Aún quedan otros veinte kilómetros.

Hizo un gesto con la mano hacia delante para espantar las protestas. Conducía a la sección 9 de la 22.ª Brigada de las Fuerzas Especiales en misión de reconocimiento. Estrictamente hablando era el teniente Petrov quien estaba al mando de aquellos treinta hombres que marchaban en formación de columna, pero uno nunca podía confiar en un oficial para hacer un trabajo. Mucho menos cuando era un enchufado con carnet del

Partido que acababa de salir de la academia de oficiales y al que colocaban en misiones supuestamente sencillas para engordarle la hoja de servicios.

No sabía quién era el pez gordo de Moscú que movía los hilos para Petrov, pero estaba muy equivocado. En Afganistán no había misiones fáciles y aquel hombre —por llamarle de algún modo— simplemente no daba la talla.

—Sargento instructor Kosogovski —dijo el teniente, que venía a retaguardia, jadeando—. Tal vez convendría dejar descansar a los hombres.

El sargento aguardó a que pasase el último de los soldados camino arriba antes de responder.

—Con el debido respeto, señor, no es buena idea.

El teniente sacó su cantimplora y le dio un largo trago, antes de responder con aire displicente a aquel subordinado al que consideraba inferior.

—No vamos a tener otra charla acerca del ejemplo, ¿verdad, sargento?

El sargento había intentado explicarle en alguna ocasión que aquellos hombres no procedían de un entorno como la academia Frunze, que no habían pasado su tiempo estudiando Historiografía militar ni Filosofía antigua. Aquellos hombres eran palurdos, borrachos y en su mayoría idiotas a los que el propio Kosogovski había convertido en una maquinaria bien engrasada a base de hacer de su vida un purgatorio de dolor. Era imposible explicarle el lazo que mantenía con sus hombres, porque era algo que aquel jovenzuelo no conocía, aunque había leído sobre ello, y Kosogovski aún no se había convertido en leyenda.

—Esto son las Fuerzas Especiales, señor. Los soldados más duros y mejor preparados que existen. Si el teniente se para cada ocho kilómetros, no le tendrán ningún respeto —respondió el sargento, con tono cansino, pues no tenía ganas de discutir con aquel bobo con galones—. Pero no es eso, señor.

—¿Y qué es, sargento?

—No me gusta este sitio.

Estaban en mitad de un paso de montaña que ascendía serpenteando a través de una hondonada. A su derecha había un risco, a su izquierda el camino se dividía y bajaba en una pendiente más suave hasta la falda de la estribación que tenían enfrente.

—Sargento, tenemos informes de Inteligencia que nos aseguran que esta zona está completamente...

Un sonido seco atravesó el aire y dejó un eco burlón rebotando por las montañas. Ambos se echaron cuerpo a tierra enseguida.

—¿Decía usted, señor?

Por el camino bajaba agachado uno de los soldados, acercándose a ellos a toda prisa.

—Badia, eche cuerpo a tierra —dijo el sargento.

El soldado Badia miró al teniente, que parecía confundido, sujetándose el casco con las manos y mirando a todas partes, y se dirigió al sargento Kosogovski.

—¡Nos han disparado, señor!

—Ya lo sé, soldado. ¿Algún herido?

—No, señor. El disparo provenía del fondo del valle, señor —dijo el soldado Badia, señalando hacia abajo.

A medio kilómetro a vuelo de pájaro y unos seis a pie había un *kishlak*, una de las humildes aldeas de adobe que servían de refugio a los pastores trashumantes de las montañas de Kumar. No era raro que los insurgentes se hiciesen con ellas, aunque no solían permanecer mucho tiempo en el mismo sitio, hostigados permanentemente por los soviéticos.

—No lo comprendo... dijeron que esta área estaba pacificada... —acertó a decir el teniente.

—¿Qué hacemos, señor? —preguntó el soldado.

El teniente Petrov miró al sargento, sin saber qué responder. El silencio incómodo que siguió se hizo eterno.

—El teniente me ha dicho antes que va a solicitar apoyo aéreo —dijo el sargento, subiendo un poco el tono, para que el oficial reaccionase—. ¿Verdad, señor?

—Sí, por supuesto, sargento. Traigan la radio.

Veinte minutos después, la hondonada se llenó del atronador y reconfortante sonido de dos helicópteros

Hind, que fueron recibidos por la sección 9 con gritos de júbilo. Los helicópteros se acercaron con cautela a pesar de la enorme superioridad que les confería su potencia de fuego. Los muyahidines odiaban profundamente aquellos aparatos, a los que habían bautizado como *Shaitan-Arba*, el carro de Satán, y hacían todo lo que estaba en su mano para derribarlos del cielo. Hacía unos meses habían empezado a emplear RPG-7, unos lanzacohetes pensados para destruir tanques a los que habían modificado para pelear con helicópteros. No eran efectivos a menos de ochenta metros, al dispararlos solía morir el lanzador y acertaban en una de cada diez ocasiones, pero cuando lo hacían suponía la destrucción del aparato y la muerte de sus ocupantes.

Después de un vuelo de reconocimiento sin ver a nadie en el *kishlak*, los helicópteros se situaron en posición de ataque y barrieron con sus ametralladoras buena parte de la aldea. Centenares de balas del calibre .23 abrieron en los frágiles muros de adobe boquetes por los que cabría un brazo humano, levantando una enorme polvareda rojiza que tardó varios minutos en disiparse. Al no obtener respuesta, los Hind pidieron permiso a la base para regresar, y les fue concedido.

En la ladera contraria de la hondonada, la sección 9 había contemplado el enorme poder destructor de los Hind. Si había alguien en el *kishlak*, fuese hombre, mujer o niño, ahora estaría muerto.

—¿Continuamos, señor? —preguntó el sargento.

Pero el teniente, consciente del ridículo que había hecho antes y envalentonado por la tormenta de plomo que los helicópteros habían desatado sobre la aldea, tenía una idea muy diferente.

—Bajaremos hasta allí y peinaremos la aldea —dijo, con los ojos brillantes—. Si hay supervivientes, los llevaremos a la base para interrogarlos.

El sargento respiró hondo, intentando armarse de paciencia.

—Señor, esto es una misión de reconocimiento, no de confrontación. No tenemos informes de Inteligencia de la aldea, y no sabemos dónde nos estamos metiendo.

El teniente volvió a dedicarle aquella odiosa mirada de superioridad, con los ojos medio cerrados y la mandíbula alzada.

—Nos estamos metiendo en un cementerio, *sargento instructor* Kosogovski —dijo, remarcando el rango inferior del suboficial—. ¿Estoy comandando una sección de las Fuerzas Especiales o un puñado de carteros?

Al sargento no le quedaban más opciones que romperle la cara al teniente Petrov y arrastrarle por las orejas de vuelta a la base u obedecer sus órdenes. Como prefería no acabar fusilado o en Siberia, optó por la segunda y dio a sus hombres la orden de partir.

Solo espero que el cementerio no sea el nuestro, pensó, poniéndose en marcha.

Una hora más tarde, la sección 9 llegó a las afueras del *kishlak*, en mitad de un pavoroso silencio. La enorme polvareda rojiza ya se había posado de nuevo sobre la veintena de chozas desperdigadas en la pronunciada pendiente. El muro de barro de tres metros de alto que rodeaba el asentamiento había resistido sorprendentemente bien el embate de las ametralladoras, y solo aparecía derribado en algunos puntos. El adobe, más blando que los muros de ladrillo, dejaba pasar las balas de aquel calibre sin que la integridad de la estructura se viese afectada.

—Tres o cuatro hombres con suficientes materiales podrían reconstruir esos agujeros en un par de días. Y después sería como si no hubiésemos estado —dijo el sargento.

—Sobreestima usted a los nativos —dijo Petrov—. No son más que un atajo de pastores y bandidos que hacen sus casas con tierra y cagarrutas de cabra.

—Esas casas llevaban ahí varios siglos antes de que se fundase nuestra Madre Patria, señor —respondió el sargento, sin añadir que probablemente estarían ahí varios siglos después de que la Madre Patria desapareciese.

—Exactamente —dijo el teniente, con desdén, interpretando las palabras del sargento como un signo de aprobación—. Mientras ellos vivían en chozas de barro, nosotros poníamos un cosmonauta en órbita en el espacio. ¡Continuemos!

—No os separéis —dijo el sargento a sus hombres, cuando cruzaron la entrada de la aldea—. No sabemos con qué nos vamos a encontrar

Pero el teniente, de nuevo, tenía una idea diferente.

—Formen por parejas y vayan casa por casa. Informen si encuentran cadáveres, sean civiles o insurgentes.

El sargento sintió cómo el corazón se le aceleraba y la furia le devoraba las tripas. El teniente le había desautorizado delante de sus hombres, sin respeto ni contemplaciones. No había mayor insulto para un suboficial que lo que acababa de hacer Petrov, y los hombres lo habían percibido y estaban confusos y molestos. La tensión era tan espesa e insoportable como el calor que irradiaba de las paredes de adobe y del suelo pedregoso del *kishlak*.

—Ya habéis oído al teniente —dijo el sargento.

Se dispersaron por el pueblo. La quietud era fantasmal, incluso el viento abrasador que azotaba la hondonada a rachas regulares parecía tener miedo de turbar con su presencia las callejuelas polvorientas. En cuanto entró en un par de aquellas casas supo que había algo que estaba terriblemente mal. Había demasiadas ausencias. La ausencia de personas o animales, de enseres o de cualquier rastro de vida era demasiado perfecta, casi deliberada. Un sudor gélido le descendió por la espalda.

—Tenemos que salir de aquí —dijo al soldado Badia, que le cubría desde la puerta de la choza.

—Este sitio me da escalofríos, sargento.

—Vayamos hacia la entrada. —Le señaló la otra puerta, y el soldado fue hacia ella.

Antes de que Badia llegase a cruzar, el sargento le agarró por el pescuezo y tiró de él hacia atrás.

—¡Pero qué...!

—Mira, Badia.

Nunca se habría fijado de no haber perforado los helicópteros la pared, permitiendo entrar al sol de la tarde y creando un cono de luz en el que flotaban miles de partículas. Justo al borde del círculo iluminado en el suelo había un hilo tenso, casi invisible en la sombra. Encendió la linterna y lo siguió hasta una anilla de acero, unida a un objeto semienterrado.

—Una granada RGD-5. Una de las nuestras —dijo, escupiendo a un lado, al imaginar cómo la habrían conseguido los rebeldes.

—Joder, sargento. Si no me llega a coger hubiéramos...

En esta choza tan pequeña, el adobe hubiera redirigido la explosión hacia dentro, multiplicando la onda expansiva. Y si no fuera suficiente terminar con las tripas reventadas y los pulmones convertidos en pulpa, las 350 piezas de metralla terminarían el trabajo.

—Es una trampa. Todo este jodido pueblo es...

No pudo acabar la frase. Un enorme estallido ahogó la última palabra. Badia y él se agacharon junto a la ventana.

—¡Ha estallado una bomba! —se oyó la voz de uno de los soldados, desde fuera. Parecía estar bastante lejos.

—¡Todos hacia la salida! —gritó el teniente, desde otro lugar más hacia el oeste.

El sargento se asomó por la ventana y gritó hacia las desiertas callejuelas. Desde donde estaba no podía ver a ninguno de sus hombres, pero tenía que detenerlos.

—¡NO! ¡TODO EL MUNDO QUIETO! ¡QUE NADIE SE MUEVA HASTA QUE YO LO DIGA, JODER! —gritó, sacando la voz, grave y rasposa, del fondo de los pulmones.

—¿Qué ocurre, señor? —susurró Badia.

—Que nos han tendido una emboscada de la hostia —dijo el sargento, rascándose la cara, intentando pensar—. Todo este jodido laberinto de barro está lleno de bombas trampa.

—Pero no entiendo... este lugar ha sido acribillado por los Hind.

—Es justo lo que querían. Que nos confiásemos. Por eso nos dispararon, una sola vez, para que mordiésemos el anzuelo. —El sargento no pudo más que sonreír ante la diabólica astucia del plan—. Después se esconderían en algún agujero. En la hora larga en que hemos tardado en llegar han minado todo esto. Y ahora...

Unos disparos le interrumpieron.

—¿QUÉ HA PASADO?

—¡Señor, soy Malkov, han herido a Sergei! Un tío ha salido de la nada y le ha acribillado!

—¡Ya basta! ¡Soldados, soy el teniente Petrov! Vayan retirándose ordenadam...

—¡NO! ¡ESCUCHADME! AL PRIMERO QUE HAGA CASO A ESE GILIPOLLAS SE LAS VERÁ CONMIGO.

Badia le miraba con los ojos como platos.

—¡Sargento! ¡Eso es insubordinación! —Se oyó al teniente, con la voz chillona y llorosa.

—¡PETROV, LE JURO QUE COMO NO SE CALLE YO PERSONALMENTE LE VOLARÉ LA CABEZA! NIKOLAIEVICH, PIDE APOYO POR RADIO...

—¡A la orden, sargento!

—LOS DEMÁS, QUIERO QUE MIRÉIS A VUESTRO ALREDEDOR. BUSCAD CABLES, PIEDRAS SUELTAS, HILOS. ¡ASEGURAOS DE QUE NO TOCÁIS NADA RARO, Y PONEOS EN POSICIÓN DE COMBATE! CUBRID LAS ESQUINAS Y LOS TEJADOS. ¡VAN A VENIR!

—No pueden ser muchos, sargento —dijo Badia—. Les habríamos visto. Y en media hora tendremos un par de secciones de apoyo.

—En media hora estaremos muertos, Badia.

—¿Sargento?

—Por pocos que sean, ellos saben dónde están las bombas y nosotros no. Conocen este agujero infecto. Estarían ocultándose en un pozo, o en un tejado, y seguramente hayan ido evitándonos según entrábamos, rodeándonos y poniendo trampas en el camino hacia la salida. Es una pendiente hacia abajo, con un cercado y un único punto de salida. Un embudo. Con que tengan un par de tiradores en los tejados de la parte superior del pueblo enfilando la vía de escape nos coserán a balazos si intentamos salir. Y tendrán otros tres o cuatro que irán moviéndose entre nosotros, buscando empujarnos hacia las bombas o hacia los tiradores.

Badia era un hombre duro, pero no pudo evitar que le temblase la voz ante el cuadro que le pintaba el sargento.

—¿Qué hacemos, entonces?

—Aguantar lo que...

Por tercera vez en pocos minutos, unos disparos interrumpieron al sargento Kosogovski, solo que esta vez no oyó el ladrido seco del AK-47 del muyahidín que les disparó desde la puerta, porque las balas que le atravesaron el hombro y el antebrazo izquierdo fueron más rápidas. Cuando el sonido le alcanzó, su sistema nervioso estaba demasiado ocupado intentando controlar el dolor.

El soldado Badia respondió a los disparos, pero ya no había nadie en el rectángulo de luz de la entrada.

—¿Está bien, sargento?

El sargento Kosogovski nunca había recibido un disparo antes. En las largas noches en la cantina en las que había hablado con veteranos que habían corrido peor suerte, estos habían usado toda clase de comparaciones para describirle qué se sentía, desde una coz de una mula a una intensa quemazón. Descubrió por las malas que todas estaban equivocadas.

Alicates. Me retuercen la carne con alicates.

—Estoy bien —mintió—. Vámonos.

—Tenemos que vendarle el brazo.

—Ojalá me diera tiempo a desangrarme, Badia.

No podría manejar el fusil con el brazo izquierdo inutilizado. Se lo echó a la espalda y arrojó la mochila al suelo. El equipo sería inútil si no lograban salir de allí. Badia le imitó, y se dirigieron a la puerta contraria de la choza, agachando la cabeza al pasar junto a la ventana. Afuera, los gritos y los disparos eran cada vez más intensos. Se escuchó otra detonación que hizo temblar las paredes y arrancó nubes de polvo del techo.

—Nos están machacando.

El sargento sintió que la visión se le volvía borrosa

y la cabeza se le iba un poco. Intentó buscar en su cabeza algo que se le escapaba, una idea que no terminaba de aparecer. Al llegar habían visto...

—El muro. El muro está caído al este, los Hind le dieron duro. Suficiente para salvarlo de un salto. Saldremos por ahí.

Badia resopló de incredulidad.

—¿Y cómo llegamos?

La callejuela frente a ellos aparentaba estar vacía, pero ambos sabían que no era más que un espejismo. Probablemente estarían cubriendo la salida desde el tejado de la casa contraria, o desde detrás del abrevadero reseco que había al norte de su posición.

Dos hombres corriendo por un callejón de metro y medio de ancho. Tendrían que esforzarse para no acertarnos.

El ruido de las explosiones se hizo más intenso, y lo sustituyeron los gritos de dolor.

Ya no se oían disparos.

—Tenemos que ir hasta el final de la calle. A mi señal, tira una granada hacia aquel lado, yo tiraré una hacia este, después una ráfaga hacia tu lado y corremos como cabrones. Solo son cuarenta metros hasta abajo y otros veinte hasta el muro.

Sesenta metros a ciegas con enemigos arriba y detrás, en los que no pisaremos ninguna bomba trampa ni nos volarán el culo, pensó.

—¿Listo, soldado?

Badia asintió y ambos le quitaron el seguro a las granadas. Tras las detonaciones, Badia disparó un cargador a su espalda y el sargento hizo varios disparos con la pistola, que se perdieron entre el humo y el polvo que había levantado la explosión.

—¡Vamos!

Corrieron calle abajo, a ciegas, respirando el olor a arcilla quemada, cordita y sangre. Alguien comenzó a disparar a su espalda, y el sargento sintió una bala que le pasó rozando la pierna. Cuando estaban a punto de conseguirlo, Badia soltó un grito de dolor y rodó por el suelo, arrastrando al sargento en su caída.

Hubo un movimiento a su espalda y el sargento reaccionó instintivamente, disparando desde el suelo a la figura que apareció. Dos de las balas se perdieron en el aire, otras dos acertaron en el pecho y en la pierna de un muyahidín que corría hacia ellos. La fuerza de los disparos detuvo su carrera y le arrojó contra la pared, muerto o a punto de estarlo. El sargento apuntó cuidadosamente a la cabeza, solo para asegurarse.

—¡Badia! ¡Vamos!

Oyó pasos apresurados por encima de él, y una sombra que corría, saltando de un tejado a otro. Se estaban acercando.

Se arrastró hasta el soldado Badia, que gemía en el suelo, agarrándose el costado con las manos. La bala le había alcanzado en la espalda, destrozándole las costillas y pasando por debajo del corazón, hasta salir por el otro lado. Sangraba profusamente.

Con un enorme esfuerzo, el sargento logró levantarse, y tirar del soldado hacia el interior de la casa, la más cercana a la parte del muro que se había derrumbado. Estaba a tan solo unos metros, pero no podía arriesgarse a salir, y menos con su compañero herido y sin poder apenas moverse. Su única esperanza era resistir hasta que llegasen los refuerzos.

—Tienes que apretarte aquí, soldado —dijo, quitándose el pañuelo sudado y mugriento que llevaba al cuello y taponando con él la herida de salida—. Contén esa hemorragia.

Badia aulló de dolor, pero apretó el pañuelo.

El sargento le dejó apoyado contra la pared, le quitó el casco, fue hasta la entrada y lo arrojó cerca del muro. Dudaba de que aquello les engañase mucho rato, pero ahora mismo necesitaban todo el tiempo que pudiesen conseguir. Consultó su reloj de pulsera.

Once minutos desde que mandé a Nikolaievich que pidiese ayuda por radio. En el mejor de los casos, incluso con los helicópteros llenos de combustible y el equipo a pie de pista esperando para subir, tardarían veintitrés minutos.

Faltaban al menos doce minutos para que llegasen los refuerzos, y cuando lo hiciesen se encontrarían con un laberinto lleno de trampas mortales, mientras que los muyahidines probablemente huirían por el extremo opuesto de la montaña, por uno de esos pasos estrechos y sinuosos que solo las cabras y ellos conocían. Esa era su táctica habitual, atacar a fuerzas superiores en número con los ardides más truculentos, y después esfumarse dejando minado el camino a los que viniesen después.

En una ocasión, el sargento había participado en un operativo de rescate. Los muyahidines habían eliminado a una patrulla de reconocimiento en una zona aparentemente segura cerca del valle de Panjsher. Mataron a diez y dejaron solo a uno con vida. Le quitaron la ropa y le despellejaron parcialmente los brazos, las piernas, la cara y el torso, antes de abandonarle en una cañada tan repleta de trampas que perdieron a otros tres hombres antes de alcanzar al superviviente, que murió en el helicóptero a mitad de camino del hospital de campaña.

Afuera se oyó un griterío en pashtún y un tableteo de armas automáticas. El sargento no necesitó escuchar el ulular triunfal tan característico de los rebeldes para saber que estaban celebrando la victoria. La pared en la que había dejado apoyado a Badia estaba taladrada por las balas de los helicópteros. Se asomó por uno de los boquetes.

Lo que vio le dejó sin aliento.

Al otro lado de un corral abandonado se abría una plazuela que rodeaba un pozo. Tres muyahidines disparaban al aire las armas de los soviéticos capturados, cinco soldados que estaban de rodillas y con las manos en la nuca, formando un semicírculo que rodeaba el brocal del pozo. Dos más aparecieron arrastrando a otro de los soldados. El sargento reconoció enseguida a Nikolaievich, el operador de radio. Los muyahidines le arrojaron al suelo rodando y le hicieron señas de que se uniera a los otros. Nikolaievich miró a sus captores, miró hacia el pozo y supo lo que le esperaba. Con un rápido movimiento sacó una pistola y antes de que los muyahidines pudieran detenerle, se la colocó debajo de la barbilla y se voló la cabeza de un disparo.

Los dos muyahidines que le habían llevado se echaron a reír. Otro de ellos sacó una lata de gasolina y comenzó a rociar a los prisioneros que estaban arrodillados. Uno de ellos hizo ademán de levantarse cuando sintió el líquido caer sobre su cuerpo y recibió un disparo en el pecho que lo dejó tumbado en el suelo. Otro de los que quedaban, un hombre duro como el acero de las factorías de Magnitogorsk al que una vez el sargento había visto noquear a un burro de un solo golpe se echó a llorar y a llamar a gritos a su madre.

Uno de los captores sacó un mechero. Hubo un

chasquido metálico y un destello, y cinco hombres se convirtieron en teas ardientes. Uno de ellos se puso en pie y trató de arrojarse al pozo, pero los disparos se lo impidieron y quedó tendido sobre el brocal, con medio cuerpo colgando sobre el vacío, cubierto de llamas anaranjadas.

El sargento sintió cómo la rabia y el dolor le consumían por dentro.

Doce minutos. Esos seis hijos de puta han acabado con toda una sección de las Fuerzas Especiales en tan solo doce minutos.

Aquellos eran sus hombres, a los que había obligado a echar las tripas por la boca durante marchas interminables, a los que había doblegado hasta convertirlos en los soldados que el Ejército Rojo necesitaba. Eran sus hijos, y ahora estaban muertos.

Los muyahidines estaban bailando alrededor de los muertos carbonizados, moviendo sus ridículos pantalones bombachos en una imitación de un famoso cantante americano que el sargento no podía recordar. El que estaba más cerca sacó una cámara desechable Kodak y le pidió a los demás que se juntasen para hacerles una foto con sus víctimas. No era de extrañar que estuviesen contentos. Los caudillos rebeldes como Gulbudin Hekmatiar u Osama bin Laden pagaban doscientos dólares —del dinero que la CIA les mandaba extraoficialmente— por cada soldado ruso muerto, dos mil por los oficiales. Muyahidín significa el guerrero que hace la yihad, el guerrero que lucha por su fe. Pues aquellos acababan de ganar más dinero del que hubiesen ganado en toda su vida vendiendo pieles de oveja.

El sargento dejó de pensar, dejó de sentir las heridas del brazo y del hombro, y antes de darse cuenta estaba fuera de la casa, a mitad de camino del corral, con la pistola en alto, acercándose a sus enemigos desde un lateral. Los muyahidines no le vieron venir hasta que cayó el primero de los que se agrupaban para salir en la foto, con dos balas en la cabeza. A menos de cinco metros de su objetivo, el sargento no podía fallar. Disparó dos balas a cada uno de los que posaban. El último intentó quitarse el fusil del hombro y dispararle, pero cuando ya estaba en posición cayó con el cráneo destrozado.

El de la cámara se había quedado paralizado, y cuando el sargento se volvió hacia él no supo qué hacer. Aún sostenía entre sus manos la Kodak, usando solo el índice y el pulgar, y tenía la boca temblorosa y los ojos huidizos. No debía de tener más de veinte años, y la barba no se le había cerrado por completo. El sargento se acercó a él, sin dejar de apuntarle, y apretó el gatillo.

Clic.

El percutor cayó sobre la recámara vacía, y el muyahidín, recobró de pronto la iniciativa. Se dio la vuelta y corrió hacia su fusil, que había dejado apoyado en una pared cercana. El sargento le arrojó la pistola por detrás, que le alcanzó en la espalda pero no acertó a derribarle, y el sargento tuvo que perseguirle. Se lanzó a sus piernas y los dos rodaron por el suelo polvoriento. El joven le dio una patada y ya iba a alcanzar el fusil cuando el sargento sacó el cuchillo del cinturón y se lo clavó en la espalda. El joven se retorció de dolor, y el sargento siguió apuñalándolo una y otra vez, hasta que dejó de moverse.

—Aguanta, Badia. Aguanta, joder. ¿Oyes los helicópteros? Tienes que volver a tu granja y a tus cerdos.

—Mujer... hija...

—Sí, a esas también, si no hay más remedio. ¡Aguanta!

Badia sonrió, sin dejar de apretarse el costado, y el sargento supo que lo iba a conseguir, que por una vez alguien que lo merecía lo lograría.

Salió de la cabaña para hacer señales a los helicópteros que se acercaban, cuando un movimiento a su espalda le hizo volverse, alarmado.

—He visto lo que ha hecho, sargento. Le admiro por su valentía. Le propondré personalmente para una medalla.

Allí de pie estaba el teniente Petrov. Había perdido el fusil y el casco, pero por lo demás estaba fresco como una bailarina del Bolshoi antes de salir a escena. Era la viva imagen del alivio.

Ha sobrevivido. ¿Por qué no me sorprende?

—Es una pena lo de estos hombres, pero ¿quién podría haber previsto esta tragedia?

Y está sonriendo. Veintinueve hombres han muerto por tu culpa, y estás sonriendo. Veintinueve hombres que merecían vivir han muerto, y tú sigues respirando.

El sargento se acercó a él, sonriendo a su vez, tendió la mano como si fuese a estrechar la del teniente y en lugar de ello le arrebató la pistola del cinturón.

—Le juré que le volaría la cabeza —dijo, apuntándole entre los ojos.

—Usted no va a disparar —dijo el teniente, repentinamente aterrorizado—. Tengo influencias en Moscú. Le harían la autopsia a mi cadáver. Le fusilarían.

El sargento asintió con fuerza.

—Oiga, Petrov, es lo único inteligente que le he oído decir desde que le conozco.

Con calma, el sargento guardó la pistola y sacó el cuchillo de combate con filo de sierra, aún empapado de la sangre del muyahidín de la fotografía.

Cuando unos minutos después les alcanzó el equipo de rescate, lo que más horrorizó al capitán que lo comandaba no fueron los cuerpos retorcidos y carbonizados de sus compañeros, ni siquiera la espantosa visión del teniente Petrov, al que los muyahidines habían destripado y estrangulado con sus propios intestinos.

Lo que más le horrorizó fueron los ojos del sargento, que le contemplaban con la mirada vacía de quien ha jugado con la Muerte al ajedrez y no ha regresado con todas las piezas.

Dicen que el sargento instructor Kosogovski murió en aquel *kishlak* en las montañas de Kumar, que lo que el equipo de rescate devolvió aquella noche a la base fue solo una cáscara vacía, una máquina de matar sin alma ni conciencia.

Desde entonces fue conocido con el sobrenombre de *el Afgano*. El soldado Badia regresó a su casa en el siguiente reemplazo condecorado con la Orden de la Estrella Roja, pero el Afgano continuó luchando hasta el final de la guerra, negándose a apartarse de la primera línea, y su leyenda no dejó de crecer. No hubo soldado en el 40.º Ejército que no le conociese, ni oficial que no solicitase su participación en las misiones más complicadas. Las tropas creían que junto a él había menos bajas, se sentían seguros a su lado, como si fuera un amuleto de la suerte.

La verdad es, tristemente, mucho más sencilla. El Afgano no dejaba nada al azar. Durante una incursión en Herat, se encontró aislado junto a otros cinco hombres, y sospecharon que con soldados hostiles en una zona que hervía de muyahidines. Caminaban por una calle estrecha y el Afgano vio movimiento tras el batiente de una ventana. Sin dudar un instante cogió una granada de su bandolera, arrancó la anilla y la arrojó dentro. Tras la explosión, entraron y encontraron una escena dantesca. Había —al menos— una mujer mayor, una joven y varios niños entre uno y cinco años. La explosión los había destrozado y aplastado contra la pared. El Afgano vació el cargador de su AK-74 contra la masa informe de cuerpos, salió de la casa y arrojó una segunda granada por la ventana.

Cuando el horrorizado oficial le preguntó que por qué había procedido así, el Afgano respondió:

—Nunca se está demasiado seguro.

El día en el que los soviéticos abandonaron Afganistán con tremenda vergüenza de su ejército y la condena internacional por la masacre causada durante una década, el Afgano fue uno de los últimos en cruzar el puente sobre el Amu Darya de vuelta a la Madre Patria. Para entonces ya intentaba pegar los pocos trozos que le quedaban de alma inyectándose heroína, la única forma que tenía de escapar a los fantasmas de los centenares de muertos que llevaba a sus espaldas y que le perseguían en cuanto cerraba los ojos.

En Afganistán, el primer país productor del mundo, era más barato y sencillo conseguir heroína que azúcar, y miles de soldados abandonaron las filas para engrosar otro ejército, el del enorme número de adictos al caballo marrón que convierte a Rusia en el primer país consumidor del mundo.

De vuelta en casa, sin guerra que librar y sin poder controlar su adicción, el Afgano tardó muy poco en convertirse, por su indisciplina y por sus constantes altercados, en un problema para sus superiores. El Afgano era una leyenda, de lo poco que se podía salvar del desastre que había sido la guerra contra los muyahidines así que, en consideración a su brillante hoja de servicios, intentaron cubrirle durante un tiempo. Cuando le rompió la mandíbula de un puñetazo a un policía militar que pretendía arrestarlo por robar en el comedor de oficiales, a los superiores se les acabó la paciencia y le enviaron al fin del mundo.

Allí estuvo, purgando sus pecados, durante trece largos años.

Hasta que le encontró la niña.

7

Dos pieles

Estoy tan agotado que no soy capaz de pensar con claridad. Cuando el agua de la ducha cae sobre mi espalda, me dejo llevar por la sensación y dejo la mente en blanco durante unos maravillosos diecisiete segundos, antes de que los sucesos del día vuelvan a asediarme sin piedad.

En las últimas veinte horas he perdido a mi mejor amigo; he sido acusado de su asesinato; le he mentido a la policía; he tenido que consolar a su madre y prometerle que hablaría en el funeral cuando mi mayor temor es hablar en público; una de mis empleadas, tras decirme que el proyecto del que depende mi futuro no mejora, ha huido aterrorizada de mi casa creyendo que iba a hacerle daño; le he mentido a mi hermano; he golpeado un contenedor de basuras; he sido amenazado de muerte por el padre de mi mejor amigo; he rebuscado entre las pertenencias de mi queridísimo padre un arma de fuego; he encontrado una mancha de sangre de procedencia desconocida en el suelo de mi garaje y mi novia me ha visto comportarme como un maníaco.

Ah, y acabo de guardar un Smith & Wesson .38 Special de doble acción cargado con seis balas de punta hueca en el mueble del lavabo, entre el cortaúñas y el neceser, mal camuflado tras un rollo de papel higiénico.

No está mal para un *friki* con fobia social.

Salgo de la ducha, me seco a toda prisa y me meto desnudo en la cama. Estoy demasiado agotado para ponerme el pijama. Mi cuarto es la habitación más fría de la casa, a pesar de las estanterías abarrotadas de libros que cubren las paredes. Por la noche apago la calefacción para ahorrar —hasta que firmemos el acuerdo definitivo con Infinity, si es que lo hacemos, seguimos sin estar muy boyantes—, así que tengo los hombros helados y no consigo dormir.

¿De dónde ha salido esa mancha de sangre? No puede llevar ahí mucho tiempo. Intento pensar en posibles explicaciones, pero todo me lleva a deducir que la única persona que ha podido dejarla ahí es Irina.

De pronto una idea me asalta la cabeza. Anoche Irina no estaba en el Foley's. Seguramente la policía ya habrá comprobado eso, para asegurarse de que mi coartada era plausible. ¿Quizás ella estaba mintiendo para protegerme a mí? Y si es así, ¿dónde estuvo Irina durante tantas horas?

¿Quién es la persona que está ahora mismo durmiendo en mi casa, a siete metros de aquí?

¿Me está engañando con alguien?

Por primera vez desde que invité a Irina a cruzar medio mundo para compartir mi vida, los recelos de Tom sobre ella empiezan a cobrar forma. La imaginación corre en ayuda de las dudas y me atormenta con escenas de Irina yendo a ver a su amante, alguien de su país, en plena noche. Abrazándole, besándole, haciendo el amor con él mientras los dos se ríen de mí, el idiota que la ha traído para que puedan estar juntos, el crédulo que se ha tragado todos los embustes que ella le ha arrojado para que no le ponga una mano encima.

Reflexionar sobre tu pareja en la soledad de madrugada tras un día emocionalmente extenuante es parecido a echar pedazos de carne ensangrentada en un agua infestada de pirañas. Los pequeños gestos y los detalles minúsculos que desechas en el día a día se colocan bajo el microscopio y se engrandecen. Una mirada de fastidio se vuelve de desprecio, un comentario amable se interpreta manipulador, una buena intención se transforma en cálculo, el piropo se torna en adulación. Lo ordinario se vuelve obstáculo, como un cajón que sobresale y no hay manera de volver a colocarlo de nuevo.

Quizá debería cortar con ella. Decirle que esto no funciona. Que las cosas no son como me imaginaba. Que necesito estar solo para centrarme en mi trabajo.

No eres tú, soy yo.

Nunca he cortado con nadie. Cuando nunca has tenido pareja antes, la idea de romper con la primera persona que te ha dedicado comprensión y afecto se vuelve aterradora. Y tampoco quiero hacerlo. La idea de estar solo el resto de mi vida, me aterra aún más.

De pronto se oye un crujido que conozco a la perfección. Es la puerta de la habitación de invitados

(de mis padres)

abriéndose. Casi espero oír los pasos pesados de mi padre arrancando quejidos a la madera, como los escuché la noche del *Accidente*, pero el andar de Irina es todo lo contrario: de una levedad fantasmagórica, casi imperceptible. No quiero que se acerque, no quiero verla ni hablar con ella, pero tampoco me atrevo a moverme, a emitir ningún sonido, a dar señal alguna de vida. El pomo gira un poco, y estoy tentado de saltar hasta la puerta y echar el pestillo, pero estoy petrificado, incluso contengo la respiración.

La puerta se abre.

—¿Simon? ¿Duermes?

Pasan unos instantes en los que no sé qué hacer, qué decir, cómo reaccionar. Finalmente, el oxígeno se me acaba y la necesidad de respirar decide por mí.

—No.

Me incorporo un poco, parpadeando. Mi habitación está totalmente a oscuras, nunca he sido capaz de dormir si había el más mínimo atisbo de claridad. Irina ha dejado la lámpara de su mesilla de noche encendida, que recorta su silueta en mi puerta. Lleva la misma camiseta con la que se fue a trabajar y unas bragas negras, nada más. Se abraza a sí misma, y tiene el pie derecho sobre el izquierdo.

—Tengo mucho frío. ¿Puedo dormir contigo, sí?

Mi mano ya ha levantado una esquina del edredón antes de que mi cerebro haya encontrado una excusa. Irina cierra la puerta, trota hasta la cama y se desliza bajo el edredón. Es una cama grande, de metro cincuenta, pero alguien con mi estructura ósca no deja demasiado espacio disponible. Ella se queda al borde del colchón, vuelta hacia mí. No puedo verla, pero siento su aliento.

De pronto recuerdo mi escasez de ropa y me muero de vergüenza.

—Estoy desnudo.

Casi espero que ella se vaya corriendo, pero me susurra:

—No me importa. Además, está oscuro.

De madrugada, con el silencio y la negrura de la habitación, la voz de Irina se carga de matices distintos. Suena más grave, y su acento se vuelve más duro.

—Sigo teniendo mucho frío, Simon. Abrázame.

Se da la vuelta, quedándose de espaldas, y se aproxima a mí. Pega el trasero a mi estómago, y los pies, gélidos, a mis espinillas.

—Estás helada.

No es una exageración. Las plantas de los pies están completamente frías, es como tener un par de bolsas de hielo pegadas a la piel. Siento cómo me va robando el calor, apropiándoselo. La sensación es extrañamente placentera.

—Tú estás muy caliente. Abrázame más.

Hay un momento de confusión, embarazoso, cuando me doy cuenta de que no tengo ni idea de cómo se abraza a una mujer que duerme junto a ti en tu cama. Ella lo soluciona tirando de mi mano izquierda hasta que el brazo se introduce por debajo de su almohada, y tomando la derecha para que la pase por encima de su cuerpo y termine de rodearla. Se aprieta más contra mí. Su pelo suelto ahora parece mucho más abundante, y rodea mi cara, dificultando mi respiración, pero intento tomar aire por la boca, para no molestarla, ahora que parece que ha cogido la postura.

Su propia respiración se va haciendo más lenta, mientras busca el sueño. Yo ahora no podría estar más despierto si tuviese a la Filarmónica de Boston interpretando *La Cabalgata de las Walkirias* en mi oreja. A través de mi piel desnuda voy trazando un mapa de Irina tan nítido como un escáner tridimensional de última generación. Siento la rugosidad de las plantas de sus pies, ásperas como la lija. Noto la dureza de sus manos, que me recuerda a la madera. La he visto muchas veces echándose crema hidratante, intentando suavizarlas, pero nunca lo consigue. Dice que es por practicar tanto deporte cuando era niña y adolescente, y a su cuerpo no le sobra, desde luego, ni un gramo de grasa. Los músculos de sus brazos, que se mueven bajo los míos, son como cables de acero que aguardan una orden para tensarse. Soy una persona fuerte, por mi tamaño y porque me obligo a ejercitarme un poco cada día con los sacos de arena que me sirven de pesas improvisadas. Pero el poder que percibo mientras envuelvo a Irina es asombroso.

Incluso los músculos de su espalda se marcan a través de la camiseta, que retiene trazos de los olores de su noche. Alcohol, algo de tabaco, humo de segunda mano porque ella no fuma, un poco de sudor.

Un ramalazo de conciencia intenta subir a la superficie y recordarme que tengo miedo, que tengo la sospecha de que hay algo que no me está contando, pero enseguida queda náufraga de nuevo en el océano de la libido.

Ojalá se quitase la camiseta para poder percibir con

claridad su olor auténtico, el olor de su piel. Si su pelo huele a moras, su piel huele a pan recién hecho cuando acaba de salir de la ducha.

Entonces algo pasa. No puedo evitarlo, y me muero de vergüenza.

Poco a poco, mi erección ha ido abriéndose camino. He tratado de contenerla, pero ha sido imposible. Ahora la tengo completamente dura, apretándose contra la suave tela de sus bragas. Es imposible que no la note. Intento echarme hacia atrás, pero ella hace lo mismo. Buscándome.

—Déjala.

—¿L-la has notado? —tartamudeo.

—Claro. Déjala.

—¿No te importa?

Irina mueve un poco el culo hacia los lados, rozándose más con ella. Acomodándola entre sus nalgas.

—No. Me gusta. Es calentita.

La sangre me zumba en los oídos. Mi boca y mi garganta están secas como la yesca. Mi voz suena una octava más alta de lo normal.

—N-no quiero que pienses que soy un pervertido.

Ella se ríe. Es una risa antigua, breve, gutural.

—Simon, soy tu novia y me he metido en tu cama en bragas. Si no estuvieses... ¿cómo se dice como tú estás...?

—Empalmado.

—Eso. Si no estuvieses empalmado, me sentiría muy ofendida.

—Esta tarde, en el banco, fui muy desagradable contigo. Sé que necesitas tomarte tu tiempo antes de...

—Te dije que pasaría cuando estuviese preparada.

Hay un silencio, pero esta vez no es el de dos personas que intentan dormir, o al menos la de una que lo intenta y otro que lo finge. Es un silencio distinto, expectante.

Ella está esperando a que dé el primer paso.

No creo que haya muchas maneras de estropear una situación así, pero sin duda yo doy con la peor de ellas, porque es el momento en el que escojo para preguntar:

—¿Tú me quieres?

Me arrepiento en cuanto las palabras salen de mi boca, pero es demasiado tarde. Irina se gira hacia mí.

—Te lo diré si antes me respondes tú a pregunta. ¿Qué es el amor, Simon?

Su inglés va empeorando por momentos, y mi capacidad de raciocinio no le va a la zaga. Si es una pregunta difícil de contestar en condiciones normales, hacerlo desnudo y con una mujer atractiva metida en tu cama, sabiendo que de tu respuesta dependerá lo que pase a continuación, resulta imposible.

Irina me pasa una mano por el pecho y se entretiene jugando con el pelo que rodea uno de mis pezones. No ayuda mucho.

—No lo sé —digo por fin—. No sé qué es. No sé cómo se supone que debería sentirme o qué debería hacer.

—Y, sin embargo, me preguntas. Eres como un niño, Simon. Los niños quieren así, a su manera egoísta. Quieren porque se les quiere.

Se ha ido acercando mientras habla, tanto que su boca está casi pegada a la mía.

—¿Y no es así? —digo, con un hilo de voz.

—Cuando creces comprendes que amar es otra cosa. Amar es necesitarse. Amor es necesidad.

Las últimas sílabas las ha dibujado en mis labios con los suyos. No puedo contenerme, y la beso. Sabe a lo que huele, a pan recién hecho. En su saliva hay restos de cerveza. Su lengua es suave y afilada, y cuando se encuentra con la mía estoy a punto de estallar. No puedo creer lo que está ocurriendo. No puedo creer que *esté* ocurriendo.

—Yo te amo, Simon.

Se retira y vuelve a besarme de nuevo, un beso más largo, hambriento.

Chúpate esta, Elizabeth Krapowski.

Intento acariciarle los pechos, pero me encuentro con la tela. Busco a tientas el borde de su camiseta e intento quitársela. Cuando estoy a mitad de camino mis nudillos rozan sus costillas y ella suelta un sordo quejido de dolor que se ahoga en mi boca.

¿Le he hecho daño? ¿Cómo?

No tengo tiempo de averiguarlo. Me aparta las manos y vuelve a tirarse de la camiseta hacia abajo.

—No. Hoy no.

Vuelve a besarme, y su mano se cierra en torno a mi polla, masajeándola, poniéndola aún más dura. Intento devolverle el favor, y mis dedos se cuelan por debajo de sus bragas. Está empapada y caliente ahí abajo. Aquí empiezan los problemas. He visto hacer esto en incontables películas y fantaseado otras tantas veces sobre cómo sería, pero cuando intento separar sus labios y acariciarla por dentro no encuentro el modo. Debo hacerlo muy mal, porque ella me aparta la mano con firmeza y toma el control.

—Déjame a mí, ¿sí?

Me da un último beso en la boca antes de ir hacia abajo, acariciando mi pecho con su pelo rojo, incendiando mi piel como un bosque en agosto. Se mete mi polla en la boca, haciendo un círculo con los labios y haciéndolos deslizar, arriba y abajo, humedeciéndola bien. Cuando está satisfecha con el resultado, se coloca a horcajadas sobre mí, se aparta a un lado la tela de las bragas con una mano mientras que con la otra la coloca en posición. Cuando ha introducido la punta dentro de ella, suelta un pequeño suspiro de placer. Yo intento adelantar las caderas, pero ella no me deja. Va bajando poco a poco, centímetro a centímetro, hasta tenerla dentro por completo. El proceso es lento, agónico, y cuando llega abajo del todo, la polla me da fuertes latigazos y estoy a punto de correrme.

Irina me agarra fuerte por los huevos y aprieta un poco.

—Aún no. Aguanta. Espera a mi placer.

Su voz suena más grave, perentoria. Ahora tiene un fuerte acento que arrastra las erres y me insta a obedecer. Se inclina sobre mí y me da un beso en los labios. Sin lengua, cariñoso. No deja de apretarme, conteniendo mi estallido.

—Sé caballeroso.

—Sí.

—Respira hondo.

—Sí.

Respiro hondo.

Recito mentalmente la tabla periódica, columna a columna; los nombres de todas las actrices que han sido Catwoman en el cine y la televisión; los números de la progresión Fibonacci. Cuando voy por el 377, los latigazos se han calmado, Irina me ha soltado y vuelve a comerme a besos, mientras se mueve rítmicamente sobre mí.

Así que esto es lo que se siente.

De pronto soy dueño de mi cuerpo de nuevo, y lo celebro pensando que ya tengo una cosa más que añadir a la larga lista de eventos del día: descubrir lo que es el sexo en serio. No los breves roces apresurados encima de una chica lo bastante borracha como para querer algo conmigo, no. Hacerlo *de verdad*.

Justo en ese momento aporrean la puerta de entrada con fuerza. Golpes sonoros, perentorios, implacables.

—¡Departamento de Policía de Chicago! ¡Traemos una orden de registro!

JOOODER.

8

Un edredón

Recibo a los detectives Freeman y Ramírez —y a los otros seis integrantes de su amable equipo— en albornoz, sin nada debajo. Ya no es solo por la prisa que me ha llevado ir a abrir la puerta antes de que la echaran abajo, es una declaración de intenciones. Ya que no me han dejado terminar, por lo menos que quede claro que han interrumpido algo. Irina, más inteligente, va a su habitación a ponerse ropa de abrigo, porque nos toca esperar fuera mientras un grupo de extraños con caras hostiles dejan patas arriba nuestra intimidad.

—Debería ponerse algo —dice Freeman, cuando me ve sentarme en el porche así.

—Estoy perfectamente —respondo, aunque al relente de la madrugada puedo ver mi aliento. El viento sopla del lago, helándome las pantorrillas desnudas. Está a punto de amanecer.

Irina pide permiso a los agentes para buscar una manta, y acaba bajando con el edredón y envolviéndome en él. Menos mal que aún es temprano y los vecinos no se han levantado para contemplar mi ridículo.

—¿Se puede saber qué coño están buscando? —digo, sin molestarme en disimular la irritación.

—Un revólver del .38 registrado a nombre de su padre, como posible arma mortal en el homicidio de Tom Wilson —dice Ramírez, esgrimiendo la orden firmada por el juez, antes de volver adentro.

—Le pedí que colaborase, Simon —me reconviene Freeman—. Por desgracia hemos tenido que acelerar las cosas.

—¿A las cinco de la mañana?

—Tenemos nuestras razones.

No añade nada más. Ha pasado algo desde que hemos salido de la comisaría, pero no tengo la menor idea de qué es, y Freeman no está por la labor de explicármelo. Parece agotado. Grandes bolsas cuelgan de sus ojos, como hamacas vacías. Ha cambiado su elegante atuendo por una chaqueta azul con grandes letras amarillas. Se tiene que estar congelando aquí fuera, y me alegro mucho.

Podría decirles dónde está la pistola y acabar con

esto, al fin y al cabo es mi culo también el que está aquí fuera, pero me parece mucho más divertido tenerles dando vueltas inútilmente.

De pronto veo a los tipos de las linternas entrar en el garaje, apuntando sus haces de luz al suelo de cemento, y ya no me parece tan buena idea lo de hacerles esperar.

—Ramírez —dice una voz desde dentro—. He encontrado algo.

Será la mancha de sangre. Una mancha grande y bastante sospechosa, que puede dar lugar a preguntas cuya respuesta no quiero conocer. Retuerzo las manos debajo del edredón.

Ramírez se asoma a la puerta del garaje desde dentro y mira hacia nosotros. Parece que va a llamar a su compañero.

Tengo que sacarles de ahí.

—Les ahorraré que sigan ensuciando mis alfombras, detective Freeman. La pistola está en mi cuarto de baño, en el mueble del lavabo.

Irina me mira de forma extraña, pero no dice nada.

Freeman llama a uno de sus subordinados, que vuelve al cabo de un rato con el arma metida dentro de una bolsa de plástico.

—Mis huellas estarán en el mango, supongo.

—Culata, señor Sax. Se llama culata —dice Freeman, cogiendo la bolsa con gesto de triunfo.

La abre y olisquea su interior. Ha sido un detalle que lo haya hecho a pocos pasos de mí. La cara de decepción que pone es un regalo de Navidad anticipado.

—Como verá, el arma no se ha disparado desde hace tiempo —digo, metiendo el dedo en la llaga.

—¿Por qué guarda un arma en el lavabo, Simon? —dice, mirándome con suspicacia.

—Por la noche salen unas cucarachas enormes por el desagüe.

—Señor Sax...

A estas horas las bromas no le sientan nada bien al detective, y deja al descubierto su impaciencia como un cable pelado. Decido jugar a su juego.

—Cuando me interrogaron antes, o más bien ayer, por la hora que es, pensé que no era buena idea tener un arma en casa cuyo paradero desconocía. Esta noche la busqué entre la basura del garaje para poder deshacerme de ella. Ya puestos, podrían encargarse ustedes.

—Haremos unas pruebas en balística para confirmar que esta no es el arma homicida, con su permiso —dice Freeman, cerrando la bolsa.

—Faltaría más.

Ramírez viene desde el garaje, observa la pistola embolsada y la cara larga de su compañero. Ella menea la cabeza y le susurra algo al oído.

Freeman se acaba dando por vencido y llama a los demás para que abandonen la casa. Mientras sus hombres salen, pone un pie sobre los escalones del porche y se inclina hacia mí.

—¿Podríamos hablar un momento a solas, Simon?

—No tengo secretos para mi prometida —digo, porque es la frase que pega aquí, pero en realidad algo dentro de mí me dice que sí que quiero hablar con él a solas.

Irina me lo pone fácil.

—No te preocupes, Simon. Tengo mucho sueño, me voy a la cama —dice, apretándome el hombro. No noto nada a través del espesor del edredón, pero sigue siendo reconfortante. Y luego añade—: No tardes.

Freeman la observa mientras ella vuelve adentro. Yo también. Me muero de envidia

—Ya lo ha oído, Freeman. No tarde.

Cuando la puerta se cierra, Freeman se sienta a mi lado en el banco del porche. No hay mucho sitio para un negro musculoso y un ingeniero informático grande envuelto en un edredón, así que más que sentarse, se encaja.

—Simon, no creo que haya sido usted.

Me aliviaría mucho escuchar algo así, si no fuese porque a las benditas fuerzas del orden de nuestro gran país no solo les enseñan a mentir a los criminales durante su entrenamiento, sino que además les animan a hacerlo. Así que intento tomarme las palabras de Freeman con cierto desapego. El hecho de llevar toda la noche en pie ayuda mucho.

—Muchas gracias, detective. Tiene una curiosa manera de demostrarlo.

Se encoge de hombros, alterando el delicado equilibrio de espacio en el banco y aplastándome contra el lateral.

—Todo apunta a usted. Tiene un móvil muy bueno —enseña un dedo—, y desde luego tuvo la oportunidad —enseña otro—. Su coartada es más bien endeble. Y tenía los medios, o eso pensaba yo —dice, enseñando la bolsa de la pistola con la otra mano.

El sol está empezando a asomar, y una luz anaranjada toca el tejado de mi casa.

—Pues no he sido yo, Freeman. Y ahora le caerá un puro, ¿no? Un registro inútil, horas extra y toda esta mierda.

—No creo que haya sido usted, Simon, por más que el padre de la víctima, un ciudadano respetable, esté convencido de lo contrario.

Dudo de si decirle aquí que el ciudadano respetable me ha amenazado de muerte, pero lo dejo pasar. Seguramente solo serviría para tenerme aquí otro buen rato, y mis vecinos ya han empezado a asomarse a las ventanas, a correr y a pasear perros para no perderse el espectáculo.

—Sin embargo —continúa el detective—, no me cabe la menor duda de que sabe algo. Desde el momento en que puso los pies en la sala de interrogatorios quedó claro que nos estaba mintiendo. No habría quedado más claro si se hubiese bajado los pantalones y nos hubiese enseñado un tatuaje.

Los modales de negro suave homosexual han desaparecido, veo.

Estoy cada vez más enfadado con Freeman, y sé que es lo peor que puedo hacer. Tengo que mantener la calma y entenderle. Usar mis habilidades como ingeniero, descomponerle.

Cuarenta y muchos. De gimnasio diario antes, ahora un par de veces por semana. Parte del músculo se ha convertido en grasa. Desencantado. Cuestionado en su trabajo por su tendencia y su etnia. Inteligente. Hábil. Para él, esto no es personal. Toda esa mandanga de los polis de ficción, de la justicia hacia la víctima y todo ese rollo no va con él. Ha visto demasiado, se ha manchado, y ahora se mantiene a distancia. Es un funcionario mal pagado, aburrido, el último en la lista de ascensos. Únicamente Ramírez —mujer, latina, con hijos— lo tiene peor que él, por eso ella le hace el trabajo sucio. La ambición es algo que apenas recuerda. Las herramientas de que dispone son burdas, el azar, una inconveniencia. Para él, Tom, su asesino, yo, no existimos. Solo somos otro problema que resolver antes de que le caiga encima el siguiente cadáver, el próximo marrón. Alguien así no va más allá de lo imprescindible. Si este caso es un puzle de mil piezas con la foto de un camello y él tiene ochocientas que no casan, las encajará a martillazos aunque le salga un dromedario.

La mejor manera de que me deje en paz es ofreciendo la máxima resistencia, a ver si se busca otra pieza que le sirva.

—¿Por qué no se va y me deja dormir?

Freeman ignora mi sugerencia, se quita las gafas y me mira directamente a los ojos.

—No sé en qué me está mintiendo, pero sé que es algo muy importante. Sé que en este caso hay algo terriblemente sucio, y que el asesinato de Tom Wilson no fue un atraco o una riña callejera. Hay demasiados detalles que no encajan. Y sé muchas más cosas de las que usted se imagina, algunas de las cuales le afectan personalmente. Esta es su oportunidad, Simon —dice, bajando la voz y poniéndome la mano en la espalda—. La ocasión de hacer lo correcto y, quizá, salir indemne de la tormenta de mierda que va a salpicar por todas partes. Así que... ¿qué me dice? ¿Está ya dispuesto a decirme la verdad?

Maldita sea, es bueno de narices. Ha conseguido emocionarme y todo, tengo los pelos como escarpias debajo del edredón. Si algún día hacen una película de este desastre, espero que le interprete Jamie Foxx. No se parece en nada a Freeman, pero tendría que ser alguien capaz de soltar semejante cantidad de gilipolleces con una convicción absoluta, como si hablase desde el fondo del corazón.

A mí no me cuesta nada ser completamente sincero.

—Déjeme dormir, detective.

Freeman se levanta de golpe, exasperado, con cara de Leonardo DiCaprio en una noche de Oscars cualquiera. Su actuación no ha obtenido el premio que él creía merecer. Baja del porche, y cuando llega al camino de entrada, se da la vuelta. Estoy esperando a que diga alguna frase de esas de «Te he pillado», de esas que suelta Colombo cuando parece que se está marchando de casa del asesino y en el último instante se gira y suelta la bomba. Pero no, solo es un consejo de buen ciudadano. Entre amigos.

—Dígale a su prometida que lleve el coche al taller. Pierde demasiado aceite.

9

Una mancha

Vuelvo a la cama, pero Irina no está. Ha ido a dormir a su habitación, y no me extraña. Ahora no sería apropiado continuar con la actividad que interrumpió la policía. Pese a la frustración que siente un porcentaje de mi cuerpo, el resto está tan agotado que impide que ceda al onanismo, y me dejo caer en la cama envuelto en el edredón. Permanezco inconsciente durante un par de horas antes de que el móvil y los problemas en la oficina me saquen del pozo de brea en el que me había hundido y me devuelvan a la dolorosa, soñolienta realidad.

Cuando estoy listo para salir, la puerta de la habitación de Irina sigue cerrada. Voy de puntillas, con los zapatos en la mano, escaleras abajo, para no molestarla. Me calzo en el salón y estoy a punto de salir para la oficina cuando la frase final de Freeman vuelve a mi cabeza.

Dígale a su prometida que lleve el coche al taller. Pierde demasiado aceite.

Aceite en el garaje.

Voy al garaje, tratando de no apresurarme y enciendo la luz tirando del cordel de la bombilla. La caja que yo había colocado ocultando la mancha de sangre no está en el mismo sitio donde la puse, sino un metro más atrás.

Y donde estaba la mancha de sangre del tamaño de un huevo frito, ahora hay una mancha de aceite del tamaño de una sartén, con un reguero que lleva hasta los bajos del coche de Irina.

Seguro que los polis sueñan toda la vida con soltar una frase en plan Colombo. El genio de Freeman lo logró ayer sin darse cuenta, pienso.

Cualquiera podría pensar que aquella era una mancha normal, producto de un cárter defectuoso. Cualquiera que ignore las más elementales leyes de la física y no sepa que los líquidos no suelen ir cuesta arriba, claro.

El garaje está ligeramente inclinado en dirección contraria, y a no ser que anoche la gravedad se estropease un rato, la única explicación es que alguien haya vertido unas gotas de aceite sobre la sangre y luego simulado un reguero que conduce hasta el coche de Irina para engañarnos, a mí y a nuestras queridas fuerzas del orden.

Alguien.

De camino llamo a Arthur por teléfono para ver cómo está y para intentar calmarme, pero ni siquiera él logra ponerme de buen humor.

Cuando llego a la oficina, Marcia está esperándome en mi despacho. Me suelta una disculpa poco sincera sobre lo que pasó anoche, y yo agito la mano para que se olvide del tema. Tengo la broca de una Black and Decker taladrándome el hueso parietal, y tres cápsulas de ibuprofeno no han servido para apaciguarla. No estoy para convenciones sociales.

Marcia intenta abordar los asuntos del día con profesionalidad, aunque sus recelos siguen presentes en lo que no trae más que en las palabras. Falta el café de Starbucks con el que siempre aparece, el sándwich a medio comer que suele acabarse en mi despacho y la conversación intrascendente, falta su perfume, pues se ha sentado medio metro más lejos de lo habitual.

Yo estoy en condiciones de aportar poco a LISA hoy, y solo sugiero algunos procedimientos para mejorar sus procesos de aprendizaje que ya habían surgido en otras reuniones. Marcia capta rápido que está todo en sus manos y se marcha del despacho, no sin cierto alivio por salir de mi sospechoso radio de acción, pero cabreada por lo que conlleva. Quedan menos de veinticuatro horas hasta la prueba de campo, y todo apunta a que no vamos a conseguir el porcentaje de aciertos del setenta y cuatro por ciento exigido por el contrato con Infinity. Ahora mismo estamos once puntos por debajo, en nuestras mejores simulaciones.

Si no ocurre un milagro, el famoso *fleco legal* de Tom nos devorará a todos.

El ambiente en la oficina es desolador, pero yo poco puedo hacer más que cerrar la puerta y dejar que sigan acometiendo el muro con el entusiasmo desesperado que concede la cercanía de la derrota. Me he quedado sin ideas, y además mi mente ahora es un polvorín. No dejo de pensar en los sucesos de esta noche. Está claro que Irina me vio agitado cuando llegó, y también que ocultó intencionadamente la mancha de sangre con el aceite de motor.

Durante unos minutos interpreto el papel protagonista en la obra de teatro *Simon finge que trabaja*, con escaso éxito de crítica y público. Finalmente me rindo, abandono el escenario y abro un programa que me permite ejecutar Linux en una partición de mi portátil.

Necesito respuestas, necesito certezas, y no sé donde encontrarlas. Necesito saber lo que Irina estaba haciendo esa noche, la noche en que murió Tom. Necesito saber si estaba con alguien más. Y la única manera que se me ocurre es espiándola. Entrometiéndome en su intimidad.

Siempre me ha hecho gracia ese gastado cliché televisivo, eso de que un *hacker* tiene que teclear a toda velocidad. Solo son gilipolleces. Lo que tenemos que hacer es saber lo que hacemos.

Hay muchas maneras de reventar una web y sacar toda la información. Un *hacker* más paciente o que quisiese cubrir sus huellas usaría un ejército de ordenadores zombies para realizar un ataque de fuerza bruta sobre sus contraseñas de administración, lo que tardaría en dar resultado entre un par de horas o seis meses, dependiendo de lo buenos que sean sus sistemas de seguridad. Suelen ser un par de horas. Al final siempre hay un idiota que pone como contraseña 123456. Siempre.

Pero yo no tengo paciencia esta mañana. Me importan un bledo las consecuencias, llegados a este punto. Así que abro Tor, un programa que conecta mi navegador a través de varias direcciones IP diferentes, con la Darknet. No es un lugar que me guste visitar, ni es apropiado para pusilánimes. Los criminales tienen igual de claro que Wall Street eso de que internet es el futuro, por eso se han montado su propio negocio. Una Internet varios pisos por debajo de internet, un sitio con su propia versión de eBay que, en lugar de vender gorras de Batman, ofrece drogas, armas, fotos de esas que te llevan un par de años a la cárcel.

En los últimos tiempos Darknet está tan atestado de policías lanzando señuelos que los malos no tardarán en excavar un poco más en el cibersuelo y montar un nuevo supermercado, pero a mí eso me da igual. No voy a comprar un kilo de cocaína, lo que necesito es el ejecutable de un programa espía, uno muy potente, muy ilegal y bastante gratis.

Localizo uno del que oí hablar hace unos meses, BlackCuckoo. Qué bien, acaban de sacar la versión 3.1. Seguro que el que lo hace es un gordo treintañero que trabaja en el sótano de la casa de sus padres. Perdedor.

Descargo el programa y abro la web *RussianWives.com* en una ventana distinta. Conseguir la dirección IP, la dirección que identifica a su servidor, es sencillo. La introduzco en BlackCuckoo, y espero a que el programa envíe una petición a su servidor. Como si fuese un navegador normal pidiendo los datos de una página.

Toda web deja un rastro en nuestro ordenador llamado *cookies*, pequeñas piezas de información que la web usa para identificarnos, y a las que nosotros le damos permiso para leer. Con esas galletitas, una web como Amazon o Infinity Shopping sabe qué páginas visitamos. Sabe si nos gustan las novelas de misterio o los fideos chinos. Y cuando navegamos por ella, nos ofrece tentadoras fotos de fideos chinos y de novelas de misterio recién salidas de la imprenta. Todos esos datos van a parar a una ficha que luego la empresa emplea para enviarnos emails con más novelas y más fideos. O para vendérselos a los fabricantes de fideos por muchos millones de dólares. En estos tiempos en los que la competición por la atención del consumidor tiene la elegancia y las buenas maneras de una película de *Mad Max*, uno de nuestros *clics* en un anuncio vale entre tres y cinco dólares.

Es lo que se llama Big Data. Cuanto más voraz es la empresa, más grande es la *cookie*. Pero la *cookie* tiene una desventaja para la web, y es que es algo que el servidor tiene que descargar desde mi ordenador al suyo, y ahí es donde BlackCuckoo hace honor al cuco, el pájaro que le da nombre. En lugar de poner sus propios huevos en el nido de otro pájaro, BlackCuckoo va a poner mi propia *cookie* en el servidor de *RussianWives.com*.

Me lleva unos minutos programarla. Es tosca, poco elegante y probablemente acabe dejando un rastro que lleve hasta mi ordenador, si es que el administrador detecta la intrusión y sabe hacer su trabajo. Pero servirá.

Mi *cookie* va a hacer un poco de magia. Va a buscar en el servidor un usuario de la página, IRINA24 y va a cambiar el email de recuperación de contraseña. Sencillo, pero muy peligroso. Bastaría con localizar los accesos a ese email para encontrar al culpable, y no estoy tapando mis huellas demasiado bien.

La cargo en BlackCuckoo, pero dudo antes de enviarla. Así, a ojo, calculo unos tres años de cárcel si me pillan.

A la mierda, pienso. Y aprieto el botón.

Un par de minutos después tengo la contraseña de usuario de Irina. Está en cirílico, pero gracias al traductor de Infinity descubro rápido que es un nombre de mujer.

Oksana.

Me pregunto qué significará.

Tengo muy claro que lo que estoy cometiendo es un error muy grande. Que saber demasiado es incompatible con la felicidad. Pero las dudas me atormentan como un lobo royéndome las tripas. Necesito el alivio de la certeza, aunque esta suponga malas noticias.

Entro en su perfil y voy directo a la carpeta de correo. Me quedo boquiabierto al ver la cantidad de mensajes que ha recibido.

1.759.

1.753 no son míos.

Irina y yo nos intercambiamos muy pocos correos a través de la web, porque estos cuestan dinero. Me sorprende la ingente cantidad de desesperados que hay, teniendo en cuenta que el perfil de Irina es un perfil discreto. Ni siquiera aparecen fotos suyas en biquini, como en otros de la web. Me imagino la inundación de mensajes que tienen que recibir otros perfiles, y siento un mareo al percibir la enorme cantidad de soledad, la oscuridad pesada y palpable que aprisiona tantas vidas. Es como revivir mi propio drama a escala global, y por unos instantes tengo que apartar la vista de la pantalla, lleno de asco y de pena.

Los mensajes que Irina ha recibido de otros hombres me llenan de celos y de estupor. No me detengo en leerlos, solo hago *clic* al azar en alguno que otro y paso las fotografías que los acompañan a toda velocidad. El espectro es enorme.

Hay sesentones con bastón que sonríen lujuriosamente a la cámara intentando que no se les caiga la dentadura postiza; obesos mórbidos que hacen el signo de la paz desde su patinete motorizado; ejecutivos trajeados junto a su descapotable; cachas de gimnasio con bañador paquetero y el cuerpo aceitado; profesores cuarentones que posan frente a la cámara desnudos, con solo un libro tapándoles las pelotas; señores disfrazados de curas católicos con sotana al viento, estilo Marilyn; soldados con el fusil por toda vestimenta; maridos que muestran a su familia al completo; raperos exhibiendo fajos de billetes, collares de oro y una bolsa transparente con un cogollo reseco que podría jurar que no es orégano; estudiantes de universidad posando de tres en tres vistiendo solo con la chaqueta de la facultad; y un señor con peluquín que muestra orgulloso a la cámara lo que parece ser una musaka casera, quizá como compensación al resto de la oferta, cuya pobreza deja al descubierto su ausencia de ropa.

Penes. Pollas. Cimbeles. Rabos por todas partes. Muchos de los perfiles de los hombres que han contactado a Irina le mandan una foto que incluye su tubito de carne o que es de su tubito de carne en exclusiva. Tiesos, flácidos; grandes y pequeños, gordos como latas de refresco y finos como lápices; blancos, negros orondos y amarillos esmirriados; circuncidados o con extra de piel.

Los celos desaparecen, la pena y el asco se evaporan, y solo siento amargura. Si esto es lo que estos hombres piensan de sí mismos, si es lo que les define, si es así como creen que pueden comunicarse con una mujer, no me extraña que estén solos. Si esto es lo mejor que tienen que ofrecer, es mejor que no se reproduzcan. Si esto les funciona, sería preferible que nos extinguiésemos.

Paso a la carpeta de mensajes enviados, y lo que veo me sorprende más todavía. Irina había programado una respuesta automática que me resulta dolorosamente familiar.

Hola. ¿De dónde eres?

Recuerdo la emoción que sentí cuando recibí aquel mensaje, cómo analicé cada palabra, cada letra, cada signo de puntuación, lleno de anhelo y de una particularmente insensata esperanza. Por lo que compruebo, no fui el único imbécil a quien le dio la oportunidad de comportarse como tal. La respuesta automática se ha enviado en 1.754 ocasiones, varias de ellas el mismo día en que yo le envié el primer mensaje.

Consulto las fechas y las horas y lo que descubro me deja aún más atónito. Desactivó la opción de respuesta automática justo después de que yo enviase mi contestación.

Soy de Chicago, nacido y criado en la Ciudad del Viento.

Su primer mensaje real fue la contestación a este. Dudo de que fuese cuestión de mi deslumbrante prosa o de la foto que le envié —con una notable ausencia de penes en ella—, era un primer plano en el que sonrío como el bobalicón que soy.

No sé qué es lo que esperaba encontrar, pero desde luego no era esto. Irina quería venir a Chicago a toda costa, pero ¿por qué?

Esperaba encontrar respuestas y solo tengo más preguntas que nunca.

Doscientos kilómetros al norte
de Magnitogorsk, Rusia
Enero de 2005

Pasaron tres semanas hasta que la niña decidió que el viejo ya estaba libre de su adicción.

Dejó pasar dos semanas más, solo para estar segura.

Durante todo ese tiempo se dedicó a montar guardia al pie de una hoguera que encendió entre el puesto de telecomunicaciones y la casamata. Hizo un círculo de piedras a su alrededor y la mantenía encendida durante todo el día y toda la noche, enroscada en las mantas, con la mirada perdida en la oscuridad. No dejaría que el viejo se escapase, ni a través de la puerta ni tampoco suicidándose.

En su regazo conservaba la pistola de su padre, por si venían los lobos. Los escuchó aullando en las montañas, pero nunca se acercaron, y si lo hicieron, la niña no los vio. Apenas dormía, pues en el tiempo en el que no estaba preparando comida para los dos o acarreando leña para la hoguera, la niña hablaba.

En voz baja, cadenciosa, con un ritmo pausado, pues tenían todo el tiempo del mundo.

Había una niña

Vocales suaves, consonantes contundentes, fonemas con un acento de tierras lejanas.

que jugaba a colgarse

Frases cortas, muchos silencios, a veces largos.

de la rama del viejo roble

Fueron formando un cuento que le narraba al viejo sin cesar.

hasta que un día llegaron

Para calmarle el dolor, para aliviar su necesidad, para arrullarle en el sueño.

unos hombres malvados.

El viejo no siempre escuchaba, pues a veces dormía, a veces se retorcía y la necesidad no cesaba, ni cesaría jamás. La niña lo sabía, pero no dejó de hablar, ni siquiera cuando los gritos del viejo ahogaban sus palabras o cuando sus ronquidos retumbaban en el interior de su encierro. No dejó de hablar, porque también se estaba contando el cuento a sí misma, por primera vez escuchaba decir en voz alta lo que había ocurrido, contar la verdad del incendio en la granja de los Badia, de lo sucedido a sus padres y a su hermana.

Y aunque no se calmó el dolor, ni se alivió la necesidad, ni el sueño ofreció descanso, la niña sintió por primera vez una suerte de sentido, un propósito en la inmensa tarea. Cuando el cuento terminaba, la niña volvía a comenzar de nuevo. Y según los días se convirtieron en semanas, la niña observó que los silencios del viejo fueron cambiando de color, que había algo distinto en aquella espera. La desesperanza de las primeras jornadas había dado paso gradualmente a una quietud distinta, algo que al principio no supo identificar. Llegó a obsesionarse tanto que se ponía de pie sobre una silla y pegaba la oreja al borde del estrecho ventanuco para interpretar aquel silencio.

Hasta que recordó algo.

La niña se había colado una vez en el zoo de Kiev para explorar si era un buen sitio para robar y resultó que no, que el movimiento de los visitantes era demasiado alterado, demasiado impredecible. Pero había visto con sus propios ojos una escena que se le quedó grabada para siempre: un cuidador entrando en la jaula de los tigres de Bengala para darles la comida, mientras estos le observaban. La tensión contenida del animal que aguarda con los músculos flexionados a que su guardián se distraiga, eso es lo que ahora escuchaba en el silencio del viejo. Comprendió que quería matarla y que lo haría si tenía oportunidad.

Y entonces supo que era hora de dejarlo salir.

Le llevó muchas horas retirar todas las piedras. Había ido reforzando y apuntalando el apresurado trabajo del primer día, y deshacerlo fue más difícil de lo que imaginaba. La nieve congelada había formado una costra de hielo en varios puntos, y costaba separarlas. Usó una rama grande para hacer rodar las más gruesas, para despejar el camino de la entrada a la casamata. Había tantas que tuvo que apilarlas en el lado contrario.

Comenzó al amanecer, y estaba ya entrada la tarde cuando apartó los sacos de pienso, dejando libre el camino. Se quedó mirando la puerta, pintada de un raído verde militar y llena de desconchones oxidados. Pasó mucho rato, la niña no hubiera sabido decir cuánto, pues permaneció allí sentada, con las piernas cruzadas, esperando, pero sin duda fueron horas.

De pronto, la puerta comenzó a moverse y se abrió de par en par con un chirrido quejumbroso.

Una sombra surgió de la oscuridad del interior y se recortó en el vano. El viejo tenía un aspecto horrible. Su pelo era una maraña grasienta y repugnante que le colgaba hasta los hombros, su ropa hedía, su piel era un caos de manchurrones negruzcos. Salió cojeando de la casamata, con los músculos entumecidos e inservibles tras el extenso encierro, y pasó de largo junto a la niña, rumbo a la casa, en busca de lo que había anhelado durante tanto tiempo. Regresó al cabo de un rato y se situó frente a ella. Se había puesto de pie.

—¿Dónde está?

Ella hizo un gesto hacia el camino.

—La enterré por allí.

El viejo dio un paso hacia el lugar que la niña había indicado, pero ella hizo un gesto hacia el bosque al pie de la montaña, a medio día de camino.

—O quizá fuera por allá.

Se miraron a través de un profundo abismo durante bastante tiempo, y el viejo finalmente dijo con la voz cascada:

—Debería matarte.

Ella señaló a su izquierda, sobre una roca, un pedazo de metal al que el sol de la tarde arrancaba un pálido fulgor.

—Ahí tienes la pistola.

El viejo renqueó hasta el arma, tan delgado que parecía una escoba agitándose dentro de un montón de harapos. La recogió con una mano huesuda de uñas largas y amarillentas. Quitó el seguro, comprobó la recámara, caminó hacia la niña y le apoyó el cañón en la frente.

Ella hizo una mueca ante el frío contacto del acero, pero sus ojos verdes no mudaron de expresión. El viejo no pudo menos que admirar la tenacidad de aquella mocosa. ¿Cuántos años debía tener? ¿Trece? Y aun así había logrado encerrarle durante...

—¿Cuánto tiempo he estado ahí dentro?

—Treinta y seis días.

El cañón de la pistola se apretó más contra la frente blanca.

—¿Sabes lo que se sufre con el mono de heroína? ¿Tienes idea de la angustia que sientes, los insectos que te hormiguean bajo la piel? ¿Cómo cada una de las células de tu cuerpo chilla de dolor?

Ella se encogió de hombros.

—Hay muchas clases de dolor. Ese te lo has causado tú solo. ¿Vas a disparar?

El cañón de la pistola se apartó, dejando un círculo rojo allí donde había presionado la carne pálida.

—Me gustaría —dijo el viejo—. Pero hace muchos años que nadie limpia esta chatarra. Lo más probable es que me estallase en la mano. Las armas automáticas hay que limpiarlas cada pocos días.

La niña se limpió la nariz goteante, sin decir nada. Estaba empezando a nevar de nuevo.

—La hija del porquero. Debí haber dejado que tu padre se pudriera en aquel agujero infernal —dijo, escupiendo a un lado.

—Pero no lo hiciste. Le salvaste la vida, y él volvió a casa y me tuvo a mí. Y ahora está muerto y yo soy responsabilidad tuya.

El viejo soltó una carcajada.

—Malditos cosacos. Sois todos iguales. Digamos que no te mato. ¿Quién me va a impedir que vaya a la ciudad a por más jaco y vuelva a engancharme?

—Si es eso lo que quieres, hazlo.

Hubo un silencio.

—Mírate —volvió a la carga la niña, señalándole con el dedo—. Un día fuiste un soldado orgulloso. Eras el Afgano. ¿Qué te pasó?

El viejo la miró con ojos inexpresivos.

—Se me acabó la guerra.

—Yo te he traído más guerra —respondió la niña, abriendo los brazos.

El viejo la evaluó como lo haría un tratante de ganado. Extremidades delgadas, espalda ligeramente encorvada, soportando sobre sus hombros un peso invisible, un peso con vida propia que jamás la abandonaría. Manos grandes, desgarbada, todo codos y rodillas. Desnutrida, débil.

Bajó la cabeza, pensativo.

Lo que la niña le pedía era imposible. Llevaría años, y probablemente aquella criatura tan frágil se rompería antes del primer mes. Pensó en las consecuencias de aceptar, en la suciedad moral que implicaba hacerle aquello a una niña, cambiar su naturaleza para transformarla en lo que ella quería. Pensó en las consecuencias de rechazarla, y no supo distinguir cuál de las dos alternativas era peor.

Hacía mucho tiempo que no se planteaba cuestiones como aquellas. Cuestiones morales. Blancos y negros. Había matado a tantos hombres, mujeres y niños en pos del *deber*, en pos de lo que *había que hacer*, que su sentido de lo que estaba bien había quedado cubierto por una enorme capa de alquitrán. Le sorprendió ver que todavía había partes de su alma que podían asomar bajo la densa y pegajosa superficie de todo el mal que había causado. Pero no fue eso lo que le llevó a aceptar.

Lo que le hizo aceptar es que era imposible.

Cuando alzó de nuevo la mirada, había en sus ojos una dureza afilada, distinta.

La niña la reconoció.

El Afgano había vuelto.

10

Un poco de aire

No voy a encontrar respuestas sentado delante de un ordenador.

Llevo toda mi vida viviendo de forma contraria a ese principio con pertinaz militancia, así que apenas me reconozco cuando cojo la chaqueta, me levanto y salgo de mi despacho. Marcia está en el extremo de los cubículos, fustigando a voces a los empleados nuevos. Cuando me ve encaminarme hacia la puerta, coge impulso y rueda hasta mí, impidiéndome el paso cual Gandalf en silla de despacho.

—¿Dónde demonios vas, Simon?

—Necesito airearme un poco.

—No puedes marcharte. Tenemos varias propuestas nuevas sobre regiones afines, y también hemos mejorado el filtro Gaussiano.

Marcia está equivocada. Todos lo están. Siguen buscando la solución a los errores de LISA en los aspectos ópticos, cuando la clave de todo es la lógica de mi algoritmo. Hay un error enterrado entre esos millones de líneas de código, no tengo ni idea de dónde está, y mucho me temo que ya he dado todo lo que podía dar, que solo he servido para iniciar este proyecto y que serán mentes mejores que la mía las que concluyan el trabajo de mi vida. Que yo terminaré mis días acodado a la barra de un bar de mala muerte, diciéndole al camarero que esa aplicación que usa todo el mundo a diario la inventé yo, para intentar gorronearle una copa.

No creo que transmitirle a Marcia y al equipo que creo que están practicándole la reanimación cardiopulmonar a un esqueleto vaya a servir para levantar la moral general, así que intento ganar tiempo.

—¿Estáis listos ya?

Marcia tuerce un poco el gesto. Sabe que la he pillado.

—Va a llevarnos un par de horas aún.

—Pues entonces nos vemos en un rato.

—No es solo eso, Simon. Los chicos están desquiciados, después de lo de Tom y con los resultados que hay. Ver al capitán del barco en el puente les anima.

Se la ve llena de adrenalina, y parece que ahora sí que empieza a olvidarse de lo que pasó anoche entre nosotros. Casi me recuerda a la Marcia de antes, la misma mujer que robó champán en la tienda del señor Wang el día que cerramos el precontrato con Infinity, hace un millón de años.

—Me hace falta despejarme, Marcia. Iré a dar un paseo, a ver si se me ocurre algo.

Marcia lo piensa y acaba meneando la cabeza.

—Un par de horas. Y luego te quiero aquí en plena forma. Simon, en serio, no podemos cagarla tan cerca de la meta. Y sin ti no podemos hacer modificaciones al programa, eres el único que tiene la clave de acceso.

Levanto la mano derecha y pongo la izquierda sobre el manual de programación en C++ que hay encima de la mesa de Marcia, la Biblia de todo programador.

—Un par de horas, lo juro.

Marcia se hace a un lado. Cuando paso, me apunta con el dedo.

—Un par de horas.

No sé realmente dónde voy. Salgo a caminar en dirección al lago, que está a unos veinte minutos andando. Leí una vez que una enérgica caminata genera endorfinas y oxigena la sangre, contribuyendo a aumentar el riego sanguíneo y, por ende, la actividad cerebral.

A mí me da hambre.

Como con hambre no pienso, decido parar a mitad de camino del lago y tomarme un *shawarma* en uno de los puestos callejeros en Madison Street.

—¿Algo más, señor?

—Una Coca-Cola extragrande.

Es mi venganza sobre Irina por lo de los 1.753 mensajes idénticos al mío que envió al ejército de enseñapenes.

Después de semanas de abstinencia prolongada de azúcar, las veintisiete cucharadas entran en mi cerebro con fuegos artificiales y su propia banda sonora. No sé si es el subidón de glucosa o que realmente era lo que quería desde un principio, pero paro a un taxi, que frena frente a mí con un chirrido.

—¿Adónde, señor?

—Devon Avenue.

—¿A qué altura?

—Ya le indicaré.

Tengo que consultar el móvil para encontrar en los periódicos la dirección aproximada, y ver los titulares de la muerte de Tom supone un mazazo inesperado, un cubo de realidad que me desciende por la espalda. Un muerto en Devon Avenue, abogado joven, un atraco que salió mal, sin sospechosos. Seis párrafos repletos de lugares comunes, una foto de los coches patrulla formando una barrera de contención del horror y un sargento abriendo los brazos para mantener a la prensa a una distancia adecuada, una distancia *asumible*. Han pasado dos días sin novedades y ya es noticia vieja, empaquetada, consumida, procesada y trasladada al intestino delgado de la hemeroteca.

Me aterra que sea el hecho lo relevante, no la consecuencia. Un acto de violencia de unos pocos instantes acapara toda la atención. Se desmenuza en lo posible su origen, se relata la física de lo ocurrido y se ofrece un autor, responda este a nombre y apellidos o a uno de los sustantivos habituales. Atracador, carterista, asaltante. Planteamiento, nudo, desenlace. No se vayan, una breve pausa para la publicidad y enseguida volvemos con los deportes.

Los periodistas no dicen nada en los artículos de la sombría matemática de las consecuencias, del vacío que crea esa violencia, de los universos destruidos que quedan detrás de esa acción. Nada. Un espacio en blanco, como la silla que nunca se va a ocupar en Nochebuena, el lado de la cama que permanecerá frío, el aire que nunca se moverá impulsado por esas cuerdas vocales para transmitir la risa, el consejo, la comprensión.

Joder, Tom, cómo te echo de menos.

Su amistad siempre fue una jaula climatizada. Con él cerca nunca tenía que esforzarme por tener una vida propia o relaciones reales, porque ya era capaz de experimentar a través de él esos sentimientos de forma vicaria, a distancia segura, a un espacio *asumible*. No tenía que hablar sobre nada realmente importante, porque él tenía una opinión firme sobre absolutamente todo, desde las ventajas del budismo hasta la mejor marca de papel higiénico.

Con Tom podía fingir que estaba bien, que todo era normal, que no había trozos muy grandes de mí que necesitaban reparación urgente. Siempre estaba disponible para una cerveza o para ver un partido en la tele. Cuando quedaba con alguno de sus ligues, yo siempre podía refugiarme delante de mi ordenador a esperar al relato de los hechos. Usualmente al día siguiente, a veces en la misma noche y, en cierta ocasión memorable, incluso durante el acto en cuestión —con todo lujo de detalles, un montón de signos de admiración y una foto bastante borrosa donde entrecerrando mucho los ojos se distinguía un pie.

Creo que Tom tenía cierta idea de las mecánicas de nuestra relación, y las asumía con la naturalidad que concede la costumbre, esa lenta e implacable apisonadora que convierte lo inadecuado en lo habitual. Podría haberme ayudado a salir de mi capullo si yo se lo hubiese pedido, y no me cabe duda de que lo habría hecho, porque Tom era en esencia una buena persona. Se hubiese tirado delante de un camión para salvarme del atropello, pero nunca tomó la iniciativa de salvarme de mí mismo. Me daba algunos consejos bienintencionados con cierta regularidad, pero nunca hizo ningún intento real. Los escuderos, adláteres y secundarios, en general, cumplen una función demasiado valiosa como para ascenderlos, y si no pregúntenle a Batman por qué no manda a Robin a un internado en Suiza que tenga buenos psicólogos.

La cuestión es que un día yo intenté ascenderme solo, y eso le sentó mal.

Creo que esa es la causa de que reaccionase de forma tan visceral con lo de Irina —además de que Tom podía ser bastante machista cuando quería—. Por eso no debí haberle acusado de querer mantenerme como segundón y de rechazarla por envidia, porque guardaba un sospechoso parecido con la verdad. Y la verdad es un arma demasiado afilada como para esgrimirla enfadado.

Te echo mucho de menos, Tom, le digo a mi propio reflejo en el cristal de la ventana del taxi. *Ojalá estuvieses aquí, para abrazarte y pedirte perdón. Ahora que no estás, que la jaula climatizada se ha abierto, siento mucho frío aquí fuera.*

El taxi se detiene, y yo tengo que comprobar un par de veces la foto del periódico antes de pagar y bajarme. Despojada de los atrezos policiales, aquella esquina de Devon Avenue aparece insípida, inofensiva. Una tienda abierta 24 horas, una cafetería, y entre ambas un estrecho callejón sin salida, con una rampa de cemento para salvar el desnivel entre la calzada y la acera.

No hay nada peligroso a simple vista en el lugar, ninguna de las señales que un urbanita reconoce a la perfección y le obligan a cambiarse de acera. A los niños de ciudad que crecimos a finales del siglo XX nuestras madres nos contaban una particular versión de *Caperucita* en la que había que evitar los callejones oscuros, los descampados y las furgonetas de lunas tintadas conducidas por extraños que ofrecen caramelos.

Yo no sé qué le enseñaría hoy en día a un hijo mío. Probablemente le mandaría a clase con una recortada. Si tuviese un hijo. Si no fuese como Arthur. Si tuviese con quién tenerlo. Si quisiese tenerlo conmigo.

Vuelvo a pensar en Irina. Continúo reflexionando sobre anoche. En la brutal, hambrienta, inevitable necesidad de su sexo, en la piel encendida como un neón, en la oscuridad que solo sabía de tacto, de olor y de calor. Tengo una erección. A pocos metros de donde Tom murió. No es apropiado.

Intento calmarme. Irina me ha mentido, me ha utilizado de una forma que no consigo comprender y me ha puesto en peligro. Me da miedo. Me fascina. Las cosas que más nos asustan suelen ser las que más nos fascinan. Debería dejarla. Me he enamorado de ella. No puedo dejarla. Debería de olvidarla. Necesito una excusa. Necesito una certeza.

Doy un paso hacia el callejón.

11

Una vela

El trozo de cinta policial amarillo cuelga de una esquina de la pared como la serpentina de una fiesta.

Es el único vestigio de la tragedia. Por lo demás, el callejón parece limpio, ordenado. Razonable. Solo hay un contenedor a la entrada y una puerta que debe de dar a la cafetería. Las paredes, encaladas en blanco, ni siquiera muestran pintadas.

Intento imaginarlo de noche y la perspectiva cambia. Hay una farola en la pared, pero está rota. Veo un puñado de cristales en el suelo. Los remuevo con la punta del zapato. Son finos, casi imperceptibles. Parece que no llevan demasiado tiempo a la intemperie.

Junto al contenedor hay una sección del suelo algo más oscura. Una coloración irregular, distribuida a brochazos. Grande. Una mancha decididamente mayor que un huevo frito. Una mancha que nadie ha cubierto con aceite de motor, sino que alguien ha intentado borrar con lejía y un cepillo grueso. Solo en el punto en el que el suelo se encuentra con la pintura blanca de la pared pueden verse trazas de rojo. El resto solo es una sombra que el tiempo acabará difuminando hasta que desaparezca.

Cuatro minutos tendido en un charco de meados, sintiendo que el aire y la vida se le escapaban, mirando a un contenedor de basuras, sabiendo que su amigo le había traicionado.

No hay un charco de meados, supongo que en esto la detective Ramírez me mintió. Me pregunto cuánta mentira hay que mezclar con la verdad para que un sospechoso reaccione como tú esperas. Cuánto cálculo conlleva, cuánta improvisación. Si disfrutarán con la intimidación, con esa sutil forma de tortura justificada por un sueldo, una placa y un ideal de justicia.

Aquí murió Tom.

Solo, sin nadie que le sostuviese la mano, sin tener tiempo de hacer balance, de arrepentimientos ni despedidas. Quizá sin comprender lo que estaba ocurriendo. Un disparo en el cuello. La sangre abandonaría el cerebro muy deprisa, anulando las facultades de raciocinio, dejando solo el miedo.

Cuatro minutos.

En cuatro minutos da tiempo a pasar mucho miedo.

Junto a la pared, alguien —supongo que sus padres— ha dejado un altar improvisado. Un ramo de flores. Un marco conteniendo una foto de Tom el día de la graduación en el instituto. Sonriente, confiado, imbuido del cauteloso optimismo del niño aterrado por las ganas que tiene de hacerse adulto. Conozco bien esa foto, la he visto en casa de los padres de Tom, en la repisa de la chimenea. Conozco bien esa mirada, es la misma que tiene mi madre en la foto de su boda. Dos víctimas unidas por una sola vida. De pronto me invade la sospecha de que quizá, de alguna forma que aún no logro comprender, la segunda víctima sea consecuencia de la primera, y me entra un escalofrío.

Hay un cirio de color blanco en el suelo, entre la foto y el ramo de flores. La mecha retorcida ha consumido una cuarta parte de la cera antes de apagarse, como una promesa incumplida. No tengo fuego, y no voy a irme dejándolo así.

Suena un tintineo musical cuando entro en la tienda de 24 horas. Unos tubos metálicos adornados con figuras de animales sirven de alerta al dependiente, un señor mayor con boina a cuadros y gafas tan gruesas que sus ojos parecen contemplarte desde el interior de un submarino. Me abro paso entre las estanterías abarrotadas de patatas fritas y pañales hasta el mostrador.

—¿Tienen mecheros?

El hombre señala a su derecha, un expositor con toda clase de mecheros de gas desechables, con dibujos que van desde hojas de marihuana hasta supermodelos en distintos grados de desnudez. Cojo uno de estos últimos. Creo que Tom apreciará el gesto, allá donde esté.

—¿Algo más? —Tiene un fuerte acento eslavo. Uno que he aprendido a reconocer.

—No, eso es todo.

—Dos dólares —dice, empleando cuatro erres.

Saco un billete de veinte de la cartera —el último—, y se lo alargo. El hombre busca el cambio bajo el mostrador, pero mientras va contando los billetes se me ocurre algo.

—No hará falta. En realidad, el mechero es para encender la vela de mi amigo ahí fuera.

Me mira, aún con los billetes en el extremo del brazo estirado, sin comprender. Agita un poco la mano para que los coja, sorprendido de que yo me niegue a ejecutar la parte final de la transacción.

—Mi amigo es el hombre que mataron en el callejón hace un par de días.

Baja el brazo.

—Triste cosa.

—Sí. Me preguntaba si podría pedirle un favor. Verá, me gustaría saber si tiene usted velas, y si le podría comprar unas cuantas y, ya sabe, mantenerlas encendidas unos días en memoria de mi amigo.

Parece que le cuesta procesar lo que le estoy pidiendo. Se quita la gorra, revelando un montón de guedejas grasientas, apelmazadas. Huele un poco a naftalina, a crema de afeitar y a un guiso muy especiado.

—¿Usted no familia?

—No, no. Amigos. Compañeros.

—¿Usted abogado?

—No, no, yo no soy abogado, soy informático, ya sabe, *tucucutucutu* —digo, haciendo el gesto de teclear en el aire.

—¡Ah! Computador. Unión Soviética inventa computador.

Estoy tentado de decirle que un británico hacía las primeras pruebas de computación en la campiña inglesa tres zares antes de que Lenin se hiciese famoso, pero prefiero dejar pasar esa ofensa a la Historia a cambio de no herir su orgullo nacional. La Historia nunca ha hecho nada por mí, al fin y al cabo, y este hombre puede darme información.

—¿Estaba usted aquí?

—Yo siempre aquí, siempre.

—¿Pudo ver algo de lo que pasó? ¿Escuchó el tiroteo?

—No. Yo no aquí.

Trago saliva, intentando reconciliar dos afirmaciones incompatibles.

—Pero ¿no estaba usted siempre aquí?

—Yo siempre día —me dice, moviendo la mano de izquierda a derecha, como harías con un niño muy pequeño o con un adulto particularmente estúpido—, mi sobrino siempre noche.

—Ya veo. ¿Y no está su sobrino por aquí?

El viejo parpadea, y tras los gruesos cristales de sus gafas parece como si dos ventanas se cerrasen.

—Usted espera, yo voy a mirar si velas, ¿*da*?

Sale del mostrador y desaparece en la trastienda. Yo cotilleo entre las revistas mientras espero. Parece que está hablando con alguien ahí detrás. Agudizo el oído, esperando captar algo, pero está hablando en ruso. Seguramente por teléfono, no se oye a nadie más ahí detrás. Quizás esté llamando al sobrino y él pueda contarme algo de lo que pasó hace un par de noches. O igual el pobre no encuentra las velas. De pronto las veo, blancas, gruesas idénticas a la que está en el callejón. Hay un paquete de doce, con el plástico rajado, en la parte baja de una estantería.

Falta una.

No es necesario ser un genio para saber quién la compró. Me imagino lo que tuvo que costarle entrar en la tienda, escuchar el alegre e incongruente tintineo de los tubos, buscar el dinero en el bolsillo, esperar su cambio. Actos cotidianos que adquirirían una dimensión pesada, casi religiosa. Destrozado por el dolor, fue capaz de encontrar las fuerzas necesarias para concederle a su hijo un poco de dignidad, incluso con un gesto tan pequeño como lleno de grandeza.

No puedo por menos de admirar al padre de Tom.

—¡Oiga, ya he encontrado las velas! —grito a la trastienda.

El dependiente asoma de nuevo tras el mostrador, con paso renqueante, arrastrando el pie izquierdo. Sonríe de una forma extraña y me alarga de nuevo los billetes, meneándolos de nuevo, como un pescador que agita un cebo en el agua esperando a que piquen.

—No encuentro velas.

—Mire, están aquí —digo, acercando el paquete al mostrador.

Parpadea de nuevo, más rápido. Sus ojos tras las gafas redondas ya no me parecen persianas, sino las señales luminosas de un barco. Estoy seguro de haberlas visto en una película. Comunicándose en algo parecido al Morse.

—Bueno. Yo miro precio.

—Pero si lo pone aquí —digo, señalando la etiqueta—. 2,95 cada una.

—No, no ese precio. Precio más bajo. Usted espera, ¿*da*?

El viejo trastea de nuevo bajo el mostrador y saca un cuaderno de espiral repleto de anotaciones con bolígrafo azul. Precios, entradas y salidas. Páginas arrugadas, letra pulcra y precisa. No entiendo las palabras, pero los números son absurdamente parecidos a los que hacía mi padre: el sombrero de los cincos levantado igual que una gorra, los sietes atravesados por una flecha sin punta, los unos calzados y los ochos con más tripa que cabeza.

—¿Es usted contable?

Levanta un momento la vista de las columnas de números que va siguiendo con una uña del meñique larga y afilada, que ha dejado crecer más que las demás para separar las revistas de los cartones y el celofán de los embalajes.

—Allá en Madre Patria —dice, señalando a un punto situado a miles de kilómetros.

Me pregunto si en este universo sin sentido la única norma transversal es que todo esté conectado, si hay una miríada de hilos invisibles que unen todo lo que existe. Por un momento fugaz percibo al hombre detrás de la cortina, no el anciano de las nubes, sino un Dios que comparte mi profesión. Un Dios que programa por paquetes, como hacemos los diseñadores de *software*, a los que luego añade las texturas gráficas necesarias para engañar a la vista y ocultar el código fuente. Si Miguel Ángel pintase hoy la Capilla Sixtina no le caracterizaría extendiendo un dedo para dar la vida a Adán, sino sentado tras un teclado.

Luego el momento pasa, el velo cae y el mundo

vuelve a ser una tienda estrecha y atestada que huele a cerrado. Un teléfono suena en la trastienda, un par de timbrazos y luego enmudece. Justo entonces el dependiente da un par de golpecitos con la uña en el cuaderno y cierra las tapas como si pretendiera atrapar una mosca entre las páginas.

—Velas, dos dólares.

Le pido cinco unidades, y tras unos cuantos minutos de forcejeo lingüístico consigo hacerle entender que no voy a llevármelas, que necesito que durante un par de días las vaya encendiendo en el pequeño altar de fuera según se vayan consumiendo. Finalmente comprende e intenta devolverme el cambio.

—No, quédeselos, por favor. Por las molestias.

Él niega con la cabeza, ofendido y agita los billetes bajo mi nariz.

—No molestias. Muertos merecen respeto, ¿*da*?

Salgo de la tienda con ocho dólares y un mechero, consciente de que hace ya media hora que me están esperando en la oficina. Tengo varias llamadas perdidas y mensajes de Marcia, pero no voy a irme sin dejar la vela encendida. Voy hasta el callejón y pongo una rodilla en el suelo frente al retrato de Tom. Recoloco un poco el marco, dispongo un tanto mejor las flores, cuyos pétalos ya empiezan a volverse marrones por los bordes. Intento prender la vela con el mechero. Lo intento de nuevo poniéndola en un ángulo de cuarenta y cinco grados para no quemarme esta vez.

—¿Amigo suyo?

La voz me pilla por sorpresa, y del sobresalto —ese vacío en la boca del estómago que se produce cuando un ascensor baja demasiado deprisa, en la montaña rusa, en un coche que supera una cuesta y cuyas ruedas se separan un instante del asfalto— suelto la vela y vuelvo a chamuscarme los dedos. Arrodillado en el suelo, en el mismo lugar en el que murió mi amigo hace un par de noches, me siento expuesto, indefenso. El corazón se me acelera.

Hay un hombre detrás de mí, junto a la entrada del callejón. Lleva vaqueros apretados, zapatos de ante, camisa blanca y chaqueta negra. Se ajusta un poco las gafas de montura al aire y sonríe. *Debe de tener más o menos mi edad*, pienso de esa forma inexacta en la que los treintañeros asignamos nuestro rango de edad a todo el que está siete años por debajo o por encima. Rasgos suaves, pelo negro perfectamente cortado. *Un profesor*, pienso, *o un arquitecto*.

Mi mente y mi cuerpo toman direcciones distintas, como una carretera que se bifurca bruscamente. La primera lo archiva en la categoría de No Peligroso, el segundo siente un rechazo instintivo.

No seas estúpido, me digo, y vuelvo a pelearme con la vela. La rosca del mechero está caliente, y me deja el pulgar entumecido, pero logro que la prenda. Un tenue retazo de luz baila al ritmo de una brisa que solo la llama conoce.

—Mi mejor amigo.

El hombre se acerca hasta mí, y se acuclilla junto al altar improvisado. Nos quedamos un momento en silencio. Me siento extraño.

—Escuché lo que había ocurrido —dice, con un acento que me recuerda mucho al de Irina. Correcto, preciso, esforzado. Pienso en camuflaje, en las manchas de un leopardo y en el dibujo geométrico en la piel escamosa de una serpiente de roca—. Lamento su pérdida.

—¿Vive usted por aquí?

—Prácticamente. Soy una especie de emprendedor local.

Hay una ironía soterrada en la manera en la que pronuncia las últimas dos palabras que me recuerda a una canción de Alanis Morissette. Primero sonríes, luego te alcanza el verdadero significado de la letra y la sonrisa se convierte en mueca.

Me pongo en pie, y él me imita, abotonándose la chaqueta.

—Disculpe, pero se hace tarde y tengo un poco de prisa, señor...

—Oh, cierto. Soy un maleducado —dice, tendiéndome una mano amistosa, con las uñas mordisqueadas hasta hacerse sangre—. Boris. Boris Moglievich.

Rakhiv, Ucrania
Entonces

Quizá lo que le infectó el alma fueron los cuentos. Su abuelo comenzó a contárselos a la luz de la hoguera, cuando Boris apenas sabía caminar. Iba a su regazo, bamboleándose desde la cocina. Miraba hacia las alturas, a la distancia a la que los hombres miran a los titanes, tan arriba que su barbilla y su garganta formaban un ángulo recto, como si tuviese que levantar un gran peso con el cuello. Allí estaba, contándole historias de reyes, princesas y ladrones.

A Boris no le faltaron cuidados en su infancia, no puede achacarse a sus padres falta alguna. El mal que cultivó tuvo su origen en el interior, no en una excusa conveniente. Cierto es que había un cierto desapego por parte de su padre, que sentía envidia de las horas que el niño pasaba con su suegro. Más de una vez estuvo tentado el padre de Boris de arrancar al niño de las rodillas de su abuelo y jugar con él, hundir sus dedos en la carne blanda entre la clavícula y el abdomen, y hacerle reír hasta que suplicase, como su propio padre hacía con él.

Por orgullo o por pereza, nunca llegó a hacerlo.

—No te muerdas las uñas —regañaba al niño, y seguía leyendo.

El pequeño Boris no sentía demasiado aprecio por su padre —cartero—, a quien consideraba una figura gris que agitaba el periódico en la sala de estar, como si con cada sacudida le obligase a contarle la verdad. Quería a su madre —cocinera—, sin duda. Pero era a su abuelo a quien el niño reverenciaba, a su abuelo y a las historias que le contaba.

El hombre es un animal que configura su identidad a base de leyendas. Los niños las necesitan más aún que los adultos, porque todo niño quiere ser duro, quiere ser famoso, quiere ser fuerte.

Las leyendas que Boris recibió de pequeño eran historias de *vory-v-zakone*, los ladrones legítimos, los ladrones con un código de honor. Una sociedad de individuos al margen de la ley que, en tiempos de los malvados emperadores, creaban la auténtica justicia ignorando a la autoridad, y siendo perseguidos por ello a cambio. Los ladrones eran injustamente encerrados por los malvados emperadores en el gulag, una cárcel en el fin del mundo donde los reclusos decoraban sus cuerpos con tatuajes que contasen sus hazañas y sus padecimientos.

Si la madre no andaba cerca para reñirle, el abuelo se quitaba la camisa, y mostraba el pecho, los brazos, la espalda, y el niño recorría con los dedos las historias encerradas bajo la piel. Muchos de los dibujos —un cerdo crucificado ardiendo en la hoguera, una mujer desnuda practicándole una felación a un sátiro, otra mujer desnuda decapitada por una espada— no los comprendía, y el abuelo se negaba a explicárselos. Otros entendía, vagamente, que tenían que ver con símbolos que conferían poder y transmitían las ideas en las que creía el *vor*, el ladrón honorable —un retrato de Lenin con un halo de santidad formado por espinas, un Cristo bendiciendo con dos dedos, una hoz y un martillo—. Uno en particular le fascinaba. Era una araña aguardando en el centro de su tela. El abuelo lo llevaba en el pecho, cubierto de pelos blancos y enroscados, un poco por encima del pezón izquierdo.

—Mi favorito —decía—. Junto al corazón.

Los tiempos de los *vory-v-zakone* habían pasado a la historia, al igual que los emperadores, la revolución y el Muro. Boris había visto caer este último cuando tenía diez años, con el volumen de la televisión al mínimo y la habitación a oscuras. Su abuelo le sujetaba la mano y lloraba, muy quedo. El destello del televisor se reflejaba en sus lágrimas, como pequeñas gemas ovaladas.

Boris nació en un país y creció en otro, y no tardó en darse cuenta de que vivía en un pueblo de tercera de un país del segundo mundo, lo cual le ofrecía un horizonte limitado. Pasear por la plaza o emborracharse detrás de la serrería, como hacían los adolescentes de Rakhiv, le parecían actividades tan atractivas como golpearse la cabeza con una sartén. No le gustaban los libros, al menos aquellos de los que no pudiese obtener un conocimiento directo y específico, una utilidad práctica e inmediata, y esos era capaz de leerlos en pocas horas e incluso de recitar de memoria secciones completas.

Quedarse en el pueblo y ser un cartero, como su padre, se le antojaba imposible. Marcharse a Kiev a probar fortuna era una opción, pero los tiempos eran duros, y desde la ventana de su casa, que daba a la parada del autobús de línea que conectaba con la capital, Boris veía subir tantos jóvenes que partían con los ojos brillantes como fracasados que volvían con las mejillas hundidas y los hombros caídos. La aritmética era implacable.

La tarde de su decimosexto cumpleaños, Boris fue a preguntarle al abuelo qué debería hacer. La respuesta que obtuvo no era la que esperaba. Encontró al anciano en el salón, con la barbilla pegada al pecho y una enorme mancha de orina en los pantalones. Fascinado, el joven tocó la piel de su cuello, y se sorprendió del tacto, frío como el mármol, y también rígido. Permaneció un rato a solas con su abuelo, antes de ir a avisar a su madre, reflexionando sobre la transición entre ambos estados, vida y muerte. Se sorprendió al comprender que apenas veía diferencia.

—¿Qué sentido tiene? —susurró al salón vacío.

El mundo se dividió entonces en dos, con un chasquido sonoro. Estaba todo lo que había sucedido antes de que Boris comprendiese que la muerte era tan irremediable como irrelevante, y todo lo que vendría después, lo que podía hacer con ese conocimiento, con el abrumador poder que le confería.

El abuelo le había dejado a su nieto unos modestos ahorros. A costa de la herencia, Boris vivió años en los que se dedicó a tomar todos los atajos posibles para su propia muerte. Bebió, se drogó, condujo coches rápidos por carreteras estrechas, pero no logró encontrar a la Parca.

Se encontró con Vanya y con Petro.

Vanya —dos años mayor que Boris, rostro angelical y con un pelo rubio tan claro que parecía blanco— era un accidente a punto de ocurrir. Lo único que impedía que ocurriese era su primo Petro, un correo de heroína de la *Solntsevskaya Bratva* en Kiev. Petro la había cagado en un trato que había salido mal, con un policía de paisano —joven, idiota y honesto— tendido bajo una mesa de billar con tres tiros en la espalda y un par de kilos que habían acabado esparcidos por el tapete. Petro no había tenido la culpa —el policía había entrado en el sitio inoportuno en el momento inadecuado—, así que sus jefes le habían mandado al campo a que se oxigenase durante unos meses hasta que se calmasen las cosas, en lugar de darle de comer a los cerdos.

Petro se había ido a las afueras de Rakhiv, a casa de su primo pequeño, Vanya, que acababa de salir de la cárcel por haber decapitado con una pala a todos los animales de la granja de su vecino —tres vacas, quince gallinas y un border collie— por una discusión acerca del cercado que separaba ambas fincas. La policía había llegado cuando las únicas cabezas que le faltaban por separar del cuerpo eran las que le hubieran supuesto cadena perpetua, en lugar de catorce meses de prisión.

Boris escuchó esta historia desde la barra cuando Petro y Vanya estaban tan borrachos que apenas podían llegar al baño del bar y le pedían ayuda al camarero. Boris despidió a este con un gesto e hizo algo tan sencillo como ayudarles a alcanzar el inodoro, de uno en uno. A la noche siguiente, le invitaron a compartir su mesa. Dos noches después, se montaron la juerga en casa de Vanya, donde Boris comprobó que la pala con la que había decapitado a los animales del granjero tenía un filo bastante romo, lo cual hablaba sin duda de su determinación.

—Esto es una mierda —dijo Vanya por la mañana. Se había acabado la coca, el ambiente olía a calcetines sudados y a ceniceros, solo quedaba un cuartillo de vodka y los tres estaban sin blanca.

—Podríamos ir a América —sugirió Petro.

—O a la luna, no te jode —dijo Boris, desde el suelo. Aún aferraba los restos de un cigarro, y tenía los dedos amarillentos. La boca le sabía a vómito.

—Lo digo en serio. Conozco a un tío en Odessa. Podría meternos en un barco.

—No pienso ir a ningún lado a fregar platos —dijo Vanya, cuya cocina atestiguaba que tampoco iba a hacerlo en casa.

—Olvídate de los platos. Podemos ser *vory*. *Mafiya*.

Boris se levantó del suelo tan rápido que un par de botellas vacías cayeron de la mesa y se quedaron rodando en el suelo, con un tintineo. En su cerebro se habían encendido más luces que en el último pastel de cumpleaños de su abuelo.

—Repite eso.

No era tan sencillo, explicó Petro. Había que pagar el billete, que era absurdamente caro. Aduanas, visados falsos y un montón de manos tendidas, a cambio de mirar para otro lado en el puerto. Lo normal es que el precio de los pasajes llegase desde el otro lado del mar, enviado por algún familiar o amigo que ya formase parte del asunto. Lo cual había hecho que subiesen los precios.

—Pues para eso podías haberte estado callado —protestó Vanya.

—Hay otra manera. Se puede pagar en carne.

—No pienso poner el culo.

—No, imbécil. Hay que buscar un chochito joven, aún sin desflorar. Uno tierno. Allí se cotizan mucho. Sacan mucha pasta con vídeos y demás. Pero tiene que ser uno excepcional.

Por alguna razón, Vanya miró a Boris, en lugar de a su primo. En unos pocos días ya se habían dado cuenta de que aquel crío tenía más cerebro que ellos dos juntos. Boris estuvo pensando un rato.

—Llama a tu amigo.

Vino un tipo —cráneo afeitado, vientre amplio, perfume caro— desde Odessa en un enorme Mercedes verde botella. Traía dinero y traía contactos. Aquellas cosas no se podían hacer a la ligera. Había que asegurarse que la policía no iba a poner pegas y que no iban a quedar rastros. Pero antes quería ver la mercancía.

—Enseñádmela.

Le llevaron hasta Chkalova, un pueblo a cuarenta kilómetros de Rakhiv, montaña arriba. Un mercado, una iglesia, seiscientos habitantes y una escuela. Aparcaron cerca de esta, en un cruce.

Boris, sentado en el asiento del copiloto, no paraba de morderse las uñas —los colmillos para las esquinas, los incisivos para las pieles de los lados—. No sabía si la chica estaría allí. La había visto varias veces en el mercado, y se había quedado pasmado por la increíble belleza de aquella muchacha pelirroja, que iba a todas partes con su hermana. Una vez la había seguido con su coche, camino de la granja donde vivía, y había intentado que se subiese a él, pero ella ya sabía quién era, y pasó de largo, con la cabeza muy alta. Boris había maldecido la fama que se había ganado en la región, llena de meapilas devotos.

Ahora tenía ocasión de desquitarse, pero todo dependía de que apareciese la chica. Tenía claro que el tipo sentado a su lado no estaría demasiado feliz si le hacían perder el tiempo.

Las puertas de la escuela se abrieron y hubo una riada confusa de carpetas, mochilas, pelotas y risas, tan breve que la entrada del viejo edificio de tejas rojas se quedó desierta en un par de minutos. El tipo de Odessa se removió inquieto, y el asiento de cuero crujió bajo su trasero gordo, anunciando problemas. Aquello, más que ninguna amenaza específica, aceleró el pulso a Boris, que se preguntaba si no habría cometido un gran error.

De pronto un flameo rojo refulgió bajo el sol de la tarde, por duplicado. No hizo falta que Boris dijese nada. Todos supieron al instante que era el objetivo.

—A la pequeña nos la cargamos, ¿no? —dijo Liev.

El tipo de Odessa hizo cálculos rápidos. Sacar a las dos niñas de Ucrania no sería difícil. Lo caro siempre era la entrada en Estados Unidos. El puerto de Nueva York estaba en manos de los italianos y de los irlandeses, que entre ambos controlaban a los sindicatos de estibadores. Serían unos diez mil dólares por cabeza, más la tasa de los inspectores de aduanas. En total, casi treinta mil dólares, más lo que costase enviar a aquellos tres idiotas. Podía meterlos en el mismo contenedor para ahorrar gastos, pero tenía miedo que dañasen la mercancía en el camino. Una puta en condiciones proporcionaba unos cuatrocientos dólares la noche en Nueva York o Chicago, con lo cual hacían falta al menos tres meses para amortizarla, incluso aunque la hiciesen trabajar hasta que no supiese distinguir sus piernas de las patas de la cama. Solían durar ocho o nueve meses antes de abrirse las venas o de estar tan rotas por el jaco que los clientes las despreciasen y hubiese que revenderlas de saldo a alguno de los burdeles de tercera clase regentados por los albaneses, donde los clientes eran mucho menos delicados. Al final del ciclo de vida del producto, el exportador solía doblar la inversión.

Con un material de primera clase como ese, podré triplicar los beneficios, pensó. *Haremos vídeos, fotos. Algo creativo.* Pero siempre era mejor tener margen de cobertura.

—Coged a la cría también.

A veces mandaba contenedores pequeños, de nueve pies, a Arabia Saudí. Allí había un mercado floreciente para esa clase de material.

Tres días después subieron a la granja.

El tipo de Odessa frunció el ceño cuando los tres idiotas se presentaron solo con la mayor de las dos hermanas en el camino de acceso. Llevaba las manos atadas a la espalda y la boca amordazada con un pañuelo. Tenía la mirada perdida.

—¿Y la cría?

Vanya se había quitado la sudadera blanca, empapada de sangre, y estaba limpiando el cuchillo con ella. Iba a contestar cuando Boris le interrumpió.

—Se ha roto el cuello en las escaleras.

El tipo de Odessa puso mala cara. Al final no iba a ser tan rentable aquella operación como había pensado. Su mujer quería redecorar la cocina para poder hacerle el desayuno a los niños en una encimera nueva. Les pagó a los policías su mordida de mala gana.

Cuando se alejaron de la granja, el fuego ya ardía por encima de los árboles.

Se encaminaron hacia el puerto aquella misma noche. La chica iba en el maletero, y los tres idiotas iban apiñados en el asiento de atrás. A mitad de camino, el tipo de Odessa tuvo una idea que podría ayudarle a maximizar el beneficio y poder comprar el mármol egipcio del que se había encaprichado su mujer. Echó el Mercedes al arcén y lo detuvo. No había más coches a la vista.

—Paramos para mear —dijo.

Liev salió corriendo, pues llevaba un rato quejándose de que le estallaba la vejiga. El tipo de Odessa se giró hacia los otros dos.

—No hay espacio para los tres en el barco —dijo, enseñando una pistola.

Boris miró a Vanya durante lo que pareció una eternidad. No llevaba ningún arma encima. Vanya tenía su cuchillo en la parte de atrás de los vaqueros. No eran familia, como sí eran Liev y él. Podría rajarle el cuello allí mismo, en cuestión de segundos. Ambos acababan de cometer su primer asesinato hacía unas horas. Seguían teniendo en el cuerpo el veneno que aquello les había producido.

—La tapicería es nueva —avisó el tipo de Odessa.

Vanya no apartó los ojos de Boris, y este, en lugar de suplicar, hablar o razonar, se limitó a sonreír. Había llegado a comprender a Vanya muy bien. Vanya sabía que necesitaba alguien que le guiase, que le llevase sujeto de la correa para que no acabase autodestruyéndose.

Elige, le dijo a Vanya la sonrisa de Boris. *Y elige bien. Conmigo llegarás más lejos de lo que nunca te has imaginado.*

Vanya sonrió también.

—Tú sujétale los brazos —le dijo a Boris, señalando afucra, hacia la oscuridad.

Lo primero que aprendió Boris cuando llegó a América fue que había estado equivocado toda su vida. Pero para eso tuvo que conocer a Evsei Agron.

Agron era el cabecilla de la *Organizatsiya* en Chicago. Y si alguna vez existió algo parecido a la idea romántica de los *vory-v-zakone* de los que le hablaba el abuelo, Agron era su antítesis. A principios de los años setenta, la Unión Soviética recibió una enorme presión internacional para dejar salir de su territorio a todos los judíos que quisiesen abandonarlo. En el Kremlin convirtieron aquel problema en una oportunidad, y decidieron estampar en rojo la palabra ZHID —judío— en los pasaportes de decenas de miles de criminales a los que mandaron con un billete de ida a Estados Unidos. Las cárceles soviéticas se vaciaron, y la mafia rusa se estableció en la tierra de las oportunidades.

Agron, un ladrón de poca monta nacido en Stalingrado, fue uno de esos *zhid*. Incapaz de encontrar su lugar en Brighton Beach, la pequeña Odessa de Nueva York, se estableció en Chicago, donde los italianos, demasiado pendientes de Las Vegas, estaban perdiendo pie. Para cuando intentaron reaccionar, ya era demasiado tarde. Agron había formado un pequeño ejército de matones y asesinos, que compensaban su número inferior con brutalidad. Los italianos decidieron dejarles en paz, porque practicaban deportes distintos. Agron se centraba en la usura y el robo de vehículos de lujo y de equipos de construcción, que luego mandaba a Odessa para ser vendidos en Europa. Los barcos llevaban coches y traían mujeres. Fin de la historia.

Pero lo que de verdad llenaba la vida —y los bolsillos— de Evsei Agron era la extorsión que, a diferencia de los ladrones con un código de honor de los que la *Mafiya* dice ser heredera legítima, ejercía sobre su propia gente, los rusos inmigrantes de Chicago. No había aquí románticos Robin Hood, que protegieran al pueblo de las injustas leyes de sus gobernantes. En lugar de ello, tenían a Agron, un ogro de casi dos metros de altura al que le gustaba pasearse por Devon Avenue y Ukranian Village exhibiendo a Olga: un pincho eléctrico para ganado que, en manos de un hombre de su envergadura, era mucho más letal que una pistola.

Boris y Vanya comenzaron a trabajar para Agron recaudando la cuota de la extorsión, el «impuesto sobre la acera», como lo llamaba Agron. Cualquier comerciante establecido en sus calles estaba obligado a pagar una cuota cuyo importe el propio Agron establecía personalmente. Cuando el don echó un vistazo a los nuevos se dio cuenta de que eran la pareja perfecta para el puesto. El encanto superficial de Boris, la violencia inherente a Vanya. Su primera visita fue a un concesionario de coches cuyo dueño llevaba retraso en los pagos. Vanya le hizo atravesar el cristal del escaparate. Los médicos tuvieron que ponerle veintiséis puntos en la cara.

Por una mañana de trabajo, Boris y Vanya recibieron treinta dólares cada uno.

—Seguid así, novatos. Yo cuidaré de vosotros —dijo Agron, con una mueca cruel, aquella misma noche—. Ahora sois mis *vory*.

Ambos se arrodillaron, desnudos de cintura para arriba, y el don les pinchó en el pecho con la aguja de tatuar. La primera incisión en la piel, para demostrar que su cuerpo ya no era enteramente suyo, sino que pertenecía a un todo más grande que ellos mismos. Un maestro tatuador se encargó del resto del dibujo. Vanya pidió un corazón sangrante rodeado de espinas. Boris pidió una araña en el centro de su red.

—¿Estás seguro? —dijo el tatuador, mirándole por encima de unas gruesas gafas—. No tienes pinta de *colgao*.

Cada tatuaje tenía un significado, le explicó el tatuador. La araña en el centro de su red era el dibujo que elegía un drogadicto que lamentaba su adicción.

Boris dijo que estaba seguro, y se hizo un tatuaje lo más parecido posible al de su abuelo.

El pasado se vuelve presente.

Vanya está eufórico.

Boris no comparte su entusiasmo.

Si hay algo que el joven sabe hacer bien, son cálculos. Treinta dólares al día durante el resto de su vida son una miseria. En ese país todo es carísimo. La gasolina, los coches, las mujeres. Ni siquiera puede ir a tirarse a la pelirroja que trajeron desde Ucrania, porque media hora con ella vale cien dólares. La ironía de la situación le devora con vicioso placer. Boris siente cómo le arden las pelotas evocando el pelo rojo de la pequeña granjera, pero no puede hacer gran cosa al respecto, más que esperar. Escuchar y aprender.

Ya habrá otras.

Al cabo de un año de trabajar como recaudadores de impuestos para la *Mafiya*, Vanya está como al principio. Se gasta lo que gana en vodka y coca, que al menos le salen al coste. Comparten un piso con otros tres novatos, soldados rasos como ellos. El lugar apesta a eructos, a tabaco, a masculinidad, a una dieta rica en carne.

Boris no está mucho mejor que Vanya, solo que él no se gasta el dinero en vicios. Ha dejado de beber y de tomar drogas. Prefiere invertir su dinero en libros, en educación. Va a clases de Economía, de Contabilidad. Compra y lee a los grandes clásicos rusos antes de descubrir a Balzac, a Goethe, a Shakespeare. Se convierte en una esponja, tan ávido de meterse conocimiento en el cerebro como lo están sus compañeros de destrozarse el tabique nasal con polvos colombianos. Cuando está con el resto de *vory*, se siente a veces perdido, solo, porque las conversaciones de ellos son como un CD de cinco pistas grabado por un cavernícola en el primer año de instituto: sexo, comida, drogas, pedos y coches. Se gana fama de erudito entre los mafiosos, que le llaman *Profesor Araña*.

Un par de años más tarde, el tesorero de Agron desaparece como tragado por la faz de la tierra, y el don llama a Vanya y a Boris a su presencia.

—Dicen que eres bueno con los números. Voy a ofrecerte un nuevo trabajo. Pero antes dime si tu amigo y tú le habéis pegado un tiro a mi tesorero y lo habéis tirado a una zanja.

—No, Evsei. Yo nunca haría eso —dice Boris, que

había elegido el método más seguro de trocearlo en una cubeta de acero y arrojarlo en bolsas de basura cargadas con plomos al lago Michigan.

—Está bien. Pero si echo en falta un solo centavo, te abriré en canal —dice Agron, apuntándole con un dedo. El dinero sigue en su sitio, y si ha sido el novato el que ha matado a su predecesor, está dando muestras de motivación. No ve ningún mal en darle el empleo al nuevo, si tanto lo quiere.

Agron no tiene ni idea del error tan enorme que acaba de cometer. A diferencia de otros cabecillas de la *Organizatsiya*, es un jefe que basa su poder en el miedo, no en la lealtad. Boris sabe que él no está —aún— en condiciones de causar miedo. Pero tiene claro que la lealtad comienza por los favores otorgados, y su nuevo trabajo le permite ejercerlos.

—Le debes al jefe cuatro mil dólares —le dice al dueño de un burdel en Stone Park, camuflado como club de *striptease*. Las chicas bailan en la barra como pálidos fantasmas rosas, y la música pone de los nervios a Boris, que ahora solo escucha jazz y música clásica. Coltrane y Bach son sus nuevos dioses.

—Necesito un par de semanas más, Boris. La calefacción me está saliendo carísima, y las putas se quejan si la bajo, al fin y al cabo están todo el día con el culo al aire, joder.

Como tú con esa nueva amante que tienes, esa profesora polaca del cole al que van tus hijos a la que estás cubriendo de joyas, piensa Boris, pero no lo dice, porque se está acostumbrando a guardar secretos como palancas que empujar en el momento oportuno.

—Yo te daría dos semanas, pero Agron no me lo permite, Sergei.

—Una semana, Boris —suplica el otro—. Solo una semana para recuperarme. Este lunes hago un Miss Camiseta mojada, *¿da?*

Los lunes por la tarde es el día de más trasiego de los prostíbulos, porque es el día en el que los padres de familia tienen que deshacerse del estrés del fin de semana. *No tiene sentido organizar un evento cuando de todas formas el local va a estar lleno*, piensa Boris.

—Anúncialo el lunes, ofrece una copa gratis y muévelo al jueves, sacarás más tajada.

—Pero ¿me darás una semana?

—De acuerdo. Pero ni una palabra a Agron, o me cortará las pelotas. Me estoy jugando el cuello por ti, Sergei.

Boris se va del burdel con un favor en el bolsillo. Tendrá que cubrir el descubierto de Sergei con su propio dinero, pero poco a poco, en la lenta y progresiva medida de sus posibilidades, va recaudando algo mucho más valioso.

Lealtad.

En cada una de sus transacciones, Boris deja clara su buena voluntad hacia su interlocutor, y va mandando sutiles mensajes de que, *si de él dependiese*, las cosas se harían de otra forma. Los impuestos a los negocios ilegales serían más suaves. Se acabarían las extorsiones. Todos vivirían mejor.

Un par de años después, todo el mundo —menos Agron, que solo sabe que los beneficios han crecido un diez por ciento— da por hecho que Boris será el nuevo *don* y Vanya, su hombre fuerte. Prácticamente se lo suplican con la mirada, sin atreverse a hablar. Tienen demasiado miedo de Agron, al que la cercanía de la vejez ha ido volviendo más cruel.

Boris elige el momento y el lugar, y una noche van a casa de la amante de Agron, en River Forest. El guardaespaldas del *don* está apostado en el portal del edificio, y en cuanto ve aparecer a Vanya en un lugar en el que no debería estar, sabe a lo que viene. Saca una Mac10 con silenciador y apunta hacia el ucraniano, pero este se arroja entre dos coches justo a tiempo, y la ráfaga de balas aletea y se pierde entre los setos del jardín.

No hay una segunda ráfaga. Boris surge a su espalda, le sujeta con el dedo y le raja la garganta con un cuchillo de caza. El pistolero se desploma. La sangre chorrea como un surtidor y empapa las baldosas del portal.

Es curioso, piensa Boris. *Parece un cuadro de Pollock*.

El hombre pedalea en el charco rojo durante unos segundos más, antes de detenerse. La sangre comienza a extenderse por la lechada de las baldosas, convirtiendo el Pollock en un Mondrian.

No habrían podido conseguirlo ellos dos solos si el *don* hubiese tenido dos guardaespaldas, como estipulan la tradición y el sentido común, pero Agron tiene una excesiva confianza en su fuerza física y en el régimen de terror que ejerce con mano de hierro desde Devon Avenue hasta Stone Park.

Vanya coge la Mac10, se guarda su 22 en el cinturón, y arrastra el cadáver del pistolero hasta la cabina del ascensor, dejando un reguero carmesí. Los tres suben hasta el sexto piso, mientras el hilo musical les atormenta con *La chica de Ipanema*. Boris no deja de mirar el reloj. El tiempo es fundamental, incluso a aquella hora de la madrugada puede que algún vecino aparezca en el portal, vea la sangre y llame a la policía. Tienen que realizar su macabra tarea cuanto antes, o no tendrán una segunda oportunidad.

Al llegar a la puerta del piso, Boris apoya la rodilla en el suelo y se dispone a abrirla. Vanya se revuelve, impaciente. Si por él fuese entrarían a patadas, pero Boris sabe que entonces tendrían encima a los *goritzky*, a los cerdos, en un abrir y cerrar de ojos. Los americanos son muy sensibles con las puertas que revientan de madrugada, y ellos no tienen a nadie que cubra su salida.

—No podemos fiarnos de nadie —le había dicho a Vanya—. Esto es una misión suicida, todo o nada. Ganar o morir.

Ha practicado con esa misma puerta y esa cerradura —una Schlösse de seis pernos último modelo, importada directamente de fábrica e instalada en el cuarto de baño de su piso hace unos meses— decenas de veces, y aprendido a usar la ganzúa y la llave de tensión. Pero una cosa es un ejercicio de habilidad ejecutado en pijama en la comodidad de tu casa, y otra muy distinta forzar una cerradura alemana de última generación cuando al otro lado hay un asesino despiadado de dos metros y a tu espalda esa indeterminación afilada y sorda llamada *policía*.

Mientras empuja hacia arriba los pernos de cabecera hasta lograr que el cilindro encaje —apenas un susurro metálico en la línea de corte—, Boris piensa en Agron, armado con una Uzi, esperando al otro lado a que la puerta gire sobre sus goznes y vaciarles entero el cargador. Puede sentir cómo su pecho recibe el impacto de las balas de punta hueca, cómo los gases contenidos en la cabeza de la bala la expanden, se abren paso a través de la caja torácica y convierten en un amasijo los tejidos blandos antes de aplastarse contra su columna vertebral, cómo un último proyectil entra por su cuenca orbital y hace estallar su globo ocular como si fuese una uva en el microondas, antes de convertir su cerebro en mermelada.

Clic.

El muelle ha cedido, los pernos traseros se han alineado y la cerradura ha girado con un chasquido suave.

Boris tiene la boca reseca y la frente empapada, y se da cuenta de que está muerto de miedo. Incluso Vanya, que es un cabrón psicótico y sanguinario al que todos los días hay que recordarle el quinto mandamiento antes de la hora de comer, está asustado y tiene miedo de ser quien empuje la puerta.

No es que tema que Agron les mate. Lo que teme es que les coja con vida. El violento *don* solo había recibido un intento de asesinato, un checheno cuyas deudas le habían dado a elegir entre el suicidio directo o el indirecto. Tomó el camino indirecto, y Agron se encargó de atarle a una silla, arrancarle la piel del rostro con un cúter y echarle ácido en la carne viva durante días, hasta que la infección le liberó del sufrimiento. Luego mandó colgar en su despacho —reseca, adobada y estirada como si fuese pergamino— la cara del checheno con una placa de cobre en la que se leía *Vy preduprezhdeny. Avisado quedas.*

Boris toma tres inspiraciones muy cortas y abre la

puerta. En el apartamento los muebles son nuevos, e incluso a oscuras parecen más elegantes de lo que él se imaginaba. Supone que será cosa de la amante de Agron, a la que visita desde hace bastantes meses.

Se quitan los zapatos para caminar sobre el parqué haciendo el mínimo ruido posible, pero aun así Boris es consciente de cada roce, de cada pisada, de cada latido y de cada respiración. Cuando finalmente llegan al dormitorio principal, Agron tal vez alcanza a escuchar algún ruido o quizá solo se incorpora a mear, pero eso precipita las cosas, y Vanya salta dentro de la habitación y aprieta el gatillo de la Mac10, pero no pasa nada, solo un sonido metálico de arma encasquillada. Agron se pone en pie, completamente desnudo, con la enorme polla balanceándose en mitad de un matorral tan grande como un ramo de flores, e intenta coger la pistola que tiene sobre la cómoda, pero Boris es más rápido y dispara su arma a través de un cojín que ha cogido en el salón. A pesar de lo que se ve en las películas, hace bastante ruido y es bastante inútil, porque las balas se incrustan en la pared sin rozar a Agron, que logra empuñar la pistola y apunta a Boris. Pero Vanya ha logrado soltar la corredera de la Mac10 y dispara a Agron en las piernas, en las pelotas, en el pecho, en la cara. Un cargador entero que por obra y gracia del silenciador suena como un niño gigante disparando garbanzos gigantes con una cerbatana gigante, solo que no son garbanzos y ahora Agron está muerto en el suelo, con una expresión que sorprende a Boris.

Parece aliviado, piensa. *Casi contento*.

El trabajo no está acabado. Han visto por el rabillo del ojo unas pantorrillas desnudas y un culo redondo escurrirse de la cama en dirección al vestidor, y los dos irrumpen en él con las armas en la mano sin encontrar a nadie. Atravesando el vestidor encuentran otra habitación, y Boris no puede creer lo que está viendo. Es un estudio completo de alfarería, con su torno, sus hileras de pinturas, sus delicados jarrones decorados a mano. Al fondo, en una esquina entre las sombras, se ve una figura acurrucada. Vanya encuentra el interruptor de la luz y los dos se quedan asombrados al descubrir que la amante, por más depilado que esté de cintura para abajo, es, en realidad, *el* amante.

El chico está llorando en una esquina, en cuclillas, intentando tapar su desnudez. Es menudo, de rasgos delicados que desprenden una mullida calidez, y no debe de tener más de veinte años.

—¿Todo esto es tuyo? —dice Boris, haciendo un gesto en derredor, a los jarrones y al torno de alfarero.

—No —responde el chico, meneando la cabeza. Gruesas lágrimas ruedan por sus mejillas—. De él. Este era su sitio.

Boris asiente, y de pronto comprende el alivio que ha visto reflejado en el rostro del hombre al que acaba de asesinar. Siente un amago de compasión por él, los últimos coletazos de un pez que lleva mucho tiempo fuera del agua. Tantos años conciliando la salvaje brutalidad de su existencia con sus necesidades básicas han tenido que desgarrarle el alma al viejo mafioso. También entiende que no tuviese más guardaespaldas. Tarde o temprano la gente habla, y si todo esto se hubiese sabido, Evsei Agron hubiera sido aniquilado hacía mucho tiempo. Dentro de la *Mafiya* no hay lugar para los homosexuales, y mucho menos para un *don* al que le gusta hacérselo con un marica imberbe que podría ser su nieto. Como un acto reflejo, reprime ese sentimiento empático, que identifica enseguida como debilidad.

Le hace un gesto a Vanya en dirección al joven aterrorizado, y el esbirro saca una navaja. Será rápido y relativamente indoloro.

Acabado el trabajo, Boris mira el reloj y se sorprende cuando descubre que apenas han pasado seis minutos desde que entraron en el piso, diecinueve en total desde que mataron al guardaespaldas. Sabe que está tentando su suerte, pero no puede marcharse sin llevarse un trofeo, la prueba de que son ellos quienes han sellado el pasaporte de Agron.

No eres el hombre hasta que has matado al hombre que era el hombre.

Buscan por todas partes, sin encontrar lo que necesitan. Finalmente Boris mira en el armario de los abrigos, en la entrada y llama a Vanya.

Vanya ve lo que hay dentro, mira a Boris y sonríe. Es la misma sonrisa que cruzaron hace una eternidad, en una carretera oscura que llevaba de Ucrania a Odessa, cuando Vanya se vio obligado a escoger entre su primo y él.

Elegí bien, dice la sonrisa de Vanya.

Los días siguientes son cruciales. La policía no es el problema, ya que investigan la muerte del cruel mafioso durante aproximadamente dos minutos. El problema es la incertidumbre.

Boris ha leído la historia del Imperio romano. Sabe que hay un periodo en que lo viejo no termina de morir y lo nuevo no acaba de imponerse. Visita uno por uno a todos los miembros de la *Organizatsiya*, y les ofrece a todos la vieja dicotomía del oro o el plomo. Pueden aceptarle como el nuevo jefe con una rebaja en sus comisiones y la promesa de un sustancial aumento en sus beneficios, o pueden recibir el mismo tratamiento que Agron. Se lleva el trofeo que obtuvieron en su casa para dejar las cosas claras.

Casi todos se decantan por el oro. Unos pocos, los que no soportan ver a un niñato tan joven al frente del barco, prefieren plomo. Vanya, ahora encabezando a la veintena de soldados de Agron, les hace una visita. También visitan a unos cuantos de los del oro, los que a Boris le parecen demasiado chapados a la antigua.

A diferencia de italianos, chinos o japoneses, la mafia rusa funciona como decenas de células independientes. No hay grandes jefes que tengan que dar su aprobación. Son los *vory* los que deben aceptar al nuevo *don*, y estos proclaman muy convencidos —en cuanto la disidencia es aplastada— a Boris Moglievich. Ahora le llaman *la Araña*, un apodo que cala. La noticia, incluyendo el derrocamiento de Evsei Agron, un jefe injusto y además un sucio marica, recorre la *Organizatsiya*.

En pocos días, incluso las putas, los vagabundos y los chulos de Kiev comentan la noticia alrededor de bidones llameantes, detrás de la estación de Nezalezhnosti.

En menos de una década, Boris Moglievich pone patas arriba la estructura de la *Mafiya* de Chicago y la convierte en algo completamente distinto, en una empresa del siglo XXI. Boris sabe que la economía es una bolsa cerrada, y que si robas a los pobres terminas solo un poco menos pobre. Se terminan las extorsiones a los comerciantes, y el «impuesto de la acera» se convierte en algo simbólico. Un dólar al día. Algo para recordarles a todos a quién deben lealtad, porque ese dólar al día puede convertirse en un dólar por minuto.

Ya no permite que vengan nuevos soldados ni delincuentes de sangre desde la Madre Patria. Ahora trae en su lugar a tipos que entiendan los nuevos mercados. Expertos en fletes marítimos y logística internacional, informáticos, corredores de bolsa. Diversifica los negocios para que incluyan fraude hipotecario, robo de datos de tarjetas de crédito y estafas a los seguros. Presta dinero a muy bajo interés a empresarios para que abran —con él como socio mayoritario— talleres de reparaciones de coches concentrados en varios puntos a lo largo de Devon Avenue y Melrose Park, logrando desviar gran parte de las reparaciones legales de la ciudad de Chicago para enmascarar los fraudes a los seguros de coches. Ya no necesitan robar a punta de pistola, ahora pueden hacerlo todo con un teclado.

El dinero negro comienza a convertirse en un problema. Los negocios legales pueden blanquear una parte, aunque el IRS, la Hacienda norteamericana, se lleve una tajada muy grande. Boris es astuto, planea un sistema en el que el dinero se mueva constantemente. Pierde mucho al principio, pero finalmente logra establecer un corredor internacional en el que el dinero sale de Chicago, se convierte en diamantes en Sierra Leona, diamantes que cambia por heroína en Tailandia, heroína que vende en Moscú. Antes, de cada dólar de dinero negro tenías suerte si conseguías blanquear veinte centavos. Con el sistema de Boris, el dólar que salió de Chicago llega a Moscú duplicado. Y el truco de magia final se produce cuando un contenedor enviado desde Chicago llega a los puertos de Ámsterdam o de Hamburgo conteniendo un par de chatarras de desguace. Una empresa fantasma con sede en Liechtenstein los compra al precio de coches de lujo y paga por transferencia a una cuenta bancaria de Chicago. Descontando gastos e impuestos norteamericanos, de cada dólar negro e ilegal, ochenta centavos aterrizan blancos como la nieve en las arcas de la *Mafiya*, una cifra hasta entonces inédita.

—El sueño americano —le dice a su reflejo en el espejo del enorme cuarto de baño. Tiene las sienes entreveradas de gris, y unas finas arrugas de expresión que resaltan su atractivo.

Hace generosas donaciones a asociaciones contra el cáncer, a comedores sociales, financia ligas de béisbol en zonas necesitadas. No es solo por aparentar o por deducir impuestos. Hay noches en que su frío raciocinio cede al desolador mordisco de la madrugada. Noches en las que los muertos se acumulan en su atrofiada conciencia como latas de refresco que van cayendo de una máquina, y la filantropía le causa un cierto sosiego, el equivalente moral de una paja.

Ya no vive en un piso compartido en un barrio obrero. Ahora duerme en una mansión en Highland Park que ha costado cinco millones de dólares, con piscina interior climatizada y un camino privado a la orilla del lago, pero pasa casi todo el día recorriendo sus dominios, desde Devon Avenue hasta Stone Park.

La Araña ha tejido su red y comienza a prosperar, hasta que ocurre lo del camión del dinero, y todo se viene abajo.

12

Un buey

—Simon Sax, encantado de conocerle, señor Mo-glievich. Lo siento, de verdad que tengo prisa —digo, estrechándole la mano.

—Yo podría contarle algo acerca de su amigo.

Ya he empezado a alejarme, pero aquello me frena en seco, como un mimo haciendo el truco del muro invisible. Me giro hacia él, profundamente intrigado. Aquel hombre parece simpático y actúa como si fuese simpático, pero sigue habiendo algo en él que no me gusta. El móvil me vibra, reclamándome o avisándome. Voy a cogerlo, pero sé que si hablo con Marcia me obligará a regresar, así que lo apago.

—Le escucho.

—No, no, amigo. Los rusos nos tomamos nuestro

tiempo. Camine conmigo. Tengo un bar por aquí cerca, comamos algo primero.

Veo que no me queda más remedio que aceptar, y le sigo. Vamos bajando por Devon Avenue en dirección oeste, mientras Boris me va explicando la historia de los comerciantes de la zona, de cómo la calle se fue amoldando a la ingente cantidad de inmigrantes rusos que han ido llegando a cuentagotas desde principios del siglo pasado, y como una oleada a partir de los años setenta.

—La palabra Devon es parecida a una palabra rusa, que es la que emplea mi gente. *Deevahn*, quiere decir sofá. La Avenida del Sofá. Somos un pueblo con gran sentido del humor —dice Boris, muy serio.

El bar está a siete manzanas de distancia, y resulta ser un lugar acogedor llamado *Carpathian* que a estas horas está semivacío. Una docena de mesas de roble, sofás rojos gastados y luces amarillentas que dan a la estancia un aire soñador, nostálgico. Escenas de caza adornan las paredes, y una barra de madera más oscura, atendida por un camarero calvo y sonriente, conecta con una cocina de la que escapan olores agradables. Noto cómo el estómago me ruge, y Boris se da cuenta. Da unas órdenes breves en ruso mientras me conduce a su mesa, una tabla redonda al final del restaurante con capacidad para seis personas. La decoración allí es distinta. De la pared de ladrillo visto cuelga una gruesa varilla metálica terminada en un pincho, con una batería y unos cables. Parece peligroso.

—¿Qué es?

Boris mira el objeto y se encoge de hombros.

—Algo que pertenecía al dueño anterior. Hay toda una historia detrás, se lo garantizo.

No parece dispuesto a contármela, y yo no tengo ocasión de preguntar, porque en ese momento aparece delante de mí un plato de carne recubierta con una salsa rojiza que resulta ser lo más sabroso que he probado en mi vida.

—Buey Strogonoff. La mejor contribución de mi país a la humanidad.

—Creí que era *Guerra y Paz* —digo, entre bocado y bocado. Él no come nada. Solo le han servido un vaso de agua con dos cubitos de hielo y una servilleta debajo.

—Intensa, pero soporífera. ¿La ha leído?

—He visto la película.

—Pues eso que se ahorra. Los narradores rusos tienen un problema serio: son rusos. Tolstoi, Dostoievski, Bulgakov. Maestros narradores con los hombros cargados, intentando levantar todo el peso del mundo. *Nyet*. A medida que uno va hacia el oeste va encontrando en la literatura el equilibrio entre lo sabroso y lo digerible.

—Hasta llegar a Hollywood, ¿no?

Boris suelta una risotada y saca un cigarro de una pitillera de plata que enciende con un mechero Dunhill. A Arthur le encantaría, es idéntico al de James Bond en *Dr. No*. Un cenicero aparece debajo de la punta encendida como por arte de magia, ahora no está, ahora sí. Las leyes contra el tabaco en lugares públicos parece que no rigen aquí. De todas formas Boris tiene la delicadeza de echar el humo hacia otro lado hasta que termino la carne.

—Hollywood es la antítesis de lo ruso. Todo diversión, nada de sustancia. Más al oeste no hay nada. Si le gusta la carne poco hecha, lea a Tolstoi. Si demasiado pasada, vea *Transformers*.

—¿Y usted?

—A mí me gusta al punto. Justo en el medio. Dickens. Shakespeare.

—No tengo el gusto. La verdad es que no leo mucho.

—Debería, amigo mío. Simon, ¿verdad? ¿Le importa si le llamo Simon? No hay placer en el mundo mayor que sentarse con una botella de vino y *Casa Desolada*, o recitar uno de los monólogos del Bardo en voz alta.

Se echa hacia delante en el asiento, apaga el cigarro y se pone a recitar:

«¿Qué estudiados tormentos tienes para mí, tirano?
¿Qué ruedas, qué potros, qué piras llameantes?
¿Qué desollamiento, qué cocción de plomo o aceite?»

Su voz no está dotada para la actuación, es demasiado plana, aunque pronuncia las palabras con exquisito cuidado, como si saborease un caramelo. Ahora comprendo por qué habla inglés mejor que yo. Es obvio que lo ha ensayado decenas de veces frente al espejo, pero aun así este tipo empieza a caerme bien. Para alguien que no le ha gustado nunca a casi nadie, ver a otra persona esforzarse tanto por agradar produce cierta ternura.

—Demasiado fúnebre.

—Al contrario. Paulina es una gran mujer, que se enfrenta a un rey despiadado, aunque suponga su final. Anticipar la muerte nos prepara para el momento en que llega.

No puedo evitar pensar en Tom y el rostro se me ensombrece.

—Vaya, siento haberle hecho pensar en su amigo, Simon. Estaban muy unidos, ¿verdad?

—Mucho. Fue algo inesperado.

—Así las gasta el universo. Te concede, te mima, te cuida. Décadas de ecuanimidad y de golpe... ¡negociación cero! —dice, dando un golpe con los dedos en el borde de la mesa.

—Ahora estoy casi seguro de que eso lo ha sacado de una novela.

Su rostro muestra una expresión extraña, la sonrisa se le bandea un poco pero mantiene el tipo, como un presentador de televisión al que le dicen por el pinganillo que su mujer se ha enterado del asunto de la becaria. Se enciende otro cigarro y se queda mirándome a través del humo, que flota entre nosotros. La lámpara que cuelga, muy baja, sobre la mesa, vuelve el humo más denso, casi palpable. Yo me estoy impacientando cada vez más.

—Iba a contarme algo sobre lo que le pasó a Tom.

—La policía no tiene ni idea de quién lo hizo —es una afirmación, no una pregunta, y yo me pregunto cómo lo sabe—. Yo tampoco, en realidad. Pero puedo arrojar algo de luz sobre lo que pasó, algo que quizá le sirva de ayuda.

Tamborilea con los dedos en la mesa y asiente con la cabeza manteniendo una conversación consigo mismo, eligiendo las palabras con cuidado antes de continuar.

—Hace un tiempo que mis negocios están teniendo algunos... problemas serios. Alguien los está acosando.

—¿Se refiere al bar? —digo, mirando alrededor.

—No, también me dedico a la exportación de automóviles de lujo. He sufrido tres ataques distintos en las últimas semanas. Hace cuatro días sucedió el último, perdí un cargamento especialmente valioso. A consecuencia de ello reforcé la seguridad, y la noche del asesinato de su amigo uno de mis empleados localizó a alguien con una actitud sospechosa cerca de aquí, observando el taller de reparación de coches que hay en la acera de enfrente. Le siguió a cierta distancia, y le vio meterse en el callejón. Me llamó por teléfono para saber qué hacer. El intruso iba a pie, así que creía que estaría controlado. Mientras esperaba a que yo descolgase el teléfono, escuchó un disparo. Mi empleado se metió detrás de un coche, y lo siguiente que supo fue que llegaba la policía.

Escucho boquiabierto todo lo que dice Boris. Si esto es verdad, en ese caso las sospechas que tiene Freeman sobre mí se disiparían enseguida y dejaría de perder el tiempo.

—¿Se lo ha dicho a la policía? ¿Lo de las agresiones, lo del intruso al que siguió su empleado?

La expresión de Boris se endurece de pronto.

—Quizá sea mi cultura, quizás estupidez, pero no soy una persona muy amiga de pedir a otros que resuelvan mis problemas.

—No se trata de su problema, Boris. Una persona ha muerto.

—Lo sé, y lo siento. No tenemos pruebas de que ambos sucesos estén relacionados, aunque podrían estarlo. Quizás solo era un ladrón o un drogadicto, alguien sin importancia. Quizá mi hombre, al seguirlo, lo asustó, y por eso se metió en el callejón.

—¿Y qué estaba haciendo Tom en un callejón a las dos de la mañana, en una zona que no conocía? No tiene sentido.

—¿Nunca le habló de Devon Avenue?

—No, y no se me ocurre qué podía estar haciendo aquí a esta hora. Su coche estaba en su casa, así que ¿quién le trajo hasta aquí?

—No sé más que lo que le he contado. Mi hombre se asustó al escuchar el disparo y se escondió. Lo que fuese que estaba haciendo su amigo en el callejón, en el momento en el que se cruzó con el intruso, este debió de considerarlo una amenaza y por eso le disparó. O quizás solo pretendía robarle.

—La policía dice que la cartera estaba allí, y también las tarjetas.

Boris inclina la cabeza, pensativo.

—Me parece fruto de una triste casualidad. Sin embargo...

—¿Qué?

—Usted podría saber algo, haber escuchado algo. Si su amigo y el asesino estaban relacionados de algún modo, usted podría ser la clave.

—Yo no sé nada, Boris. Y no crea que no he pensado en ello.

—Solo le pido que no lo descarte, que piense en

ello. Es increíble la de información que guardamos sin ser conscientes de ello. Quizá le venga cuando menos se lo espere.

—Sí, me vendría bien contárselo a la policía. Ellos creen que lo he hecho yo.

Suelta una carcajada seca y rasposa, como una sierra que se hubiese acordado de pronto de serrar.

—¿Usted? Por favor...

No es la risa, ni siquiera la mirada condescendiente. Es lo que deja de decir. No añade «no sería capaz de matar a una mosca» o «tiene cara de no haber roto un plato en su vida». No, lo deja al aire, como si la mera sugerencia de que yo fuese capaz —en el sentido más práctico del término— de cometer un acto de violencia le resultase inconcebible. Es ridículo, pero me siento ofendido, como si dudase de una parte de mí que se supone que debería tener y de la que carezco.

—Supongo que tendré que tomármelo como un cumplido —digo, mientras noto cómo se me enrojece la cara.

—No se ofenda, por favor. En cualquier caso, insisto, no estoy pensando en la policía.

—No le comprendo.

—En el mejor de los casos, el asesino irá a la cárcel. En el peor, se librará con algún tecnicismo. Lo que le estoy proponiendo es que su amigo reciba una clase distinta de justicia. Yo solo quiero encontrar a las personas que están intentando hundirme.

Tengo que pararme un instante hasta que comprendo el verdadero alcance de lo que me está diciendo. He escuchado frases parecidas muchas veces, pero nunca en la vida real. Es una de esas situaciones que das por sentado que nunca te van a ocurrir a ti. Como que maten a tu mejor amigo en un callejón oscuro.

De pronto veo a Boris Moglievich bajo una luz distinta. No sé cuáles son sus negocios, ni quiero saber nada más de él. El buey se me revuelve en el estómago, y solo quiero salir de aquí cuanto antes.

—No creo que pueda ayudarle —digo, poniéndome en pie—. Lo siento.

Boris no se levanta, ni hace ademán de acompañarme a la puerta, ni parece registrar que me estoy marchando. Se queda mirando al frente, como si yo ya hubiese desaparecido. Ahora que ha visto que no le sirvo para nada, he dejado de tener el más mínimo interés para él.

Voy hacia la salida caminando despacio, como si todo fuese normal, solo soy un cliente normal saliendo de un sitio normal. Tengo que reprimir el impulso de silbar para aparentar despreocupación.

Apenas saco medio cuerpo por la puerta cuando aparece un hombre vestido con camiseta y vaqueros negros. Pone una mano delante de mí, sujetando la barra de la puerta del restaurante, apretándola contra mi pecho lo justo para impedirme el paso. Tiene el pelo largo, peinado hacia atrás, y una de esas espesas barbas de *hipster*. Me sonríe con una absoluta despreocupación, como si no me estuviese aprisionando y todo fuese normal.

—Llame a este número si recuerda algo —dice, con un fortísimo acento ruso, nada que ver con la cuidada dicción del señor Moglievich. Me enseña un papel y me lo mete en el bolsillo de la chaqueta—. Todo irá bien.

Su sonrisa se ensancha, pero no hay calidez ni humanidad en ella. Solo una herida de labios finos que dejan ver unos dientes blancos, impecablemente arreglados. Dientes de esos que cuestan una fortuna. El incisivo junto al colmillo izquierdo está hecho de platino, o de alguna clase de oro blanco. No puedo dejar de mirarlo. No puedo dejar de pensar en lo mucho que se parece a Sharlto Copley. No puedo evitar pensar que una barba tupida como esa contiene más de 200.000 bacilos de *E. Coli*, el triple que un inodoro. Cualquier cosa menos pensar que un tipo con pinta de matón y los brazos desnudos cubiertos de tatuajes me está reteniendo contra la puerta de un restaurante.

—Todo irá bien —repite, con voz suave.

Si pretendía tranquilizarme, ha hecho un gran trabajo, sin duda.

Abre la puerta y me hace un gesto como para indicarme amablemente que pase. Dos caballeros en la calle, cediéndose el paso. Todo muy civilizado.

Tardo casi seis manzanas en localizar un taxi libre.

Doce manzanas en serenarme lo bastante como para que el corazón pase de martillo neumático a solo de batería.

Veinte manzanas en darme cuenta de que ya sé cómo averiguar lo que le pasó a Tom.

13

Una nube

La voz de Freeman resuena en mi cabeza:

El teléfono de Tom Wilson no ha aparecido, señor Sax.

Es algo que me ha estado royendo el cerebro desde que lo supe, como una operación matemática que tienes que resolver sin tener todos los números. ¿Le quitaron el móvil, que no valdría ni cien dólares, y no le quitaron el dinero de la cartera? ¿Qué sentido tiene?

He estado abordando este problema de manera incorrecta. Partía de la premisa de que Tom fue la víctima de un mal encuentro, una de esas estupideces aleatorias que de vez en cuando nos regala el universo. Que lo sucedido no tenía nada que ver con él, y por descontado conmigo.

Pero no ha sido hasta que he escuchado a ese ruso chiflado que he comprendido algo que no se me había ocurrido antes.

Es increíble la de información que guardamos sin ser conscientes de ello.

El teléfono de Tom no desapareció por su valor intrínseco, sino por lo que había dentro de él. La policía ya habrá accedido a sus emails y a sus llamadas de teléfono, supongo que es un procedimiento normal en estos casos. Pero están buscando en el lugar equivocado.

Cuando llego a la oficina, es ya media tarde. Marcia me ve llegar por el pasillo y se levanta, con el enfado pintado en el rostro como un grafiti de colores vivos.

—¿Se puede saber dónde estabas? ¿Sabes la cantidad de horas que hemos perdido? ¿Eres consciente de lo que va a pasar aquí mañana por la tarde? —me dice, casi gritando. Nunca la había visto así.

—Marcia, ha ocurrido algo. Yo...

Se acerca más y me pone un dedo en el pecho.

—No sé si recuerdas lo que nos estamos jugando aquí, Simon. Lo que te juegas tú, lo que me juego yo. Si no tienes respeto a eso, al menos ten consideración al trabajo de estos chicos que se han dejado la piel durante meses. ¡Meses! Podríamos haber ido mucho más deprisa sin tus normas de seguridad, que todos acatamos porque era tu proyecto, tu bebé. Y ahora estás metiendo a tu bebé en una maleta y arrojándolo al puto lago Michigan, Simon.

—Marcia, escúchame, yo... —Ella hace un esfuerzo por frenar y me mira, apretando los labios. Intento hablar, intento explicarle, pero las palabras se niegan a salir de mis labios.

—¿Qué? ¿Qué tengo que escuchar? ¿Ya has decidido rendirte? ¿Es eso? No entiendo qué es lo que te está ocurriendo, no has sido el mismo desde hace semanas, desde que... —se detiene, no quiero que lo diga, no quiero que la mencione, porque yo también lo sé, porque el dolor que produce la verdad es tan agudo que dedicamos una vida entera a evitarlo.

Si hay un producto que gana al sexo como el más vendido de la historia es el conjunto completo de sucedáneos, la infinita variedad de lenitivos de la verdad que compramos en todas sus formas. Lo saben los políticos, los sacerdotes, los curanderos, los dueños de los casinos y los publicistas. Los humanos queremos vivir en la mentira, refugiarnos entre sus cálidas paredes edificadas sobre arena, y somos capaces de matar para evitar que nos saquen de la protección que nos ofrecen. Pagamos por la esperanza de obtener libertad, vida eterna, remedio contra el cáncer, tres cerezas en la máquina tragaperras y abdominales perfectos —¡sin esfuerzo, con solo cinco minutos al día!—.

Cuando caen las lluvias, se precipitan los torrentes y soplan los vientos que derrumban la mentira, entonces... nos buscamos otra.

—Lo siento, Marcia —digo, cogiendo uno de los postits verde manzana que tiene sobre su mesa, y garabateando una combinación de dieciocho caracteres. Se la alargo—. Ten, coge esto.

Ella lo mira como si le estuviese enseñando una serpiente de cascabel.

—¿Qué es eso?

—Es la contraseña de superadministrador del entorno operativo de LISA. Con ella podrás acceder al código fuente e incorporar las mejoras que queráis. Úsalo con precaución, ¿vale?

—¿Me lo das así, sin más?

Respiro hondo.

—Tal y como estamos, mañana LISA será propiedad de Infinity. Si alguno de los empleados es un topo de Zachary Myers y decide sabotearnos o quedarse con el código, solo adelantará lo inevitable unas horas. Merece la pena intentarlo.

Marcia coge el papel y se da la vuelta. Toda la oficina nos está mirando, pendiente de lo que está ocurriendo entre nosotros, sin molestarse lo más mínimo en disimular. Veo caras de asombro, de enfado, de decepción, de agotamiento. Trazas de esperanza en un par de ellas, no demasiado grande y en absoluto justificada. Son como esos médicos que practican reanimación cardiopulmonar a un ahogado durante una hora, como si no hubiesen ido a clase el día en que les explicaron que el cerebro no puede sobrevivir más de cuatro minutos sin oxígeno. Otra de esas verdades dolorosas que elegimos ignorar, solo por contarnos a nosotros mismos que hicimos todo lo posible.

—¿Qué estáis mirando? —dice Marcia—. Todo el mundo a la sala de conferencias. ¡Vamos!

Todos se levantan como si les hubiesen rellenado las sillas de muelles, en lugar de polyfoam.

—Suerte. Estaré en mi despacho.

—Ven con nosotros, Simon. Al fin y al cabo, eres el padre.

Meneo la cabeza.

—Lo haréis mejor sin mí.

—Está bien —dice, y el alivio es tan patente en su voz como una pelota de tenis en un plato de macarrones. Ahora entiendo que lo ha dicho solo por cumplir, que realmente creen que estarán mejor sin mí. Hubiera preferido no saberlo, aunque sea cierto.

Se marcha a la sala de reuniones.

Por fin.

Todo el mundo está congregado en torno a la pantalla de proyección, abren a mi pequeña y le miran las tripas, lo que nunca creí que contemplarían otros ojos que los míos. Es como vestir a tu hija de quince años con un biquini de cuero y subirla encima de una mesa en un bar de moteros. No es en absoluto agradable, pero es necesario para lo que necesito hacer.

Aprovechando que nadie me presta atención, voy al armario de servidores, en una sala refrigerada de unos veinte metros cuadrados, que debe permanecer siempre cerrada para evitar cambios bruscos de humedad o contaminación exterior. Nos gastamos una buena parte del dinero de Zachary Myers en acondicionar aquellas estanterías metálicas y en mantener la temperatura a dieciocho grados. Un sistema de ventilación extrae el aire caliente para evitar que los potentes ordenadores, que están trabajando 24 horas al día en perfeccionar la base de datos de LISA se recalienten.

Veintinueve de estos treinta servidores son nuestros. El último sirve para redirigir el tráfico de los otros treinta y conectarlos con la base de datos de Infinity, como un embudo que canaliza las peticiones de información y genera una conexión directa con el archivo solicitado. Es un dispositivo cerrado, y se supone que tenemos prohibido tocarlo —seis páginas del contrato dicen, de todas las maneras posibles, *no pongáis un dedo en el maldito trasto*—, pero estoy a punto de saltarme esa prohibición.

Tal y como sospechaba, la caja del servidor ha sido manipulada por los técnicos de Infinity para que no accedamos a ella. Los puertos USB que normalmente lleva este modelo en la parte trasera han sido desinstalados, y en su lugar hay una placa de aluminio. Los de la parte delantera, que forman parte de la placa base, han sido sellados con silicona.

Afortunadamente no han usado cola, o no habría quien sacase este desastre.

Voy hasta el cajón de las herramientas y quito buena parte del material con un destornillador fino. Después solo es cuestión de insertar un *pendrive* y reiniciar el dispositivo hasta que consigo acceder a la BIOS —el *software* que hace que funcione el ordenador y cargue el sistema operativo—. Necesito abrir un puerto para acceder de forma remota desde mi ordenador. Me lleva unos quince minutos de pelearme con el *software*, pero finalmente lo consigo.

Cuando regreso a mi despacho, me conecto al servidor de Infinity, que ahora es una llave maestra para todo el sistema de archivos de la compañía. Uno no puede defenderse contra sí mismo, como dijo un sabio una vez.

Entrar en el sistema de Infinity es una cosa, y conseguir lo que necesito es algo completamente distinto. Me lleva casi una hora acceder al usuario de Tom en Infinity, y no encuentro nada en sus emails que me pueda servir, tampoco en las fotos que tiene guardadas en la nube, algunas de las cuales hubiese preferido no tener que ver.

No lo entiendo... ¿qué tenía Tom en el teléfono que alguien no quería que se viese? Tom lo tenía configurado para hacer una copia de seguridad automática de todos los archivos, lo sé porque él mismo me lo pidió, así que...

A no ser que fuese demasiado grande. A no ser que algo estuviese subiendo y no hubiese concluido, en ese caso no estaría disponible aún para el usuario.

Necesito localizar la carpeta donde se guardan todos los archivos de su usuario en los servidores, lo cual me lleva otra media hora de navegación por el complejo sistema de archivos. Cuando finalmente doy con ella, encuentro lo que estaba buscando: una carpeta con archivos temporales, en la que hay un único archivo.

Fechado hace tres días, a la 1.31 de la madrugada.

Es la hora aproximada de la muerte de Tom.

El nombre del archivo es una larguísima secuencia de números y letras, sin ni siquiera extensión. La copio a mi ordenador a toda prisa, pero no hay manera de abrirla, pues al no haber finalizado la subida, no ha quedado registrado el tipo de archivo que es en la extensión. Por el tamaño sospecho que es vídeo, aunque varios intentos de añadir las extensiones más usuales no sirven de nada. Finalmente, en un foro de internet encuentro la solución. Tengo que modificar el contenido del archivo y añadir una pequeña cabecera al código. Tras mucho trastear, el vídeo se vuelve reproducible.

Está grabado de noche, desde un taxi en marcha, se ve claramente el taxímetro en una esquina de la pantalla cuando el balanceo del vehículo mueve el ángulo de la cámara. Al principio tiene mucho *zoom* y la calidad es pésima, parece intuirse a lo lejos, a unos cincuenta metros, a otro taxi que recorre la misma calle. El taxi cambia de dirección dos veces, y el vehículo en el que va Tom gira en el mismo sitio al cabo de un minuto. *Tom estaba siguiendo a alguien, joder.*

No reconozco las calles, y la imagen está demasiado oscura para ver nada. Pasan largos minutos de los veinte que dura la grabación, y me pregunto cuánto más resistirá el archivo antes de interrumpirse. El sonido va y viene, hay grandes pedazos en silencio y otros en los que solo se escucha el ruido del coche y algo que creo que es Tom dando golpes en el suelo con el pie.

El taxi de delante se detiene, y la grabación se queda en negro de pronto. La frustración me invade hasta que escucho la voz de Tom ordenando al taxista que se detenga. Hay más minutos en negro, otros tres o cuatro, en los que me muerdo las uñas de impaciencia. Con el volumen del ordenador al máximo, por si hay algún ruido o voz que pueda reconocer, cuando la imagen vuelve los altavoces petardean, haciéndome daño en los tímpanos. Solo ha sido un crujido, seguramente porque el móvil se habrá chocado con algo.

Lo que sigue son otros tres minutos de los pies de Tom, que está parado en la calle, esperando, con el móvil apuntando hacia abajo. No hay sonido en esta parte, pero no ha dejado de grabar tampoco.

¿A qué demonios viene todo esto, Tom? ¿Por qué estabas...?

No me atrevo a apartar la vista de la pantalla, por si ocurre cualquier cosa. Finalmente, algo sucede. La imagen pasa de los pies de Tom a una panorámica de la calle. Hay una figura andando a paso rápido en la acera contraria, y Tom sale en pos de ella sin dejar de grabar.

Le doy a la pausa en el vídeo, solo para estar seguro, pero reconozco enseguida el lugar. Está yendo hacia el callejón donde todo va a ocurrir. Tengo que reprimirme para no actuar como Arthur, que le grita a los protagonistas de las películas para que no suban la escalera. Cuando dobla la esquina, se detiene. La figura a la que seguía lleva algo en la mano que arroja a la farola, pero antes de que la luz desaparezca y vuelva a quedarse en sombras la reconozco. Incluso con las ropas negras y de espaldas, reconozco esa melena roja.

La imagen vuelve a quedarse en negro, pero esta vez el audio se escucha a trozos. Apenas quedan veinte segundos para que el vídeo se termine.

IRINA: ¿Qué haces aquí, Tom?

TOM: Eso dímelo tú... ¿Dónde vas por las noches, eh? [...] trabajando [...] decírselo a Simon, que cuando [...] tu amante?

IRINA: Has cometido error.

Hay un silencio continuado.
Después suena el disparo.
Y fin.

Joder.
De pronto todo tiene sentido. Me doy cuenta de que mi defensa irracional de Irina era como uno de esos viejos solitarios soldados japoneses que siguieron luchando durante décadas, sin ser conscientes —sin querer serlo, escondidos en su selva— de que la guerra había terminado hacía tiempo, de que habían sido derrotados, y de que ellos eran los únicos que no lo sabían.

Cómo me jode tener que darte la razón, Tom.
Solo que la situación es muchísimo peor de lo que él había anticipado.

¿Y qué demonios voy a hacer ahora?

Doscientos kilómetros al norte
de Magnitogorsk, Rusia

Abril de 2005

— El dolor es el combustible más poderoso.

El viejo lo repetía a menudo. Cuando lo hacía, la niña le odiaba. Odiaba las frases con las que pretendía reforzar su voluntad o endurecer su ánimo. Ella no necesitaba nada de eso.

Corrió los últimos metros montaña arriba sintiendo que dos bolsas de ácido habían sustituido a sus pulmones. No había camino allí, toda aquella zona era salvaje, y, sin embargo, podía ver cómo los rastros de sus pisadas habían comenzado a trazar un surco en el mantillo del bosque. Cómo sus piernas reconocían instintivamente los mejores lugares donde impulsarse, repetición tras repetición. ¿Cuántas veces había subido hasta la base del glaciar? ¿Cien? ¿Más? Quizá debería empezar a contarlas. Contar hacia atrás desde mil, antes de soltarse.

Cuando llegues a cero, te haré un regalo.

Al final de los árboles comenzaban las rocas y había que ir más despacio, pues los cantos redondeados eran como fauces abiertas y engañosas, hambrientas de tus tobillos. Cambió el trote corto por una zancada más lenta y larga que taladró la parte anterior de sus muslos con un centenar de microscópicas agujas. Ya podía ver al viejo a lo lejos. El glaciar era un óvalo de hielo azulado, rodeado de sólidas paredes de piedra, que el hielo había ido erosionando durante milenios, formando un anfiteatro natural. Presión y tiempo podían lograr cualquier cosa. En el centro del enorme espacio, el viejo, de espaldas, clavaba algo en el hielo.

—Treinta y dos minutos —dijo, cuando la niña llegó a su altura.

No imprimió el más leve matiz de reproche a su voz. Ella ya sabía que había sido muy lenta. Sabía que el castigo vendría después, aunque no sabía cuál sería. Una nueva carrera, el hacha o quizá las piedras. Cualquier cosa sería preferible al arroyo. No decirle cuál sería el castigo y dejar que ella lo anticipase era tan cruel como efectivo.

—Ponte las vendas —ordenó el viejo, sin dejar de martillear.

Ella enrolló unos harapos en torno a sus manos, apretando muy fuerte, hasta casi cortarse la circulación. Había aprendido ella sola a hacerlo así. El viejo siempre le dejaba equivocarse al principio, para que aprendiese por las malas.

Las vendas se aflojarían un poco cuando empezase, y si las dejaba sueltas las ampollas serían insufribles al día siguiente, sobre todo porque el viejo le obligaría a continuar. La sangre reseca que cubría los harapos era prueba de ello.

El viejo soltó una maldición, se había golpeado un dedo con el mazo. Lo arrojó al suelo, donde arrancó un crujido ominoso de la superficie del glaciar. En primavera la capa de hielo se hacía más fina, y la niña sintió bajo ella las vibraciones transmitidas por el golpe.

Aquel era uno de los días malos, la niña lo percibió. Uno de los días en que el viejo necesitaba volver a inyectarse desesperadamente. Sintió un arrebato de lástima por él, y deseó poder ayudarle, pero no sabía cómo.

Finalmente el viejo se apartó y le dejó ver lo que había clavado.

Era un nuevo poste de madera, toscamente fabricado a partir de una rama grande, alta como un hombre. Los nudos habían sido quitados a hachazos y estaban llenos de astillas. Al igual que en el primer poste, el viejo había pintado en rojo números a distintas alturas. Las señaló con el dedo.

—Dos, uno, uno. Tres, cinco. Empieza.

La niña comenzó a golpear como él le había enseñado, con la base del puño, como si fuera un martillo.

—Nunca con los nudillos. Con los nudillos solo pegan los perdedores. Quizá golpeen más fuerte, pero solo pegarán un par de veces antes de tener la mano hinchada e inservible —le había aleccionado.

Siguió golpeando, repitiendo la secuencia sin cesar, obligando a su cuerpo a memorizarla, a convertirla en algo automático, algo que no necesitase de la intervención de su cerebro.

—¿Cuál es la capital de Bélgica?

—Bruselas —jadeó ella, sin parar de golpear, intentando encontrar su ritmo.

—¿Qué día comenzó la gloriosa revolución bolchevique?

—1917. No sé el día.

El viejo la azotó fuerte en la espalda con una rama flexible, arrancándole un grito de dolor.

—27 de febrero. No bajes el ritmo. ¿Cómo se calcula el área de un triángulo?

—Base por altura.

La rama volvió a trazar un arco en el aire en dirección a su espalda. La niña la esquivó de un salto.

—¡Partido por dos! —dijo, antes de que la rama volviese a la carga.

El viejo sonrió.

—Y ahora, el arroyo.

La niña soltó un gruñido de miedo por toda protesta.

Octubre de 2005
Cincuenta y ocho, cincuenta y nueve...
¡Aire!
La niña sacó la cabeza del agua, luchando por meter de nuevo aire, dulce aire en los pulmones. Su cuerpo estaba amoratado, sus labios, hinchados y azules.

El agua que bajaba del glaciar formaba un arroyo que se iba ensanchando a medida que descendía hacia la estepa. A mitad de montaña, el caudal daba un salto sobre unas rocas y formaba un pequeño remanso de agua gélida, tan fría que meter las manos ocasionaba un ramalazo de dolor.

—Te han faltado dos segundos —dijo el viejo.

Estaba sumergida en el agua, completamente desnuda, la ropa hecha un ovillo en la orilla. Las órdenes eran claras. Había que aguantar un minuto completo con la cabeza por debajo de la superficie, contando mentalmente sin equivocarse, abandonada a los sonidos íntimos y privados de tu propio cuerpo, ignorando el inmenso martirio que el frío causaba en la piel, reprimiendo el instinto primario e insoslayable de escapar, de alcanzar la delgada promesa del aire que ondeaba a pocos centímetros de los ojos.

—No, por favor —suplicó la niña.

El viejo no respondió, solo apartó la mirada y esperó a que ella asumiese lo inevitable.

La niña volvió a sumergirse.

Abril de 2006

El oso era enorme. Cuando cruzó el espacio entre el árbol caído y la formación rocosa, con los poderosos hombros rozando a ambos lados, la niña calculó que debía medir casi un metro del suelo a la cruz. Después de haber pasado todo el invierno hibernando, estaba famélico y agresivo.

Pasó bajo la rama donde ella estaba escondida, acechando, y se detuvo un momento al pie del árbol. Alzó el hocico, captando un olor intruso, un olor que no correspondía a este bosque, a su reino.

Gruñó, amenazante y alzó una de las garras. De un zarpazo, arrancó un pedazo de corteza del tamaño de la cabeza de la niña. Un tufo almizclado, ancestral, ascendió hasta la rama.

Ella no reaccionó. El oso no era su objetivo aquella noche, y poco podría hacer para defenderse con el rudimentario arco con el que iba armada, que ella misma había fabricado.

Su presa era el ciervo que había al otro lado de las rocas y que se había quedado inmóvil al percibir la presencia del oso. Estaba olisqueando un arbusto entre las rocas cuando apareció el gigantesco animal. Se había quedado muy quieto, con el cuello tenso y la cornamenta ligeramente inclinada. No tenía más escapatoria que pasar por debajo del árbol donde ella estaba, por eso no había echado a correr aún.

El oso acabó cansándose del olor extraño que desprendía aquel árbol y se alejó entre los matojos, quebrando varias ramas a cada paso.

El ciervo siguió ocupado con el arbusto durante un minuto más, meneando sus largas pestañas, como para dejar claro que se iba cuando él quisiera, y después bajó de las rocas de un salto. Se desplazó a la izquierda del árbol donde la niña estaba apostada, y metió la cabeza entre las hojas, buscando las más suculentas.

La niña puso una flecha en el arco y lo tensó, apuntando al lugar donde el viejo le había enseñado, un palmo por debajo de la base del cuello, donde estaba el corazón. La flecha estaba tallada a partir de una rama recta, y la punta era una lasca de piedra, que ella misma había afilado durante días hasta que fue capaz de cortar un pedazo de papel.

Los dedos no sueltan la flecha, es la mano lo que se abre, dejándola ir, recordó.

El proyectil partió hacia su destino con un suspiro prolongado. En el último instante, el animal debió percibir algo y se movió un tanto. La punta se le hundió en los cuartos traseros, y el ciervo huyó hacia el interior del bosque, con la flecha clavada.

El viejo surgió de entre los arbustos, a la derecha del lugar por donde había escapado el ciervo. La niña parpadeó, incrédula. Ni siquiera le había visto.

—Parece que uno de nosotros cenará patatas... y el otro irá al arroyo.

Septiembre de 2007

Había llegado a la ciudad caminando, durmiendo en las cunetas de la desierta carretera, deshaciendo el camino desde el fin del mundo. Tardó cuatro días en llegar a la inmensa fábrica que era Magnitogorsk, con su medio millón de almas, su aire irrespirable, sus calles embarradas y su espíritu de frontera.

Necesitó otros cinco días más para robar todo lo que el viejo había incluido en la lista. Manuales técnicos, herramientas de muchos tipos, ropa de varias tallas. Fue ocultando todo en sacos que escondió tras un contenedor a las afueras. Unas botas de trabajo resistentes, paradójicamente, fueron lo más difícil de conseguir en aquella ciudad repleta de tiendas de material industrial. Terminó comprándolas con el dinero que había escamoteado de un par de carteras.

Cuando salió de la zapatería, el viejo estaba esperando fuera, montado en una camioneta que acababa de robar al otro extremo de la ciudad.

—También tenías que robar las botas —la recriminó, mientras la niña subía al vehículo.

Ella no esperaba que la hubiese seguido, y menos que la hubiese atrapado en aquella falta.

—De mi número no había expuestas, y el almacén está siempre a la vista de la empleada.

—Deberías haber entrado por la noche.

—Tienen una alarma.

El viejo se mordió el labio inferior, pensativo.

—Tendremos que trabajar en eso, también.

Ella se sacó algo de debajo del abrigo e intentó meterlo en uno de los sacos sin que el viejo lo viese. Él fingió estudiar el retrovisor mientras echaba una ojeada a lo que escondía la niña. Eran unos zapatos de baile rojos, a juego con su pelo.

El viejo no dijo nada, pero al ver aquel detalle de esperanza, aquel atisbo de coquetería y de humanidad, su alma sufrió un retortijón de alegría. Algo que creía muerto se agitó de nuevo de forma casi dolorosa, admirable.

El pasado se vuelve presente.

Enero de 2008

Hay un olor pesado en la habitación, un olor a enfermedad y a rancio. El viejo se revuelve, incómodo, en el camastro. Respira pesadamente, y su tos es un estallido bronco, como un tubo de escape atascado. Es su cuarto día con fiebre, y la niña no sabe bien qué hacer. No puede dejarle solo durante días para ir en busca de antibióticos. El viejo delira, a veces, gritándole a la esquina de la habitación, como si hubiese en ella una figura acechante. En ocasiones confunde a la niña con otra persona. Ella le hace *borshch* e intenta que coma, dándoselo a cucharadas. Trozos de verdura le caen por la barba al viejo, que pese a todo consigue tragar un poco de la sopa.

La noche del quinto día es la peor de todas. El viejo está muy débil, y tiene convulsiones por la fiebre. La niña llena un cubo con nieve y le pone compresas heladas en la frente cada pocos minutos. No se aparta de su lado en toda la noche, le sostiene la mano y siente pánico, pues el viejo está a las puertas de la muerte y ella comprende que es la única persona a la que conoce, la única persona que, si ella desapareciese, la recordaría. En aquel rincón olvidado e inhóspito, aquel hombre sucio y complejo al que ella había torturado durante días, aquel asesino sin brújula que llevaba cuatro años causándole todo el dolor físico posible para transformarla en lo que ella quería, se ha convertido en lo más parecido a un padre que ella recuerda.

Por primera vez desde la noche de la granja, la niña

llora. Las lágrimas caen sobre la mano del viejo, y la niña deja de sostenerla, intentando retenerlas dentro de los ojos. Los sentimientos aparecen crudos, vivos, incontenibles. Ella rechaza ese signo de lo que cree debilidad y se miente diciéndole que él no le importa, que solo es un instrumento más dentro del plan que se ha trazado.

Por la mañana, la fiebre ha remitido. El viejo abre los ojos y sus sentidos de viejo soldado le indican que se ha producido un cambio, que el mundo es ahora distinto. No necesariamente mejor, ni peor. Solo distinto.

Se incorpora un poco para darle las gracias a la niña por salvarle la vida.

La niña no puede oírle. Se ha quedado dormida, extenuada, al pie del catre. Su cabeza se apoya en el colchón. Su mano ha vuelto a agarrar la del viejo, de forma inconsciente, mientras dormía.

Junio de 2008

—Aprieta. Aprieta más fuerte. Ahora aprieta con la mano de apoyo.

El cañón de la pistola comienza a agitarse y a bailar en manos de la niña.

—Ahora afloja un poco la presión. Solo un poco, lo justo para que cesen los temblores. Tienes que sentir el arma en la mano como si tu brazo y el arma fuesen una única pieza de granito. ¿Lo notas?

—Sí.

—Pues aprieta el gatillo.

La detonación arranca ecos quejumbrosos de las montañas.

Febrero de 2010

—Agáchate. Ahora el codo. Seis, seis, tres, uno.

Ella se arroja al suelo y ataca el poste repitiendo la secuencia una vez más.

—A tu izquierda, tiene un cuchillo. Demasiado lento. Maldita sea, necesitas que te devuelvan los golpes o no mejorarás nunca.

Ella jadea, descorazonada.

—No puedo hacerlo más rápido.

Él le da una bofetada, el recurso que guarda para cuando el ánimo de ella flaquea. Si no está dispuesta a rendirse, tampoco puede aflojar.

—Puedes. Debes.

Julio de 2010

Comenzaron a ir a la ciudad una vez al mes.

Como en un pueblo del Salvaje Oeste, buena parte de los mineros de Magnitogorsk se gastan el sueldo en putas y alcohol al poco de cobrarlo. Muchas de las explotaciones y de las fábricas pagan a sus trabajadores una vez por semana o incluso diariamente para evitar las ausencias y las resacas. Aun así, la ciudad tiene la mayor cantidad de prostitutas y de consumo de alcohol de Rusia por habitante, y eso en un país que a un licor de cuarenta grados le llama *vodka* —agüita—, es decir mucho.

Ella pasea de madrugada por las peores calles, buscando las zonas menos iluminadas, con un vestido muy corto, llamando a gritos a los problemas.

El primer hombre que se le echa encima es un enorme minero, borracho, piernas cortas, forma de tonel. Ella intenta darle en el estómago pero en el último instante la realidad de la situación, la abrumadora matemática del enfrentamiento, refrena su puño. Mal hecho. Golpear aquella mole de grasa es como atizarle a una pared. El minero la rodea con sus gruesos brazos y la estruja sin piedad. Tiene la fuerza de una prensa hidráulica. Ella siente que le falta el aire y que le fallan las fuerzas. Intenta meter oxígeno en los pulmones y solo logra llenarlos con el aliento agrio y el sudor recio del minero. La visión se le nubla. Comienza a desmayarse.

De pronto el minero la suelta y cae al suelo desplomado, con el mango de un cuchillo asomándole de la espalda y un hilo de sangre resbalando entre sus labios.

—¿Tenías que matarlo? —se queja, respirando trabajosamente, a la figura que apareció de entre las sombras.

Es una cortina de humo, una distracción. Dirá cualquier cosa que impida que el viejo se fije en que ella ha dudado en su primer combate, en que la posibilidad de causar daño la ha vuelto débil.

—Debería haber dejado que te violase y te arrojase al vertedero. Te lo he dicho mil veces. ¿Cuánto debe durar una pelea?

—Cinco segundos —acepta ella, avergonzada. No sabía que el viejo la había seguido, pero está agradecida.

—No eres la más fuerte, nunca lo serás. Si tu contrincante resiste tu asalto inicial, será un infierno. Ataca en los puntos débiles, sin piedad, y túmbale antes de que se entere siquiera de que hay una pelea.

Mayo de 2011
El viejo espera tras el volante a las afueras de la comisaría. Ella sale con una expresión funesta en la cara. No quiere sentirse reprobada. Sabe que ha cometido un error.

—Me debes diez mil rublos de la fianza.

El tono irónico del viejo la ofende más que la regañina que esperaba.

—No ha sido culpa mía. La policía estaba a solo dos manzanas y oyeron el ruido.

Intenta provocarle, poner excusas. Por primera vez siente necesidades que no puede comprender, para las que no tiene nombre y cuya explicación desconoce. Toda la respuesta que obtiene se la ofrece el motor de la camioneta, que se pone en marcha con un rugido.

—Le rompiste el brazo a uno de ellos. ¿Cómo ocurrió?

—Intentó agarrarme por el cuello. Hice un agarre inverso para doblarle la muñeca hacia arriba y golpeé en la articulación.

El viejo mira hacia otro lado para que ella no le vea sonreír.

—Ahora te han fichado por alteración del orden público —dice, poniéndose serio de repente—. Tendrás que extremar las precauciones cuando empieces de verdad.

Diciembre de 2012

Tres hombres yacen inconscientes sobre la nieve sucia y pisoteada del callejón. Uno de ellos sabía pelear. Los otros dos llevaban armas blancas pero no alcanzaron a sacarlas.

Ella es la única que ha quedado en pie.

La pelea ha durado ocho segundos.

Marzo de 2013

Las nieves comienzan a retirarse, y el camino al glaciar, el sendero que ella ha trazado en el bosque, está casi despejado. El viejo observa cómo ella va partiendo leña con el hacha. La leñera está llena y a partir de esta época del año ya no se necesita tanta. La que sobre se apilará fuera y se pudrirá, desprendiendo un fuerte olor a madera vieja.

Ella no ceja.

Coloca un tarugo sobre el tocón, alza el hacha sobre el hombro derecho, la deja caer con un golpe certero, preciso, que se hunde hasta la mitad de la hoja. Después alza el hacha con el tarugo clavado y traza un arco aún más grande con el mango, apretando con los hombros y las muñecas en el momento decisivo.

Pasa así horas, en silencio, los días en los que la impaciencia la consume, en los que siente que no avanza lo suficientemente rápido. El viejo suele dejarla en paz. A veces le habla, a sabiendas de lo mucho que le irrita, para evitar que se encierre demasiado en sí misma. Hoy es una de esas veces.

—¿Has pensado que no tienes por qué hacerlo?

—Hace falta leña —replica ella, dejando caer el hacha de nuevo.

—No me refiero a eso. Me refiero a todo.

—Todo. Es justo lo que ellos me quitaron.

La hoja encuentra un nudo en la madera y el tarugo baila, arrancándole el mango de las manos sudorosas. Hace años que no le salen ampollas. Ella apoya el pie en el tarugo y arranca el hacha. Pasa un dedo por el filo. No le gusta lo que encuentra.

—Está embotada.

Se acerca a la piedra de afilar. Vierte un poco de agua de una botella cortada sobre la superficie áspera. Se sienta con las piernas cruzadas en el suelo, de espaldas al viejo y empieza a restregar el metal.

—No puedes devolver la vida a los muertos.

—Pero puedo ofrecerles consuelo.

—Lo que persigues no es para ellos, sino para ti misma. No te engañes, al menos.

Ella no tiene defensa para esas cuestiones que caen sobre su resolución como bombas certeras que resquebrajan certezas.

—Todo este tiempo... no has intentado hacerme cambiar de opinión ni una sola vez. ¿Por qué ahora?

—Las cosas han cambiado.

El raspado del metal sobre la piedra se interrumpe. Ella no levanta la cabeza, ni se vuelve, pero el viejo puede ver cómo sus hombros tiemblan.

—Si te hubiese pasado a ti. ¿Qué harías?

El viejo no responde.

El temblor se calma.

El raspado del metal se reanuda.

Junio de 2013

—Once minutos —dice el viejo, la última vez que ella corre montaña arriba.

Ella comienza a golpear los postes. Ahora hay doce, de distintas alturas y formas. El viejo la observa sentado, pues la ascensión hasta el glaciar ya es suficiente exigencia para sus agotadas piernas. Ahora apenas la acompaña hasta allí. Ya no es necesario.

El mes anterior cumplió ochenta años. Ella cazó un par de liebres y las asó al aire libre para celebrarlo. El viejo tuvo que separar la carne de los huesos con los dedos. Apenas le quedan dientes, y sus manos están cubiertas de rayos púrpura fracturados.

—¿Cuántas veces has subido aquí? —pregunta el viejo.

Más de tres mil. Merezco tres regalos. Pero los únicos tres regalos que querría no puedo tenerlos, piensa ella.

De una patada certera, parte uno de los postes por la mitad.

—Suficientes.

Julio de 2013

El último día la observa mientras ella mete sus escasas posesiones dentro de una mochila. Salvo la ropa que han tenido que ir comprándole a medida que crecía, no tiene nada más. Nada que quiera o pueda llevarse, al menos. Se pregunta si en el fondo de la mochila llevará los zapatos de baile rojos, a juego con su pelo. Le hubiese gustado vérselos puestos. Ella nunca se los ha enseñado.

Siente orgullo al mirarla, al ver lo que es capaz de hacer, pero también miedo.

No exactamente miedo, piensa. *Es otra cosa.*

Es ese zumbido eléctrico, ese malestar en la boca del estómago que sientes cuando estás manejando una granada de mano con el seguro quitado. Justo antes de arrojarla, antes de que la cuenta atrás de cuatro segundos haga saltar la espoleta. Con la anilla puesta solo es un pedazo de hierro del tamaño de una manzana. En cuanto la arrancas y oyes el sonoro chasquido, solo tus dedos sujetando la palanca de seguridad impiden que se convierta en muerte.

—Ya no eres una niña.

Ella aprieta los correajes de la mochila, se la echa a la espalda y sonríe. Es una sonrisa extraña, vacilante. Está lista, pero al igual que él, también tiene miedo de lo que le aguarda.

—¿Y qué soy ahora, Afgano?

El viejo duda antes de contestar. Diría muchas cosas, pero siente que ella no alberga espacio en su corazón para todas. Se obliga a elegir una.

—Eres mi obra maestra, Irina.

Ella parece complacida. También extrañada. Le echa los brazos al cuello y le da un beso en la frente áspera y arrugada.

—Gracias.

El viejo menea la cabeza.

—Soy yo quien te las debo.

La acompaña con la mirada mientras se aleja.

Mereció la pena, piensa. *Al final, y contra todo pronóstico, había esperanza.*

Cuando ella dobla por última vez el recodo del camino, el viejo se echa a llorar.

Ella logra aguantar un poco más.

14

Una partida

Ya es de noche cuando llego a casa.

El último lugar del mundo en el que quiero estar.

Nadie se ha dado cuenta en la oficina de que me marchaba, seguían enfrascados en el algoritmo de LISA. Medité seriamente unirme a ellos y quedarme toda la noche trabajando, pero no me vi capaz de estar rodeado de más personas. Lo que siento, una mezcla de miedo, vergüenza, asco, rabia y tristeza, es como una presencia sólida enganchada en mi hombro, como un puma que hubiese saltado sobre mi espalda y empezado a devorar trozos selectos del interior de mi pecho. No creo que aguantase cinco minutos de conversación con Marcia o Janet sin vomitarles encima. Gracias, fobia social, por no permitirme buscar refugio en la manada.

Pensé en marcharme a dormir a un hotel, pero poco a poco la rabia había ido ganando a la cobardía. Aquella mujer había hecho que me enamorase de ella con sus palabras, se había abierto un hueco en mi corazón, me había dicho que me quería. Y todo era mentira.

Decidí regresar a casa y enfrentarme a Irina, decirle que sabía lo que había pasado aquella noche, que sabía por qué había robado el móvil de Tom, pero que yo había sido más listo que ella. Imaginé todo esto mientras conducía, sintiéndome lleno de justa indignación. Quería que me diese explicaciones, quería saber qué demonios estaba haciendo fuera del trabajo cuando se suponía que tenía que estar en el Foley's, y qué demonios tenía que ver ella con el tal Boris Moglievich. Quería ver su expresión cuando se diese cuenta de que su vida estaba en mis manos, de que con solo entregarle el vídeo a la policía, ella iría a prisión. Quería verla llorar, suplicar, humillarse. Quería que en su rostro se dibujase la incredulidad y luego el pánico ante lo inevitable.

Toda la valentía y la resolución se esfuma como la estela de un cohete en el cielo, todos los propósitos quedan ahuyentados en cuanto la puerta del coche se cierra y estoy a cuarenta pasos de casa. Según recorro cada uno de ellos fantaseo con una posibilidad completamente distinta, y es vivir de espaldas a lo que sé, ignorar lo que he descubierto y seguir adelante con Irina. El miedo tiene muchas facetas, y la amenaza que ella supone ocupa el tercer lugar en el podio. La medalla de plata la gana la *obligación* de hacer algo. Hablar con ella se me antoja imposible. Si hay días en los que me resulta complicado entrar en una cafetería y pedir un capuchino con doble de canela, entrar en casa y decirle a la persona con la que vivo que sé que es una asesina, que sé que todo lo que hemos estado viviendo juntos es mentira, me resulta intolerable. En este momento me odio a mí mismo más de lo que me he odiado nunca, y no solo por mi reluctancia, sino por el primer lugar en la lista de mis miedos, la medalla de oro, el número uno en los grandes éxitos que me mantienen en vela por la noche: el temor a morir solo sin haber sentido nunca el amor verdadero, la certeza de que la vida ha merecido la pena porque hubo alguien a mi lado para quien yo era lo más importante. Y por horrible e irracional que pueda parecer, el peligro de vivir con la persona responsable de la muerte de mi mejor amigo se me antoja de pronto más llevadero que la alternativa.

Los pasos hasta la entrada se terminan, y la puerta se alza ahora como la única barrera entre lo que debo hacer y lo que preferiría hacer para evitarlo. Solo tengo que meter la llave en la cerradura, girarla y dar un paso dentro. Luego la gravedad hará su trabajo y el peso de la información que cargo acabará cayendo en la dirección apropiada.

Es fácil.

Por alguna razón, sin embargo, mi cuerpo da dos pasos en dirección contraria y ya maneja otras posibles soluciones, como salir corriendo o ir directamente a la policía, que es lo que debería haber hecho desde un principio. Pero en realidad ninguna de las dos opciones es lo que quiero. Ni siquiera quiero la verdad. Solo la necesito.

Y, sin embargo, mi cuerpo acaba de dar otros dos pasos hacia atrás. Solo quedan treinta y seis de vuelta hasta el coche, y resultan mucho más fáciles de dar que los cuatro que tengo delante.

Entonces escucho la voz de Arthur gritando y todo se va a la mierda.

Abro la puerta y entro hasta el salón. Irina y él están jugando al UNO, y Arthur chilla emocionado. Cuando me ve, se pone en pie y viene corriendo a abrazarme.

—¡Simon! ¡Simon!

—Hola, Arthur. ¿A qué viene este alboroto?

—Voy perdiendo por doscientos. ¿A que es genial?

Irina se levanta y se acerca a darme un beso. Adelanto la cara para recibirlo en la mejilla, como siempre, pero ella me agarra del mentón y me lo da en los labios. El calor de los suyos permanece durante un instante, y reprimo el impulso de frotármelos con la mano.

—Has tardado mucho.

—Hoy ha sido un día de locos.

—Ya imagino. Mañana es el gran día, ¿no?

Solo le he dicho que teníamos una importante prueba de *software* con un cliente, pero aun así lo recuerda. Me sonríe con una calidez estremecedora, y creo que el corazón se me va a desgarrar.

—Sí, eso es. Siento que hayas tenido que cenar sola —logro decir, intentando que no se me quiebre la voz.

Ella se ríe con naturalidad. Como si no tuviese una sola preocupación en el mundo.

—No te preocupes, Simon. No me ha faltado entretenimiento —dice, haciendo un gesto hacia Arthur—. Ha llegado justo a tiempo para rallar queso para los espaguetis. Quedan unos pocos en la cocina. ¿Quieres que te traiga un plato?

—No tengo mucha hambre, la verdad.

—¡Ven a jugar con nosotros, Simon! —dice Arthur, que está barajando de nuevo.

—Sí, por favor —suplica Irina, con fingido sufrimiento—. Este hombre es un hueso muy duro de roer.

Viene detrás de mí y me pone la mano en el cuello, enviando un escalofrío por mi espina dorsal que es en parte miedo y en parte deseo sexual. Esta noche está preciosa. Recién duchada, con ese maquillaje suave que se aplica para ir al bar —*lo suficiente para estar presen-*

table, pero no lo bastante para que crean que soy una golfa—, y esos ademanes seguros, precisos, que son su marca de fábrica. Soy dolorosamente consciente de su presencia a mi espalda y cierro los ojos hasta que tira del cuello de mi chaqueta. Comprendo ahora que solo quiere quitármela y ayudarme a ponerme cómodo, pero aun así mi cuerpo está tenso como un rabino en el Vaticano.

—¿Sucede algo, Simon?

—No, todo está bien —digo, dándole la chaqueta—. Estoy cansado.

Ella se coloca enfrente de mí, y me mira de una forma extraña con esos tristes ojos verdes tan complejos, y yo siento que la mentira se desmorona como un castillo de naipes, así que voy a la mesa junto a Arthur, que ya reparte las cartas.

—No tengo mucho tiempo —dice Irina, que finalmente viene a sentarse con nosotros.

—No puedes irte —protesta Arthur—. Ella sí que sabe jugar, Simon.

—Bueno, eso ya lo veremos —digo yo, aliviado de poder centrarme en el juego durante un rato. Si alargo la partida lo suficiente, Irina tendrá que irse a trabajar y no tendré que quedarme con ella.

Y eso hago. Media hora después, ella nos ha pegado una buena paliza a ambos, y logra alcanzar los quinientos puntos de la victoria, a bastante distancia de Arthur y a unos cuatro años luz de mí.

—Me rindo. No tengo ni idea de cómo lo consigues. Es la primera vez que veo a alguien ganarle de esa manera —le digo a Irina. Ella no me ha quitado los ojos de encima en toda la partida, y yo no he disimulado demasiado bien. Me cuesta mucho mirarla sabiendo lo que sé ahora. Solo quiero un poco de tiempo para tomar una decisión, y ella no está ayudando mucho. No dejo de mirar disimuladamente el reloj de la pared deseando que llegue cuanto antes su hora de marcharse y maldiciendo lo despacio que avanza el tiempo. Solo me queda levantarme y empujar las manecillas con los dedos.

—¡Ella sabe jugar! —Ríe Arthur—. Te lo dije, Simon.

—Pues ya me diréis el truco.

—Es fácil. Ella no juega con las cartas que tiene, juega con las que no tiene —me explica Arthur, meneando la cabeza, como si le pareciese mentira que hubiese que explicarme las cosas.

—Así que eres una vulgar contadora de cartas. Igual tendríamos que ir a Las Vegas y ponerlo a prueba —digo, forzando una risa, y mirando el reloj de reojo por enésima vez.

—Eso sería ilegal, Simon. No puedo cometer un delito, me revocarían visado —dice ella.

Solo está siguiendo la broma, nada más, pero aun así yo noto que me pongo pálido. Esta maldita cara mía y su traicionero riego sanguíneo.

—¿Estás bien, Simon? —pregunta ella—. Pareces enfermo. Quizá debería llamar a trabajo y decir que no puedo ir hoy.

—¡No! —respondo, y ella se echa un poco hacia atrás, sorprendida—. No, no quiero que pierdas el trabajo. Estoy bien, de verdad. Solo estoy agotado.

Parece genuinamente preocupada, y yo tengo que forzarme a admitir que es pura fachada, que no se trata más que de una mentirosa y algo peor.

—Está bien, si estás seguro... —Se levanta, coge la mochila y se acerca para susurrarme en el oído—. Si luego te encuentras mejor podríamos terminar lo que nos interrumpieron anoche, ¿sí?

Me aprieta en la clavícula con suavidad, sosteniendo el músculo entre el índice y el pulgar, y se me seca la boca enseguida. Trago saliva, porque a pesar del rechazo que produce a mi razón la mera insinuación de hacer el amor con ella de nuevo, mi cuerpo reacciona con la avidez de un hombre muerto de sed al que le muestran la última botella de agua del desierto.

Pero la botella es venenosa.

Y en ese momento Arthur vuelve a trastornarlo todo. Porque se levanta y abraza a Irina, y ella le devuelve el abrazo, y no puedo creer que nada en la ternura que ella está demostrando, en la manera en la que se le cierran los ojos y sonríe cuando Arthur le da unas palmaditas en la espalda —como las que le darías a un cachorro para premiarle, o a un niño pequeño para consolarle de una caída del tobogán— pueda ser fingido. Arthur se reserva mucho el cariño, y el abrazo con palmaditas lo dispensa solo cuando quiere muchísimo a una persona. Hasta la fecha solo he visto a dos destinatarios de ese abrazo. Uno soy yo, el otro Tom.

Ahora vuelven a ser dos.

Irina se despide y va hacia el garaje. La opresión que sentía en el pecho se alivia un tanto, pero el problema sigue siendo el mismo de hace un rato. No quiero volver a verla, quiero que salga de mi vida, pero quiero hacerlo sin dolor, sin ser yo quien maneje el cuchillo. Soy un cobarde, y lo que más me duele es que es el tipo de cobardía que siempre he detestado más en un hombre. La clase de pusilánime dejadez que impulsa a los de mi género a poner los cuernos, a llegar borracho de madrugada, a cualquier cosa que obligue a su pareja a dejarles —para no tener que hacerlo ellos, para poder poner en el estéreo a Cat Stevens y pensar que las mujeres son todas unas hijas de puta sin corazón.

Ahora que me veo obligado a hacer algo con respecto al problema de Irina, decido tomar el camino más despreciable. El que me ahorrará una enorme cantidad de problemas y de preguntas, el que me evitará la vergüenza y el escarnio público de admitir delante de un jurado que traje a esa mujer porque soy un bicho raro, un perdedor apestado, la clase de idiota que jamás tendrá a nadie a su lado. Si esta historia saliese a la luz, sería el hazmerreír nacional, y en el improbable caso de que Marcia y los otros logren salvar el proyecto antes de mañana por la mañana, la empresa estará marcada para siempre. LISA siempre será «la app del tío que se trajo la rusa que mató a su amigo, ya sabes».

Pero hay una manera de evitar todo, y pensar que lo hago por Arthur, para que él no sufra al saber lo que es de verdad Irina, enmascara un poco mi egoísta decisión, al menos el tiempo suficiente para buscar el papel en el bolsillo de mi chaqueta y marcar el número de teléfono.

Un tono.

Cuelga, pienso.

Dos tonos.

Es lo mejor.

Tres tonos.

Solo quieren hablar con ella. Preguntarle quién está atacando los negocios del tío ese. Ella tiene que saber algo.

Cuatro tonos.

Ya, claro.

El quinto tono se interrumpe a la mitad.

—Boris Moglievich.

—Soy Simon Sax.

—Dígame, Simon.

La voz es seca, apresurada. Pero incluso con solo un par de palabras puedo percibir la famélica ansiedad en su tono. Dudo durante un par de segundos.

¿De verdad es esto lo que quiero hacer?

Entonces la veo desde la ventana, saca el coche del garaje, dando marcha atrás, con la misma estudiada precisión, con el mismo cálculo exacto con lo que hace todo lo demás, y resuena en mi cabeza su voz, diciéndole a Tom:

Has cometido error.

—¿Simon? ¿Está ahí?

—Coja un boli, Boris. Voy a darle un nombre y una dirección.

15

Una ausencia

Me quedo toda la noche despierto.
Irina no vuelve a casa.

16

Una visita

Les veo llegar mucho antes de que llamen a la puerta. La luz del amanecer ha roto de índigo en naranja, y la sombra de la casa ya empieza a mostrar unos bordes definidos. Salvo ocasionales visitas al baño —y a la cocina para tomar una lata de Coca-Cola tras otra—, no me he apartado de la ventana desde la que se ve nuestro césped y el camino de entrada al garaje. No recuerdo gran cosa de lo que he pensado en todo este tiempo. Creo que sobre todo he leído los ingredientes del refresco varias veces, intentando memorizarlos. Siempre se me olvida el ácido fosfórico.

No estoy arrepentido de lo que he hecho. No creo estarlo. Tal vez si volviese a la noche de ayer las cosas serían distintas, quizá no habría hecho esa llamada.

Pero sin duda no me arrepiento. Era necesario resolver el problema, y lo hice. Por responsabilidad hacia mí mismo y hacia mis empleados.

No sé por qué he aguardado en pie, esperando a que algo sucediese. La incertidumbre es un camino circular, plagado de incógnitas sin fondo en las que precipitarse. Creo que asumía erróneamente que mi acción produciría un resultado visible, apreciable a simple vista. Quizás una llamada de teléfono, o quizás el regreso de ella para hacer las maletas y marcharse a toda prisa.

Claro.

Cuando pasa su hora de volver a casa y no ha vuelto, sé que ha ocurrido algo, y siento un inmenso alivio, que sirve solo como humillante recordatorio de que Irina me da pánico. En parte por lo de ser una asesina, supongo, pero no es solo eso. Es su condición lo que me da miedo. Cuando has vivido toda una vida bajo el dogma de que no habrá nadie, nunca, y resulta que alguien aparece, el miedo a estar solo se vuelve aún más terrible. Al depositar en otra persona la posibilidad de devolverte a esa soledad con la que has convivido como una odiosa compañera de juegos, dejas de ser el dueño de tu cómoda tristeza.

Por eso me he pasado toda la noche deseando que vuelva y rezando para que no lo haga.

Un coche marrón oscuro aparca en el camino de entrada y de él se bajan Freeman y Ramírez. No es ninguna sorpresa. Suponía que algo así iba a suceder.

Cuando aparece un tercer hombre, enarco una ceja. Viste traje azul y corbata roja muy arrugados, tiene pinta de no haber dormido durante varios días. Las ojeras son visibles incluso a esta distancia. A medida que Freeman y él se acercan —Ramírez se queda junto al coche—, veo las profundas arrugas en la piel acartonada, el pelo ralo, de un rubio gastado. El viento le aparta los faldones de la chaqueta, aplastando la camisa contra su pecho esquelético y dejando al descubierto la funda dc la pistola.

Abro antes de que toquen el timbre. Apenas son las siete de la mañana y no quiero que despierten a Arthur.

—¿Nos estaba esperando, señor Sax? —dice Freeman, en un intento de humor hastiado.

—Parece que está convirtiendo en una costumbre lo de venir a mi casa a horas intempestivas, detective. ¿Quién es su amigo?

—Este es el agente Boyd, del FBI.

Boyd no ofrece la mano, ni enseña la placa. Mira por encima de mí, al interior de la casa.

—Pasen a la cocina, les haré un café. Y no hablen muy fuerte, por favor.

Freeman me mira extrañado, sorprendido de la

amabilidad. No me cuesta portarme como un ser humano con él, ahora que sé que no tiene forma de acusarme de la muerte de Tom. Solo estaba haciendo su trabajo, y ya no es una amenaza.

Cogen cada uno un taburete y se sientan, en silencio, mientras preparo la cafetera. Pocas rutinas hay que hermanen más a los hombres, incluso tan diferentes como nosotros tres, que el mutuo consentimiento del silencio antes del primer café de la mañana.

—Aquí tienen —digo, poniendo una taza enfrente de cada uno.

—¿Y usted? —dice Freeman.

Si tomo una sola gota de cafeína más podría ponerme un traje rojo y azul y empezar a caminar por el techo, pero no es cuestión de decirles que esta noche me he bebido once latas de Coca-Cola con sus correspondientes noventa y nueve cucharadas de azúcar. Podrían surgir preguntas incómodas, y más teniendo en cuenta lo que sin duda vienen a decirme.

—No me apetece. ¿A qué se debe su visita de hoy?

Freeman tose y mira al agente del FBI, como pidiéndole ayuda, pero este parece más interesado en los azulejos de mi cocina que en echarle una mano.

—Estamos buscando a su novia. Irina Skorbatjuk.

—Ahora sí que lo ha pronunciado bien, detective —digo, mientras le sirvo un poco más de café.

—¿Está arriba?

—No. Aquí solo está mi hermano Arthur. Si quieren ir arriba a comprobarlo, tendrán que esperar a que se levante.

—Esto es importante, señor Sax.

—Hoy no trae una orden de registro, ¿no?

Las gafas de Freeman resbalando por el puente de su nariz son toda la confirmación que necesito.

—Oiga...

—Sin orden de registro, se tendrán que fiar de mi palabra. No ha venido a dormir a casa, al menos que yo sepa. Su coche no está en el garaje. Podría haber vuelto y haberse vuelto a marchar otra vez —miento.

—¿Y no le ha extrañado?

—Un par de noches se ha quedado a dormir en el bar, cuando terminaba demasiado cansada para conducir. Tienen un cuarto en la parte de atrás.

—Ya hemos estado en el Foley's, señor Sax. También hemos probado su móvil —dice, cuando me ve echar mano del mío—. Está apagado, y no hay manera de localizarlo. Su novia parece haberse esfumado sin dejar rastro.

Y... aquí viene.

Una vez vi en una serie de televisión que la sorpresa es la emoción más difícil de fingir. Los mentirosos la exageran mucho, la hacen demasiado larga, cuando el efecto físico de algo que nos sorprende dura algo menos de un segundo. Ojos muy abiertos, un salto ha-

cia atrás, un sacudir de los brazos. Todas ellas manio-
bras involuntarias de nuestro cerebro reptiliano, la
parte más anciana de nuestro órgano, la misma que
sabe solo dos estrategias: huida o ataque, uno o cero,
el programa de respuesta binaria con la que los verte-
brados llevamos 500 millones de años siendo los reyes
de la fiesta.

No tengo que fingir nada, porque de pronto comprendo que esta secuencia de acontecimientos no es en
absoluto la que me había imaginado.

—Pero... no lo entiendo. ¿Le ha pasado algo a Irina?

Freeman me mira fijamente.

—Díganoslo usted, Simon.

Creía —esperaba, temía, deseaba— que viniesen a
darme una mala noticia, pero ellos han venido realmente buscando a Irina. Por un momento he pensado
que todo esto era uno más de los jueguecitos de Freeman, como lo que me hizo en la comisaría hace un par
de días, pero esto es algo completamente distinto. Quizás ahora han descubierto que fue ella la que mató a
Tom y vienen a detenerla. Y si averiguan que yo lo sabía podría verme envuelto en graves problemas solo
por obstrucción a la justicia o alguna cosa de esas.

*Joder, en qué hora me daría por meterme en esa pá-
gina a buscarme novia.*

—Yo no sé si le ha pasado algo —respondo, dejando
que el enfado tome el mando tras el breve reinado de

la sorpresa—. Anoche se fue de aquí a la hora de siempre. No, no estaba alterada, molesta ni ningún otro estado de ánimo particular, Freeman —digo, señalándole, y el detective cierra una boca que ya había comenzado a formar la pregunta—. Jugamos al UNO con mi hermano y se fue a trabajar, como todos los días. ¿Y ahora, van a contarme de qué va todo esto? ¿Y por qué demonios hay un tío del FBI en mi casa?

El detective vuelve a mirar al agente, que se limita a esperar como si aguardase el autobús, sujetándose la barbilla con una mano, mientras con la otra tamborilea la encimera con las yemas de los dedos. Suave, sin apenas hacer ruido. Meñique-anular-corazón-índice, pulgar-pulgar-pulgar. La secuencia me está volviendo loco.

—No le mire a él, Freeman. Míreme a mí. Y usted deje de hacer ruido, por favor.

El agente Boyd se detiene a media secuencia cuando me dirijo a él, y levanta la mano como para pedir perdón.

—Necesitamos saber dónde está Irina, Simon. Es muy importante.

—Y yo necesito que me diga qué está pasando, porque usted...

—Espere un moment...

—No me diga lo que tengo que hacer en mi casa. Ayer vinieron ustedes aquí de madrugada buscando algo para vincularme con la muerte de Tom, ¿y ahora resulta que vienen buscándola a ella?

—Simon, ya sé que no le gusta la autoridad, pero escúcheme.

Suelto un bufido sarcástico.

—Siempre me ha hecho mucha gracia esa frase. ¿Qué demonios significa? A nadie le gusta la autoridad.

—Solo alguien a quien no le guste la autoridad pensaría eso —replica Freeman, como si eso lo explicase todo.

Exasperado, agarro lo primero que encuentro —paño de cocina Önskedröm rojo, 2,99 la unidad— y lo retuerzo entre las manos.

—Detective, por favor. Dígame qué está pasando.

Freeman hace una pausa, y por la manera en la que frunce el ceño intuyo que se da cuenta de que ha llegado a un callejón sin salida. Esta vez no mira al agente del FBI, sino que se limita a hablar.

—Irina nos dijo que había estado en el trabajo la noche de la muerte de Tom. Sus dos compañeras lo corroboraron.

¿Cómo?

—Teníamos dudas, así que decidimos comprobar sus huellas dactilares. Solo para tener más información.

—¿De dónde sacaron sus huellas?

—De la taza de café que se dejó en el parque —dice

Freeman. Se permite una leve sonrisa para firmar la idea.

Por eso Irina no paraba de mirar atrás cuando salimos de la comisaría, y por eso se preocupó tanto cuando subimos al taxi y se acordó de que se había dejado la taza. La vergüenza ante mi propia estupidez me recorre el pecho como un chorro de ácido, caliente y corrosiva.

¿Cómo he podido estar tan ciego?

—¿Se encuentra bien, Simon? —dice Freeman.

Podría esperarse que estuviese disfrutando con esto, al fin y al cabo tanto Ramírez como él se habían permitido dudar de las intenciones de Irina —y de mi estupidez— cuando me estuvieron interrogando. Si alguna vez en la historia de las cagadas ha habido un «te lo dije» flotando en el aire, ha sido en esta. Y, sin embargo, el detective parece retraído. De nuevo puedo percibir que hay algo que no me está contando.

—La base de datos de la Interpol encontró una coincidencia en las huellas, pero hasta ayer por la tarde no pudimos acceder al expediente. Mientras tanto descubrimos algo que no esperábamos. Su prometida no es una empleada en el Foley's, Simon.

—¡¿Cómo?! —digo, casi gritando—. ¡No es posible, yo he estado allí un par de noches! La he visto detrás de la barra muchas...

Freeman alza la mano con gesto conciliador.

—No me he explicado bien. No es una simple empleada, Simon. Es la dueña del local. Las camareras que corroboraron su coartada son sus empleadas, ambas de procedencia ucraniana, y tras presionarlas un poco terminaron admitiendo que Irina se había ido dos horas antes aquella noche.

—No lo entiendo. ¿Dónde iba? ¿Cómo es posible que no me dijese nada de todo esto?

Sé perfectamente dónde iba. A una dirección de Devon Avenue. La cuestión es por qué iba allí.

—Eso no lo sabemos, Simon. El Foley's es propiedad de una sociedad pantalla con sede en Delaware, que a su vez es propiedad de una empresa ucraniana con sede en Kiev cuya única accionista es una mujer muerta.

—Muerta. Pero ¿cómo es posible?

—No lo entiende, Simon. Irina Skorbatjuk no existe. El agente Boyd se lo explicará.

Boyd se remueve y suelta un suspiro de fastidio, incómodo por tener que participar por fin. Saca una carpeta abultada y la pone encima de la mesa con un movimiento lento y esforzado, como si los documentos del interior estuviesen impresos en plomo. Habla con una voz amable pero ajada, la clase de voz que tendría un cura joven o un hombre que acaba de salir de una gripe.

—Su nombre real es Irina Badia, nacida en Ucrania

en 1990. Sus padres y su hermana mayor murieron en un incendio en la granja en la que ella nació. La policía local dijo que fue un accidente, pero la Unidad Antimafia lo catalogó como cuádruple homicidio, y sospechan de trata de blancas.

Un accidente de tráfico. Me dijo que su familia había muerto en una colisión con otro coche.

—Hubiera pasado por un incendio normal si uno de los investigadores de la Unidad Antimafia no se lo hubiese tomado como algo personal. Al parecer conocía al padre, habían sido compañeros en el ejército, o algo así. Hablé con el tipo ayer, pero no pronunciaba muy bien el inglés y yo llevo unos días muy cansado... Disculpe.

Saca una caja de caramelos de menta extrafuerte del bolsillo y se echa un par a la boca. Carraspea, pero aun así no logra aclararse la voz.

—Perdone, es que se me seca la garganta cuando hablo mucho rato. No le entendí muy bien sus motivos, pero es lo de menos. La niña desapareció durante años. La dieron por muerta, pero sus huellas dactilares permanecieron en el sistema, como forma de cotejar su identidad si aparecía un cadáver, y como testigo de lo que pasó en la granja de sus padres.

Aquella cicatriz. La cicatriz debajo de su ojo izquierdo. Una fina línea llega hasta la mitad de la mejilla. Larga y antigua, pero que en absoluto empañaba su belleza. Nunca le pregunté por ella, porque intuí, no sé muy bien cómo, que no quería hablar de ello.

—Oiga, ¿no tendría un vaso de agua, señor Sax?

Le sirvo un vaso de agua del grifo, intentando que no me tiemblen las manos.

—Rusia y las ex repúblicas soviéticas comparten sus bases de datos de huellas en un sistema sorprendentemente eficaz. Así fue como en la Unidad Antimafia de Kiev saltó una alarma ante la aparición de Irina Badia en Rusia. Detenida por alteración del orden público en mayo de 2011. El expediente no dice nada más. Nadie hizo nada al respecto, al fin y al cabo solo era una posible testigo, pero su ficha pasó al estado de ACTIVO en un expediente muy importante.

—¿Quiere que siga yo, agente Boyd? —dice Freeman, al ver que al otro cada vez le cuesta más hablar.

—No. Ustedes ya han hecho bastante.

Freeman aparta la cara, visiblemente molesto.

Así que eso es lo que le ocurre. El FBI está echándole la culpa de que Irina se haya esfumado, pero... ¿por qué?

—Escuche, señor Sax. Mis compañeros y yo llevamos más de cuatro años intentando coger a un individuo sumamente peligroso y también muy inteligente. Tan listo que opera en nuestras mismas narices sin que nosotros podamos hacer nada, porque no tenemos una sola prueba que le vincule con sus crímenes. Durante todo este tiempo hemos estado persiguiendo sombras. Pero cuando el detective Freeman aquí presente encontró las huellas de la señorita Badia, dimos con la forma de acabar con él. La persona a la que buscamos es uno de los cinco jefes de la *Mafiya*, la Mafia rusa en Estados Unidos. Y su nombre está vinculado al de su prometida, señor Sax. Siento decirle esto...

Freeman le interrumpe.

—Ella le escogió porque usted era de Chicago, Simon.

Hola. ¿De dónde eres?

—Le ha estado utilizando, señor Sax —dice Boyd. *No me diga, agente.*

—Pero no por dinero, o por el permiso de residencia, al menos no directamente —aclara Freeman—. En eso estábamos equivocados

—Creemos que Irina Badia ha venido a Chicago para vengarse del hombre que mató a su familia hace dieciséis años.

Sé qué nombre va a pronunciar antes de que lo haga, y un puñal gélido se me clava en las tripas.

—Se llama Boris Moglievich, y sospechamos que él o sus asociados son también los responsables de la muerte de Tom Wilson...

Porque ahora es demasiado tarde.

—... y es esencial que la encontremos y la pongamos a salvo antes de que él la encuentre a ella.

¿Qué he hecho?

¿Qué coño he hecho?

Devon Avenue, Chicago
Tres días antes

Tuvo que cambiar su estrategia por tercera vez, y eso le produjo una incomodidad sorda, acuciante.

El taxi la dejó a seis manzanas de su objetivo. Le pagó al taxista un extra para que mantuviese los ojos fijos en la carretera mientras ella se cambiaba en el asiento de atrás, aunque él echó un par de vistazos por el espejo retrovisor. No es que pudiese ver gran cosa, pero a Irina la hizo sentir sucia, manoseada.

El jersey mezcla de poliéster y elastano se ajustaba perfectamente a su cuerpo, igual que los pantalones de algodón resistente. Agradeció mentalmente esa maravilla que era internet, que le permitió comprar varios juegos completos de ropa de combate y recibirlos en el Foley's sin necesidad de pisar una tienda. Los guantes fueron mucho más difíciles, y tuvo que encargar de diferentes marcas antes de conseguir que ajustasen en sus manos, grandes para su tamaño.

Le llevó apenas cinco minutos prepararse, justo a tiempo antes de llegar a la dirección que le había dado al taxista, una casa particular en una urbanización de clase media a un par de minutos de distancia.

—¿Quiere que la espere hasta que abra la puerta, señorita?

Irina sonrió para sus adentros. Esa costumbre americana le parecía caballerosa e innecesaria. Si un atracador o un violador se acercaban a ella aquella noche, se llevarían una desagradable sorpresa.

—No se preocupe. Voy a trotar un poco para coger el sueño.

La ropa es negra, discreta, y de no ser por las botas parecería una mujer más que sale a correr. Por suerte ningún hombre se fija en los pies, como ella ya había comprobado muchas veces.

—Como quiera, pero tenga cuidado... ¡Oh, vaya, muchas gracias!

El taxista abrió mucho los ojos al ver el billete de cincuenta dólares de propina, y desapareció en dirección al aeropuerto antes de que a ella le diese tiempo a cambiar de opinión.

Por suerte para Irina, el dinero ya no era un problema. A diferencia de lo que le ocurría a Boris Moglievich.

Cuando regresó a Kiev, nueve años después de haber escuchado la conversación que la llevó hasta el fin del mundo, no tenía ni un solo kopek en el bolsillo. Había hecho todo el camino de vuelta haciendo autoestop —seis de los trece conductores a cuyo coche había subido habían intentado propasarse con ella, con el resultado de dos mandíbulas fracturadas, una conmoción cerebral y tres brazos rotos—, y cuando llegó de madrugada al suburbio de Nezalezhnosti, descubrió que todo seguía intacto en aquel lugar. Habían cambiado las caras, pero la pobreza, la desesperación y el sufrimiento de sus fantasmales habitantes seguían siendo igual de amargos e inexorables.

Esta vez no rehuyó las conversaciones nocturnas junto al fuego, aunque solo escuchaba sin participar. Así fue como supo de nombres y de lugares de intercambio, tal y como había planeado con el Afgano.

La primera vez que irrumpió en una operación de compraventa de heroína solo pudo hacerse con unos pocos miles de rublos, pero al cabo de un tiempo logró la información de un gran envío y un maletín que contenía dinero suficiente para financiar su plan en los Estados Unidos.

Hubo cinco muertos, y pocos remordimientos.

Consiguió dos herramientas más, aparte de la financiación. La más importante, un plan para llegar a Chicago. Necesitó varios meses hasta que apareció en aquella web de contactos para americanos desesperados un hombre que reunía las condiciones necesarias. Los aspectos prácticos habían sido más fáciles de lo que había supuesto. Simon Sax era como un libro abierto, y manipular sus sentimientos para obligarle a enamorarse de ella no había supuesto complicación alguna.

Salvo, por supuesto, que él había terminado metiéndose en su corazón.

Había luchado mucho contra ese sentimiento, que no era sino una grieta por la que podría terminar introduciéndose el fracaso. Simon era complejo, un cerebro en el alma de un niño, con una necesidad de afecto tan desmesurada que parecía imposible de colmar. Aunque se repetía a sí misma que el cariño que le demostraba era fingido, que las conversaciones que mantenían no eran reales, sabía que se estaba engañando.

No quería que sufriese daño alguno, y por eso se había visto obligada a modificar sus planes iniciales. Algo que había aprendido en Kiev mientras acosaba a los correos de la *Organizatsiya* era que el punto más débil de cualquier estructura es el dinero. Esa era la segunda de las herramientas que había traído de Ucrania: la manera de vengarse de Boris Moglievich. Matarle era demasiado fácil. Quería que antes experimentase el miedo, el acoso, la cercanía de la muerte. Quería que viese cómo se desmoronaba todo el imperio que había edificado sobre la sangre de su hermana. Oksana, cuya muerte por sobredosis se había certificado en el Chicago Memorial once meses después de su secuestro. Oksana, cuya muerte había recibido apenas doce líneas en el *Tribune* y ocho en el *Herald*, donde se hacía referencia al hallazgo del cadáver de una prostituta en un contenedor de North Broadway. Oksana, cuyo nombre había trascendido porque ella —sabiendo que moriría sola— se había tomado la molestia de tatuárselo en el antebrazo, para al menos no terminar en una tumba sin nombre. El artículo hacía referencia a ello de pasada, como una práctica común entre las prostitutas heroinómanas de países del Este. Solo que las demás solían apuntar el nombre y la dirección de sus familias debajo de su nombre, y bajo el de Oksana no había nadie.

Sola. En la basura. Sin esperanza. Sin llegar a saber nunca que su sacrificio había servido para que Irina viviese, para que se hiciese fuerte.

No había castigo suficiente para Boris Moglievich. Llevaba observándole semanas, recabando información de su organización, aprendiendo dónde hacerle daño. Iba muy despacio hasta que encontró al hermano de uno de los represaliados por Boris en su ascenso al poder. Era el humilde dueño de una ferretería, pero sabía cosas, y estuvo encantado de contárselas en cuanto Irina le obligó a ello.

—Un almacén al norte de Stone Park. Mañana por la noche —le susurró, dándole una dirección.

Así fue como Irina descubrió lo del camión que una vez cada tres meses transportaba el dinero sucio de la *Mafiya* en dirección a Nueva York, en la primera etapa del viaje para blanquearlo. Irina esperó en el primer semáforo de la zona industrial desierta a aquellas horas de la madrugada y se coló debajo del camión con unos alicates.

El vehículo llevaba solo un coche con dos hombres armados como escolta, tan seguro estaba Boris de que nadie se atrevería a robar su dinero. Por desgracia para él, Irina no quería robarlo.

Cuando la luz se puso en verde, el camión se negó a moverse. El encendido funcionaba, pero el motor estaba ahogado, como si no llegase gasolina a los cilindros. Cuando se bajó de un salto, los matones de Moglievich se bajaron a su vez del coche.

—¿Qué demonios pasa?

—El motor no va.

Los matones se miraron, extrañados. No les pagaban para pensar, solo para sentarse en un coche durante doce horas. Uno de ellos sacó un teléfono móvil, dispuesto a llamar a su jefe, pero no llegó a marcar el número. El inconfundible tacto del acero frío en su nuca se lo impidió.

—Tira el móvil al suelo —dijo una voz de mujer, en ruso.

El matón obedeció, asustado. Su compañero vio

salir de la sombra a una mujer, vestida de negro, que les apuntaba con una pistola automática.

—No sabes lo que estás haciendo.

—Tumbaos en el suelo —fue su respuesta.

El conductor fue el primero en obedecer, y después el otro, aquel a quien Irina había colocado el cañón de la pistola en la nuca. Pero el otro no estaba tan dispuesto a obedecer, y calculaba mentalmente sus opciones. Por su imaginación pasó una imagen de sí mismo desenfundando el arma que llevaba en el bolsillo de la chaqueta antes de que a ella le diese tiempo a disparar. Era una mujer, y por tanto débil e indefensa. Dudaría antes de apretar el gatillo, o fallaría. Él sacaría el arma y...

Un estruendo interrumpió sus pensamientos, anticipándose al dolor. Tardó un segundo en comprender que ella le había disparado, y que estaba en el suelo sujetándose la rodilla destrozada con la mano, intentando parar el torrente de sangre.

—No dispares. No dispares, joder —dijo el conductor.

—Haz lo que te digo, entonces.

Sacó de la mochila un puñado de abrazaderas de plástico y las arrojó delante del conductor, un montón de finas culebras negras.

—Ponle una a cada uno en las manos, a la altura de las muñecas. Aprieta fuerte.

El conductor obedeció.

—Ahora tú.

Cuando tuvieron las manos aseguradas, Irina fue por detrás de ellos, sujetándoles los pies entre sí. Una abrazadera para cada tobillo, y una más para unir los dos. El que había recibido el disparo en la rodilla no dejó de llorar de dolor mientras ella le obligaba a tener la pierna recta.

Esto bastará para unos minutos.

No se molestó en quitarles las armas. Aquello sería aún más humillante.

—Las llaves del contenedor —le dijo al conductor.

—No las tengo. Se supone que no tenemos que saber lo que va ahí detrás, y mucho menos tocarlo —respondió este.

Estaba bien. Ella había venido preparada. En la mochila traía varias cosas útiles. Solo necesitó seis. Una, un cortacadenas para el grueso candado que sujetaba la puerta. Dos, una linterna para iluminar los dos palés retractilados en plástico negro del interior del contenedor. Tres, un cúter para abrir el plástico y dejar al aire el contenido, paquetes de billetes manoseados de diez, veinte y cincuenta dólares. Arrugó la nariz ante el hedor que desprendían todos aquellos billetes juntos. Apestaban, literalmente, un olor acre a papel manoseado, a sueños rotos, a drogas, a sexo apresurado e insatisfactorio.

Se guardó unos pocos fajos y empujó el resto, esparciéndolos por el suelo. Sacó de la mochila lo último que necesitaba. Una bolsa de basura que había llenado de pastillas para encender el fuego, machacadas hasta reducirlas a un polvo fino y blanco, que repartió sobre los billetes. Una botella de plástico de dos litros, llena de líquido de encendedor, que rajó con el cúter de la boca a la base para empapar más deprisa todo aquel papel. Y un mechero de gasolina, que arrojó en el centro de aquella hoguera improvisada.

Las llamas anaranjadas surgieron al instante, voraces, implacables. Irina se concedió un momento para mirarlas, igual que había mirado el fuego que consumía su casa dieciséis años atrás. Se acarició la cicatriz bajo su ojo izquierdo, sorprendida del escaso consuelo que aquello le proporcionaba.

Iba a marcharse ya, pero algo en su interior se había removido al mirar el fuego, y regresó con los hombres que estaban maniatados en el suelo. Sabía lo que ocurriría con aquellos hombres si los dejaba allí, y ellos seguramente también. Se preguntó si tendrían hijos o familia, personas que notarían su ausencia, seres humanos para quienes el amor, la alegría y la felicidad se moviesen en torno a ellos. Niños pequeños que vivirían alimentando el rencor dentro de sus corazones, niños para los que nada sería lo mismo, niños para los que el mundo estaría ya siempre arruinado. Ya nunca habría para ellos suficiente luz, suficiente risa, suficiente calor. Serían ellos quienes tendrían que poner la diferencia, pagando con trozos de su alma, de su cuerpo, cada día que faltasen, durante el resto de su miserable vida.

Niños que crecerían para buscarla a ella.

Sus padres podrían haber elegido otro camino, dijo la voz del Afgano en su interior. *A los contables los matan menos.*

Mi guerra no es con estos hombres.

A ellos no parecía importarles hace dos minutos, cuando iban a meterte una bala en la cabeza.

El argumento era irrebatible. La tentación de soltarlos se esfumó con él.

Irina se quedó aún un rato, viendo cómo el fuego consumía el resto del dinero. El interior del camión se había convertido en un infierno de varios millones de dólares. Cuando las sirenas empezaron a oírse en la distancia, se desvaneció en la noche.

Dos días después, volvió a hacerlo. Esta vez había dos coches acompañando el camión. Se deslizó debajo del trailer en un semáforo y colocó un explosivo improvisado que había fabricado con un temporizador de cocina, seis imanes de neodimio y la pólvora de trece cajas de petardos caseros. Nada espectacular ni peligroso, a no ser que lo coloques bajo el depósito de gasolina al que previamente has practicado un par de agujeros con un taladro.

La explosión se oyó a veinte manzanas de distancia. El dinero solo se quemó parcialmente, pero los restos terminaron en el almacén de pruebas de la policía en Greenfield Lane.

Boris estaba cada vez más nervioso.

Le hubiese gustado continuar con aquella estrategia hasta las últimas consecuencias, ahogar económicamente los negocios de Moglievich, haciéndole todo el daño posible antes de asestarle el golpe definitivo, pero ahora ya no creía que fuese una buena idea. Ella estaba sola, y ellos eran muchos.

Cada vez estaba más cerca de cometer un error, y lo sabía. El Afgano la había preparado durante nueve años para una única pelea, un único combate del que tendría que salir victoriosa. No para una guerra larga y extenuante, con múltiples bajas en ambos bandos. Y ella no podía permitirse ninguna baja en el suyo.

Quizás si Simon fuese distinto. Quizás si fuese mala persona.

Pero no lo es.

Por eso decidió que todo terminara aquella noche. Simon creía que ella estaba trabajando, como siempre, aunque en realidad había salido muy pronto del Foley's y subido a un taxi en dirección norte, dispuesta a acabar con la vida de Boris Moglievich. Por fin conseguiría un poco de paz, para ella y para el recuerdo de los suyos, y después desaparecería, antes de hacerle más daño a Simon.

Cuando llegó cerca del restaurante se detuvo el tiempo suficiente para hacer acopio de valor. Boris estaría, como siempre, en su mesa del fondo, quizás hablando con alguno de sus asociados, quizás solo, sentado frente a su ordenador portátil. No quería usar armas de fuego, porque no había forma de pasar a través de la mirada escrutadora de los matones cerca de la entrada.

Y porque sería demasiado rápido. Demasiado insatisfactorio.

Por eso solo llevaba un cuchillo en el cinturón —bastaría un movimiento en diagonal, oblicuo, que cortase al mismo tiempo la tráquea y la yugular, antes de salir corriendo—. La mochila con su ropa de paisano la dejó entre dos coches, confiando en que seguiría allí cuando saliese.

Si es que salgo.

Respiró fuerte una, dos, tres veces, y entró en el Carpathian, cuya configuración conocía de memoria. El camarero, en la barra. Una mesa cerca de la entrada, ocupada por dos matones que sin duda serían un problema a la hora de salir, las demás mesas vacías excepto la del fondo, donde, como esperaba, estaba él, sentado junto a otras cuatro personas. Tres le daban la espalda a la puerta, el cuarto susurraba en el oído de Boris, que asintió con aire preocupado y levantó la cabeza cuando oyó abrirse la puerta. Sus ojos oscuros, vacíos, se cruzaron con los de ella.

Hubo un breve instante de indecisión, una búsqueda, una pausa en la que el mundo se paró entre dos latidos, tomando impulso para todo lo que iba a suceder.

Y entonces los ojos de Boris se empequeñecieron un tanto. La había reconocido.

Irina sintió un brevísimo instante de estúpida satisfacción —ella era muy parecida a su hermana, por supuesto—, mezclado con la frustración de no haber tenido eso en cuenta, porque ahora él estaba prevenido, y a pesar de estar a tan solo seis metros, era como si estuviese en el otro extremo del mundo, con ella de vuelta en Nezalezhnosti, indefensa e impotente. Él gritó algo y se echó la mano a la chaqueta, e Irina no pudo hacer nada porque ya había dos matones levantándose detrás de ella. El primero intentó agarrarla, pero Irina le esquivó y tiró de la muñeca del otro para que cayese al suelo, a los pies de ella, donde pudiera girarle el brazo y desencajarlo del hombro con un crujido seco. Apenas habían pasado dos segundos y ya había al menos un arma a punto de disparar a su espalda. No había pelea posible, pero la ruta de escape estaba cortada por el cuerpo del segundo matón, que en lugar de sacar una pistola cogió el cuchillo de cortar la carne que tenía sobre la mesa y se echó sobre ella.

Irina tuvo que escoger entre salir de la trayectoria del arma de Boris —y probablemente alguna más, aunque ella no lo sabía aún— o esquivar el cuchillo. No tuvo elección. Se lanzó hacia el matón que bloqueaba la salida, eligiendo el filo serrado del cuchillo, que mordió su carne a la altura de las costillas, pero que le permitió interponer el cuerpo del matón entre ella y la primera de las balas. El proyectil impactó en la espalda del matón, que se quedó mirando a Irina con los ojos muy abiertos por la sorpresa.

Antes de que llegase a desplomarse, ella logró abrir la puerta y salir corriendo.

Habían pasado cinco segundos.

Ella corrió Devon Avenue arriba, por la ruta que tenía prevista en caso de que las cosas no saliesen bien. Había un callejón unas manzanas más allá al otro lado de la calle, que tenía un contenedor situado en lugar conveniente. Podía saltar desde él al tejado de una tienda y despistar por completo a sus perseguidores. Calculó que disponía de unos tres segundos hasta que comenzasen a perseguirla, otros seis hasta que localizasen la dirección en la que se había marchado.

Cogió la mochila, agachándose al pasar entre dos coches, cuando los otros salían del restaurante. Sacó del bolsillo exterior una tuerca gruesa y pesada, y la sostuvo en la mano, sin dejar de correr. Eso le daría algún segundo más. Cuando dobló la esquina del callejón, la arrojó hacia la farola, reventando la bombilla. El callejón se sumió en la oscuridad.

Fue entonces cuando él apareció, de la nada.

Irina, por primera vez aquella noche, sintió miedo, y no supo qué hacer.

—¿Qué... qué haces aquí, Tom?

—Eso dímelo tú. ¿Dónde vas por las noches, eh? Se suponía que estarías trabajando a esta hora. ¿Vas a decírselo a Simon que, cuando él cree que estás en el bar, vas a encontrarte con tu amante?

Ella apenas escuchó las palabras, que no eran más que una manifestación sonora de la hostilidad que él siempre había sentido por ella. Solo fue consciente del tiempo, de cómo el escaso margen del que disponía hasta que sus perseguidores irrumpiesen en el callejón se acababa de esfumar. Intentó pensar. Reconciliar ambas partes —real y secreta— de su vida en un par de segundos, pero no pudo.

—Has cometido error —dijo, pero sabía que el error, en realidad, había sido suyo.

En ese momento dos de los matones de Moglievich aparecieron en la entrada. Irina tendió la mano hacia Tom —se dio cuenta en ese momento de que lo estaba grabando todo con su teléfono, porque Tom se sacudió y el teléfono cayó al suelo— e intentó agarrarle del brazo, consiguiendo solo engancharle por la manga de la camisa. En lugar de apartarle, lo que hizo fue obligarle a girar sobre sí mismo y a darse la vuelta, quedando enfrente del matón, que ya apretaba el gatillo de la pistola. La llamarada que acompañaba al disparo congeló por un instante minúsculo las sombras de los cuatro en la pared.

Cuando desapareció, solo quedaban tres figuras en pie.

La detonación se llevó por delante las dudas de Irina, que dejó que su cuerpo tomase el control. No fue consciente de saltar por encima del cuerpo de Tom, ni de apoyarse en su muslo caído en el suelo para dar la primera patada —aunque luego, cuando repase mentalmente lo sucedido, comprenderá que no había otra forma de hacerlo—. Ningún otro modo de salvar los tres metros de distancia hasta el hombre de la pistola y llegar con impulso suficiente para golpear en la muñeca con la puntera de la bota y desviar el segundo disparo antes de que lograse apuntar. Desviar esa bala, conseguir que se perdiese en la oscuridad, le salió caro. El segundo matón la agarró por la espalda, rodeándola con los brazos, e Irina no pudo zafarse a tiempo, su única esperanza era que el de la pistola se acercase a ella, así que fingió luchar moviendo los hombros a ambos lados, sugiriendo que no tenía fuerza para romper una llave que no quería abandonar, porque quedaría a merced del matón de la pistola, que ya se había recuperado. Como ella esperaba, este se acercó para atacarla, creyéndola reducida y a su merced. Justo cuando levantaba la pistola para golpearla en la cabeza con la culata, Irina se impulsó hacia atrás con los pies llevando las rodillas al pecho, empleando el pecho y el agarre del hombre que la sujetaba como un fulcro que le permitió canalizar toda la energía de sus piernas y lanzarlas como un pistón contra el estómago de su atacante. Se oyó un movimiento sordo, amortiguado, como si algo pesado golpease un cojín, y el matón se dobló sobre sí mismo. La fuerza del impacto echó hacia atrás al hombre que la sujetaba, que se estrelló contra la pared, sin soltarla. El choque reverberó por el cuerpo de Irina y repercutió en sus dientes, que castañetearon de forma violenta. Había sangre en su boca —se había mordido la mejilla— y fue vagamente consciente de que la herida del costado se había hecho más profunda con la brutal presa del segundo hombre, pero este aflojó ligeramente la presión, e Irina lo aprovechó para golpearle la espinilla derecha dos veces con el borde del tacón de su bota —reforzado por dentro en acero— antes de dejarlo caer con todas sus fuerzas sobre la punta del zapato.

El crujido —al menos dos dedos rotos, con suerte tres— quedó ahogado por el aullido de dolor del hombre, y este, cortado en seco por el codazo en la garganta de una Irina que, libre por fin, consiguió asestar un golpe de esos que terminan cualquier pelea.

El matón, con la nuez hundida, cayó de rodillas. Estaría muerto en pocos minutos si no le practicaban una traqueotomía de urgencia, pero Irina no iba a quedarse a ver el resultado. Dio un paso hacia atrás, como un delantero de fútbol a punto de tirar un tiro libre, y dos hacia delante, hasta conectar con el pómulo y la barbilla del tipo de la pistola que, a gatas, luchaba por respirar.

Ahora estará ocupado durante un rato, pensó Irina.

La pelea duró en total nueve segundos.

El orden de prioridades de Irina se recolocó. La huida y la cobertura volvieron a tomar la primera posición. Primero —eso no lo olvidaría, tampoco, cuando hiciese balance dentro de unas horas— recogió el móvil de Tom y se lo metió en el bolsillo de los pantalones, después se agachó junto a él y comprobó que estaba más allá de toda salvación. La bala había destrozado la yugular, y la vida de Tom se esparcía por el callejón en un charco creciente. Había restos, sin embargo, en sus ojos evanescentes, había miedo mientras se sumergía en la muerte, había consciencia de lo que estaba sucediendo. Hubo frialdad en la decisión de Irina de saltar sobre el contenedor y auparse al tejado de la tienda 24 horas, instantes antes de que el resto de los matones apareciesen.

El remordimiento llegaría a la fiesta más tarde. Impuntual, pero inevitable.

Pasaron tres días. Tres días en los que no pudo avanzar en su venganza, consciente de que la policía estaba demasiado cerca. Tres días en los que las mentiras se volvieron tan retorcidas y la manipulación que ejercía sobre Simon tan despiadada, que llegó a sentir asco de sí misma.

Cuando los hombres de Moglievich aparecieron en el Foley's —encabezados por Vanya, precisamente él, Vanya que la atrapó por sorpresa cuando ella estaba a punto de entrar en el restaurante, Vanya que la encañonó sin dejarle tiempo a reaccionar, Vanya que le ató las manos con cinta americana y le golpeó salvajemente en la sien— y ella cayó al suelo, en el último instante antes de quedar inconsciente, sintió un extraño alivio.

17

Una cita

Son más de las once cuando los frustrados representantes de la ley y el orden se van de mi casa, sin conseguir de mí más que evasivas y dejando tras ellos veladas amenazas de detenciones por obstrucción a la justicia. Siguiendo el principio de intercambio de energía en un sistema cerrado, ambas son absolutamente inútiles, y dejan todo tal y como estaba antes de comenzar.

Salvo mi conciencia.

Me ha costado no contarles la verdad: que he hecho una llamada que seguramente supondrá la muerte de la persona a la que ¿quiero? —no hay más remedio que poner interrogantes a ese verbo, porque todo ha dado tantas vueltas en pocos días que ahora mismo ya no sé qué es verdad y qué no lo es.

Amar es necesitarse. Amor es necesidad, me dijo ella.

No puedo decirle a la policía qué ha sucedido, porque no serviría, me digo yo, *más que para terminar de destruirlo todo. No llegarían a tiempo.*

Así que, por muy culpable que me haga sentir la traición que he cometido, por mucho que el remordimiento me roa las entrañas con sus pequeños y afilados dientecillos triangulares, voy a quedarme quieto, sin hacer nada, porque no hay nada, nada útil, que se pueda hacer. Estoy convencido de ello.

Miro el reloj. Quedan tres horas hasta la prueba de campo de LISA.

Solo tres horas.

Camino despacio desde la cocina hasta el salón, notando como si mi cuerpo y mi mente estuviesen ligeramente disociados. Siento que en cualquier momento voy a ser capaz de dar un paso hacia un lado y ver frente a mí a ese extraño, a ese otro Simon Sax que permanece inmóvil, sentado en el sofá, intentando no hacer ningún movimiento brusco, intentando esquivar el recuerdo de su piel, de su olor y de sus besos. Me siento ridículo, pequeño y mezquino, bastantes pasos atrás respecto a mi habitual autoimagen de patoso, repulsivo e idiota.

Quédate quieto. Quédate quieto y todo pasará a tu alrededor sin afectarte, dice una parte de mi cerebro.

Luego solo tendrás que ignorarlo, como si no hubiese
ocurrido.

Otra parte, la que ha desperdiciado media vida con las series de televisión y los cómics, evoca aquello que dijo un sabio —Kennedy o Magneto, no me acuerdo—, eso de que «Lo único necesario para el triunfo del mal es que los hombres buenos no hagan nada».

Qué soberana gilipollez resultan las citas grandilocuentes en los momentos reales. Qué inconvenientes, y qué vacías.

18

Una hora

Pasa otra hora.
Sigo sin hacer nada.

Entonces llega el mensaje.

19

Un mensaje

No conozco el número. Son solo tres palabras.

DEBERÍAS VER ESTO.

Debajo hay un enlace. Lo abro.

La pantalla del navegador me lleva a una especie de clon ruso de YouTube que no conozco. Los menús y todos los textos están en cirílico, pero no tengo que preguntarme cómo demonios abrirlo, porque el vídeo comienza a reproducirse automáticamente.

La imagen tiene mucha resolución, y la habitación —vacía, de paredes pintadas en tonos crema— está muy bien iluminada. Así puedo ver a la perfección cada uno de los cortes y hematomas en el rostro de Irina. Tiene un lado de la cara inflamado y deforme, con uno de los ojos tan hinchado por la sangre acumulada en los párpados que apenas puede abrirlo. El que sostiene la cámara, el teléfono o lo que sea, da una vuelta alrededor de ella para que no me pierda detalle. Le han atado las manos al respaldo de la silla, y la camiseta aparece desgarrada, hecha jirones y cubierta de sangre. Los hombros, la espalda y los brazos están llenos de pequeños círculos ensangrentados, negruzcos en el centro y rojizos y dispersos en los bordes. Me pregunto con qué se los habrán hecho cuando una mano aparece en el encuadre para sacarme de dudas, y apaga un cigarro —otro más— en la piel pálida y suave de la base de su cuello. Ella suelta un quejido, contenido o agotado, no lo sé. La música de fondo no me permite distinguirlo.

I'm just a holy fool, oh baby it's so cruel
But I'm still in love with Judas, baby

Reconozco la canción. Lady Gaga, *Judas*.
Alguien tiene un sentido del humor jodidamente retorcido.
La cámara completa el giro en torno a Irina, volviendo a mostrarnos su cara, aunque ella rehúye el objetivo. La mano del que graba la agarra por la barbilla

y la obliga a mirar. Su pelo rojo está apelmazado sobre la frente empapada en sudor, y la misma mano se adelanta para apartar el pelo del rostro con suavidad pausada, que me hace estremecer de horror.

—Apagad esa mierda —dice una voz metálica, desagradable—. No queremos que Simon pierda detalle, ¿verdad?

He escuchado antes ese acento deslavazado. Cuando da la vuelta a la imagen, esta se pone en modo vertical con bandas negras a los lados. Ahora sé que han grabado todo esto con un móvil con cámara delantera y trasera. También que el tipo de la barba *hipster* y el diente de platino que me retuvo en la puerta del restaurante de Moglievich, el que se parece a Sharlto Copley, es el director de esta película.

—Simon, quiero darte las gracias por llamarnos y facilitar esta reunión familiar. Su prometida también te agradece, ¿*da*?

Cambia a la cámara trasera y acerca el teléfono a Irina, que lanza un escupitajo sanguinolento hacia la lente, pero no logra acertar.

—Vamos, no son formas de tratar a tu prometido —dice, con una voz que quiere parecer suave y calmada, pero rezuma algo sucio y peligroso—. Verás, Simon, llevamos toda la noche charlando con ella y nos ha contado muchas cosas. Le ha costado, pero hemos insistido, jajaja.

Su risa es un chasquido desagradable, como un témpano partiéndose bajo una bota.

—Nos ha contado que sois felices, y que vais a casaros dentro de poco. Mi... socio opina que eso no ser posible, sabes, por el mal comportamiento de tu chica. Resulta que nos conocíamos hace tiempo, y ella tenía sus razones. No *puedes* culparla a ella, ¿*da*? Mi socio no lo ve así, claro. *Delat iz muhi slona*, él hace elefantes con una mosca, ¿*da*?

Irina baja un tanto la cabeza y mira a la cámara de frente con el único ojo que tiene abierto, y hay en esa mirada un mar de contradicciones.

—Pero yo soy benévolo, yo tengo generosa alma rusa. No veo problema en contradecir a mi socio si no se entera... y que ella se vaya lejos de esta situación, como dicen ustedes, ¿*da*? Pero hace falta compensación para mí, es un debe.

La imagen se vuelve negra un momento, y se oye un golpe metálico. Cuando se aparta veo que ha estado colocando el teléfono sobre una mesa o algo así, de manera que ahora muestra un plano fijo de Irina, ligeramente ladeada.

—Irina me ha dicho que tú mañana forrado, que tú mañana tienes mucho dinero, eso está bien.

Así que el acuerdo de Infinity no era tan secreto como yo me imaginaba, aunque la información de Irina no está del todo actualizada. Tenemos tantas posibilidades de que LISA funcione y de conseguir esa pasta como de que yo sea el próximo hombre en caminar sobre la Luna. Al menos en algo tenía yo razón, Irina no me quería por mi dinero, solo por mi localización geográfica. Sigo sintiéndome como uno entre 2,79 millones de habitantes de Chicago.

—Tú mañana me traerás todo el dinero a un sitio que te diremos, ¿*da*? Si no yo me enfado y digo adiós a generosa alma rusa. Mira, Simon.

Aparece desde un lado, y muestra a la cámara un cuchillo. Nada especial, un cuchillo de mesa normal y corriente, con su filo serrado, no muy distinto de los que guardo en el cajón de la cocina. Se acerca a Irina y la sujeta por la oreja izquierda. El filo del cuchillo queda entre el lóbulo y el cráneo.

Entonces empieza a cortar.

No, joder.

Irina se agita de dolor, pero no se atreve a moverse mientras el cuchillo sigue su macabro ascenso, con un *ris ras* continuado. Ella no puede apartarse igual que yo no puedo quitar la vista de la pantalla. No grita, aunque quiere hacerlo. Sus labios retraídos en una mueca de agonía dejan al descubierto los dientes apretados.

Cuando el otro termina, la cabeza de Irina se desploma hasta que la barbilla toca el pecho. Creo que se ha desmayado.

Yo estoy a punto de hacerlo. El teléfono en mi mano tiembla.

—Tú haces lo que te pido y yo no hago caso a mi socio, ¿*da*? —dice el hombre de la barba *hipster*, con una sonrisa, acercándose a la cámara. Su rostro es todo lo que se ve ahora, relajado, en calma, y su voz se suaviza. Más escalofriante que su violencia resulta cómo entra y sale de ella, como si se quitase una camiseta.

Alza la oreja de Irina, que sostiene entre el índice y el pulgar, y me la muestra, chorreando sangre, como una ofrenda.

—Diez millones, mañana. Si no, yo sigo.

Abre la boca, y puedo ver brillar ese diente de platino.

Dios. Oh, joder.

El crujido cuando arranca la mitad de la oreja de un mordisco hace que una oleada de vómito ácido y pesado me suba a la garganta. Logro contenerlo hasta que le escucho masticar. Mis manos no pueden sostener el teléfono, que cae al suelo del salón.

—Hasta mañana, Simon —le oigo decir, su voz amortiguada entre una oleada de asco y repugnancia que me inunda los sentidos y me revuelve por dentro—. Tranquilo. Todo irá bien.

Entonces ya no puedo retenerlo más.

20

Una prueba

No sé cuánto tiempo paso en el suelo hasta que logro recomponerme. ¿Dos minutos? ¿Cinco? Solo sé que de algún modo logro ducharme, vestirme y llegar a la oficina, aunque no recuerdo haberlo hecho. Mi cerebro parece haberse encasquillado en la imagen del ruso haciendo aquello a Irina, algo que solo me había ocurrido una vez antes, cuando *El Accidente*, cuando los policías nos llevaron a Arthur y a mí fuera de la casa y de alguna forma me encontré horas después en la comisaría. No era capaz de recordar nada, solo ese último instante antes de que mi padre cayese a través de la barandilla de la escalera, levantando su mano hacia mí, antes de perder pie y desaparecer en el vacío.

De un modo parecido, me encuentro caminando por

el pasillo de la oficina, que hoy rebosa de actividad. Los empleados arrastran los últimos retazos de la energía maníaca que les ha mantenido en pie, trabajando toda la noche. Veo caras que se vuelven hacia mí, pero la mayoría me rehúyen. No necesito que me expliquen que las noticias no son buenas. Tampoco que muchos me culpan a mí del inminente fracaso. Otro brillante episodio que añadir a mi historial: la cantidad de buena gente a la que he fallado por mi egoísmo y mi estupidez.

Marcia está sentada en su mesa, y no se levanta, ni se gira cuando me acerco.

—Ya están ahí dentro —dice, señalando a la sala de conferencias, sin quitar la vista de la pantalla—. Ha venido Myers en persona, con un par de esbirros para recoger los despojos.

Tiene un aspecto horrible, con el pelo recogido en una coleta algo torcida, y grandes bolsas en torno a los ojos. En su ordenador ha saltado el salvapantallas, y me pregunto cuánto rato lleva mirando sin ver, perdida en sus pensamientos.

—¿Cuáles son las últimas cifras?

Ella se da la vuelta y me lanza una mirada capaz de licuar las piedras.

—Así que ahora te importa, de repente.

Que si me importa. Cómo explicarle que lo que ha pasado, mi incapacidad para seguir centrándome en el proyecto, mi mutismo, todo tenía que ver con Irina. Necesitaba saber la verdad, y ahora que la sé —ahora que me ha caído una tonelada de verdad encima, con volquete y todo—, lo que necesito es que LISA funcione, que sea la maravilla que estaba destinada a ser desde un principio.

De lo contrario, Irina morirá.

—Dime el porcentaje, Marcia.

Ella respira hondo, y escupe la cifra, como si llevase algo venenoso en la boca.

—Sesenta y cinco por ciento.

Así que ha servido de algo. Los cambios que hicieron ayer han logrado aumentar la efectividad del algoritmo un dos por ciento, lo cual supone un logro increíble, pero aún estamos muy lejos del setenta y cuatro por ciento que nos exige el contrato con Infinity.

—Quizá cambien de idea —digo, sabiendo lo minúsculo que es el clavo al que intento agarrarme—. Quizá si hablo con Myers nos dé un poco más de tiempo...

Marcia se echa a reír, y no hay un asomo de alegría en esa risa.

—Simon, dime que no eres tan estúpido. Myers ha querido que esto fracase desde el principio. Tu idea supondrá mucho dinero para ellos, pero si se quedan con la tecnología supondrá mucho más. ¿Qué crees que haría Myers con LISA? ¿Sabes cuáles son las posibilidades militares de *tu invento*? —dice, aplicando a las dos últimas palabras sarcasmo suficiente para ahogar una vaca.

—No pueden usarlo para nada que no...

—Pueden usarlo para lo que les salga de las narices dentro de —mira el reloj— diecisiete minutos, exactamente. En cuanto hagamos la prueba y vean que es un fracaso, LISA será suya.

Y los ingenieros de Infinity meterán sus manazas en mi código, harán lo que quieran con mi pequeña durante años, pues a ellos no les limita el tiempo ni el presupuesto, hasta convertirla en otras cosas para vendérselas a los militares. Cosas que ni yo, ni nadie, queremos ver en funcionamiento, cosas que emplearán su enorme potencial para hacer de este mundo un lugar mucho peor.

Una vez más pienso que Tom sabrá qué hacer, y una vez más tengo que recordarme que no.

Maldita sea, Tom. Tú y tu trato de mierda. Si no estuvieses muerto, ahora mismo te partiría la cara.

—No puede terminar así. No después de todo lo que hemos trabajado.

Marcia cierra la tapa del portátil de golpe, y subraya el gesto con un suspiro exasperado.

—Para ti ya terminó hace tiempo, ¿no? Ahora no puedes quejarte —dice, desconectando el portátil de la red y de los cables—. Ahora, si me disculpas, voy a la sala de conferencias a acabar con esto.

—No lo entiendes, Marcia.

—No, por supuesto que no.

Se pone de pie.

—Tenía muchas esperanzas puestas en esto. Pero yo sí que no voy a quejarme. Uno solo puede jugar con las cartas que le reparten.

En ese momento, algo hace *clic* en mi cerebro, como la última pieza de un rompecabezas que de pronto cayese en su sitio.

—¿Qué has dicho?

Lo he visto un millón de veces en la tele. Ese momento en *House* en que el protagonista habla con su amigo Wilson y este dice algo absolutamente desconectado de lo que realmente preocupa al buen doctor, que le sirve como extraña revelación cósmica. La música sube, o se detiene, y hay un primer plano de Hugh Laurie abriendo mucho los ojos y pidiendo a Wilson que repita lo que acaba de decir.

—Que uno solo puede jugar con... ¿Qué demonios te pasa, Simon?

Ahora tendría que salir corriendo, abrazar a Marcia, decirle algo que subraye el momento y que sepa que lo he vuelto a hacer, algo así como «Marcia, eres un genio».

—¡Marcia, eres un genio!

Ella me mira como si estuviese fumando crack.

—¿Eres imbécil?

Ojalá tuviese un bastón para salir renqueando con él.

Pero no tengo ni bastón ni tiempo. Así que la agarro por los hombros y la obligo a prestarme toda su atención.

—Escúchame, Marcia. Acabo de tener una idea. Voy a corregir el algoritmo de LISA.

—No puedes cambiar nada ahora. Tenemos la beta cargada en el servidor, y Myers está esperando —replica ella—. Es demasiado tarde para compilar un ejecutable nuevo.

Queda apenas un cuarto de hora para empezar la demostración. Necesitaría al menos veinte minutos para abrir el entorno de desarrollo, compilar y cargar el nuevo programa. Eso sin contar con los cambios.

—Marcia, por favor, necesito que los entretengas un rato. Invéntate lo que quieras, pero reténlos unos minutos.

—No —dice ella, meneando la cabeza—. Ya he pasado bastante vergüenza antes cuando han llegado y el CEO y fundador de esta *startup* no estaba para recibir a su único inversor. No voy a volver a dar la cara por ti. Yo no soy Tom, Simon.

Duele mucho más de lo que me había imaginado. Sé que Marcia está muy cabreada conmigo, y yo lamento cómo me he comportado, pero ahora no puedo enfrentarme a esos sentimientos.

—Marcia, por favor. Tienes que confiar en mí. Ha sido una semana horrible, pero hay una posibilidad de que todo salga bien. Necesito que me ayudes.

Marcia aparta la mirada, y finalmente se encoge de hombros. Tampoco tiene mucho que perder.

—Está bien. No me falles esta vez, Simon.

Corro hasta mi ordenador y abro la última versión de LISA, la 1.93, y empleo un par de valiosos minutos en encontrar el paquete que estoy buscando. Ayer Marcia y los chicos le dieron vueltas a la organización de mis carpetas, supongo que porque se quedaron sin ideas y decidieron cambiar los muebles de sitio.

Acabo de tener una de esas ideas aparentemente simples para las que te prepara toda una vida de traba-jo, como la famosa y apócrifa manzana de Newton o la bañera de Arquímedes. En mi caso, es algo que lu-ciría bastante menos: la partida de UNO que jugamos anoche Irina, Arthur y yo. Cuando mi hermano dijo que ella ganaba porque no jugaba con sus cartas, sino con las que no estaban. Ahora, cuando Marcia ha men-cionado algo sobre jugar con las cartas que a uno le re-parten, he comprendido todo lo que había estado ha-ciendo mal desde el principio.

La auténtica clave de todo es la velocidad. Con tiem-po y potencia de procesamiento suficientes, LISA es ca-paz de hacer cualquier cosa, pero no tenemos ni lo uno ni lo otro.

No lo tiene LISA y no lo tengo yo. Levanto la ca-beza y veo a Zachary Myers saliendo de la sala de reuniones y discutiendo con Marcia mientras señala su reloj. Marcia señala hacia mí. No sé lo que dicen. Tengo que centrarme en lo que estoy haciendo.

Dos mil millones de operaciones por segundo, ese es el límite que le hemos impuesto a LISA, el habitual en un dispositivo portátil. La carga de procesamiento estará localizada en el dispositivo, no en uno de los potentes ordenadores de Infinity. Y ahí es donde entra el cambio de mentalidad.

LISA no solo tiene que jugar con las cartas de que dispone, sino en paralelo con su ausencia. Tengo que programarla también para que descarte qué NO está viendo, porque hay muchísimas menos probabilidades de que esté ahí.

Mis dedos vuelan sobre el teclado.

Apenas cien líneas de código. Eso es todo. Si funciona, será una genialidad. Si no funciona, Irina morirá a manos de esa panda de animales.

Al final sí que va a hacer falta saber teclear a toda velocidad sin equivocarse para salvar el día.

Cuando entro en la sala de reuniones, no puedo evitar recordar cómo empezó todo esto, hace una eternidad. En aquella ocasión éramos Tom y yo los que esperábamos en mitad de una sala con muebles más caros que el valor de nuestras dos casas juntas. Ahora es el multimillonario y visionario Zachary Myers el que aguarda sentado en una silla de 34 dólares que seguramente valdrá menos que sus calzoncillos.

—Buenas tardes, señor Myers. —No me molesto en intentar estrechar su mano, ni él en fingir que se alegra de verme—. Siento el retraso. Un ajuste de última hora.

Daría cualquier cosa por poder viajar hacia atrás en el tiempo y deshacer lo que había sucedido en estos meses. Sin embargo, ahora hay una diferencia fundamental. Al entrar en la sala con la memoria USB en la mano, no siento náuseas, ni tartamudeo. El hombre sentado frente a mí ya no es el genio al que quería impresionar a toda costa, solo un obstáculo en el fin que yo persigo, en varios de ellos, de hecho. Y lo que voy a hacer es comérmelo vivo.

—Estás metiendo el USB al revés, Simon —me dice Marcia, arrebatándomelo de la mano.

—Nunca hay manera de encajar estas cosas a la primera, ¿eh?

Sonrío estúpidamente, para dejar claro quién es el auténtico macho alfa en esta sala.

Mientras Marcia carga la última versión de LISA en el portátil conectado al proyector, yo me siento y cruzo brazos y piernas para que no se note lo nervioso que estoy. Seguro que así será imperceptible.

—Le has cambiado el nombre —susurra ella, señalando la pantalla, donde hace unos minutos figuraba LISA 1.93.

Ahora se lee SIMON 2.0.

Myers arquea una ceja y luego me dedica una sonrisa sarcástica.

—No le tenía por un hombre vanidoso, señor Sax.

—SIMON es mejor —me defiendo, para no admitir que llamar a mi algoritmo por el acrónimo, forzado, del diminutivo de mi torturadora de instituto Elizabeth Krapowski me parece ahora infantil, ridículo—. SIMON será más comercial. Ya sabe, SIMON dice... que puedes comprar ese jersey en Banana Republic. SIMON dice... que no tiene ni idea de qué es eso. La gente empatizará más con el nombre. A la app le pondremos la voz de James Earl Jones.

La sonrisa sarcástica se transforma en una risa sarcástica, que en el caso de Myers es una serie de exhalaciones rápidas, como si pretendiera apagar con la nariz un montón de velas que estuviesen sobre la mesa.

—Es usted muy divertido, señor Sax. ¿De verdad sigue creyendo que su proyecto va a llegar a la fase comercial? Los dos sabemos cuáles son los mejores resultados que ha tenido el *software*.

No, no me olvido de que todas las cifras pasan por los servidores de Infinity, y que Myers ya tiene muy claro que estamos aún a mucha distancia del famoso setenta y cuatro por ciento que nos había pedido.

—Tenemos una nueva versión. Creo que le sorprenderá.

Myers ríe de nuevo. Yo también me río. No he hecho ningún ensayo. Según el compilador, no había fallos de programación en el código que he introducido, pero por lo que sé, SIMON podría haberse convertido en un ladrillo. No es que importe demasiado. Si no llegamos al porcentaje requerido, da igual hacerlo por una décima que por todas. Tan solo lograré que Marcia y los empleados me odien un poco más, y convertirme en el hazmerreír de la industria, porque un fallo de este calibre es de los que trascienden, de los que nadie olvida jamás.

Me importa una mierda. Si eso pasa, Irina estará muerta.

—Solo estamos haciendo esta prueba final porque lo exige el contrato —dice Myers, cortando mi risa en seco—. Si he venido ha sido como una muestra de respeto, así que empecemos ya, para que yo pueda certificar la hora de la muerte y todos podamos seguir con nuestras vidas.

Marcia ha terminado ya de realizar los preparativos, y presiona el botón de ejecutar en el programa de testeo que han preparado los ingenieros de Infinity. Son mil imágenes distintas, con un objeto cada una. El *software* le ha asignado a SIMON tres segundos de margen por objeto, pero no hará falta que esperemos cincuenta minutos, ya que el programa está preparado para ejecutar diez peticiones en paralelo. Aun así, los cinco minutos transcurren muy despacio, sin que ninguna de las personas de la sala quite la vista de la barra de progreso que avanza lenta y penosamente hacia el final.

Una ventana emergente va informándonos de los resultados preliminares.

FIABILIDAD: 68,2%

Por el rabillo del ojo percibo que nuestros empleados se han congregado frente al cristal que separa la sala de conferencias del resto de la oficina.

FIABILIDAD: 69,12%

Quizás se estén preguntando si cuando esa barra azul llegue a la meta su sueño se habrá terminado. Yo me temo que cuando llegue al final lo que anuncie sea la muerte de Irina.

FIABILIDAD: 71,12%

Solo tienes que avanzar un poco más. Un salto más. La vida y la muerte son solo números en una pantalla.

FIABILIDAD: 72,54%

En el último y angustioso segundo, la barra de progreso se detiene cuando solo faltan un par de píxeles para llenarse por completo, y todos contenemos el aliento, por razones distintas.

Vamos. Vamos, vamos.

Finalmente, el *software* concluye el análisis y aparece el informe de resultados.

PRUEBA FINALIZADA
FIABILIDAD: 75,8%

Yo cierro los ojos, dejando que la tensión escape de mi cuerpo y sea reemplazada por el alivio. Afuera, en la oficina, hay un instante de silencio plagado de incredulidad y luego todos estallan en vítores y aplausos.

Marcia, inmóvil, me mira como si el propio Elvis acabase de bajar de un platillo volante. El visionario y multimillonario Zachary Myers no parece ya tan seguro de sí mismo, e intercambia con sus esbirros una conversación apresurada. Ambos menean la cabeza, sin terminar de creerse lo que está pasando. Uno de ellos hace una llamada, el otro comprueba cifras en su ordenador.

Finalmente, Myers se rinde y se vuelve hacia mí. No es un hombre al que le guste perder, y se nota. Intenta camuflarlo, pero le quedan pocas bazas que jugar. La última, sin duda, es la de aparentar lo poco que significaba este trato para él.

Saca su móvil y teclea durante unos instantes, después hace el gesto —visible y teatral— de apretar un botón.

—Y... hecho. Acabo de transferir a su cuenta los diez millones de dólares, a cambio del diez por ciento de las acciones de su empresa. Supongo que ahora que somos socios, tendrá el detalle de decirme cómo demonios lo ha hecho.

—Supone mal, señor Myers. Pero gracias, igualmente.

—No me las dé. Sinceramente, si he venido en persona es porque quería ver arrugarse la cara de su socio. Por cierto, ¿dónde está?

El ambiente se congela en la habitación.

No lo sabe.

Nadie le ha dicho lo que le sucedió a Tom.

Marcia se revuelve en la silla como si estuviese forrada de espinas, los dos asistentes de Myers se miran entre ellos, incómodos, hasta que uno de ellos se gira y le susurra al oído la noticia que le demuda el rostro.

Siento lástima por él. Una persona que lo ha logrado absolutamente todo, y cuyas únicas satisfacciones son tan mezquinas como esta que pretendía conseguir, y que ha terminado volviéndose contra él. Lo que hace ahora, sin embargo, me deja boquiabierto.

Zachary Myers —el hombre cuya leyenda dice que jamás estrecha manos— se levanta y me ofrece la suya.

—Lamento su pérdida, señor Sax. Y, sinceramente, me alegro de que lo hayan conseguido. Es usted un genio. Le diría eso tan manido de que me recuerda a mí a su edad, pero a estas alturas dudo de que eso sea una comparación que resulte muy favorable.

Marcia me abraza —un abrazo breve— y me da la enhorabuena con lágrimas en los ojos.

Yo sonrío. Le devuelvo el abrazo. Y solo pienso en cómo me odiará cuando descubra que mañana por la mañana, tan pronto abra el banco, voy a vaciar la cuenta corriente de la empresa y dinamitar todo lo que hemos logrado.

21

Diez millones

A pesar de lo mucho que me preocupaba, robar el dinero de la empresa y cometer un desfalco que me llevaría a la cárcel es absurdamente fácil.

Tan pronto Myers se fue de la oficina, me encerré en el despacho y llamé al banco para comprobar la transferencia y para avisar de que al día siguiente retiraríamos todo el dinero en efectivo.

—No dispondremos de esa cantidad en efectivo hasta dentro de dos días, señor Sax —me dice un aturdido empleado.

Claro que no, idiota. Claro que no. Nadie tiene tanto dinero. El dinero hace tiempo que no existe, que son solo números en una pantalla.

¿Qué demonios haría Tom?

La respuesta es fácil.

Ser Tom.

—¿Ha visto el importe de esa transferencia? —digo, en mi mejor imitación de Tom—. Habrá más como esa. Muchas más. A no ser que no pueda satisfacer mis necesidades y tenga que acudir a otra entidad. En ese caso, no se preocupe por no tener mi dinero en efectivo mañana. Bastará con que me busque un formulario para cerrar la cuenta.

Se despide con poco tranquilizadoras promesas para el día siguiente

Cuando me presento en el banco, poco antes de la hora de cierre, estoy hecho polvo. Duchado, con camisa y chaqueta, pero derruido.

La noche anterior —después de rechazar una poco insistente oferta de celebración por parte de Marcia y los chicos— he dormido seis horas, empujado por el agotamiento y un par de relajantes musculares. Al despertar notaba el cuerpo abotargado y la mente blanda y permeable, una sensación que aún no me ha abandonado. Desde que ayer tomé la decisión de ceder al chantaje de los cabrones que tienen a Irina, simplemente me dejo llevar por los acontecimientos. Es sencillo. Solo hay que descargarse de responsabilidad. Repetirse mentalmente una y otra vez que no hay alternativas. No hay nada que yo pueda hacer para darle la vuelta a la situación e impedir el desastre.

En el banco no ayudan mucho.

—Hemos hecho lo que hemos podido para reunir la cantidad, pero solo hemos logrado dos millones en efectivo, señor Sax —me dice el director de la sucursal—. Podemos darle el resto con un cheque bancario. Es tan bueno como el dinero en efectivo.

No sé si la mafia rusa acepta cheques. Por eso de tener que ir en persona a cobrarlos, pienso. Pero seguro que cuando vean todo este efectivo, nos dejarán marchar. Seguro que sí.

Entonces suena mi teléfono.

EL INTERCAMBIO SERÁ ESTA NOCHE.

A LAS 11 TE DIREMOS EL LUGAR.

NADA DE POLICÍA.

Es la siguiente frase la que lo cambia todo.

22

Un epitafio

No soy idiota. Sé que lo más probable es que los secuestradores se queden con el dinero —que ni siquiera está completo— y nunca la suelten. Para evitarlo, voy a tener que arriesgarme.

Conduzco hasta a la oficina, que está desierta, con todos los empleados disfrutando del par de días de merecido descanso que Marcia les ha dado. Me siento mal por ellos. Es muy probable que dentro de unos días no tengan una oficina a la que volver, y yo no tengo muchas ganas de afrontar sus caras, ni tampoco las repercusiones legales que me acarreará el desfalco que acabo de cometer. Pero quizá podría haber una solución, y todo gracias a cinco palabras bajo el mensaje de los secuestradores.

Desconecto la alarma y enciendo mi ordenador. La conexión que abrí hace dos días en mi portátil con el servidor de Infinity que tenemos en la oficina sigue activa. Esta vez, sin embargo, la tarea es mucho más compleja. Encontrar el terminal desde el que me habían enviado el SMS me lleva a bucear en el sistema de Infinity durante largas, tediosas, horas. Tal y como había supuesto, el número era un prepago de usar y tirar, pero estaba claro que aquellos tipos no eran las bombillas más brillantes de la caja. Se habían limitado a colocar la tarjeta SIM en el teléfono que usaban habitualmente, desconociendo que el terminal también quedaba asociado al mensaje enviado. Y lo que es mejor, que hoy en día los teléfonos inteligentes son más fáciles de localizar que un porro en un festival *reggae*.

Después de múltiples ensayos y de topar con varios callejones sin salida, siempre temiendo que la seguridad del sistema me desconectase, logro identificar el IMEI del terminal. Un minuto después tengo su última localización conocida, una dirección de Ridgeway Avenue. Una rápida búsqueda me dice que es Auto Body Shop un negocio de reparación de coches. Sin reseñas en las principales webs. El dueño es una empresa con sede en Delaware.

Eso es todo.

Ahora podría llamar al detective Freeman y a su amigo, el agente Boyd, darles la dirección y quedarme cruzando los dedos. Una llamada puso a Irina en sus manos, y una llamada podría sacarla de ellas. Yo podría esperar tranquilamente en casa, a salvo, y cruzar los dedos, esperando lo mejor.

Quedarme en casa esperando en que algo suceda. La historia de mi vida. Una frase que iría de maravilla en mi epitafio.

Simon Sax: se quedó en casa esperando.

Podría acercarme por la tienda y echar un vistazo, a ver qué averiguo.

Por lo que sé es un trabajito independiente del tipo de la barba. Si no se lo ha contado a su jefe, el tal Boris Mog}ievich, quiere decir que querrá que se entere la menor cantidad de gente posible. Quizás esté él solo.

Quizá cuando salga a la calle lluevan dónuts.

Hago una comprobación rápida. Son solo veinte minutos en coche.

Ir, echar una ojeada y después llamar a la policía. Solo para estar seguro. Dentro de media hora todo podría quedar resuelto.

¿Qué podría salir mal?

23

Un taller

El vistazo es corto. No hay mucho que ver.

Auto Body Shop está instalada en un edificio de ladrillo rojo de una sola planta. Hay cuatro ventanas tapadas con pintura negra a un lado y otras tres al otro de una puerta que no invita demasiado a entrar. El letrero de la entrada está serigrafiado en un toldo de plástico barato y genérico, que podría haber coronado el acceso a una ferretería o a una tienda de ultramarinos.

La calle es tranquila, apenas hay tráfico rodado y las aceras están vacías. Delante del taller de reparación no hay aparcado más que un Toyota Camry. No parece un coche de mafioso. No parece un coche de nada, en realidad. Si hay alguna palabra para definir lo que estoy contemplando es vulgaridad, en el sentido más objetivo del término.

Aquí no puede estar ocurriendo nada malo.

No sé lo que estaba esperando. Quizás un neón con la silueta de una mujer desnuda, o un montón de tipos en chándal de táctel apostados en la puerta. Estoy cruzando la calle, impulsado por la normalidad extrema del lugar, cuando se me ocurre que quizás esa grisácea pátina de convencionalidad no sea sino un camuflaje perfecto. Para cuando la idea se ha terminado de asentar en mi cabeza, ya tengo la mano en la manija de la puerta, y un empleado de camisa blanca y cara aburrida a juego me mira con curiosidad. Está sentado detrás de una mesa de contrachapado laminado —llamarlo mostrador sería un insulto para los mostradores— en una anodina recepción con tres sillas y un polvoriento ficus de plástico.

De pronto no me parece tan inocente el lugar, pero tampoco me atrevo a darme la vuelta. Pienso en entrar, inventar cualquier cosa y largarme. Pienso en correr hacia el coche. Cuando quiero darme cuenta estoy delante de la mesa.

El tipo me echa una ojeada de abajo arriba —tiene que estirar el cuello—. Mis vaqueros, mi sudadera con capucha tamaño XXL, la mochila que llevo colgada, y espera a que yo diga algo. Yo le devuelvo el escrutinio: bajo, delgado, casi demasiado, el pelo rubio pajizo cortado como un tazón, la boca de labios finos, huidizos.

—Estamos a punto de cerrar —dice.

Ah, bueno, en ese caso...

No respondo. El silencio se arrastra durante un par de penosos segundos antes de que él se vea obligado a llenarlo.

—¿Qué deseaba? —dice, con un inconfundible acento eslavo.

El cerebro se me desconecta de la boca.

—Me envía Boris —digo, intentando aparentar normalidad. Sonrío.

El tipo tras el mostrador abre mucho los ojos, y su mano izquierda deja caer el boli que estaba sosteniendo. El papel enfrente de él está cubierto de garabatos que forman intrincadas figuras geométricas. También ha dibujado algunos penes en los márgenes.

—¡Aleks! —dice, casi gritando—. ¡Aleks, ven!

Hay miedo en su rostro granujiento.

—Escucha, yo no sé nada de todo esto —dice, echándose un poco hacia atrás en la silla—. Ha sido cosa de Vanya. Yo solo estoy aquí. Solo me pagan por estar aquí y echar a la gente. Díselo a Boris.

Doy un paso hacia delante y apoyo las dos manos en el mostrador. El tipo retrocede un poco más.

El tal Aleks se asoma a la puerta que conduce a la parte de atrás. Lleva un mono gris de mecánico salpicado de manchas añejas. Tiene la cabeza rapada, y, aunque es algo más bajo que yo, sus manos —que se limpia con un trapo grasiento— son grandes como jamones.

—¿Qué coño pasa?

—Este tipo dice que le envía Boris.

Aleks me radiografía con la mirada.

Yo aguanto, sin dejar de sonreír. No tengo ningún plan, y es eso lo que convierte esta ridícula actuación en un acierto total. Me dejo llevar y es un éxito absurdo, ilógico.

Durante unos cuatro segundos.

—No te conozco.

—No se supone que tengas que conocerme. Estáis haciendo algo que no deberíais —replico, cortante. No es una estrategia. O escupo lo que tengo que decir, o corro el riesgo de vomitar sobre el espantoso suelo de linóleo marrón.

El mecánico no parece muy intimidado.

—Eso que diga Boris a Vanya.

Intento pensar deprisa. Si Vanya es el tipo de la barba, como imagino, quizás haya algún tipo de desavenencia entre ellos. O quizás estos tipos le tengan más miedo a él que a su jefe. No hay forma de saberlo, ni tampoco otra manera de huir que hacia delante.

—A eso he venido.

Que me lleven hasta él. De esa forma podré ofrecerle el dinero en su propio elemento, hacer un trato y salir corriendo de allí. Me pregunto si tendrán aquí a Irina.

Aleks le dice algo al del mostrador en ruso.

—Vanya no está aquí. Tendrás que volver luego —me traduce el otro.

No he entendido nada de lo que ha dicho, pero me jugaría diez millones de dólares a que la traducción no ha sido demasiado honesta. Ahora sí que la he cagado de verdad. Si me marcho del taller sin Irina, y ellos creen que Boris lo ha descubierto todo, Vanya no tendrá más remedio que cubrir sus huellas eliminando las pruebas de su desobediencia.

La punta de mi lengua siente el familiar hormigueo que precede al tartamudeo, y mi estómago está en pie de guerra, pidiendo vaciarse a gritos. Ahogo un retortijón un poco más fuerte, cubriéndolo con una palmadita en el estómago. No puedo dar muestras de que estoy nervioso. Tampoco puedo marcharme. Tengo que conseguir que me lleven hasta ella. Y si Vanya no está aquí, quizá pueda engañarles.

Piensa. Piensa qué es lo que diría uno de sus matones. Piensa cómo hablaría de él. Salpicar de verdad la mentira es el camino del demonio, decía mi madre. Ella, que cada día insistía en lo bueno que era mi padre con nosotros.

—No pienso volver a *Deevahn* a escuchar a Boris soltarme algún rollo de Shakespeare.

Aleks emite un hipido sordo que podría interpretarse como risa en algunas culturas.

—Vanya, no aquí —insiste.

—Pues llevadme a ver a la mujer.

—No puedo hacer eso.

—Entonces tendré que decirle a Boris que no habéis querido ayudar.

El rubio y el mecánico me muestran ambos extremos —de «me he cagado en los pantalones» a «me la suda lo que hagas»— de la escala de reacciones a amenazas mafiosas.

Quizá sea lo mejor. Quizá no tenía que ser. Tom hubiese salido de esta situación hablando, pero tú no tienes lo que hay que tener. Esto es la vida real, y en la vida real nadie dice que Luca Brasi está durmiendo con los peces, ni hay naranjas rodando por el suelo.

—Muy bien. Nos vemos —suelta mi boca, de nuevo desconectada de mi cerebro.

Empiezo a darme la vuelta, pero Aleks me detiene.

—No vayas, amigo. Ven atrás y toma algo. Vanya no tarda, ¿*da*?

El rubio parece confuso y va a decir algo, pero el mecánico le interrumpe con un par de palabras en ruso. Yo rodeo la mesa y voy hacia la puerta. El mecánico me da una palmada en la espalda cuando paso por su lado.

—Aquí todos amigos.

Yo voy a decir algo, pero antes de que pueda abrir la boca, Aleks tira de la correa de mi mochila y me aplasta contra la pared. Mi cabeza se golpea contra el marco de la puerta, y un zumbido sordo recorre mis oídos. Ciego y mareado, manoteo para quitarme de encima la presión de la gruesa mano del mecánico contra la espalda, pero este tiene bien sujeta la mochila. Mala suerte para él, he vivido esta situación antes. Cuando estaba en el instituto era un adolescente grande y fuerte, pero siempre hay alguien más fuerte que tú, en mi caso los del equipo de fútbol, a los que les gustaba empujar al cerebrito contra las taquillas. También te agarraban por la mochila, un método estupendo de inmovilizar a alguien hasta que el acosado aprende cómo deshacerse de él.

En lugar de pelear hacia atrás o contra sus brazos, tomo impulso hacia arriba con las piernas y después me dejo caer de rodillas en el suelo. El mecánico, que no suelta la correa, se ve arrastrado hacia delante por el peso de mis cien kilos, y su nariz se estrella contra la pared con un chasquido húmedo y desagradable. Los dos rodamos por el suelo,

(como naranjas)

él intentando agarrarme por el cuello con el antebrazo y yo golpeándole con el codo en el pecho. Nuestras piernas se entrecruzan en una parodia de baile de salón. Intento librarme de él y ponerme en pie, pero me tiene bien cogido.

En ese momento, el rubio se lanza sobre mí con un cuchillo en la mano. Intenta clavármelo en el cuello, pero en mitad de la confusión, falla y hunde la hoja en mi hombro izquierdo.

Yo suelto un aullido lastimero cuando el filo se abre

paso en mi carne, rozando la clavícula. El daño es insoportable, pero aún más la invasión del metal en mi cuerpo. La transparente, inmutable realidad que los humanos intentamos negar cada día —que estamos hechos de huesos, de calcio, de carne blanda y frágil— se materializa con nefasta claridad.

El dolor y la verdad me espolean. Golpeo al rubio en las piernas —más por suerte o por instinto que por una habilidad de la que carezco— y este se desploma hacia atrás, intentando agarrarse a la sillita con ruedas a la que cinco minutos antes había estado cómodamente sentado dibujando pollas.

Desaparece de mi vista, pero no puedo preocuparme por él. La presa del mecánico en mi cuello sigue ahogándome. Estoy perdiendo las fuerzas y el conocimiento, y el aire no logra pasar de mi boca abierta a mis pulmones secos. Siento envidia de su aliento cálido y fuerte, resoplando en mi nuca. De algún modo logro liberar la mano derecha, que había quedado aprisionada bajo mi cuerpo, y arrancarme el cuchillo del hombro. Dicen que la hoja corta al entrar y al salir, y que duele mucho más a la salida. No lo sé, apenas noto el dolor. Los ojos se me nublan y todo lo que soy capaz de pensar es en clavar el cuchillo en el antebrazo de Aleks —con el que he intimado deprisa—. La punta del cuchillo resbala, primero en el mono grueso y sucio, luego en la piel tensa que rodea los huesos de su antebrazo, pero yo no cejo, sigo intentándolo, rezando por no clavármelo en el pecho.

A la cuarta, logro mi objetivo, y el cuchillo se hunde hasta la empuñadura.

Es inútil. La presión no cede. Estoy a punto de desmayarme.

Entonces retuerzo la empuñadura del cuchillo, que hace rotar la hoja en el interior de su antebrazo, y le doy a Aleks una lección sobre la naturaleza humana —y lo mucho que duele que un doble filo de acero te raspe a la vez cúbito y radio.

El mecánico aúlla de dolor, y la presión sobre mi cuello se alivia. Logro deshacerme de su brazo y rodar hacia un lado, solo para encontrarme con el rubio apuntándome con una pistola.

—Fin del juego, gordo.

Una habitación bien iluminada

El Afgano le había hablado una vez de la tortura. Estuvo describiéndole durante horas métodos para romper a la gente.

Irina le había prestado una atención científica —sin saber ella lo que significaba la palabra, era una firme seguidora del empirismo—. Si las emociones humanas pueden reducirse a interacciones químicas, las acciones terminan siendo físicas. Tiras de un lado, aprietas en otro. Rasgas, cuarteas, rompes, quemas, tapas, salpicas. Aplicas corriente. Estiras, perforas, taladras, abrasas, arrancas, machacas, introduces, extraes. Descompones la ilusoria unidad indivisible de cuerpo y alma, camuflada bajo la mentira de la piel, en pedazos más pequeños, y esperas un resultado.

Las reglas eran sencillas.

Por desgracia, conocerlas no le sirvió de nada.

Lo primero que hay que hacer es anunciarle al sujeto lo que le vas a hacer. Eso hará que su cerebro comience a trabajar a tu favor, anticipando el dolor.

—Lo primero que haré será arrancarte las uñas de los pies —explicó Vanya, con una sonrisa.

Enséñale las herramientas con las que vas a trabajar.

—Con estos alicates.

Anticípale cuáles serán las consecuencias físicas.

—Habrá sangre, y caminar será un suplicio. Si es que alguna vez vuelves a hacerlo.

Déjale claro que, a menos que colabore, esto no va a terminar.

—Ahora vas a contarme quién te ayudó a quemar el camión del dinero. Vas a decírmelo todo.

Aprovecha los pequeños descansos. No dejes de hablar. Utiliza cualquier información personal que poseas para romper la resistencia del sujeto.

—Me alegro tanto de que hayas venido hasta aquí para buscarnos. —Vanya se encendió otro cigarro y le dio una calada larga. Ella cerró los ojos, pero no importó. Seguía viendo aquella brasa de un naranja sucio. Podía sentirla quemándole la piel, una vez más—. Voy a confesarte algo, siempre lamenté que escapases. Estuvimos toda la noche buscándote por el bosque, ¿sabes? Me hubiese gustado saber si chillabas igual que tu hermana. La usaron cientos de hombres, noche tras noche. Al final la chupaba solo por un chute y una botella de agua. Bueno, ¿por dónde íbamos?

Insiste en que no hay por qué sentirse mal. Antes o después, todo el mundo habla. Ofrece consuelo cuando eso pase.

—Ssssh —dijo Vanya, acariciándole la cabeza—. Está bien. Está bien.

No pierdas de vista el objetivo. Y detente cuando llegue el momento.

—Ya te he dicho todo lo que sé —dijo Irina horas después, agotada y llena de vergüenza—. ¿Por qué sigues con esto?

Vanya se echó a reír.

—¿No es obvio, *pizsda*? Porque puedo.

24

Un taller

El cañón de la pistola me apunta a la cara. Yo no pienso. Si pensase no haría lo que voy a hacer, que es pegar una patada a la silla de ruedas, que golpea al rubio en la cadera y le impulsa hacia atrás. La suerte —el destino, los hados, la entropía, o la general estupidez de los seres humanos— está de mi lado, porque el rubio no consigue hacer fuego. No oigo el *clic* cuando me levanto, a la fulminante velocidad de las placas tectónicas, pero sí puedo ver en su cara el gesto de estupefacción al darse cuenta de lo que ocurre.

—¡El seguro, estúpido! —aúlla el mecánico desde el suelo.

El rubio le da la vuelta a la pistola —quizá recordando el momento en el que alguien le dio el arma para que la guardase en un cajón por si había problemas, lamentando haber dicho que, por supuesto, sabía cómo usar aquello— y aprieta un botón junto al gatillo.

El cargador se desliza de la culata y cae al suelo.

El rubio lo mira. Me mira a mí, y suelta una risita nerviosa.

—Dame la pistola —le digo, tendiendo la mano.

—No lo hagas —dice el mecánico, incorporándose penosamente—. *Recoge cargador* y pégale un tiro.

Sigue teniendo el cuchillo clavado, pero el ancho de la hoja del cuchillo es mucho mayor que el que hay entre los huecos de su antebrazo. Cuando retorcí la empuñadura con todas mis fuerzas, este tuvo que quedar firmemente encajado en el interior. Si intenta sacarlo, le dolerá. Mucho.

Aleks debe de estar pensando algo parecido, porque apenas roza el mango de plástico negro con los dedos de la mano izquierda, su rostro se convierte en una mueca retorcida.

—¿A qué esperas, idiota? —insiste el mecánico, impotente.

Añade algo en ruso que el otro no termina de procesar. Mira de nuevo al suelo y me mira a mí, a menos de dos metros de él. Doy un paso hacia delante, reduciendo la distancia.

—Joder —dice el rubio—. Yo solo quiero ser abogado. Me dijeron que esto sería un trabajo sencillo, sin historias raras.

Pero no suelta la pistola. Y yo me pregunto —años de jugar a videojuegos me avalan— si antes de que el cargador cayese al suelo, quedó una bala en la recámara. Si alguno de los dos se dará cuenta.

—Dame la pistola —repito. Y doy otro paso hacia él.

El mecánico dice algo en ruso, y el rubio parece reaccionar de forma extraña. Mira la pistola, me mira a mí, valorando sus opciones.

Finalmente me la alarga, cogiéndola por el cañón.

—¡No! —dice el otro. Su voz suena apagada, hueca.

—Si se lo dices a Boris, estamos muertos.

—No va a decírselo a Boris, idiota. Es el novio de la *pizsda* —replica el mecánico, que parece mareado. Está perdiendo mucha sangre.

Yo también.

El cargador sigue en el suelo. Podría recogerlo —el rubio parece demasiado manso y confundido como para atacarme—, pero estoy seguro de que si me agacho, acabaré desplomado en el suelo, sin sentido. Eso por no mencionar que el que me ha clavado un cuchillo de un palmo de largo en el hombro ha sido este inofensivo hijo de puta.

—Alcánzame eso.

El rubio niega con la cabeza.

Yo le apunto con el arma y aprieto la palanca del seguro hacia abajo.

—Queda una bala en la recámara.

El quejido de protesta del mecánico vende mejor el farol que yo. No tengo ni idea de si hay una bala o no, pero tan pronto el rubio se agacha y me tiende el cargador, lo inserto en la pistola y doy un paso atrás.

—¿Dónde está Irina?

—En la parte de atrás —dice el mecánico enseguida.

La velocidad con la que está dispuesto a colaborar me hace sospechar. Tiene que haber alguien más ahí dentro, porque no la hubiesen dejado sola. Si es que sigue viva.

—Id delante.

El taller es grande, y huele a gasolina y a llanta vieja. Hay espacio para una docena de coches, aunque ahora solo veo cuatro, uno de ellos sobre el elevador. De los tres que hay en el suelo, me fijo en un Mercedes deportivo con las ruedas y parte de la carrocería desmontada. Le pido al rubio que traiga las llaves y abro el maletero.

—Vosotros dos, adentro.

El mecánico me mira como si le hablase en chino.

—Tío, es un SLK. Ahí no cabemos.

Sonrío y hago un gesto con el arma. Corto. Breve.

—Tú primero.

La cabeza se me va. Si no me encargo pronto de estos tíos, voy a caer al suelo. Me imagino la escena por un momento, derrumbándome en el cemento aceitoso, mientras ellos se echan sobre mí, me quitan el arma de las manos y me patean. El horizonte parece inestable y la vista se me nubla. Parpadeo, sin dejar de mostrar los dientes.

—Estás a punto de desmayarte, capullo.

Hazte el duro. Hazte el duro. Un millón de pelis de Hollywood no pueden estar equivocadas.

—Quizá. Pero tú no lo verás. Adentro.

El mecánico agacha un poco la cabeza, y veo cómo se dispone a echarse sobre mí. Si lo hace, se acabó.

Finalmente se rinde y se mete en el maletero. El rubio le sigue, metiéndose tan encogido como puede. Aun así, cuando bajo la portezuela, tengo que hacer fuerza para que encaje el cierre.

Malgasto ocho valiosos segundos en preguntarme si se ahogarán ahí dentro, hasta que el recuerdo de que han intentado matarme pone mis prioridades morales en perspectiva.

Tengo que sentarme un rato. Solo para descansar un momento.

Dios, cómo duele.

Busco por el taller, pero no hay muchos sitios donde retener prisionero a alguien. Finalmente encuentro —torpemente camuflada por un banco de herramientas con ruedas— una puerta cubierta por una cortinilla de plástico, que conduce a un breve pasillo pintado en verde chillón.

Al fondo hay una puerta.

De pie delante de ella, es cuando me pregunto qué demonios ha ocurrido. Cómo he llegado hasta aquí. Qué sucesión de estúpidas decisiones me ha traído hasta este instante.

Mi primer error fue enamorarme de ella.

El segundo error fue no preguntarle por aquella cicatriz.

La mala noticia es que estoy a punto de cometer el tercero, y que va a ser mucho peor que los dos anteriores.

De mi hombro derecho cuelga una mochila que contiene mi futuro y el de todos mis empleados, en apretados fajos de cien. Si cruzo la puerta que tengo frente a mí, arruinaré la existencia de todos los que conozco y de sus familias.

De mi hombro izquierdo brota un reguero caliente que resbala por el brazo y gotea por el cañón de la pistola. Noto la empuñadura pegajosa por la sangre que se seca entre los dedos. La aprieto con más fuerza para infundirme confianza.

No funciona.

El charco carmesí que hay junto a mi zapato se va haciendo más grande a medida que las dudas me invaden y la fuerza vital se me escapa por la herida. El neón blanquecino que ilumina el pasillo parpadea, y mis ojos se desenfocan durante un instante. Me tiemblan las rodillas, y el miedo es una gélida bola de acero en mis tripas.

Estoy a punto de cometer el mayor error de mi vida.

¿La buena noticia?

La buena noticia es que no viviré para lamentarlo.

AHORA

TERCER ERROR

1

Un reencuentro

Cuando abro la puerta, pasan tres cosas.

Irina levanta la cabeza. Apenas alza la barbilla, temblorosa, como si el mundo entero hubiese caído sobre ella. Su rostro es una paradoja, dividido entre la belleza intacta del lado derecho y la deformada hinchazón del izquierdo. Quizá le han golpeado todas las veces en el mismo sitio para aumentar el dolor. Quizá solo es que son diestros. Quizás estoy a punto de perder la razón. No llevo bien que hagan daño a la gente que amo. Lo llevo aún peor cuando es culpa mía

El tipo de la barba *hipster* —Vanya— sale del baño. Se está abrochando los pantalones. Se oye el ruido de la cisterna. Debajo del brazo lleva una revista de videojuegos. Si la cosa se pone aburrida, ya tenemos de qué hablar.

Yo comienzo a desmayarme. La cuchillada en el hombro emite una radiación dolorosa y pulsante, y el brazo izquierdo parece un insensible y pesado trozo de hormigón. Momentos como este me hacen alegrarme de ser zurdo. Me cambiaría de mano la pistola, pero tengo la mano derecha muy ocupada en intentar sostenerme en el marco de la puerta. El corazón me late más deprisa, y me cuesta respirar.

Vanya me mira con extrañeza y abre en su rostro esa herida a la que otros llaman sonrisa.

—Habíamos quedado más tarde, Simon.

Cuando alguien entra en una habitación encañonando a alguien, tiene ciertas expectativas con respecto a lo que hará esa persona. Hay un montón de cosas que Vanya no hace. No se mueve. No pregunta cómo les he encontrado. No aparta la mirada del arma. Incluso en mi estado lamentable soy capaz de ver que está evaluando la situación antes de actuar. Los dos idiotas de ahí fuera solo eran un par de infelices. Pero este tío es algo realmente serio. Lo sé, porque yo estoy sosteniendo una .44 con ocho balas y él una revista, y el que está acojonado soy yo.

Puede que tenga algo que ver con que me queden unos treinta segundos para perder el conocimiento.

—Te traía el dinero. Pero me parece que me la voy a llevar gratis.

Dejo caer la mochila con la pasta. Debe de pesar

algo más de diez kilos, y cuando la suelto me encuentro algo mejor. El cierre de la cremallera se revienta, y varios fajos se esparcen por el suelo.

Vanya mira el dinero, y da un paso hacia su izquierda.

La habitación debió de haber sido una sala de descanso para los empleados, o quizás un despacho. Los únicos muebles que hay son la silla en la que está sentada Irina y una mesa situada en el centro de la habitación. Encima de ella hay una caja abierta de pizza, un cenicero atestado de colillas, un cuchillo, unos alicates y un revólver cromado de aspecto muy peligroso. Vanya está a solo un par de metros de él.

—Simon —me llama Irina, con voz cascada, ausente, una voz situada a una eternidad de distancia—. Dispárale.

Suena bien. Suena sencillo. Si tan solo el cañón del arma dejase de temblar.

—Aléjate de la mesa —le digo a Vanya. Doy un paso hacia delante, y él obedece. El problema es que lo da hacia mí.

—No creo que se atreva a dispararme. Tu novio no es un asesino.

Podría hablarle a Vanya del *Accidente*. Hay una consejera de asuntos sociales que no opina lo mismo. Yo, de hecho, no opiné lo mismo durante mucho tiempo. La etiqueta es más bien irónica. Sin embargo, tiene razón. No me atrevo a apretar el gatillo. No sé si me da más miedo la detonación, la sangre que saldría de su cuerpo o el hecho de que lo más probable es que falle.

Tienes ocho balas. Está a menos de tres metros. Nadie es tan malo.

Yo sí.

—Contra la pared —le digo a Vanya.

Vanya no hace caso. De hecho, va en dirección contraria.

—Dispárale, Simon. No pienses. Dispara.

—Haz caso a tu novia, Simon. Dispara —remeda, Vanya, burlón.

Un paso más. Ahora sería imposible fallar.

Tiende la mano hacia mí.

—Dame la pistola, Simon. Todo irá bien.

Aprieto el gatillo.

Vanya se encoge, eleva las manos por encima de la cabeza. El ruido del disparo me atrona los oídos. Un poco de yeso cae del boquete que acabo de abrir en la pared. El retroceso envía una corriente eléctrica a través de mi brazo entumecido, que explota de dolor al llegar al hombro.

La risa de Vanya se mezcla con el eco de la detonación. Esto también lo he vivido antes. Es la risa de todos los que me han mirado por encima del hombro desde que tengo uso de razón. Es la banda sonora que sonaba en el gimnasio del instituto, bajo las gradas del campo de fútbol o en el concurso de talentos. Es el perpetuo, empequeñecedor coro de quienes han decidido lo que soy antes de darme la oportunidad de ser otra cosa.

El torpe, patético e inútil de Simon fracasa de nuevo. Qué sorpresa.

Bueno, esta vez no.

Hago un enorme esfuerzo por contener el temblor. Vuelvo a apretar el gatillo, y en esta ocasión la bala impacta en la cadera de Vanya. La fuerza del impacto le hace dar un salto extraño hacia atrás y mover los brazos en aspa, en una ridícula parodia de baile. Lleva un reloj de pulsera dorado y grande, que refulge bajo el neón.

La pistola se encabrita en mi mano y mis dedos no pueden aferrarla. No la escucho caer, porque yo mismo estoy intentando evitar la colisión con ese suelo que de pronto asciende hacia mi cara a toda velocidad.

Intento detenerlo con el brazo equivocado. El dolor es un fuego rabioso, como una nueva cuchillada en el hombro.

En la tele es más sencillo. Bruce Willis recibe dos o tres tiros y se levanta como si tal cosa. A mí me clavan un cuchillo en el hombro —lugar que, como todo el mundo sabe, es terreno neutral, la Suiza de las heridas— y apenas puedo moverme.

Creo que no volveré a ir al cine, pienso antes de cerrar los ojos un momento. Solo un momento.

—Simon. Tienes que desatarme —llama Irina, desde el otro lado de un velo nuboso—. Ven hacia aquí y suéltame.

Ha pasado un minuto. Quizás una semana. Solo sé que siento la cabeza cosida a las baldosas del suelo. Oigo un gimoteo ahogado y creo que es mío, hasta que me doy cuenta de que se trata de Vanya, al que la Desert Eagle —el nombre del arma viene de golpe, incluso recuerdo que tenía trece años cuando la utilicé en un juego para PC, pero no recuerdo el título— le ha hecho un enorme agujero. Al menos eso vi antes de que cayese. Un agujero en un ser humano que no logro reconciliar con la realidad. Era algo que no debía estar ahí.

Nosotros tampoco deberíamos estar aquí.

Me pongo de rodillas y voy a cuatro patas —a tres, sería más exacto— hasta la mesa. Estiro el brazo para apoyarme en el borde, e intento impulsarme hacia arriba, sin contar con que son muchos kilos para un mueble de plástico barato, de esos de jardín. La mesa se vuelca y acabo cubierto de ceniza, colillas y bordes de pizza.

—Simon. Date prisa —dice Irina.

En su voz hay alarma. Cuando sigo la dirección de su mirada, veo por qué.

2

Una carrera

Vanya se ha dado la vuelta y se arrastra hacia mi pistola, que sigue en el mismo sitio donde la he dejado caer. En algún lugar encima de la mesa estaba su revólver, aunque ahora no lo veo.

—Vamos, Simon. Por favor.

La pistola está demasiado lejos para que yo la alcance antes que él. Vanya y yo echamos una carrera a muerte a cámara lenta, él hacia el arma y yo hacia la silla de Irina, dejando sendos regueros de sangre sobre las baldosas blancas. Me doy cuenta por primera vez de que le han quitado los pantalones y los zapatos, dejándola en bragas y camiseta. Sus pies descalzos están atados a las patas con bridas de plástico, y sus muñecas, juntas, envueltas con cinta americana.

—Empieza por las manos. Corta la cinta.

Mis dedos están resbaladizos y pegajosos por la sangre. Me arrepiento de haber dejado el cuchillo en el antebrazo del mecánico. Quizás hayan logrado sacárselo y se hayan abierto camino a través de los asientos, y estén ahora a punto de caer sobre nosotros. Quizá se hayan ahogado los dos, en el estrecho espacio.

La realidad, habitualmente tan rica en oportunidades, ahora va cerrando el abanico. O suelto a Irina, o Vanya nos matará a los dos.

Las uñas patinan, buscando el borde de la cinta adhesiva. Mi respiración, fuerte y bronca, queda eclipsada por la de Vanya, que se acerca cada vez más a la meta entre gruñidos de dolor. No soy capaz de asomar la cabeza por detrás de la silla para ver cuánto le queda para poder agarrar la pistola. No me atrevo a no hacerlo.

Está a menos de un metro. Se arrastra, taponándose la herida con la mano izquierda, mientras la derecha, estirada por delante del cuerpo, le sirve de impulso. Ojalá se me hubiese ocurrido a mí.

—No encuentro el borde.

—Usa los dientes —dice Irina, su voz bañada de una extraña calma. Noto cómo tensa los músculos cuando acerco la boca a las ataduras—. Busca uno de los bordes de fuera.

Separa al máximo las muñecas para tensar la cinta, pero quien la ató conocía bien su trabajo. Ha dado varias vueltas, y ahora está pegada y caliente, formando una masa compacta. Entonces recuerdo que tengo algo que podría ayudar. Me meto la mano derecha en el bolsillo de los vaqueros —la izquierda está inerte— y saco el lápiz USB que llevo conmigo a todas partes. Le quito la tapa con los dientes, y uso el borde para raspar la cinta. Arriba, abajo, tan rápido como soy capaz.

—Vamos, Simon. Ya casi está ahí.

Esta vez no miro, pero escucho un ruido metálico y un jadeo y puedo imaginar las puntas de sus dedos rozando la culata. Aprieto con toda la fuerza de la que soy capaz y el endeble plástico del USB se deshace entre mis dedos. Sigo frotando, aunque los circuitos internos, ahora expuestos, se me clavan en las falanges.

De pronto la cinta desaparece. Las manos de Irina están sueltas. Con los pies aún sujetos a las patas de la silla, se arroja al suelo. La silla me golpea en la cara y caigo hacia atrás. La mesa caída está entre nosotros y Vanya, ofreciendo una increíble protección de cuatro milímetros de endeble plástico blanco. No puedo verle, pero sí a Irina, que se vuelve hacia mí.

—No te muevas.

Tiene el revólver de Vanya en la mano.

Un disparo abre un agujero en la mesa, del tamaño de una moneda de 25 centavos. Los bordes aparecen limpios, perfectos. Irina abre tres agujeros más, apuntando más abajo. Se oye un grito. Irina dispara otras dos veces.

Según mis cuentas, a Vanya le quedan seis balas.

A ella, una.

Irina se arrastra hasta la mesa, agarra el borde con la mano y tira hacia nosotros, bajando el telón y descubriendo a Vanya, pero este no se mueve. La pistola está quieta en su mano.

—Suéltame, Simon —dice, sin dejar de apuntar a Vanya. Me arroja unos alicates, que habían quedado debajo de la caja de pizza.

Le libero las piernas e Irina se pone en pie, trabajosamente. Cojea hasta llegar a él. Yo me incorporo sobre el codo para intentar ver qué ocurre.

—Me hubiese gustado alargarlo más, Vanya. Que hubieses sufrido como sufrió mi hermana.

Ella está de espaldas. A él no le veo la cara. Tampoco escucho la respuesta que emite, entre toses.

—Ya. Así tendrá que ser —añade Irina.

Aprieta el gatillo.

3

Una parada

Irina me recompone como puede, usando la cinta aislante y una manga de mi sudadera para taponar la herida del hombro. Trabaja en silencio, y yo tampoco abro la boca. Sé que me corresponde pedir perdón por haberla traicionado y denunciado ante unos asesinos de la mafia rusa que la han torturado y mutilado, pero oye, ella me mintió.

Claro, que cuando hago balance de las faltas de uno y las del otro me sale a deber.

Mierda, hablo como mi padre.

Parecerme a él es lo último que querría. De pronto siento unas ganas tremendas de pedirle perdón.

—Siento lo de tu oreja —le digo. Mi propia voz me suena irreal.

Ella me pone un dedo en los labios y menea la cabeza. Intenta sonreír a través de los labios partidos y ensangrentados y la ternura del gesto es como un suave bálsamo que ahuyenta la muerte.

—No hables mucho. Creo que la hoja te ha rozado el pulmón.

Ja. Así que no era *solo* una cuchillada en el hombro.

—Chúpate esa, Bruce Willis —musito.

—¿Qué dices, Simon?

—Que me perdones. Todo esto que has pasado... es culpa mía.

Ella me dedica una mirada extraña con su ojo sano. Intento descifrar el significado de esa mirada. Veo culpa, también reproche, y desprecio por mi debilidad. Veo el rechazo que siente alguien fuerte y valiente por un cobarde que nunca se ha atrevido a afrontar la vida ni a correr riesgos.

Entonces se inclina un poco y me besa en los labios. Un beso largo, lento. Ninguno de los dos estamos en plena forma, y aun así es el mejor beso que me han dado jamás.

Creo que nunca entenderé a las mujeres. Al menos a esta.

—Tenemos que marcharnos. ¿Puedes levantarte?

Resulta que, con su ayuda, sí que puedo. Irina es mucho más fuerte de lo que parece, incluso en el maltrecho estado en el que se encuentra. Su mano izquierda está también hinchada, y apenas la mueve. Creo que tiene varios dedos rotos, y le han arrancado tres uñas. Pero al menos puede caminar.

Ella ha encontrado sus pantalones, hechos un higo en una esquina de la habitación. Los zapatos no aparecen. Descalza, registra el cuerpo de Vanya y le quita algo que se guarda en un bolsillo. Luego me ayuda a pasar por encima de él. El muy cabrón ha tenido el detalle de morirse encima de mis diez millones de dólares. Varios de los fajos que habían quedado esparcidos por el suelo están ahora teñidos de rojo.

—¿Te importaría recogerlo? Creo que yo no sería capaz.

Lo hace, deprisa y sin decir nada. Este sería un momento excelente por su parte para pedir disculpas por haber revelado lo del dinero y haber puesto en riesgo todo lo que poseo —claro que a ella la estaban abrasando con cigarros encendidos y cortándole trozos del cuerpo, así que es comprensible—, pero Irina no es dada a las explicaciones ni a los perdones.

Sin embargo, yo le ofrezco de las primeras. Le cuento lo que ha sucedido en las últimas horas. Le describo la visita de la policía y del FBI. Le hablo de los tipos a los que he encerrado en el maletero del Mercedes. Cuando pasamos a su lado, ella no le dedica ni una mirada. No sale ningún sonido del interior.

Cuando salimos a la calle, el aire fresco parece irreal,

inmaculado. La normalidad me produce un efecto embriagador. Creía que no saldría respirando de aquel taller. Creía que no volvería a comer patatas fritas tirado en el sofá, a ver con Arthur pelis de 007, a sentarme frente al ordenador a picar códigos.

No me extraña que no quisiera morirme.

Por desgracia, el dulce regreso de la vida trae aparejadas una serie de consideraciones prácticas urgentes, como la infección de las heridas y la hemorragia severa. O el hecho de que soy culpable de desfalco, asalto con arma mortal y cómplice de —al menos— un homicidio. Sería buena idea contarle todo esto a Freeman y a su amiguito el agente Boyd.

Mi móvil está en el bolsillo interior de la mochila, pero cuando voy a cogerlo, Irina me detiene.

—Tenemos que llamar a la policía.

—No vas a llamar a la policía. —Irina sacude la cabeza—. Ni policía, ni hospitales. Esta noche no. Te lo explicaré en coche.

No estoy en condiciones de discutir con una mujer armada, y mucho menos de conducir. En cuanto mi cuerpo toca el asiento del copiloto, siento cómo vuelvo a desvanecerme en la negrura. Estoy agotado, vacío.

—Necesitas hidratarte de nuevo. Y asearte un poco.

Reconozco vagamente el camino a casa, aunque Irina se desvía dos veces.

La primera, en la parte de atrás de una gasolinera. Compra en la máquina expendedora varias botellas y bolsas de caramelos. Me alarga una bebida isotónica, que me obliga a beber entera, y después una Coca-Cola de medio litro. Mi cuerpo absorbe el azúcar tan voraz como el gobierno los impuestos. Al cabo de unos minutos me siento mejor, pero el dolor se ha incrementado.

Desoyendo mis protestas, me arrastra hasta el baño, situado a la espalda de los surtidores, lejos de la vista de los empleados. Es de esos que tienen llave —una de esas llaves unidas por una cuerda negruzca a un pesado trozo de hierro, por si sientes la tentación de robar algo que ha pasado por un millón de manos sucias—, pero Irina trastea con la cerradura y un trozo de plástico hasta que consigue que entremos. Si antes estaba preocupado por las infecciones, poner un pie en aquel lugar —que parece que fue fregado por última vez cuando los años empezaban por 19— no ayuda demasiado.

—Lávate la cara y las manos —dice ella, mientras se asea—. ¿Tienes algo de ropa en el coche?

Mi jersey quedó arruinado en el suelo del taller, y la camiseta está cubierta de sangre que aún no ha terminado de secarse.

—Hay una bolsa en el maletero.

Mi ropa del gimnasio. Estoy apuntado desde que los años empezaban por 19. Creo que he ido dos veces. Incluso cuando Arthur y yo empezamos a pasar estrecheces económicas, fue uno de los últimos gastos que eliminé de nuestro presupuesto mensual.

Regresa al cabo de un minuto con una camiseta amarillo fosforescente y la parte de arriba de un chándal de táctel verde. El universo tiene un extraño —y circular— sentido del humor.

No recordaba que fuesen tan feos. Hay que ver cómo pasan las cosas de moda en cuanto te las dejas una década o dos en el maletero del coche.

Intento quitarme la camiseta por encima de la cabeza, pero apenas puedo levantar el brazo, el dolor es demasiado intenso.

—Para, o volverás a sangrar. Te pondremos la sudadera por encima. Y esperemos que no se fijen demasiado.

—¿Que no se fije, quién?

Pero ella ya me lleva de nuevo hacia el coche.

—Deprisa, tenemos poco tiempo.

El segundo desvío es en una farmacia de guardia. El letrero rojo se refleja en el espejo retrovisor, mientras ella me escribe una lista de las cosas que tengo que comprar en la parte de atrás de un panfleto de publicidad de Papa Joe's Pizza.

—Con lo último —dice, cuando me pasa el papel—, te darán problemas. No cedas. Es importante. Después nos iremos a casa.

Leo la lista despacio, para asegurarme de que lo entiendo todo. No quiero ceder tan deprisa. Tengo el presentimiento de que me está arrastrando a algo de lo que me voy a arrepentir.

—Está bien. Lo haré. Pero solo si me respondes a una pregunta con sinceridad.

Me dedica una larga mirada antes de contestar.

—¿Por qué me has besado?

Irina se ríe por lo bajo. No sé si quiero saber por qué. No sé si quiero gritar, o besarla de nuevo, o ambas cosas.

—De verdad, Simon. No me extraña que tuvieses que ir a una página de contactos. Eres una nulidad.

—Eso ya lo sabíamos. ¿Y mi respuesta?

—Te besé porque te lo merecías.

—¿A pesar de lo que hice?

Ella me pasa la mano por el pelo, acariciándome la nuca.

—Simon, da igual lo que hicieras. Viniste a buscarme. Eso es lo único que importa.

4

Una noche tranquila

Cuando vuelvo a entrar en el coche, ella ignora las vendas, el antiséptico, las gasas y los analgésicos, y va derecha a buscar un paquete naranja con letras negras.

—¿Cómo lo has conseguido?

—Digamos que soy diez mil dólares más pobre.

El dependiente de la farmacia no quería vendérmelo sin receta. Tuve que inventarme que nos marchábamos ahora mismo de excursión al campo y que mi esposa era alérgica a todo. No creo que creyese una palabra de lo que estaba diciendo, pero cuando puse el fajo de billetes encima del mostrador, echó una breve mirada por encima del hombro —seguramente hacia las cámaras de seguridad— y lo hizo desaparecer debajo de la novela de James Patterson que estaba leyendo. Un verano trabajé en el turno de noche de una tienda 24 horas para ayudar a pagar los gastos de la universidad y lo primero que aprende todo empleado es a conseguir que las cámaras se estropeen misteriosamente durante unos minutos, como por ejemplo si vas a hincharte a comer golosinas gratis o en este caso, a vender medicamentos peligrosos sin prescripción médica.

—Tenga cuidado con eso. Podría pararle el corazón.

A Irina no parece importarle. Primero traga varias cápsulas de analgésicos y me obliga a hacer lo mismo. Luego saca uno de los tubos de la caja, se pega un par de golpes con las yemas de los dedos en la cara interna del codo izquierdo y se aplica adrenalina autoinyectable directamente en la vena. Yo observo toda la maniobra con una suerte de asqueada fascinación.

Si hay algo que odio aún más que los bordes de la pizza y las manzanas, son las agujas.

—Tendrás que conducir tú. Esta mierda me sienta fatal, ¿sí?

Tardamos diez minutos en llegar a casa. Habrían sido menos si no hubiésemos tenido que parar para que Irina vomitase a un lado de la carretera. Cuando aparco el coche y me vuelvo hacia ella, parece algo mareada y confusa. Se apoya en el capó hasta que logra que el ritmo de su respiración se ralentice un tanto.

—¿Por qué estás haciendo esto?

—Porque estaba a punto de desplomarme. Y no nos lo podemos permitir.

Esta vez es Irina quien se apoya en mí hasta que alcanzamos la puerta. Me alegro tanto de estar de vuelta que apenas le presto atención a su última frase. Me alegro incluso de ver la estantería hecha con cajas de manzanas, así puede llegar a cambiar la cercanía de la muerte a un hombre.

Tengo el cerebro embotado y la voluntad derruida. Solo pienso en tumbarme en la cama y dormir, pero Irina tiene otros planes. Su cuerpo parece haber recobrado la energía, aunque se mueve de forma extraña, con movimientos bruscos, y se nota que tiene que hacer un esfuerzo para centrarse. Va de un lado a otro cerrando puertas y ventanas, poniendo una sartén con aceite al fuego y apagando las luces de la planta baja, que yo siempre dejo encendidas.

—¿Qué demonios haces?

Da un pequeño trago de una de las botellas de refresco, levantando un dedo para que me calle.

—Sshh. Escucha.

Afuera se oye el motor de un coche que se detiene, y varias puertas cerrándose.

—Creía que tendríamos más tiempo —dice, sacando de la bolsa de la farmacia otro de los tubos autoinyectables y guardándoselo en el bolsillo de atrás de los vaqueros—. Tendré que coserte la herida luego.

Ese *luego* parece venir desde muy lejos. Del otro lado de una verja muy alta, coronada por alambre de espino y vigilada por guardias armados.

Me acerco hasta una de las ventanas del salón y echo una ojeada a través de las venecianas. Lo que veo vuelve a ponerme una bola de hielo en el estómago. Boris Moglievich está en mi camino de entrada. Hay dos tipos a su lado, que parecen observar la casa. No veo muy bien lo que llevan en las manos —está demasiado oscuro, e Irina ha apagado también las luces de la entrada— pero dudo mucho de que sean ramos de flores.

Boris Moglievich está en mi casa. Pero ¿cómo es posible?

—Apártate de la ventana, Simon.

Entonces recuerdo a Irina inclinándose sobre Vanya, quitándole algo y guardándoselo en el bolsillo de los pantalones, entiendo qué es lo que está pasando.

—Has sido tú —no puedo creer lo que ha hecho—, tú le has llamado.

Ella se encoge de hombros.

—Un mensaje, en realidad. Mientras estabas en la farmacia. Supongo que ahora estamos en paz.

Lo suelta con doméstica naturalidad. *Empatamos a llamadas a jefes de la mafia rusa, pásame la sal, por favor.* Quizá sea algo prematuro aventurarlo, pero empiezo a sospechar que mi novia —o lo que sea— está completamente chiflada.

—Irina, solo tienes que ir al FBI y atestiguar que fue él quien mató a tus padres. El agente Boyd...

El desdén brota tan fuerte de su nariz que forma una corriente de aire entre los dos. Estamos muy cerca, y noto que la piel de sus brazos está helada.

—Si sobreviviese para testificar. Si le condenasen. Si no hiciese un trato para librarse de la cárcel. Ese *mudak* mató a toda mi familia, Simon.

Voy a decir algo pero una voz familiar, infantil, alegre, soñolienta, me lo impide, llamándome desde las escaleras.

—¡Simon! ¡Estáis en casa!

Maldigo por enésima vez la costumbre que tiene mi hermano de venir a dormir sin avisar. El corazón se me encoge, el miedo que siento se multiplica por diez. Y no soy el único. Hay alarma en el rostro de Irina, que no contaba con Arthur en sus planes.

Voy a llamar a la policía.

Solo tengo que coger el móvil. Que sigue en mi mochila. Dentro del coche. O acordarme de volver a dar de alta la línea de casa, que cortamos hace meses. Cuando éramos pobres.

Arthur. Arthur tiene teléfono.

—Llévatelo arriba, Simon —dice Irina, sacando la pistola—. No hagáis ruido. Y oigáis lo que oigáis, no salgáis hasta que yo os llame.

En casa de Simon

El efecto de la adrenalina comenzó a disiparse, y ella sintió de nuevo cómo regresaban el sufrimiento y la debilidad. Hizo un repaso mental de su estado físico. Tenía varias costillas rotas. Antes se había tapado la boca al toser y había retirado la mano llena de sangre, así que podía contar con un pulmón perforado. Prefería no pensar en la hemorragia interna, aunque sabía que se estaba engañando. Los síntomas estaban ahí, incluyendo la piel fría y la hinchazón en el abdomen.

Todo fruto de las caricias de Vanya. Cuando pegaba, lo hacía siempre en el mismo sitio, insistiendo en un único hemisferio de su cuerpo, de forma que acabases preguntándote —deseando, suplicando— por qué no continuaba en el otro lado. La mano derecha estaba entumecida pero bien, la izquierda tenía tres dedos machacados y estaba hinchada e inútil. Seguramente infectada por las uñas arrancadas, pero esa era la menor de sus preocupaciones. Sabía que le quedaba muy poco tiempo en pie. Y si no recibía asistencia médica en unas horas, estaría muerta. No es que le preocupara, si conseguía terminar su trabajo.

No sentía dolor en el lugar donde debería haber estado su oreja mutilada —el de las costillas era el elefante en esta habitación abarrotada—, pero sí una molesta comezón que le pedía a gritos que se rascara algo que ya no estaba ahí.

Las piernas estaban bien. También le habían quemado los muslos, y hecho otras cosas que prefería no recordar. Ya había sufrido eso antes —nunca tan sucio, nunca de uno de *ellos*—, y la parte buena era que no dejaba secuelas graves, al menos de las físicas. De las otras, las pesadillas que vendrían podían ponerse a la cola. De un modo u otro, todo iba a terminar esta noche.

En su cabeza, todo cobró sentido. Otra vez venían a asaltar su casa. Otra vez eran tres. Otra vez era Boris quien los lideraba. Pero esta vez ella no era una niña indefensa que, enfrascada en su juego, no les había visto venir. Esta vez había sido ella quien había invitado a los monstruos a jugar.

El móvil de Vanya volvió a vibrar en su bolsillo. Ella lo apagó a través de la tela de los vaqueros. Luego lo pensó mejor y lo dejó en el suelo, temiendo que le restara libertad de movimientos.

Sabía que enviar el mensaje de WhatsApp a Boris

desde el móvil de Vanya era una opción arriesgada. Leyó varias de sus cadenas de mensajes antes de decidirse a hacerlo, imitando su estilo inconexo, en ruso y con una de las faltas de ortografía de las que cometía habitualmente. Vanya le decía —supuestamente— a Boris que Irina había escapado y que la tenía en casa de Simon. Dudó entre pedir ayuda o decir que tenía una sorpresa para él. Se decidió por lo segundo. Encajaba mejor con la personalidad de psicópata de Vanya.

Tenía tantos planes para él. Durante las largas horas que había pasado torturándola, ella se había replegado a su lugar secreto, el mismo que había creado cada vez que el Afgano la obligaba a sumergirse en el helado arroyo de montaña. El dolor solo era una opción. En cualquier momento ella podía cruzar el velo tenue de la superficie y regresar a la vida. Solo había que aguantar un segundo más. Un segundo más cada vez. Solo un poco más de esperanza.

Romper a una persona, convertirla en un despojo asustadizo, solo era cuestión de tiempo. La auténtica tragedia de la tortura no era el dolor que padecías, era la cantidad de alma que se te arrebataba. A veces, toda. Cuando Simon había aparecido, ella casi la había perdido por completo. Solo el odio, la necesidad inquebrantable de venganza, le habían permitido mantener un hálito de cordura. El Afgano decía que se oye romperse al torturado antes de que ocurra, un leve suspiro, un jadeo entrecortado y reconocible, que anticipa la siguiente frase que pronunciará:

Por favor, mátame.

Ella solo quería escuchar a Vanya pronunciar esa frase, pero era ella la que tenía ya el jadeo entrecortado a punto de salir de la garganta cuando Simon irrumpió en la habitación. Simon, el torpe, buenazo e ingenuo Simon. Quién hubiese pensado que tenía dentro todo aquello. La cobardía y la violencia. La traición y el sacrificio.

Vanya había muerto demasiado fácil, demasiado rápido. Una decepción que había precipitado los acontecimientos. Cuando la policía y el FBI descubrieran lo que había ocurrido en el taller, lo más probable era que Boris huyera de Chicago, de vuelta en Ucrania con un montón de dinero para comprar policías, perros y muros altos. Ella solo tenía una oportunidad, y por eso había mandado aquel mensaje, a pesar de estar en un estado lamentable.

Aun así, no imaginaba que Boris fuera a acudir tan deprisa, deseoso de acabar con la testigo que creía muerta a manos de su lugarteniente, que ahora no respondía a sus llamadas.

Ella había calculado mal los tiempos de administración de la adrenalina, y ahora iba a pagarlo muy caro. Había probado la droga antes a instancias de el Afgano —en estado normal y después de una brutal pelea en los callejones de Magnitogorsk de la que no había salido muy bien parada—, y su reacción durante los primeros tres o cuatro minutos había sido siempre la misma. Visión de túnel, fortísimas náuseas, sudor frío y taquicardia. Todo junto, suficiente para incapacitarla en una pelea.

Tendría que resistir sin ello.

Estimó que tenía cerca de un minuto antes de que entraran. Había seis balas en la pistola con la que Simon había disparado a Vanya. Irina no confiaba mucho en esta arma, era un modelo activado por gas, y lo que le sobraba de potencia en el disparo lo perdía en precisión. No podía arriesgarse a un intercambio de tiros a distancia. Tendría que abrir fuego únicamente cuando estuviese muy segura de acertar.

Esperó, apoyada en la pared que separaba el salón de la cocina, desde donde podía controlar al mismo tiempo la puerta que unía la cocina con el garaje y la entrada principal. Sabía que Boris tenía dudas, y no llamaría la puerta. Los dividiría. La puerta del garaje la había dejado abierta, porque quería que al menos uno de ellos accediera por allí. Los otros dos esperarían fuera a que el primero abriera la puerta.

Era lógico. Era sencillo. Era como lo habría hecho ella. O podían intentar entrar por los dos sitios a la vez. La puerta principal era endeble. Pero no se arriesgarían a abrirla a patadas y alertar a los vecinos. Tampoco ella quería sirenas que ahuyentaran a Boris. Solo quería que se pusiera a tiro.

Oyó un ruido en el garaje. Alguien había tropezado con una caja de cartón. En la puerta principal no se escuchaba ningún ruido.

Fue en ese momento cuando comenzó, de nuevo, a desmayarse.

5

Un juego

Arthur está en mitad de la escalera cuando le tomo del brazo y le obligo a subir. No le gusta.

—¿Qué pasa, Simon?

A lo largo de mi vida he sentido muchas veces la sensación de superioridad frente a los personajes de la tele, en esos momentos maravillosamente coreografiados para que les grites lo estúpidos que son. Momentos en los que les niegan una información vital a sus seres queridos, solo por no hacerles pasar un mal trago. He comenzado centenares de veces una frase con las palabras «Si yo estuviese en esa situación le diría que...».

—Arthur, vamos a jugar a un juego. Ven a mi cuarto.

—No quiero ir a tu cuarto. Quiero dormir. Estoy cansado.

Mi cuarto tiene dos puertas detrás de las que protegerse, la de entrada y la del baño —mi hermano usa el del pasillo—, pero Arthur tira de mí cuando intento arrastrarle en la otra dirección, así que cedo y me encierro en el suyo con él.

Su habitación está a oscuras excepto por la luz quitamiedos que siempre se deja encendida. Está en pijama. Tiene los ojos medio cerrados y el humor de perros que se le pone cuando se despierta en mitad de la noche.

—¿Por qué has vuelto tan tarde?

—Hemos ido a ver a unos amigos. Y ahora vamos a jugar a un juego.

—No soy un niño, Simon —me dice, enfadado—. ¿Qué pasa?

No pasa nada. Solo que unos hombres armados van a entrar en casa. Que la pistola de papá la tiene la policía. Se la llevaron porque creían que con ella había disparado a Tom, que por cierto está muerto y aún no me he atrevido a confesártelo.

—Necesito que me dejes tu teléfono.

Él mira hacia otro lado y se pone a tararear una canción. *Oops, I did it again.* Es lo que hace siempre cuando sabe que se ha saltado una norma. Y la más importante, la única que debe seguir al pie de la letra además de avisar cuando viene a dormir a casa, es la de que nunca, nunca, nunca debe salir a la calle sin su móvil.

—No, Arthur. No, Britney Spears, no.

Él agacha la cabeza.

—Estaba sin batería. Lo he dejado cargando.

—Por el amor de Dios, Arthur, hay enchufes en casa.

—No siempre funcionan.

Ahí me ha pillado. Desventajas de haber pasado periodos de escasez y noches sin luz eléctrica. Me quedo en silencio, y pienso en si servirá de algo atrancar la puerta con la cómoda. Saltar por la ventana está descartado. La parte trasera de la casa da a un terraplén bastante alto —por eso no tenemos jardín trasero—, y no hay manera de que yo baje por ahí sin romperme la cabeza, y mucho menos Arthur, cuya coordinación motora es solo ligeramente mayor que la mía

—¿Estás enfadado conmigo, Simon?

Recuerdo que preguntó algo parecido una vez, hace muchos años. La noche en la que mi padre regresó a casa tarde de trabajar, y mamá decidió que no podía aguantar más y se encerró en el baño con una botella de vino, un bote de pastillas y una cuchilla de afeitar. La noche en que yo tenía que hacer la cena, en que le pedí a Arthur que subiese a decirle a mamá que si quería un sándwich, o algo. La noche en la que Arthur bajó y dijo que no, aunque no había escuchado nada al otro lado de la puerta, pero él dedujo que eso significaba que no quería nada. La noche en la que papá regresó y ocurrió *El Accidente*, y Arthur solo quería saber si yo estaba enfadado con él.

—No, por supuesto que no. Todo irá bien. No hay de qué preocuparse.

Entonces comienzan los disparos.

En casa de Simon

Irina sentía la cabeza muy ligera y los ojos muy pesados. De pronto tumbarse en el suelo era la única opción razonable. La gravedad tiraba de su espina dorsal como un centenar de diminutas cuerdas.

Los pasos en el garaje se escuchaban más cercanos.

Las piernas se le fueron aflojando, y la pared no ofrecía ningún asidero. Le quedaba un instante para perder el conocimiento. No tenía más remedio que usar el tubo de adrenalina que le quedaba. Echó la mano al bolsillo trasero de los vaqueros, pero cuando lo sacó, el tubo se le cayó y rodó, a través de la puerta de la cocina, hasta los pies de la nevera.

En plena línea de visión desde el garaje.

Necesitaba ese tubo y lo que contenía. Lo necesitaba más de lo que había necesitado nada, nunca. Pero no se veía capaz de caminar hasta él. Su cuerpo se había quedado exangüe, y sus músculos parecían hechos de algodón. Sabía que, si la viese —si estaba vivo aún, allí, en el fin del mundo—, el Afgano se reiría de ella. Le hablaría de cómo una vez acabó con seis muyahidines —él solo, con dos balazos en el pecho—, antes de cargar con un compañero suyo herido. Irina conocía a aquel soldado. Era alguien importante para ella. Solo que no conseguía recordar su nombre. Quizás si se sentaba a pensar un momento, conseguiría recordarlo. Era todo lo que necesitaba. Organizar sus ideas.

No puedes caminar. Puedes arrastrarte. Coge ese tubo.

La voz del Afgano sonó junto a su oreja —no la buena, sino *la otra*. Era curioso, por primera vez pensó en ella en aquellos términos. En la que no está, pero sigue ahí—. Le obligó a incorporarse un poco y a gatear hacia el tubo. La luz de la cocina estaba apagada, pero entraba claridad por la ventana, incluso con las cortinas —horribles, estampadas con mazorcas de maíz— echadas. El tubo naranja era rojo en la oscuridad. La oscuridad era más densa en la puerta que llevaba al garaje. Ella era un blanco perfecto. Tenía que coger ese tubo antes de que las sombras se removiesen y apareciese alguien.

Irina se ocultó detrás de la isla de la cocina. Había dos taburetes. Uno de ellos estaba algo cojo. No debía rozarlos. Debía seguir gateando. Rodear la isla, por debajo de la línea de visión del hombre.

Los pasos abandonaron la leve tonalidad rasposa para adquirir una más sólida. El cemento del garaje se había cambiado por las baldosas de la cocina. Dos pasos más y el hombre la vería. Dos pasos más y solo tendría que disparar a un blanco agachado y de espaldas.

Se oyó un chasquido repetido. El hombre estaba intentando encender la luz. Esa breve pausa le permitió a Irina deslizarse al otro lado de la isla de la cocina. Recordó, vagamente, haber bajado los plomos —camuflados en la pared junto a la nevera, detrás de un cuadro con una taza de café sonriente que amenazaba con que ¡ESTE VA A SER UN DÍA MUY ESPECIAL!

Un rayo de luz blanca hirió las sombras. El hombre tenía una linterna, o un teléfono. El rayo se paseaba por la cocina, escudriñando los rincones, con una textura etérea que le confería la humareda que surgía de la sartén que Irina había puesto al fuego. El hombre comenzó a rodear la isla, aunque Irina no estaba segura de si lo estaba haciendo en la dirección *apropiada*, en la dirección *necesaria*. Si había escogido el pasillo que había entre la isla y el lavavajillas, ella no podría alcanzar el tubo. Si había ido por el otro lado, ella tendría una oportunidad de coger el tubo y meterse en el garaje.

Intentó percibir por cuál de los dos lados se aproximaba, pero no era capaz de distinguirlo. Tampoco podía quedarse quieta. Tenía que escoger. Tomó una bocanada de aire que no bastó para llenarle los pulmones y comenzó a gatear entre la isla y el lavavajillas, que resultó ser la dirección *correcta*. Un gateo, dos, cuatro. El último le costó hasta el último gramo de energía que pudo reunir, pero finalmente logró asir el tubo con las dos manos y camuflarse tras la exigua protección del lado contrario de la isla, justo antes de que el rayo de luz iluminase el punto que acaba de abandonar.

Ya está. Ya lo tengo. Esto es todo.

Con la espalda contra la madera, sintió que lo había conseguido, celebró una victoria que, en su cerebro embotado, se antojaba incompleta.

Eso es. Tómate un rato para descansar. No hay ninguna prisa, dijo la voz del Afgano, con tono burlón.

Hay algo de lo que se estaba olvidando. Algo esencial.

Inyéctate el tubo. Ahora.

Lo intentó, colocó un extremo contra la cara interior de su codo y presionó el émbolo en el otro extremo, pero nada ocurrió.

El capuchón. Tienes que quitar el capuchón que cubre la aguja, sestra.

Esta vez era la voz de Oksana la que resonaba en el interior de su cabeza, o a su lado. Estaba allí, con ella. Estaba muerta y las dos se reunirían muy pronto. Todos estarían muertos muy pronto, a no ser que lograse encontrar y extraer la diminuta pieza de plástico verdoso.

El rayo de luz, que cada vez estaba más cerca, sirvió de ayuda. El hombre estaba rodeando la isla. Ella logró desnudar la aguja e introducirla en la piel. Apretó el émbolo.

Esta segunda inyección en tan poco tiempo la golpeó con muchísima más fuerza que la primera. Un torrente de fuego líquido invadió su torrente sanguíneo, a medida que la droga iba obrando la maravilla de quemar el —escaso— glucógeno disponible y convertirlo en energía. La debilidad se alejó, pero también desapareció el control. Su corazón se convirtió en un martillo neumático, con la sangre golpeando tan fuerte en sus oídos que Irina no podía comprender que el hombre no la escuchase. Que no saltara al otro lado de la isla y la acribillase a tiros.

—Entrad por delante. Abajo no parece haber nadie —dijo una voz en ruso—. Pero no pienso ir al sótano o arriba yo solo.

Irina tardó unos confusos instantes en comprender que la voz del hombre era real, y que no le estaba hablando a ella. Sabía que había dicho algo importante cuyo significado no lograba desentrañar del todo, como si estuviese completamente desvinculado de aquel contexto. El mundo era un lugar muy ruidoso y aterrador, con dos únicos focos, su cabeza repleta de náuseas y su estómago que amenazaba con vomitar. Ninguna de las dos opciones era válida. Tenía que levantarse. Levantarse y dispararle. Dispararle con la pistola que no tenía, que había olvidado en el suelo del salón.

El hombre volvió la esquina de la isla. El rayo de luz la iluminó por completo. Irina no podía verle a él. Solo actuar. Aprovechar la leve indecisión. Hubo un grito y un disparo. Ella se escurrió hacia el otro pasillo. Más gritos.

Irina se levantó, agarró la sartén llena de aceite, la puso frente a sí con los brazos extendidos y luego giró las muñecas, como si estuviese devolviendo una volea alta con la raqueta de tenis más caliente del mundo. El líquido se extendió por toda la cocina, incluyendo las cortinas —que se prendieron en llamas— la encimera, sus propias muñecas y, sobre todo, la cara del hombre, que comenzó a dar alaridos y disparó una vez más, a ciegas.

Incluso los disparos a ciegas son peligrosos. Y este rozó el brazo de Irina creando un surco granate. Ella apenas notó la mordedura de la bala, por cortesía de la adrenalina

Irina se lanzó por encima de la isla con las piernas por delante y atacó la cabeza del hombre, esta vez con un revés que falló por poco cuando él se agachó —más por instinto que porque hubiese visto venir el golpe— y la sartén se partió contra el mármol de la encimera. Antes de que el hombre se recuperase del todo, Irina saltó sobre él con las rodillas por delante, aterrizando sobre su estómago. El hombre manoteó e intentó apuntarle con la pistola, pero Irina apartó el arma con el antebrazo izquierdo y clavó el mango de la sartén —aún con pedazos afilados de metal en un extremo— en el cuello del hombre. El mango se convirtió en un cuchillo improvisado que le atravesó la tráquea, y el hombre murió entre estertores agónicos.

Irina no le vio la cara. La luz se había apagado antes de que eso pasara.

La pelea duró en total cuatro segundos.

Ella pensó que el Afgano estaría contento. Pero su viejo maestro parecía haber enmudecido.

Cogió la pistola del muerto y se encaminó a la puerta que llevaba al salón. Su ritmo cardiaco no disminuyó, y tampoco la visión de túnel. Con su único ojo bueno solo era capaz de percibir las cosas que estaban directamente delante de ella. Sin visión periférica, hacer frente a dos asaltantes armados se antojó imposible.

Tan pronto se asomó a la puerta del salón, dos disparos arrancaron una buena parte del marco de la puerta. Fue vagamente consciente —por el calor creciente, y el humo, y las llamas que iban cobrando vida a su espalda— de que la cocina estaba ardiendo. No le preocupaba tanto por el fuego, como por el blanco fácil que supondría su silueta para los hombres del salón.

Disparos de cobertura. Buscar un lugar desde el que disparar.

El plan sonó mejor en su cabeza que en la realidad. Disparar a ciegas y arrojarse a una habitación a oscuras donde había dos enemigos cuya posición desconocía.

Pero era el único plan que tenía.

Se dio la vuelta, disparó dos veces —un ángulo de 45 grados entre ambos tiros, como el Afgano le había obligado a repetir decenas de veces— y después se tiró al suelo, pegada a la pared. Uno de ellos estaba al otro lado del sofá, podía intuirlo por la posición de los disparos. El otro, no lo sabía.

Ella estaba expuesta, en el suelo. Se arrastró hasta el extremo contrario del sofá, rogando mentalmente que el otro no la flanquease por la izquierda.

—Ve por el otro lado —dijo la voz de Boris, desde la negrura—. Deprisa, yo...

Irina se puso en pie y disparó a través de los cojines. El matón de Boris disfrutó de toda la protección que un palmo de gomaespuma podía ofrecer ante dos balas del calibre .40. La primera le atravesó la mandíbula. La segunda le impactó en el hombro y le derribó.

Irina volvió a agacharse, y el disparo de respuesta de Boris atravesó el aire —cada vez más espeso, cada vez más caliente, las llamas invadiendo ya el salón— por encima de su cabeza.

Corre hacia la puerta, Boris, pensó ella, que podía ver la entrada desde su posición. *Huye, para que pueda dispararte por la espalda, como tú asesinaste a mi padre.*

Entonces oyó la voz de Simon, y los pasos de Boris subiendo las escaleras a la carrera.

No. No.

Se puso en pie para seguirle.

De pronto, todo cambió.

A su espalda, la vieja cocina de gas estalló, desplazando una inmensa masa de aire caliente, reventando las ventanas y arrojando a Irina al suelo, como golpeada por una mano gigante. Solo la pared del salón —ahora convertida en un muro de fuego— impidió que acabase destrozada por la onda expansiva.

Su pelo y sus pantalones estaban ardiendo. Rodó por el suelo, intentando apagarse. Fragmentos de cristales se le clavaban en los brazos. Un humo ahora denso, impenetrable, había sustituido al aire. Había una enorme esquirla de madera —aunque Irina no se dio la vuelta para verla, tenía una alcayata perfectamente alineada en el lado visible— clavada en su muslo derecho.

Apenas podía ver, y sangraba profusamente por la nariz. Intentó ponerse en pie. No lo consiguió.

Puedes arrastrarte. Hazlo. Arrástrate, dijo Oksana. *Si lo consigues, te daré un regalo.*

No puedo moverme.

No había soltado la pistola. Al menos, le quedaba eso. Al menos, ahora que iba a morir, lo haría con el arma en la mano. Sabiendo que hizo lo que pudo.

Menudo consuelo de mierda, dijo el Afgano. *¿Para esto viniste a mí?*

Irina sabía que no había vivido. Ni risas, ni amor, ni esperanza. Ni consuelo, ni paz. Ni felicidad.

Porque no nos salvaste, dijo Oksana.

Era una niña. Solo una niña pequeña que jugaba, suplicó Irina.

Nunca has sabido perdonarte, respondió Oksana. *¿Crees que en la muerte encontrarás olvido? ¿Quieres pasarte la eternidad así?*

Puedes hacerlo. Arrástrate.

Su cuerpo empezó a moverse hacia las escaleras.

En casa de Simon

Hubo un par de disparos más, que surgían de la oscuridad, y él se arrojó al suelo.

Boris Moglievich no sabía qué hacer, y eso era raro.

Cuando recibió el mensaje de su lugarteniente, media hora antes, no podía creérselo. Vanya le había dicho que se iba a tomar un par de días, lo que Boris sabía muy bien que implicaba encerrarse en algún prostíbulo con medio kilo de cocaína y media docena de putas. Cuarenta y ocho horas más tarde, de la habitación solo saldría él.

Los *hábitos* de Vanya —lo que él llamaba desahogos— se repetían cada vez más frecuentemente. Antes era una vez al año, ahora sucedía cada dos o tres meses. A Boris no le preocupaba tanto el gasto —las prostitutas que cogía solían ser carne fresca, recién importada de Crimea— como el creciente deterioro en el juicio de

Vanya, a quien cada vez le costaba más obedecer órdenes. Sabía que tenía que acabar con él, pero el problema era que le necesitaba. Había reducido la fuerza bruta de su organización al mínimo imprescindible para ahorrar en costes y en problemas, centrándose en los delitos de guante blanco. Pero los ataques de aquella zorra le habían mermado su capacidad de respuesta y su capacidad muscular. Había perdido once hombres ya por su culpa —ocho que había matado ella, tres que él había tenido que matar para dar ejemplo.

No quedaban suficientes para matar a Vanya. Y ninguno que se atreviese a hacerlo.

Al menos la habían cogido a ella.

Su captura se había producido gracias a la inteligencia y a la ingeniería social, no a la violencia, y de eso Boris se sentía orgulloso. Solo había hecho falta manipular al gordo pusilánime, volverlo en contra de ella, la clase de asunto en el que Boris se sentía cómodo.

Cada día que pasaba delegaba más y más los asuntos feos y sucios en Vanya, porque eso le permitía mentirse a sí mismo con mayor facilidad. No había dudado en pedirle que agarrase a la *piszda*, la ablandase un poco y le sacase la información necesaria. No podía estar haciendo todo eso ella sola.

Pero resulta que sí podía.

Quién hubiera pensado que aquella niña sucia y pelirroja, todo codos y rodillas, que trotaba junto a su hermana camino de la granja, podía dar tantos dolores de cabeza.

Vanya le dijo que ya lo había contado todo. Y él le había dado la orden de deshacerse de ella. A estas alturas debería estar ya en el fondo del lago Michigan. Solo que no estaba. Y luego Vanya había mandado el mensaje.

Boris había ido a casa de Simon pensando que Vanya habría averiguado algo más de ella, pero al mismo tiempo profundamente perturbado por el hecho de que aún siguiese viva. Porque la *piszda* era una pieza suelta que no encajaba en su engranaje perfecto. Venida directamente de un pasado que él quería olvidar, sin miedo y sin ataduras. Deshaciendo en pocos días lo que a Boris *la Araña* Moglievich le había llevado años y años de duro esfuerzo levantar.

Cuando resultó que Vanya no aparecía, sino que quien emergió de aquella cocina fue ella, con una pistola en la mano, Boris —oculto tras una estantería hecha con cajas de manzanas— tardó unos preciosos instantes en atar los cabos. No había sido ella sola quien se había liberado. Era su novio quien debía haberla ayudado.

—Ilya —llamó a su hombre, que estaba al borde del sofá.

Cuando el otro se volvió, Boris le hizo un gesto con la mano.

—Ve por el otro lado. Deprisa, yo...

No le dio tiempo a terminar la frase. La zorra surgió de la oscuridad, disparando, e Ilya cayó al suelo, herido o muerto, y Boris comprendió que estaba en inferioridad de condiciones.

Le quedaban dos opciones. Podía correr hacia la puerta o ir escaleras arriba. Le había parecido oír voces.

El novio. Quizás alguien más. El hermano retrasado del que le habían hablado sus hombres.

Eso es. Esa es mi ventaja, pensó Boris, con una sonrisa. *Pero no puedo moverme de aquí sin distraerla. El suelo cruje. Me oiría.*

Entonces la cocina estalló, y Boris aprovechó su oportunidad.

6

Un final

Es mucho más difícil mentirle a Arthur cuando los disparos empiezan.

—¿Qué es eso?

Estoy agotado, y mi cerebro no es capaz de producir ninguna excusa razonable. Un disparo dentro de tu casa no suena como si hubiese sido en la tele. Un disparo dentro de tu casa hace temblar las paredes y se queda vibrando en tu diafragma bastante después de que el sonido se haya extinguido. No hay manera de mentirle a tu hermano acerca de un disparo en tu casa.

Hay más. Uno de ellos astilla el suelo de madera bajo nuestros pies, aunque la bala no llega a atravesarlo, y Arthur viene corriendo a abrazarme en la oscuridad. Yo me agarro a él —a mi hermano mayor, con su alma de niño eterno—, intentando pensar en una salida. Pasan los minutos, y no encuentro ninguna. Siento más rabia que miedo. Cuando las barreras que has levantado para proteger tu existencia y las de los que quieres caen, cuando la fragilidad de la vida y lo simple que es perderla se desvela ante tus ojos, el universo se transforma en un lugar injusto y atroz del que, al igual que esta habitación, no hay forma de escapar.

—Simon, dime qué pasa.

No queda más que la verdad.

—Hay tipos malos en casa. Tenemos que evitarlos.

Me doy cuenta de que Arthur está llorando. Abrazarle me causa un terrible dolor en el hombro izquierdo, pero si de esa forma consigo aliviar un poco su miedo, es un precio que estoy dispuesto a pagar.

—Esbirros —dice Arthur, sorbiendo los mocos por la nariz—. Los tipos malos se llaman esbirros.

No soy capaz de identificar en qué película ha oído esta palabra. ¿*Dr. No*? ¿*Desde Rusia con amor*? Mi mente se empeña en escapar por esa vía —la vía sencilla, perenne, por la que me he evadido siempre de la incomodidad de ser Simon Sax, a través de experiencias vicarias—, hasta que un suceso inesperado la devuelve a la realidad.

Una de las lamas se ha levantado un poco a consecuencia del disparo de antes. Del hueco brota una voluta de humo denso y grisáceo, que a la luz tenue que entra por la ventana se vuelve plateado.

Me separo un poco de Arthur y me inclino a tocar el suelo. La madera está muy caliente. Creo que la cocina —la habitación justo debajo de nosotros— está ardiendo. Y es una casa muy vieja, seca como la yesca.

Tenemos problemas graves.

—Arthur, escúchame. Tenemos que salir de aquí. Ponte detrás de mí. Cógete a mi cinturón, y vamos a bajar las escaleras. Cuando yo te diga, sal corriendo hacia la puerta. ¿Me has entendido?

Mi hermano niega con la cabeza. Sé que me ha entendido. Pero está muy asustado.

—Arthur, yo también tengo miedo.

Me mira, abriendo mucho los ojos. Él, que siempre se ha apoyado en mí para que le proteja, que me ha visto como la fuerza inmutable que evita que el mundo le haga daño, no concibe lo que acaba de escuchar.

—¿Simon tiene miedo?

Siempre tengo miedo. Siempre lo he tenido y siempre lo tendré. Pero quedarse quieto no va a solucionar nada. Nunca lo hace.

—Sí, Arthur. Simon tiene miedo.

Me mira y endereza un poco los hombros. Se pasa una mano por la cabeza, prematuramente asolada por la calvicie, y luego me pone una mano en el pecho, se pone de puntillas y me da un beso en la mejilla.

—No te preocupes, hermanito. Yo estoy contigo.

No puede terminar la frase, porque la tos se lo impide. La habitación está ahora llena de un humo espeso, y no me atrevo a abrir la ventana porque eso podría crear una corriente de aire que haría que el fuego se expandiera más deprisa.

Toco el pomo de la puerta primero, por si acaso. Dicen —uno de los Baldwin en *Llamaradas*, no recuerdo qué Baldwin, todos me parecen iguales— que no hay que abrir la puerta si el pomo está muy caliente. Parece normal. Más tranquilo, la abro, y tan pronto salgo al pasillo una masa oscura me alcanza en el pómulo y me arroja al suelo en una bendita, sorprendente negrura.

Primero escucho las voces. Están gritando en un idioma que no comprendo. *No es asunto mío*, es lo primero que pienso. *Callaos y dejadme dormir*.

Luego el dolor en la boca me recuerda que alguien me ha golpeado con algo muy duro. El del hombro, que he sido acuchillado. Y el humo, que estoy en una casa en llamas.

Hay algo en mi boca. Duro. Dientes.

Los trago.

Tengo que nadar a la superficie, desde el fondo de un lago de aguas cenagosas. Cuando logro abrir los ojos, veo a mi hermano. Boris le sujeta por el cuello. Apunta una pistola a su cabeza. Ambos están de espaldas a la pared, junto a la barandilla que se abre sobre el salón.

Boris grita hacia las escaleras. Desde abajo, entre el fragor del fuego que ya sube por la pared —devorando el papel pintado de flores— llega la voz de Irina. Débil.

Todo vuelve a ocurrir.

De nuevo, mi padre regresa a casa de madrugada, borracho, apestando a alcohol y a perfume barato. De nuevo, sube a su habitación y encuentra la puerta del baño cerrada. De nuevo, echa abajo la puerta y encuentra a mi madre muerta en la bañera. De nuevo, cruza el pasillo, saca a Arthur de la cama y le alza sobre la barandilla, golpeándole en el estómago con el puño cerrado.

—Tú la has matado, monstruo idiota. Tú la has matado, engendro —dice, de nuevo, mi padre. El alcohólico, el maltratador. *No debes llamarlo El Accidente, Simon. No lo fue*, me dijo la psicóloga a la que fui una vez. Yo no quise seguir con ella. No permito que nadie me hable de Arthur. No permito que nadie me hable de lo que pasó.

Pero no fue un accidente.

Me pongo en pie, me acerco a Arthur. Boris sigue gritando y dispara hacia las escaleras. Doy otro paso más hacia él. Solo uno más. Que no se dé cuenta. Pero lo hace. Y se gira. Y con él, el arma.

Solo que ya no es Boris. Es, de nuevo, mi padre.

Te maté una vez, y volvería a hacerlo, cabrón.

De nuevo, le golpeo en la cara. De nuevo, le arrebato a Arthur de las manos —al que empujo hacia el pasillo, donde cae desmadejado, llorando.

No llores, hermanito.

Boris alza la pistola, pero yo no le doy tiempo. A mi padre solo hizo falta empujarle con todas mis fuerzas y la barandilla se rompió. Pero luego la cambiamos por una nueva, y no puedo fiarme de esta madera. Necesitaré cien kilos extra para hacer el trabajo.

Corro hacia él y le abrazo. Noto su cuerpo luchando contra el mío, pero no logra impedir que la barandilla se rompa. Después los dos nos precipitamos hacia el vacío que se abre sobre el salón en llamas.

Cierro los ojos mientras caigo, pero ya no tengo miedo. Oigo un choque y un crujido violento.

No siento dolor.

Boris está muy quieto debajo de mi cuerpo. Antes de hundirme de nuevo en la negrura, escucho la voz de Irina llamándome a gritos, y más lejos, las sirenas aullando hacia nosotros.

Ahora venís, ¿no?

7

Una apreciación

Despertar en una cama de hospital es mucho menos agradable de lo que la gente se piensa.

Afortunadamente, la inconsciencia lo resuelve enseguida.

ÚLTIMO ERROR

1

Una despedida

Hubo mucho follón, después de eso.

Pasé un tiempo internado. Los mejores tres días de mi vida. Rodeado de enfermeras que me limpiaban las heridas, comiendo pizzas que me traía Arthur de contrabando y leyendo cómics. Con un policía en la puerta por si los matones de Boris Moglievich decidían vengarse de la muerte de su jefe, pero no fue el caso.

Todos los empleados de la empresa vinieron a verme, encabezados por Marcia —quien me ha dejado claro que puedo tomarme todo el tiempo de descanso que necesite después de una experiencia traumática—. Trajeron globos, sonrisas, un pastel de chocolate con la frase SENTIMOS HABER PENSADO QUE ERAS UN ASE-

SINO escrita en merengue, y bastante ruido. Todos comprendían, por fin, lo que había pasado.

Yo me alegré de verles, pero estaba deseando que se fueran. Me estaba meando antes de que apareciesen, y no iba a permitir que Marcia me viese el culo a través de la raja de la terrible bata verde. Así que esperé, intentando no pensar en el baño a pocos metros, ni fijarme en los tragos que la chica de contabilidad le daba a la botella de agua.

—Gracias por devolver el millón novecientos noventa mil dólares que robaste —me dijo—. Los otros diez mil los sacaremos de tu sueldo.

Infinity no presentó cargos por desfalco. Es difícil enfadarte con un héroe que acaba con un jefe de la mafia rusa —incluso de una forma tan indigna como aplastarle bajo tu propio peso—. Irina, sin embargo, sí que estaba enfadada, aunque no dijo nada. Ella tuvo que pasar mucho más tiempo en el hospital que yo, la mayor parte de él con unas esposas que la ataban a la cama, cortesía del detective Freeman. Cuando estuve lo bastante recuperado para ir a verla, me pidió un boli de esos que tienen la punta intercambiable. Tan pronto se lo llevé, se quitaba las esposas ella sola cada vez que tenía ganas de hacer pis.

—Esto no es serio —dijo el detective Freeman, cuando apareció para tomarle declaración por sexta vez y nos encontró a los dos caminando por el pasillo.

—Si quisiera huir, no me atraparían —dijo ella, arrastrando el gotero con ruedas y la muleta, de vuelta a la habitación.

—Estoy seguro de ello —respondió Freeman, muy serio.

Ni el FBI ni el Departamento de Policía de la ciudad de Chicago presentaron cargos contra nosotros. El testimonio de Irina fue determinante para acabar con la red de blanqueo de dinero de la *Mafiya*, y muchos negocios que antes pertenecían a las sociedades fantasma de Moglievich se cerraron. Hubo muchas detenciones.

Nada de todo esto es realmente importante.

Lo único importante es que ella se marcha.

—Quédate conmigo —digo, y me siento estúpido al decirlo. Se suponía que iba a ser un adiós adulto. Un reconocimiento maduro de nuestro propio crecimiento personal. El héroe regresa al hogar con la recompensa, con una nueva y dilatada visión del mundo que le permite ser, de ahora en adelante, dueño de su destino.

Solo. El héroe regresa, *solo*. No nos olvidemos de eso.

—No puedo quedarme, Simon —dice ella, meneando la cabeza. Se ha cambiado el peinado, ahora luce una media melena terminada en pico, que camufla su oreja perdida, y está más guapa que nunca—. He de volver a casa.

¿Qué casa?

El aeropuerto está abarrotado. Estamos en la cola en la que un cansado policía escudriña los pasaportes uno por uno. Amantes se besan por última vez, de forma apasionada. Huele a viaje, a despedida y a la nube tóxica que emana de la sección de perfumería de la tienda.

—Creía que me querías.

Sus ojos tristes me dedican una mirada, y yo creo ver algo distinto en ellos. Sigue habiendo fantasmas oscuros agitándose bajo el hielo verde, pero ahora no parecen tan inquietos. Quizás es mi imaginación, pero la vieja cicatriz de su rostro parece más tenue.

—Te quiero, Simon. Pero no sé cómo. Y no puedo quedarme a averiguarlo. No soy de las que esperan a que vuelvas de trabajar mientras friego la cocina.

—La cocina ardió. Tú la quemaste.

Junto a la mitad de mi casa, mi pelo y mis cejas. La estantería de las manzanas, por desgracia, sobrevivió.

Irina sonríe y me toca la barbilla con la mano, levantándome la cabeza.

—Volveré a Ucrania. Hay un par de nombres en mi lista que siguen necesitando una visita.

—¿Y después?

—Después... aprenderé a vivir —dice, alargándole el pasaporte al policía.

Nunca antes había escuchado miedo en su voz. Pero en esa última frase lo había. La entiendo a la perfección, porque durante toda mi existencia he estado asustado de vivir. Voy a decirle que podemos aprender juntos, pero ya es tarde. Ya ha pasado el filtro de seguridad y agita la mano antes de desaparecer camino de las escaleras mecánicas.

Me quedo aún un buen rato mirando el punto por el que ha desaparecido. No puedo quitarme una frase de la cabeza.

Te quiero, Simon. Pero no sé cómo. Y no puedo quedarme a averiguarlo.

¿Qué había dicho Irina una vez, cuando le pregunté si me quería? Dijo que no se ama por corresponder. Dijo que amar es necesitar.

Bueno, yo creo que puedo enseñar un par de cosas sobre necesidad.

Voy sacando la tarjeta de crédito mientras renqueo hacia la azafata que hay tras el mostrador de venta de billetes de Aeroflot. Asiática, sonriente, excesivamente maquillada, con el pelo recogido en una coleta tan tensa que duele a la vista. Juraría que la he visto antes. Me sonríe cuando me ve acercarme y luego noto cómo se fija en mi brazo en cabestrillo, en mis cejas inexistentes, en los labios hinchados y en la rigidez de mi forma de caminar.

La sonrisa solo le tiembla un poco. Es una profesional consumada.

—¿En qué puedo ayudarle, señor?

Yo también sonrío, mostrándole que me faltan un par de dientes, para terminar de asustarla. Nos miramos los dos, en silencio, y el momento se prolonga hasta resultar incómodo para ambos.

Parpadeo una vez. Dos veces.

—En realidad, en nada.

Salgo a la calle, abriéndome paso a codazos entre los que se despiden. El sol se oculta a lo lejos, en uno de esos atardeceres multicolores de Chicago. Cuánto le debe Instagram a la contaminación. En el cielo, una gaviota, solitaria, se dirige hacia el Este.

A ella tampoco la sigue nadie.

Nota del autor

Me gusta incluir algunos detalles sobre los sucesos reales que han inspirado o servido de documentación para mis novelas, y por alguna razón hay lectores que los aprecian.

El negocio de las esposas por correspondencia sigue en auge en todos los países bálticos, especialmente en Rusia y Ucrania. Este último es por extensión el país más grande de Europa, pero sigue en el segundo mundo: el salario medio ronda según cifras gubernamentales los 290 euros al mes, aunque cualquier camarero del país te informará rápidamente que 140 euros al mes es una cifra bastante más ajustada a la realidad.

Las páginas web que se dedican al negocio de los matrimonios a distancia son un hervidero de fraudes, engaños y mentiras, y hay muchas mujeres cuyo empleo consiste en enamorar a solitarios y desesperados.

Las webs cobran por minuto chateado y email enviado, con lo cual es fácil ver cuál es el esquema que tienen montadas empresas como Anastasia Internacional, que registra beneficios de cientos de millones de dólares al año. El fraude se convierte en delito cuando algunas de las mujeres pasan a pedir a sus enamorados dinero para un billete de avión. En cuanto el incauto realiza la transferencia, puede despedirse de su prometida.

Sin embargo, la del matrimonio por catálogo es una industria en auge. Muchas empresas han crecido en torno a él, y ahora comienzan a establecerse los operadores turísticos que venden viajes para adquirir pareja. Uno de los principales destinos de estos operadores es Odessa. Imaginen la escena: un autobús repleto de solteros desesperados, entre los treinta y los setenta años —a veces mayores—, descarga a sus pasajeros en un local en el centro de la ciudad. Apenas pasa de la hora de desayunar, pero las más de cien mujeres que les esperan dentro están vestidas como si fueran a salir de noche: vestidos de tubo, escotes de infarto, tacones de vértigo que realzan la ya de por sí imponente estatura media de las ucranianas. Hay champán de Crimea —jamás, jamás lo pruebes, amable lector— burbujeando en copas repartidas por las mesas donde traductores de ambos sexos ayudan a salvar las barreras de la comunicación en el cásting, búsqueda de empleo o venta del producto, como queramos llamarlo. Que transcurre en ambas direcciones, por supuesto. Ellas requieren seguridad económica por encima de factores menos urgentes como físico, edad o personalidad. Ellos tienen que preocuparse menos por el físico —ese detalle ya ha sido tenido en consideración por los consejeros de la empresa de contactos, que han seleccionado solo a mujeres de gran belleza— y pasan a asegurar su inversión. Esta es una conversación real entre una candidata a esposa y un norteamericano:

ELLA (24 años, ojos azules, sonrisa perfecta): ¿Qué busca en una mujer ucraniana?

ÉL (53 años, obesidad mórbida, camisa hawaiana): Sobre todo me atrae de vosotras el gran respeto por la familia que tenéis, y que no hayáis sido aún destruidas por el feminismo, es casi imposible encontrar mujeres *auténticas* en Estados Unidos hoy en día.

La historia del Afgano es puramente de mi invención, pero lo sucedido en las montañas de la provincia de Kumar a la sección 9 está basado en un suceso real de 1985, en el que, por desgracia, solo sobrevivió uno de los treinta y un soldados soviéticos de las Fuerzas Especiales que fueron masacrados por un puñado de muyahidines. El superviviente era un sargento que, después de aquella jornada cruenta, perdió la razón y tuvo que ser internado en el pabellón psiquiátrico de un hospital militar para el resto de sus días.

También está basado en la realidad, la brutalidad con la que el Afgano acribilla a los civiles. Un incidente idéntico ocurrió en fechas aproximadas, como cuenta el libro *Afgantsy: the Russians in Afghanistan 1979-1989*, de Rodric Braithwaite.

La frase «Todo lo necesario para el triunfo del mal es que los hombres buenos no hagan nada», atribuida por Simon a Kennedy o Magneto, es de dudosa paternidad. Kennedy se la atribuye erróneamente a Edmund Burke en un discurso, aunque se cree que el verdadero autor de la frase en su formulación original es el reverendo inglés Charles F. Aked. Una de las frases más —y peor— citadas de la historia.

El juego de cartas UNO es real, puede comprarse por menos de diez euros en cualquier hipermercado o juguetería. Les recomiendo encarecidamente que no lo hagan si quieren conservar amigos y familia.

Un algoritmo como LISA, aunque posible, es fruto de mi imaginación, pero los expertos coinciden en que están a menos de una década de conseguirlo. Me he basado para su descripción en modelos como el BoW, SIFT y el operador de Robert Cross.

Por desgracia no he inventado que Rusia es el primer consumidor de heroína del mundo: con solamente el 0,5% de la población mundial, consume el 12,5% de la producción anual.

Evsei Agron existió, y era aficionado al pincho eléctrico para el ganado y a la extorsión. Fue asesinado por su sucesor, el método más corriente de transición política en la *Mafiya*. El amable lector no debería, sin embargo, encontrar similitud alguna entre *la Araña* Boris Moglievich y el mafioso ruso Semion Mogilevich —considerado el gángster más rico y peligroso del mundo, conocido por haber puesto precio a la vida de varios periodistas—. De encontrar parecido, es pura coincidencia.

Agradecimientos

Quiero dar las gracias.

A Antonia Kerrigan y todo su equipo: Hilde Gersen, Claudia Calva, Tonya Gates y los demás, sois los mejores.

A Carmen Romero y Ernest Folch, que creyeron en este libro por encima de todo, que tuvieron más paciencia conmigo de la que merecía.

A Rodrigo Cortés, que me ayudó a encontrar las motivaciones de Irina, muchos errores en el manuscrito y la mejor tortilla de Madrid. Creo citarle bien si digo que el chiste de «bastante gratis» es suyo.

A mi compañera y amiga Raquel Martos, que me regaló unas semanas para terminar de corregir la novela, y con quien es un enorme lujo trabajar —y aprender de ella— cada día.

A Arturo González-Campos, al que aprecio a pesar de todo, y al que le dejé leer el manuscrito. Contra todo pronóstico, sirvió de ayuda.

A Manuel, Dioni, Alejandra, Isabelita, Virginia, Ani, Raquel, Rosario, Azucena y todo el personal de la Hospedería de la Santa Cruz, por mantenerme con vida durante la última fase de la escritura del libro.

A Manuel Soutiño, que, como siempre, leyó varias veces la novela y, como siempre, hizo valiosas aportaciones. Espero que estés ahí en la próxima, como siempre. Manel Loureiro tendrá que estar también, Itzhak ha insistido en ello.

A Bárbara Montes, quien estuvo a mi lado durante todo el proceso, ayudando con la documentación, señalándome los fallos, sugiriendo escenas que faltaban y ofreciendo apoyo moral incondicional. No lo habría conseguido sin ti. Gracias por todo. Te quiero, y quiero ver todas las pelis de Sharknado contigo.

Y a ti, lector, por haber convertido mis obras en un éxito en cuarenta países, gracias y un abrazo enorme. Un último favor: si has pasado un buen rato, escríbeme y cuéntamelo.

juan@juangomezjurado.com
twitter.com/juangomezjurado